毕业出狼窝 工作入虎穴

讲述初入职场前5年，一定会面对的挫折与机会，帮助你完成从校园到职场的华丽转身。

青桐 著

重庆出版集团 重庆出版社

图书在版编目（CIP）数据

毕业出狼窝，工作入虎穴 / 青桐 著 . —重庆：
重庆出版社，2010.3

ISBN 978-7-229-01921-1

Ⅰ.①毕… Ⅱ.①青… Ⅲ.①长篇小说－中国－当代
Ⅳ.①I247.5

中国版本图书馆 CIP 数据核字（2010）第 033763 号

毕业出狼窝，工作入虎穴
BIYE CHULANGWO GONGZUO RUHUXUE
青 桐著

出 版 人：罗小卫
策　　划：华章同人
责任编辑：陈建军
特约编辑：黄卫平　王唯径
封面设计：IP5 Band

重庆出版集团
重庆出版社　出版
（重庆长江二路 205 号）

北京嘉业印刷厂　印刷
重庆出版集团图书发行公司　发行
邮购电话：010-85869375/76/77 转 810
E-MAIL：tougao@alpha-books.com
全国新华书店经销

开本：680mm×990mm　1/16　印张：22.25　字数：370 千
2010 年 5 月第 1 版　2010 年 5 月第 1 次印刷
定价：29.80 元

如有印装质量问题，请致电 023-68706683

► 目 录　毕业出狼窝，工作入虎穴

目录 毕业出狼窝，工作入虎穴

1. 有一份工作做，就是最好的开始

2004 年 10 月的某一天，我来到深圳，进了一家大型电子厂，成为无数 80 后打工族中的一个。

传说中这是一家世界上最严酷铁血的企业，一起进来的还有六十多个女孩，我们提着重重的行李，对未来充满着希望与幻想。但是从被冠上"应届毕业生"名号的那一刻起，就注定了未来并不如想象中的那么美好。

四个月前，我还是西部某个大城市里一个正规工科院校的大专生，正在为毕业后人生的第一份工作而奔波于各个校园招聘会上。工作显然不好找，全国高校连续五年的扩招，让大学毕业生数量空前，而身价却是王小二过年，一年不如一年。那个黑色的六月，我拿着精心制作的简历一次一次地参加校园招聘会，各公司进场招聘的人事专员对我的学历无不嗤之以鼻。是啊，这年头，本科生都像大白菜似的那么多了，谁会稀罕一个大专生呢？我深知自己毕业的学校并不知名，所学的工业工程专业，连男生的工作都不那么容易找，何况我还是一个并不起眼的女生？

我一场不落地参加着各种招聘会，每去一次都不可避免地遭受一次打击。一颗心从最开始的自信满满，被打击到慢慢失望直至最后完全心灰意冷。想起远在宁夏种地的爹娘，我不由得苦笑，三年前他们自豪地送走了考上大学的长女，然后每年省吃俭用甚至负债累累地供我上学，盼的就是有一天我毕

业了能够找到一份好工作，最好是吃上公家粮。没想到现在博士硕士一抓一大把，本科生更是比蚂蚁还多，像我这样的一个大专生，既没有背景也没有一点儿社会经验，别说是好的工作了，能找到工作，只怕已经是奇迹了！

同一寝室的女生们，大多数都有着比较好的家庭背景，家里早就已经安排好了工作，根本不用为这些事情操心。唯一跟我境况相似的是来自甘肃的韩蓉，也是一场场地赶着招聘会，一次次地被现实无情地打击着。到最后，毕业散伙了，我们俩还是没能找到用人单位。

毕业散伙最后的聚会上，同窗三年的同学们都在为即将到来的别离而放肆地伤感着。某些害羞的男生趁机向心仪已久却没能走到一起的女生做着真真假假的告白；已经走到一起的情侣们，更是执手相看泪眼，无语凝噎。我跟韩蓉不胜愁苦，因为离校在即，而我们的前途还是愁云惨淡一片迷茫！

第二天，便有同学陆续开始离校，寝室里的女生们也收拾好东西一个个走了。我和韩蓉却依然在为工作的事情发愁。很快一周离校期限就到了，我们没有办法，只能在外面租了一个小房子继续找工作。一个多月之后，工作的事情还是没有眉目，我跟韩蓉却把身上的钱都花光了。没有办法，总不能再伸手向田间地头劳作的父母要吧。这时韩蓉已经在上海联系好了一份工作，而我只能打电话向远在深圳的堂姐叶兰求救了。堂姐知道我目前的状况后，给我宽着心："没事的，叶子，找不到工作就到深圳来吧，这边机会很多的，你不用担心，也不要有什么压力。到了这边运气好的话，说不定很快就找到工作了。"

堂姐的话让我焦急的心安定了一些，挂了电话后我买了火车票，然后就开始收拾行李。韩蓉也过来帮忙，一会儿便收拾停当。看着简陋房子里空空的床铺，再看看相处了三年一直要好的韩蓉，想到我们马上就要各奔东西，前途未卜，不由一阵心酸，眼泪滚滚。

当天晚上我跟韩蓉便分别踏上了去深圳和上海的列车，临别前韩蓉把手挥了又挥，喊："叶子，到了深圳记得联系！"

经过两夜一天的颠簸，火车缓缓开进了深圳罗湖站。下了车走到站台时，堂姐已经等在那里了，她一看到我便帮我拎起手上的一个包，说："快，我们走吧，我还要上班呢。"

没有问候没有寒暄，我僵硬地随着堂姐快步跑出站口。外面就是大街，清晨的阳光柔和地铺洒下来，惬意而温暖。我眯着眼睛看着车水马龙的大街，心里说：深圳，我来了。

在我左顾右看的时候，堂姐扬手招来一辆的士，我怯怯地看着她："打的太贵了，我们还是坐公交吧。"

堂姐自顾拿着我的行李塞到了后备箱，再把我塞进车厢里，坐上去对司机说："到宝安中心城。"然后扭头对我说，"叶子，我八点钟得上班，现在把你送到我租的房子里，你自己去买份地图和今天的报纸，休息一下也行。晚上回来我再跟你聊吧。"

我这才仔细打量了一下堂姐，只见她穿着一身苹果绿的职业裙装，长发绾在脑后梳得一丝不乱，脸上化着淡妆，淡紫的眼影下仍然可以看到发黑的眼圈，精明强干之下却有一丝不易觉察的疲惫。可以看出，堂姐所做的销售工作并不那么轻松。

"姐，你放心吧，我能照顾好自己的。"

堂姐租的是一个十多平米的房子，虽然有点儿小，但布置得还算舒服。她帮我把行李送到房间里，然后递给我一串锁匙，说："进出一定要记得锁好门，这里小偷很多。另外你在街上一定要注意安全，深圳骗子也很多的。我去上班了，回来再跟你聊吧。"堂姐说着便匆匆出了门。

我拿出杯子洗漱了一番，便到外面吃了早点，顺便又买了报纸和深圳的地图。想起堂姐临出门时叮嘱的话，我没敢在街上多逗留，回到房间开始研究起深圳地图和报纸上的招聘信息。

堂姐直到晚上十点多才带着一身的酒气回来。她一进屋便倒在床上躺着："累死了，一天总算过去了！"

我看着堂姐疲惫的样子，不由得担忧："姐，你没事吧？是不是醉了？"

"我没醉，给我倒杯水吧。"堂姐闭着眼睛说。

我给堂姐倒了一杯水，又拿了热毛巾递过去。堂姐喝过水，又拿毛巾擦了一把脸，总算有了几分精神，问我："你吃了饭没有？身上还有钱吧？"

"我已经吃了方便面，不过身上已经没有多少钱了。"我涩然一笑，捏了捏干瘪的钱包。

堂姐从包里掏出几张百元大钞，说："这里是五百块钱，你先拿着找工作吧。"

"姐，这，这不好吧。"

"什么好不好的，拿着！等你找到工作的时候记得还给我就行了！"堂姐把手中的票子塞了过来。

"我会还你的，谢谢姐。"堂姐的关怀，顿时让我心里暖暖的。

接下来的日子里，我又开始奔波着找工作。深圳的招聘企业远远比我读书的城市要多得多，对文凭的限制也放松了不少，但无一例外都要求应聘者必须有胜任职位的工作经验，唯一对文凭和工作经验都没有要求的，只有工厂里招聘的普工，也就是流水线上做生产的打工妹。可我好歹也是从正规学校出来的大专生呢，怎能去做一个打工妹呢！我把苦恼告诉堂姐，堂姐撇撇嘴说："现在这年头，哪个企业会自己培养人才的？这可是要很大的成本的。那些企业都精得很，才不会在这方面做资本投入呢，全是要现成的人才，招过来就能为他们创造效益的那种！"

我担忧地说："那我什么时候才能找到工作啊？"

"别着急，你再找找看，说不定会碰到一些企业愿意招应届生的。"堂姐拍着我的肩膀乐观地说。

"好，那我再找找看。"

但是事情远远没有堂姐想象中那么乐观，接连两个多月过去了，我还是没能找到一份合适的工作。更糟糕的是，这时母亲带着哭腔打了一个电话过来，我才知道前天父亲修房子的时候，从屋顶上摔下来，把腿摔坏了，正躺在县人民医院！

我听了不禁悲从中来，家里为了供我上学，早已经倾尽所有，甚至向三亲六戚们借了不少钱，这下父亲住了院，医疗费又成为压在母亲身上的一座大山，她一个农村妇女哪有什么主意？无奈之下唯有打电话告诉我这个消息，让我想点办法。

可我现在连工作都没找到，哪里能有什么办法？身处困境之中再加上接连的打击，让我透不过气来。堂姐看到我着急的样子，主动拿了银行卡取了五千块钱递过来："先把这个钱寄回去吧，家里现在不知道乱成什么样子呢。"

我感激得不知道说什么才好，千言万语最后只有两个字："谢谢。"

堂姐看着我，认真地说："叶子，现在你父母年纪都渐渐大了，弟弟妹妹又还在读书，你是家里的长女，又已经毕业了，以后你就是家里的顶梁柱了，家里还得靠你。你必须学会坚强，学会镇定，才能帮到家里，你明白吗？"

"我明白，我会尽我最大的努力，帮家里的。"我也看着堂姐，认真地点点头。

五千块钱寄回家里后，我又发愁了，连续两个多月找工作，堂姐借给我的五百块钱已经花得差不多了。自从来了深圳算起来已经向堂姐借了五千五百块钱了，已经没有理由再跟她借钱了。而且现在家里虽然暂时度过了难关，但是用钱的地方还多着呢，难不成还让父母再跟人借钱吗？

怎么办？

思来想去，唯一的出路只有先到工厂做普工了，好歹也是包吃包住有一份工资呢。明确了这个想法后，我留意了一下最近的招聘信息，就看到了西乡黄田一家生产电脑的外资工厂正在大量招收普工。我拿着毕业证书，按招聘信息上的地址找到了那家工厂，门口正排着长龙，果然是在大量招收普工。我也走进了队列，随着队伍的移动来到招聘人员面前。

"看看你的身份证和毕业证吧。"招聘专员面无表情地说。

我把身份证和毕业证递过去，没想到很快就被他退回来，他说："我们这里只招收高中生和中专生，大专生不招。"

我疑惑地问："为什么？"

"不为什么，招普工不招大专以上的毕业生，这是规定。"招聘专员依然面无表情。

靠！这是什么狗屁规定！我捧着三年修来的大专毕业证，真是欲哭无泪。好工作已经给本科生抢光了，差一点儿的工作却不接收大专生，那是高中和中专生的专利！夹缝中生存，我该如何是好？

我退了出来，沮丧地在街上走着，忽然眼前一亮，既然他们只要高中生和中专生，那我就用高中毕业证进去得了。但是拿着高中毕业证，我既无奈又不甘，这意味着父母辛苦供我读了三年的大专等于白读了。可不甘心，又能怎么样呢？我已经毕业四个月了，现实已经经不起等待，能够在外企做一个体面的白领当然不错，可在外企做一个产业工人，还是一样有晋升的机会啊。拿定主意后，第二天我带着高中毕业证书再去，果然很顺利地拿到了体检通知。这也就意味着，只要体检合格，我就能进厂了。

堂姐听说我要进厂做普工，有些反对："叶子，我看你还是再找找吧，不用那么着急的。"

"姐，你的意思我都明白，可是我已经等不起了。我自己选择的路，我自己负责。"

堂姐便不再说什么了。我去了工厂指定的深圳市第二人民医院做了体检，再把结果交到工厂人事部，很快就得到录用的通知。

于是，大专毕业便失业的我，在经过四个月的辛苦奔波之后，总算找到了一份工作。

2. 适者生存

我们所进的这家工厂，是一家生产电脑的电子厂，规模很大，有四万多人，据说在苏州和武汉都设有分厂。厂里有自办的厂报，各种文化娱乐设施也很像模像样。去报到的第二天，一起来的六十多人便被集中在一起培训，培训的主要内容有：工厂的背景、厂方的各项人事规章、品质政策、ISO90001（国际标准化组织质量管理体系）、ISO14001（国际标准化组织环境管理体系）、防静电知识以及电脑的各种外观不良。

培训是严格的，每天都要对所学的内容进行考核，没有达到八十分的，自动淘汰。这种情况下自然不敢偷懒。我们被灌输的都是一些比较表面的东西，但是因为之前完全没有接触过，学起来还是很吃力的。我们学得都比较用心，每个人都拿着一个笔记本把资料详细地抄下来背得滚瓜烂熟，所以直到现在我还记得那个电子厂的品质政策。80分看似很难，实际上考的都是一些死记硬背的东西，只要用心一点儿基本都是能达到的。

在这样的环境下，年轻的女孩子们总能打到一片去。很快我就跟坐在旁边的两个女孩子认识了，她们都是河南人，一个叫杨燕，一个叫高华丽。上课培训的时候我们一起背资料，下课后又一起到厂里的餐厅吃饭。

一个星期的培训很快就过去了，接下来就是分部门。我们分五批被各个不同部门的文员分别领走，和我在同一批的14个人被娇小清秀的部门文员领到厂区第二栋三楼的一个巨大的无尘车间的更衣室里。然后车间出来了几个组长，她们开始挑人。说是"挑"，一点儿都没错。我们被一字摆开，任凭那些组长们从头看到脚，又从脚看到头，然后或果断或迟疑地把其中几个领到生产线上。不用说，当时我觉得非常屈辱，感觉就像摆到市场上被卖的牲口。但是没办法，人在屋檐下，不得不低头。

很快我和一起进厂的高华丽、杨燕被一个大约二十五岁的组长领到一边，然后她自我介绍说她叫陈咏梅，已经进厂八年。她把车间吃饭、上班时间给我们讲了一遍，又问我们有没有困难（主要是有没有钱吃饭）。虽然是例行公事地讲，我们还是感到很高兴，刚才那些不快转眼就消失了（后来我才知道这是作为一个基层管理人员必备的收买人心的惯用方法）。接着她手把手教我们怎样穿无尘衣。

没有穿过一百级无尘室工衣的人肯定想象不到它是怎么回事，穿这个衣服也是讲次序的。先戴口罩再戴帽子，接着穿连体衣、无尘鞋，最后还要戴一双长手套。当我们戴上口罩和帽子，穿上工衣和无尘鞋，再戴上手套后，站在镜子面前一瞧：乐了。因为通身下来只能看到一双眼睛，其他的部位全部被严严实实地包裹住了。

陈咏梅组长把我们引进车间产线，这是一个很大的无尘车间，有二十多条生产线。我们被带到其中的一条组装线上，分到不同的工位，让老员工带着做事。我分到的工位是外观检查，也就是看一遍前面工序所组装好的产品有无外观缺陷，然后再看一遍产品的条码是否与当前所生产的产品相符，一切OK后就出货给FQC（最终品质检查）。

高华丽和杨燕都分到我前面的工序中，做的是装料和焊接。相对来说，装料和焊接都是一些比较简单的工序，唯有外观检查才是最难的。首先，产品的条码变化很多，原因是每种原料都有两家以上的供应商，每一个供应商都有不同的代码，并且正常生产的和返修的产品代码又各不相同，如此一来，光是熟悉条码就得用不少时间。其次，压力非常大，前面是十几道工序下来未经任何检验的产品，后面是抽样检验的FQC，稍有不慎把不良品漏过去了，轻则开重工单，重则开PDCS（制程异常联络单）。做过生产管理的人都应该知道那些单是什么东西，那是谁接到谁就得倒霉的玩意儿。再次，做这个检查的工位是必须要考上岗证的，如果没有上岗证被稽核组查到了，我们的组长乃至主管都将不得安宁，必须写检查解释，并且要有课长和经理的签名。

跟带我的师傅于晶晶了解到这个信息后，我才知道我非常倒霉地分到了组装线这个人人避之唯恐不及的工位上。但是那有什么办法呢？我实在没有勇气对和蔼的大姐陈组长提出换工序的要求，我不想一到产线就给她留下一个拈轻怕重的印象。那么就加把油干吧，别人能做的事我也一样能干，说不定陈组长就是认定我适合干这个才特别让我去做呢。

于晶晶却对我说:"叶子,别看这个工序很难,但它是组长最看重的工序,很多助拉都是从我们做的这个工序提上去的呢。"

"那我们那个助拉邹娟,她以前是做哪个工序的?"产线上的助拉相当于组长的助手,负责员工的纪律跟物料的发放,当组长不在产线的时候,就是助拉说了算。后来我才明白,在某种程度上讲,助拉就是副组长,做助拉也是通向组长的必经之路。开始的时候看到我们产线的助拉邹娟,我心里总是非常羡慕,她的工作多轻松啊。我暗暗地骂自己没出息,如果当初找工作的时候,自己的运气好一点,说不定已经是外企办公室的白领了。

"邹娟以前是带我的师傅,也是做这个工序的。不只是邹娟,陈咏梅以前也做,听说连刚升上去的总监方思云,以前也做过这道工序呢。"

"方思云是谁?总监是什么?"我傻乎乎地问。

"总监就是经理上面的职位。我们厂最底层的就是我们了,往上面就是组长、主管、课长、经理,再上面就是总监、副总。"

"总监的职位那么高啊?方思云一个操作员,怎么做上去的?"

"人家来了三个月就评上了优秀员工,半年以后就升了组长,做了不到两年又升了主管,听说她已经在厂里做了十年了,可厉害着呢。"

听于晶晶这么一说,我不由得对这个传奇般的人物感到好奇:"她是什么样的人哪,我倒想看看。"

于晶晶"哧"地笑了:"你还想见她,我进厂三年了,也只见过她两三次呢。我们整天坐在这里,平时见得最多的也就是主管,课长、经理都很难见到。"

但是不久之后,我还真的见到了总监方思云。那是一个周一的上午,陈咏梅跟邹娟一阵风似的跑到产线通知员工:"大家注意了,现在总监已经在更衣室了,马上进来。"

于晶晶便跟我说:"马上检查你的静电带和着装,给总监看到问题就惨了。"

我听了便仔细地把身上四周都检查了一遍,没看出什么问题。一会儿,一个身材高挑的女子穿着一身客户穿的衣服就进来了,身后跟着一大群男人。正想再看,于晶晶拉了我一下,我赶紧低下头装作认真看货的样子。等她走过去以后,于晶晶才对我说:"叶子,总监来了你就要认真做事,看什么看。"

我不理会于晶晶对我的提点,问道:"刚才那个女的就是方思云啊?她好威风啊，后面跟着的那帮男人是做什么的？"

于晶晶说："后面那些都是经理、课长、主管啊，可能还有工程师吧。"

"她真是一个了不起的人，什么时候我也能跟她一样就好了。"我羡慕地说。

"她当然了不起，整个公司只有一个方思云。你想跟她一样？我看你还是赶紧看货吧。"

那段时间很用心地跟师傅于晶晶学，尽量在最短的时间用最快的速度判断产品是否合格，缺陷是否可以返修，条码是否正确。然后到培训部连考了两遍总算把上岗证考到手。于晶晶告诉我，我算是上手比较快的了，有些人考证考五六遍才能过，就是她也考了三遍才把上岗证考到手。

上岗证拿到手后，总算在工厂站稳了脚跟。三个月后我结束了试用期，成为厂里正式的员工，我的工资也由试用期的工资转为正式工的工资。

在厂里稳定下来后，我的心情轻松了些，对这个厂的了解也在慢慢加深。厂里有"三多"，就是员工多、餐厅多、宿舍多。因为员工多，所以有八个餐厅，四十多栋宿舍。员工多不用说，四万多人，但是这里面又是女工居多，占80%。在生产线上基本很难看到男同胞的身影，以我们车间为例，整个车间六百多人所有的操作工清一色全是女同胞们，组长们也全都是女的，只有部分主管、经理和设备维护工程人员是男的。不要去想象这么多女人挤在一起是怎样一番壮观场面，因为在车间里男人和女人除了身高和体形略有区别外，其他都没有不同：每个人都裹着一身白色厚厚的无尘衣。也不要诧异为什么所有的操作工都是女同胞，当你接触过产品以后你就会发现这是一个多么英明的决策，那产品是最精密的电子部件，那么小巧，那么脆弱，那么精致，操作的时候连平时细致温柔的女同胞用力稍大一点都成了废品，何况是五大三粗的男同胞们。

好在男同胞虽然数量有些少，质量还是很不错的。他们主要集中在厂里的研发部、工艺工程部、IE（工业工程部）、TE（测试工程部）、QE（质量工程部）、IQE（来料质量工程部）、仓库物流等部门，那些部门才是男人的天下。那都是一些比较有技术含量的部门，能进去的多数都是厂里从各地高校招募进来的大学生。

在产线上埋头苦干的日子毕竟太枯燥了，何况我们都是年轻人，都有一颗不安分的心。所以通常是组长刚一转身，组装线上的女孩子们就唧唧喳喳地开始聊天。在同一条组装线上，工位相邻的女孩子们的友情通常就是用这种方式聊出来的。因为一起进厂的缘故，我跟高华丽、杨燕三个人之间自然就比较亲近一些，加上我们的年纪相仿，三个人的工序又相隔不远，就经常聊天，不然这一天十二个小时的漫长工作时间也太难熬了。

女孩们聊天的内容当然是五花八门，不外乎是昨天新买了一瓶洗面奶啊，脸上又冒了一颗青春美丽痘啊，下班后要不要去逛街啊，等等。也会很八卦地说昨天下班后看到了工程部某某男和车间里的某某女在一起，肯定又是谈恋爱啦。新近又来了一位帅哥也不知道叫什么名字，看起来很斯文啦。有时遇到感兴趣的会把某个帅哥的年龄、毕业学校、家乡在哪儿、有没有女朋友等类似问题全部八卦一遍。呵呵，没办法，女人天生就是爱八卦。

聊到帅哥，做装料的杨燕转过头来对做焊接的高华丽和我说："我有一个长得蛮帅的堂哥，他在 TE 部门上班，你们要不要认识他一下？"

"多帅呀？跟蟋蟀比谁更帅一些？"我嬉皮笑脸地问。

"你见了不就知道了，反正是挺帅的，很多女孩子都喜欢他呢。"杨燕认真地说。

"好啊，我倒想见一见是什么人物，值得你这样夸他，难不成帅过周润发，靓过刘德华。"高华丽说。

"华丽，你也太没眼光了吧，刘德华那叫帅？你是没见过帅哥吧。"我不屑地说。

"就是，我哥可是比刘德华帅多了。"杨燕附和着说。

"既然这样，怎么一个见法？总不成你让我们跑到 TE 办公室去找你堂哥说：'你好，帅哥，我们想认识你。'"高华丽捏着嗓子说。

"晚上到厂里的舞厅去啊，他每天晚上都去那里跳舞，他跳舞棒极了，舞林高手一个。对了，我哥叫杨宇翔。"杨燕说。

"嘘，安静！陈咏梅过来了。"我对高华丽和杨燕警告了一句。于是我们友爱和善的组长踱着步子慢慢地从拉头巡视到拉尾，看到大家认真做事，出货速度正常，满意地点头走过去。我和高华丽、杨燕相视一笑，又低头做事了。

现在回想起在组装线上做PQC那一段时光，虽然每天要工作十二个小时，工作很辛苦，但没有心眼没有算计，是一个少女最纯真的时光。

3. 做好本职工作比什么都强

我很少到厂里厂外的舞厅、溜冰场、录像厅等娱乐场所去，每天下班后吃完饭的首要节目就是到餐厅前面一长溜的报纸张贴栏看当天的报纸。把报纸上的各种信息看了一遍以后，我会到厂外面的书店转一圈，然后回宿舍冲凉、洗衣服。干完活以后就坐在床上看书，一直看到宿舍统一关灯睡觉。这些节目都是每天例行的。

但是今天显然不会重复每天这种例行节目了，因为杨燕非要拉我跟高华丽一起到舞厅去看她那个叫杨宇翔的堂哥的潇洒舞姿，并且把她堂哥形容得很帅，加上高华丽在一边鼓动，我便答应了吃饭后一起去舞厅。

于是我们三个在晚上七点钟下班后，一起到厂里的餐厅吃了晚饭，再回到宿舍洗了一把脸，就兴冲冲地朝厂里的舞厅进发了。我们来到了位于厂方八栋宿舍楼下的舞厅，还未开门，就听见歌声缭绕，婉转动听。走进去以后里面的人已经很多了，我们便先找了一个角落坐下。五颜六色迷离的灯光，婉转动听的音乐，加上一个个或沉迷于音乐或沉迷于舞蹈节奏的男男女女，犹如梦境般不真实。

"看到没有，看到没有，那个在舞池里穿蓝色衬衣的，带着一个穿白色连衣裙跳舞的就是我哥，怎么样，蛮帅的吧？"杨燕兴奋地拉着我的手，指着舞池里一对人说。

我和高华丽都没有说话，过了一会儿高华丽忍不住了："哎，也太帅了吧？简直是没天理了，你说一个男人没事长那么帅干吗？长得帅也就算了，还招摇得很，会跳舞的女孩子请了一个又一个！"

"我哥还没有女朋友呢，当然可以请所有的女孩子跳舞，再说主动请女孩子跳舞那是一种礼貌，总不能让女孩子来请他吧。"杨燕说。

"他长得帅吗？灯光太暗了，看不清。"我故意这么说。事实上杨宇翔的确是全场最引人注目的男人，身材高大挺拔，舞姿刚健潇洒，虽然灯光有些朦胧，但是依稀可见他有白皙的皮肤和漂亮的五官，尤其是浓眉下的一双眼睛，显得神采飞扬。

"那等会儿我请他过来，让你们近距离看清一点，顺便也让他请你们跳舞，好不好？"杨燕说。

"也好啊，这样大家都认识了，以后有什么事大家也可以互相帮忙照应。"高华丽说。

一曲终了，杨燕便乐颠颠地跑过去对正退下来休息的杨宇翔说了几句话，杨宇翔便跟着杨燕走过来了。

"咳，还是我来介绍一下吧。这位是我哥杨宇翔，是 TE 部门的工程师。哥，这两个美女跟我在一条线上，是我最要好的朋友。这个是高华丽，这个是叶子。"杨燕把我们三个互相介绍了一番。

我和高华丽这次有机会近距离看到了这位帅哥。实事求是地说，他长得没有杨燕和高华丽所说的那么夸张，但是也确实不错。如果他有机会进影视圈，起码有当红偶像的范儿。后来，他成了我们厂里公认的头号帅哥。与之相随的外号是"色魔"，隔三差五换女朋友，我知道的就不止二十个。到我离开那个厂的时候他还没有结婚，继续祸害着青春少女。当然，这已经是后话了。

杨宇翔显得很热情，伸出手分别跟我和高华丽握了握："早就听杨燕说起过你们了，大家别客气，跟杨燕一样，就当我是哥哥吧。"

"哥，等会儿你得请她们都跳一支舞，这样才公平，刚才你都请那么多人跳过了。"杨燕说。

我慌忙摆了摆手："我不会，我从没有跳过舞。华丽，你会跳吗？"

华丽点点头："我以前在学校学过快三慢四。"

"那就行了，你们去跳舞吧，下一曲又要开始了。"杨燕推了推高华丽。

杨宇翔点点头，对华丽做了一个"请"的手势，两人便把臂进了舞池。

杨宇翔的舞姿依然潇洒无比，他仿佛天生就是舞台上的焦点。不用说，这样的男人总会在不经意间就会把一个充满幻想的天真少女迷倒。那样的男人，对女人有强烈的杀伤力。

"怎么样，我哥还可以吧？"杨燕得意地说。

"嗯，他是那种能把女人迷死不偿命的男人。"我说。

"那他把你迷倒了没有？"杨燕笑着问。

"你说呢？"我笑着反问。

杨燕没有再说话，专心地听起音乐来。

我也没有说话，闭上眼睛也专心听起音乐来。舞厅的音响里传出的是一首哀怨的歌：

> 郎君啊，你是不是饿得慌，如果你饿得慌对我十娘讲，十娘我给你做面汤。
> 郎君啊，你是不是冻得慌，你要是冻得慌对我十娘讲，十娘我给你做衣裳。
> 啊……

高华丽跳完一曲回来后显得非常兴奋："杨燕、叶子，一会儿就是的士高了，我们一起去蹦的吧，在这里干坐着也没什么意思。"

我忽然感到意兴阑珊："等会儿要蹦的？那你们去吧。我想先走了。"

杨燕有些不高兴："这不是还早嘛，还不到九点。怎么就想走了？"

这时震天动地、节奏强烈的音乐响起来了，是刘德华的《开心的马骝》。所有人都拥向舞池，疯狂地扭动着身体。高华丽和杨燕不由分说，把我扯到舞池，两人也开始扭起来。我站在舞池里有一种无所适从的感觉，周围所有的人身上的关节仿佛都脱掉了似的，剧烈地摇摆着。每一个男女看起来都是那么开心，那么精力充沛。我明白了，我不属于这里，这个舞台不是我表演的空间。于是我从容转身，打开门出去了。

"真是疯狂的世界。"我嘀咕了一声。想起今天还没有看报呢，就走到报刊栏去看报纸。

来到餐厅前面小广场的报刊栏，我一面盯着报纸一面小心移动着我的脚步，这个时候看报纸的人很少，其实也不用担心会碰到其他人，只是平常看报的人很多，养成的一种习惯罢了。

"嗨，你现在才下班吗？"一个声音在我身后冒出来。我转头一看，是一个身高中等的男人，架着一副黑框眼镜，面相有些熟悉，但是想不起他是谁，只好礼貌地点点头："是啊。"

那个男人微微一笑："还记得我不？前几天我到厂里来报到，跟你问过路。"

"哦，我想起来了，当时你还提着两个大袋子。"我回忆了一下，确实有这么一回事儿。

"你是新来的，是不是有事想让我帮忙啊？"我狐疑地问。

"噢，不是不是。"男人摆摆手，"你是我到这个厂第一个认识的人，只是还不知道你的名字。"说着他把厂证递过来给我看，"我叫汤小平。"

我把挂在胸前的厂证晃了晃："我叫叶子，请多多指教。"

汤小平笑了："你在哪个部门哪？我在电脑部，以后经常会到生产线修电脑，说不定可以去看你呢。"

"我在生产一部的三楼，看我就不用了吧。我也没帮你什么忙，不用对我这么热情，这么感激。"说到后面两句时我故意拉长了声调，明摆着是在调侃他。我对爱搭讪的男人向来都不感冒，原因就是从小到大母亲都在教育我："不要理那些找你搭讪的男人，他们都不怀好意。"

汤小平听了笑了："呵呵，你还真幽默。"

"我还有事，先走了。"我笑了笑说，不想跟他继续说下去，闪人。

第二天上班不久后高华丽和杨燕就开始对我进行了义正词严的批斗："太没劲了，走了也不打一声招呼，害得我们到处找人，后来才知道你先走了。"

我赔笑着说："实在是对不起啦，我是看你们跳得那么起劲，怕影响了你们的兴致，下次一定不会了。"接着又转移了话题，"杨燕你还真别说，你哥长得就是帅。"

杨燕一听来劲了："那当然，我什么时候骗过你们了。我哥要是长得跟赵本山潘长江似的我会这样夸他吗？"

高华丽问："你哥长得那么帅，为什么还没找女朋友？"

"从我哥上高中开始吧，追我哥的女孩子就很多了。他以前也谈过女朋友，不知道为什么吹了，到现在还没有固定的女朋友。"杨燕说。

高华丽不解："没有固定的女朋友？"

"是啊，我每次去他租房的地方都会看到不同的女孩子。但是我问他是不是他的女朋友，他又不承认。"杨燕说。

"那你哥还真够花心的。"我说。

"对了，你昨天在舞厅出来后去了哪里？"高华丽问我。

"还不是去看报纸了，碰到了一个找我搭讪的男人。"我把昨天遇到的情况大致说了一下。

"那个叫什么汤小平的肯定是想追你。"杨燕说。

"我看也是。"高华丽说。

"那他肯定没戏。"我自信满满地说。

但是后来汤小平并没有来追求我，我们经常会在上下班的时候碰到，会在报刊栏前碰到，会在餐厅吃饭碰到，在很多很多地方不期而遇，我们都只是点头之后擦肩而过。直到几年以后，他才跟我讲，其实刚开始时确实是想追求我，但是看到我那么的骄傲，就让他打了退堂鼓。

"看得出来，你心气很高，一般的人你怕是看不上的，但是我哥条件那么好，长得帅不用说，还是河南大学毕业的本科生，你应该会喜欢吧。"杨燕说。

"你哥那是条件太好了，他不一定看得上我，我也不想白费那么多心思。"我说。

高华丽和杨燕都不相信。我也知道她们不相信，按常理来说一个年方双十的少女，生活在一群女儿堆里，青春萌动，又正是对异性充满好奇的时候，忽然出现了这么一个英俊多情的男人，不动心是很难的。但是我的确是没什么兴趣，我来深圳唯一的目的就是挣钱，挣很多很多的钱，这样我才能实现自己的梦想。

我不作他想，努力地把我的本职工作做好。很快我成为车间里最优秀的PQC之一，同时成了陈咏梅最喜欢的员工。前面说过，在组装线上，PQC工位是最重要的。这个重要不单只是把不良品挑出处理，还要能够及时发现前面的生产工序是否正常，有哪些可以解决的方法。在生产线上，你不用卖乖讨好，不用拍马溜须，只要你能把上司交代的工作做好，自然就能得到认可。

这时堂姐却来找我了，她告诉我，公司安排她到武汉去开拓市场，她已经答应了。乍一听到这个消息，我有些发懵：堂姐要走了？一直被我视为偶像视为精神支柱的堂姐要离开深圳去武汉了？

"叶子，你别这样子，不要哭嘛。我只是去武汉，又不是干别的。没事的，你一个人不用怕，坚强些。"

不管我对堂姐多么的不舍，对我作过告别之后，她还是去了武汉。看着她离去的背影，我把眼泪擦了擦，堂姐说得对，不管怎样，我必须学会坚强。

流水线上做普工的日子是单调的，我总会不知不觉地怀念以前的校园生活，怀念在一起三年的好朋友韩蓉，但是自从我们分开后就失去了联系，也不知道她现在过得怎么样，而其他的同学，一定生活得很快乐吧。很快半年多过去了，一起进厂的六十多个女孩子有的已经离职，有的开始谈恋爱了。

没有谈恋爱的例如杨燕和高华丽也不时地受到男孩子们的邀请，去溜冰、跳舞、K歌等，生活是各有各的精彩。尽管她们也经常邀请我一块去，但我总觉得不安心，非常放不开，所以很少跟她们一起去玩。

周日不上班，高华丽到宿舍找我，让我陪她一起去看投影，当时宿舍里的人都走光了，我手里正捧着一本村上春树的小说看，听说去看投影，无精打采地说："我不想去，还是在宿舍看书吧。"高华丽觉得很奇怪，直截了当问我："叶子，为什么你总是不跟我们玩，就知道看书？"

我笑了笑："现在多看一点儿书，也是不想让自己有太多的遗憾。"

"那你为什么不上大学呢，我看你挺喜欢读书的嘛。"

我的眼睛一下子蓄满了泪水，但我却强忍着不让流下来。合上书，我一下一下地抚着书脊，慢吞吞地说："我是上过大学的，只不过找不到好工作，家里又出了一点儿事，才进厂的。"

"原来是这样啊，你还是大学生呢。"高华丽羡慕地说，"难怪我总觉得你的气质跟别人不同，看来读书多的人就是不一样。"

"算了，你还是别取笑我了，我现在跟你们没什么分别。"我淡淡地说。

"我们厂里的机会还是很多的，我相信你以后肯定会有出息的。"高华丽坚持着说。

"现在暂时还没想那么远，还是先工作再说吧。"

但是一个单身姑娘业余生活没有娱乐节目，总难免会感到枯燥和单调，甚至有时会感到寂寞。日子长了，有时我在看完报纸后望着空荡荡的长廊和餐厅，就一盏一盏开始数周围的灯。尤其是餐厅前面小广场的灯，全部是造型别致的六角灯，非常漂亮。经常是从这头数到那头，数着数着就乱了，忘了数到第几盏，就怔怔地瞧着灯光只管出神。不知道此时此刻，千里之遥的父母家人是否正在吃饭，他们可谈起我？

有时我也会猜测今天回宿舍会碰到多少对情侣，单数还是偶数，然后在回去的路上一对一对数过去，对了就会心一笑，错了也不在意。当然，错的时候多，对的时候少。

有时放假了，看到大家各忙各的，又正好是风和日丽，就会走到厂外面的公交站上，挑一辆人比较少的投币公交车跳上去，坐在车窗旁看沿途的风景，等车子到终点站后下去遛一圈，吃点东西什么的再乘同一路车回去。

不过后一种消遣寂寞的方法很少用。因为深圳的人很多，每一趟公交都是人满为患，大街上到处是汹涌的人群，置身其间总有一种随时被淹没的感觉。人潮如海，我只是茫茫大海中一片随波逐浪的叶子啊。

4. 一场悲剧

于晶晶最近显得很不正常。

前面说了，于晶晶是我进厂后教我做事的师傅，在这个厂干了也快三年了。我学会后她就调到前面去做焊接的工位，不过我们做的工序没有"教会徒弟饿死师傅"的说法。巴不得来一个徒弟教了撒手不干。原因很简单，这个工位的压力太大，责任太多，权力太小，那是谁也不愿意干的。我拿到上岗证以后，陈咏梅也开始日益看重我，不时把我叫到一边耳提面命一番："我知道你压力大，但是这个岗位实在是太重要了，还是要再细心一点，有什么问题一定要及时报告给我。另外你跟后面FQC的关系也搞好一点，不要让她们一看到不良品就开单出来。你工作认真我会看得到，评绩效我是不会亏了你的。"

我也的确是不负她的看重，不时跟后面的做FQC工序的品管聊天，不久就把那个叫王倩的品管忽悠成了好朋友。顺便提一句，陈咏梅看到产线的女孩子们聊天就会一声不吭地站在后面，然后感受到组长威慑力的女孩子们自动就把嘴巴给闭上了。但是如果我跟王倩在聊天，她就不管了，视若无睹地走过去。原因就是她明白，我跟品管的关系越好，产线有问题时就越好说话。在电子厂，生产部跟品管部的关系那可实在是太复杂了，不是三两句就说得清的。

因为跟王倩的关系好，如果不小心把不良品放过去只要不是非常夸张严重的，她都只是把不良品退回，让我换一个产品，要是换作其他的品管早开单了。尽管这样，我还是非常小心，尽量不让那些不良品漏过去。

但是今天才一个上午，王倩就退回了三个漏焊点的产品。在所有的不良品中漏工序是最严重的一种不良品，居然连续出现了三次，我可算是马虎到家了。不过很奇怪的是平时这种不良品很少出现，怎么今天就多了呢？看来我得好好把关。于是下午开始留心起来，这下不得了，下午才刚上班一个小时就看到了五个漏焊点的不良品，并且有很多产品虽然没有漏焊点，但不是焊偏了就是焊重了。弄得我神经兮兮的，所有的产品看两遍之后才放过去。我不由得对两个做焊接工序的高华丽和于晶晶抱怨："你们两个小心一点儿啊，这么多产品焊也不焊就放过来了，开单了你们就死定了！"

高华丽说："我绝对没有，我是把每一个产品都焊完了后再检查一遍才放过去的。"

于晶晶则像如梦初醒般恍然："啊？有漏焊的产品哪？这个肯定不是我漏过去的。"

这条组装线上总共就两个焊接的工位，并且两个人所焊产品的部位也相同。高华丽是新人，但是做事还算细心；于晶晶是老员工了，平时不太爱说话，看得出来也是做事认真的老实人。那会是谁呢？我想着要不要把这个事情告诉陈咏梅，让她去解决好了。但是这两个人，一个是跟我一起进厂的好朋友，一个是曾经手把手教我的师傅，不管查出是哪个人有问题都会免不了挨骂，这可都是我不愿意看到的结果。于是我叫高华丽："你把你做的产品打上一个记号，我得看看。"

高华丽答应了，我把两个人的产品分开检查，马上就发现了高华丽的产品一切正常，而于晶晶的产品中就有很多焊偏焊重的。留心看了看，果然不久后就看到了有漏焊的产品。

"于晶晶，是你的产品有漏焊的，你今天做的还有很多不良产品。你要注意一点。"我对于晶晶说。

于晶晶有点不好意思："对不起啊，我也不知道是怎么回事，我会注意的。"

尽管于晶晶认错的态度良好，这并不代表真的是注意了。这不，刚一小会儿的工夫，又是一个漏焊的产品。这次我没有做声，留神地看了看她是怎么做事的。这才发现平时认真工作的老实人这会儿目光迷离，神色恍惚，一会儿在发呆，一会儿又神秘地微笑，一会儿又皱皱眉头。可以猜测得到她有满腹的心事。

"于晶晶，你是不是谈恋爱了？"我大声说。

我的话显然是让正沉醉在自我世界中的于晶晶吓了一大跳："啊？没有啊，我没有谈……谈恋爱。"

这句有些结巴的话把周围的杨燕、高华丽都惹笑了，杨燕说："鬼才相信呢，你现在的样子摆明了就是做贼心虚。"

高华丽笑着说："肯定是不想买糖给我们吃了，不行，不管怎么样，这糖你都得买了，尤其是叶子和王倩，她们今天可是真够辛苦的，你不买我们都不答应。"

于是王倩、杨燕她们一起起哄："就是，都在一条线上，还掖着藏着。从实招来，那个他是不是我们认识的人？你们又是从什么时候开始的？"

这样的声势于晶晶招架不住了："好了，好了，我买就是了，明天我就给你们带来。"

我问："他是谁呀？

于晶晶的声音有些干涩："你们先别问了，我心里正烦着呢，以后你们会知道的。"

"以后你们就会知道了。"在这一刻一定有一个魔鬼躲在某个角落里露出狰狞的笑容。

但是我们不知道，我们什么都不知道。

我们不知道于晶晶，这个平时言语不多、老实善良的女孩早已经暗中跟研发部的一个李姓有妇之夫过从甚密，甚至珠胎暗结。我们不知道此时此刻的她已经被那个只想玩弄少女的高工所抛弃，留着她跟肚子里的孩子正面临着人生最重要的抉择。我们不知道此时此刻她是多么的茫然无助，多么的惊慌失措。我们也不知道此时此刻她有多么的需要我们，哪怕是一句问候，一声安慰。我们更不知道此时此刻她离开人世仅仅还有十几个小时。

我们什么都不知道，我们只是肉体凡胎。

我们都只是情窦初开的女孩，我们以为爱情都是甜蜜的、幸福的、浪漫的、温暖的，我们以为爱人都是可靠的、忠诚的、唯一的、负责的。我们见过得还太少太少，以致有些无知。

没有人知道她是否恨过那个男人。于晶晶比较内向，没有多少可倾诉的老乡朋友。好在她有记日记的习惯，她把心底里那些不能说不敢讲的事全部写在上面了。但是在最后一天，她的日记里仅有一句话："宝贝，你的爸爸不要我们了，我带你去天堂好吗？"

我带你去天堂好吗？

在我的人生中从来没有拥有过什么，即使是你爸爸，他也不是我的，唯有你才是我最重要的爱人。如果杀死你，我不忍心。如果把你生下来，那么你将一生一世都被世人看轻。我们还是走吧，我们去一个可以在一起又没人打扰的地方，那就是天堂，我带你去天堂好吗？

你静静地躺在床上，隔着床帘，你不去听宿舍里进进出出的脚步声，不去听七嘴八舌的说话声。你的脑海里反反复复只有他说的几句话："我跟你是不可能在一起的，你聪明一点就去把孩子打掉！记住，以后也不要来找我了！"他说这几句话的时候是那么的冷酷，那么的绝情，以至回想起来仍然全身发胀，胸口仿佛有人拿着一把铁锤重重地砸着。但是你没有哭，你已经没有眼泪。

夜是黑的，浓墨一般；夜是静的，死寂一般。

然而是谁在深夜里对着寂寞无人的长廊唱着多情的歌？又是谁打开了楼角的白炽灯赶走了夜的黑暗？五月里带着泥土清香的空气，悄然而来，那是家乡的田野。在每一个黄昏来临之际，所有的树木和花朵都在交头接耳窃窃私语。六岁的你听到植物说话的声音，好奇地把耳朵伸到一朵黄色的花朵边，想听清楚它们到底在议论什么。花朵悚然闭合，所有的声音都消失了，天地安静下来。

天地安静下来，模糊的窗子一点一点在清晰，天亮了，又是一天的清晨来临。

上班去吗？面对工友，难道继续强颜欢笑？还是实话实说，让她们去耻笑？如果辞职回家，家里会有我和宝贝的容身之地吗？这样回家，让村里其他人一起来耻笑我们家吗？而且父亲除了骂，母亲除了哭，还会有什么办法？

生命的最后关头，于晶晶一定是把那些酸楚和悲伤回忆了一遍又一遍，童年、家乡、朋友、父母……都无法给她安慰，除了绝望还是绝望。

于是她仔细地把床上的被子、衣服叠好，再整整齐齐地穿好衣服。然后来到七楼的过道上，神色温柔平静，轻轻松松地跨过护栏，纵身一跃。

于晶晶跃下七楼的时候，同一栋楼的我还在赖床，陈咏梅刚起床正准备刷牙，高华丽和杨燕的脸上满脸都是洗面奶的泡泡，但是一声尖叫霎时惊动了整栋宿舍：快来人哪，有人跳楼了！

所有的人都涌向楼道：是谁？

我的宿舍在四楼，加上本来就有些近视，向下望时并没有看清跳楼的人是谁。很快保安来了，救护车来了，呜哇呜哇的鸣叫声让人心里一阵发紧。

上班的时候经过宿舍楼下，不由得朝跳楼女工躺过的地方望了望，只见一摊通红的血迹还留在上面，没来得及清洗。一路走着，不断听到周围的人在议论猜测跳楼的人是谁。我刚到更衣室，就碰到陈咏梅从车间里急匆匆地走出来。她看到我后马上对我说："叶子，你先不要进去上班，跟我一起去一趟宝安人民医院。"

"怎么啦？"我问。

陈咏梅三下两下把无尘衣脱了："快走吧，路上再跟你说，中央安全处的车子在外面等着呢。"

我心里隐隐有一种不祥的感觉，但是又不好问什么，只得一路跟着陈咏梅出去。

陈咏梅带着我来到一辆面包车前，里面有一个司机和一个三十多岁的男人，那个男人看到陈咏梅就问："你就是陈咏梅，于晶晶的组长？"

陈咏梅点点头，那个男人说："我就是中央安全处的唐顺，上车吧。"我们便上了车，车子就向厂外奔驰而去。

我不由得把此去的目的跟跳楼事件联系起来，忍不住问："是于晶晶跳楼吗？她现在情况怎么样？会不会死啊？"

唐顺说："刚刚送她去医院的同事打电话来说情况很危险，医生诊断有内脏出血和脑颅骨折，生还的希望不大，但是还在全力抢救中。"

陈咏梅问："好好的，她为什么要跳楼？"

唐顺说："现在我们中央安全处也在全力追查这件事，你们是她的上司跟同事，她的事你们肯定比我们清楚，有什么情况还是要跟我们讲清楚好。"

我问："她有没有留下遗书？我觉得她完全没有自杀的理由啊。又是在谈恋爱，还说今天要给我们买糖呢。她会不会是失足掉下去的？"

陈咏梅说："怎么可能是失足掉下的，护栏那么高，又不是小孩子了，一大清早爬护栏。"

唐顺说："我们已经把她所有的东西先保管了，如果她救不回来再去找一找有没有遗书吧。"

我们刚走进医院，就看见一个穿着厂服的男子走上前来："没用了，人死了，已经送到太平间去了。"

我知道这个男人，是送于晶晶到医院来的人，肯定也是中央安全处的。听到这个消息，我跟陈咏梅的手不由得握到一起，都有几分不信："真的吗？"

"你认为我有必要骗你们吗？"

唐顺沉默了一会儿说："那就回去吧。"

一路上我们都默不做声，我机械地走进厂房，机械地换着工衣，机械地走进生产车间，仍然无法相信昨天还是一个鲜活如花的生命，今天就这样消失了。回到工位，我特意看了看于晶晶平时所坐的焊接工位，那里现在坐的是一个从别的产线临时过来支援的女工。那个女工也是年纪不大，看上去清秀可人。她走了，从此将再也不回来了。我心里一酸，潸然泪下。

后来陆陆续续听到一些小道消息，中央安全处在于晶晶的遗物里找到了怀孕的化验单和病历本，也看到了她的日记。李姓的高工已经被查出辞退。于晶晶的父母亲对于厂方两万块钱的赔偿不满意，准备上诉。

后来我们再也没有提起过于晶晶，如同宿舍楼下那摊被洗掉的血迹一样，处理得干干净净。现代人无疑都是善忘的，幸好善忘，否则背负了太多的悲痛，承载了太多的伤心，在打工这条路上将无法前行。

前面的路还长，我们还是要往前走，死者从来都注定被遗忘，也许有一天，我们也将被世界遗忘。

5. 和美女同事要搞好关系

转眼之间到了6月，又是一年最热的时候。厂方又开始招工，看着那些提着大包小包进厂的女孩子总有一种亲切感。她们都是我的同事，一样身处社会底层。

有一天，上班后不久，陈咏梅带进来一个女孩子，对我说："这个是新近入厂的员工，叫谢芳。你把PQC这个工位要做的事好好地教一教她。"

我有些迟疑："老大，我在这工位时间也不是很久，我怕我教不好。"

陈咏梅说："我现在就是要这个工位的人，这条线就只有你一个人会这道工序了。我对你有绝对的信心，好好教她，如果有不知道的问我就行了。"

"那，好吧。"看到陈咏梅那么信任我，我只好答应了。

"另外，你把这里上班的纪律和注意事项给她讲讲，给稽核组的人抓到了可不是玩的。"陈咏梅又交代了一句便走了。

我对站在一边的谢芳说："你去把那边的椅子搬过来坐。"

谢芳说："好。"就过去搬来了一把椅子坐在我旁边。

我看了她一眼，说："我现在手里有几盒货没看，先看完了再给你讲吧。"

虽然只是一眼，但是我已经看到她有乌黑的眉毛，白皙的皮肤，一双眼睛更是秋水盈盈，顾盼神飞，不难想象通身包裹的无尘衣里是怎样一副美丽的身躯。忍不住再看，尽管在车间里看不到眉眼以外的部分，仍能觉得出她是我所有见过的女人当中最美的一个。

我叹了一口气，有一种自惭形秽的感觉。后面的王倩就说了："叶子，你这个新来的徒弟好漂亮啊。"

"唉，是啊，陈咏梅可真是会挑人，一下就把我们这条产线女孩子的外貌档次提高了一大截。"我说。

谢芳笑了："你们也不错啊，外面都在说这个电子厂是一个美女窝，我看大家都可以。"

"我们只是'可以'和'不错'，但你却绝对够得上是'满分'。我看在这个厂目前为止，你要是说长得第二，那就没人敢自称是第一。"

谢芳说："没这么严重，我也只是长得一般般吧。"

我歪歪头笑了笑："一般一般，港姐第三；很丑很丑，亚姐第九。"

谢芳和王倩都笑了，隔了一会儿，王倩说："长得那么漂亮，怎么分到产线的？按道理来说该分到办公室做文员的。"

我看着谢芳对王倩说："你还别说，她应该很快就会离开这里的。她不是做产线员工的命。"

谢芳说："我又没学历又没后台，怎么说也只能当普通员工吧。"

我笑了笑，便对她说："好了，我只不过是比你先到这个厂，做你的师傅实在是不敢当。今天我先把这个车间里的纪律说一说，免得你不知道。还有你要知道，在这里你所有犯错的后果都将由我们的组长来承担，你要特别小心。"

我把车间里的纪律给她略略说了说，例如头发不能外露啊，不可以跷二郎腿啊，上班不可以趴在桌子上啊，静电手镯一定要戴好啊，没有离岗证不可以离开工作岗位啊，车间内不允许跑动啊，等等。

谢芳听了说："哇，你们怎么过得下去呀，这规矩也太多了吧。"

我说："习惯了就好，我们都是这样过来的。还有，拿产品时一次只能拿一个，并且必须双手作业；产品在生产线上堆放不可以超过三层；所有在产线堆放的产品必须写好标识；型号不同的产品不可以放在同一个盒子里……"

我看谢芳在笑吟吟地听着，怕她不知道其中利害，正告她："如果我们违反了那些纪律，又很不幸地被上面的高层或者稽核组的人碰到，我们都要写检查，检查要有改善对策和组长、主管的签名才可以。那些人的名字可不是随便就签给你的，去签名的时候至少要把你修理一顿再说。"

看到我一本正经的样子，谢芳郑重地说："知道了，我会很小心的。"

吃饭的时候到了，我跟谢芳、王倩说："要不中午咱们三个一起去吃饭？"

王倩说："好，我们在楼梯口会合吧。"

心直口快的王倩看到脱去工装穿着厂服的谢芳马上叫了："哎，这老天也太不公平了吧，怎么把好的全部就给你了呢。脸长得好也就算了吧，但是身材居然也这么好。实在是不公平，怎么我就没有一样好呢？"

我细细打量着谢芳，的确，谢芳和厂里所有的女孩子一样上衣是天蓝色的厂服，下身是一条普通的牛仔裤。其他人穿着这样的衣服都显得中规中矩，很难有让人记得住的地方。可是穿在谢芳的身上，就衬得皮肤是白里透红，腰身是杨柳春风，让人一见难忘。

谢芳微微一笑："千万不要这么说啦，我会很不自在的。"

也许谢芳从小到大听到不少人夸她，但是说得这么露骨的还是第一次。我说："秀色可餐，对着这样的人吃起饭来应该更香吧，走啊，去迟了又是排老长老长的队。"

自从收了谢芳这个徒弟后，日子忽然添了许多乐趣。谢芳是我的第一个徒弟，没想到自己进厂才那么一点时间就开始当师傅了，心里就有一种小小的成就感。而且谢芳做事非常认真，学起东西来相当快。不要以为漂亮的女生就没大脑，只懂得爱美和傻笑。凭着谢芳做事的那股认真劲，加上她的外貌所能带来的机遇，我敢断定她绝对不是池中之物，早晚有一天会一飞冲天。

所以对她，我是非常的周到，有问必答，坦诚相待。地球是圆的，生活有无数的可能，说不定今天我还是她师傅，明天我就将成为她稽核的对象呢。

没多久，我就发现到我们产线附近转悠的男人多了起来。很明显，他们都是冲着谢芳来的。那些男人脸皮薄一点的就站在边上看一看，脸皮厚一点的干脆就凑上前来问这问那的，谢芳不理时又找我来搭讪，想通过我来引起谢芳的注意。别说是谢芳，我都快烦死了。有的男人更是直截了当："美女，今晚有空吗，请你吃饭怎么样？"

在一个美女身边待了一段日子以后，我才知道作为一个真正的美女，她需要面对男人们设下的多少诱惑与陷阱。那些男人一个个态度谦恭，蜜语甜言，风趣幽默，请吃饭，请K歌，请跳舞，那都是有目的的。总之一句话，天下没有白吃的午餐。

观察了一阵，我发现谢芳是一个非常自重的女孩，并不像一般漂亮姑娘那样虚荣，她轻易不会接受一个男人请吃请玩的邀请。后来实在是不胜其烦了，就跟我说："要是还有人请我去干吗的，你就说我已经有一个准备结婚的男朋友了，让他们不要白费心思了。"

"你这不是还没有男朋友吗，我看有不少人是真的喜欢你，要不你就在其中挑一个吧，省得那么烦。"我说。

谢芳说："我还太小了，又不是在学校里。出来社会上，找到男朋友顶多也就谈两三年，就得想着结婚了。结了婚，女人就是一辈子了。那么早结婚对我们女孩子来讲真是一点好处都没有。"

我不禁对谢芳刮目相看了，她年纪也就是跟我差不多，但是想问题可比我深入多了。这可不是一个简单的美女呀。我说："行，再有男人来骚扰我们，我就对他说你有男朋友了。"

自从我放出谢芳有男朋友的消息以后，身边转悠的男人们就开始少了。谢芳在工作上是一天比一天有进步，我慢慢地开始有时间去产线前面学别的工序。前面十几道组装工序都是比较简单的，几乎是一学就会，加上我有外观检查的基础，知道怎样的动作可以避免产生不良品，做出来的产品是又好又快。陈咏梅也有意让我把各个工序学全，这样有人请假或有别的事时就可以让我顶替。

我心里盘算着，等谢芳完全会看外观检查这道工序后，我就可以不做固定的工位了，产线哪个地方需要就到哪里去帮忙，那多爽啊，比做固定工位好玩多了。

但是人算不如天算，就在谢芳拿到上岗证的第二天，谢芳便调走了，走的时候也没跟我说一声。

没办法，我只好又坐到外观检查的工位上去。王倩也调到另一条产线上验货去了，她告诉我，由于我们的关系太好了，被品管领班看到，不管怎样都要把她调开，以免生产部弄虚作假。新调来的品管是一个刚招进不久的小姑娘，那个铁面无私刚正不阿，简直让人吃不消。但是也没办法，只好老老实实、认认真真地把货看好，以免出了问题难以交代。

第二天，我正在工位上专心地看产品，忽然感觉有些不对劲。身边站了人，我抬头一看，是谢芳，她穿着外来人员的工衣正冲着我灿烂地笑呢。

"呀，真是士别一日，刮目相看呢。才一天的时间，就把这个工衣穿上了。"我笑着。

"师傅啊，您就别取笑徒弟了。"谢芳也回敬着说。

"现在在哪个部门高就啊，到这里有何贵干哪？这么有空，不是专门来看我的吧。"我说。

"就是专门来看你的啊。"谢芳认真地说，"我想着昨天走得太急了点，别人一来叫就只能先走了，也没跟你说一声。"

我心下有些感慨，其实谢芳调走以后根本没必要跟我讲什么，对于她以后的职场生涯来讲，我对她不会再有任何的利用价值。从这一点来看，她就不是那种见利忘义的人，至少她还是重感情的。

于是我跟她说："不用那么客气，应该我去看你才对，以后说不定还有很多地方需要你提点呢。"

"你这是在说哪里话呢，你是我的师傅，进厂后又多亏你的关照，我不来看你该去看谁呢？"

"你还没告诉我现在你在哪里做事，做什么呢。"

"我现在四楼做我们部门的办公室文员，今天先熟悉熟悉我们部门各个车间的状况。这不现在就到这里熟悉来了。"

"呵呵，刚才还在卖人情呢，说是专门来看我来着，其实呢只是顺便罢了。"

"我对我们车间是够熟悉的了，还用得着来看吗？只是打着这个名号来的，来了也只是想看看你。"

"我们部门不是已经有一个文员了吗？怎么，那个人要走了吗？"

"不知道啊，听我们的经理说好像我们当中有一个要调到副总的办公室去吧。"

"我看肯定是先把你培训培训，再把你调到副总办公室去。"

"别那么肯定，还不一定是我，我们经理都说要看看谁更合适。"

我说："我们部门的文员我见过，如果她要调走的话早就调走了，也不会等到现在。而且你的身材、外貌和做事的态度都比她出色多了，如果我是副总我就选你。"

"可惜你不是副总啊。再说了，我不认为外貌是一个人才的竞争资本。"

"那你就错了，这个世界上，美女从来就是最稀缺的资源。"

不出我所料，不久谢芳就高升为公司常务副总办公室的文员，刚开始时她还会不时到产线看看我，跟我说说话，久了就不来了。而我又拘于自己的身份，不想给她留下巴结她的印象，也没怎么去找她玩。慢慢地我们的关系就淡了。

也好，相濡以沫，不如相忘于江湖。

6. 不学习，就会完蛋

厂外有家书店，我经常会在下班后去那里看看书，常常都是只看不买。记得有一次那家书店新来了一部《王国维学术经典集》，定价为21元，被我找到后，实在舍不得出钱把它买下来，毕竟囊中羞涩。于是每天下班后跑到书店里去看，一直持续了一个星期。那天，我终于把最后的《人间词话》看完了，翻了又翻，恋恋不舍地放回了书架。这时就有人在身后说话了："这书看完了吧，你觉得这本书好吗？"

我扭头一看，是一个黑黑瘦瘦的中年男人，我认出来他是这个书店的人，基本上我每天过来都会看到他。于是对他笑了笑："这是一代大师的作品，我一个无名小辈，只能是吸收和接受他的知识观点，哪里敢评论是'好'，还是'不好'。"

那个男人笑了，露出一口白牙："那倒是，能评价他的人像鲁迅啊、陈寅恪啊、冯友兰啊，早都去见马克思了，后来的小辈们只有高山仰止的份儿了。"

我听那个人说话还挺有意思的，便点点头说："那些人去见了马克思后，咱们的国学就有点有名无实了，前一阵子看到有人在报上写了一篇评论，他说国学已经死了，偏激是偏激了点，但还是挺有道理的。"

那个男人听了："嗯，有些见识，不错。这本书就送给你吧。"

说着他把书从书架里抽出来递到我手上："就当是交你这个朋友。"

我从来没有接受过一个陌生人给的东西，加上我对厂外的人，尤其是男人还是有戒备心的，慌忙就把书推了过去："这个书我已经看完了，你还是留起来卖掉吧。"

那个男人说："你客气什么呢，宝剑赠英雄，红粉赠佳人，这书送给你正合适。"

我接过书，轻轻翻了翻："这书放在这里就很好，说不定也有人跟我一样，每天来看一看，要是找不到了，总是有遗憾的。"说着我把书放进书架上。

那个男人笑笑："这本书我要是卖的话早卖掉了，只是看到你每天都来看，你还没有看完，而且这书是到后面才是最精髓的部分，没看到的话是太可惜了，所以我是专门为你留的。"

我一愣，心里便有些感动："那太谢谢你了，我想，我们之间素不相识，其实你不必这样的，影响了你的生意，这让我很过意不去的。"

"其实我们已经很熟悉了，你不这么认为吗？基本上你每天都会到我们店里来一趟，我们之间认识，只是没有打过交道。"

想到那个男人那么热情那么诚恳，我也不好意思装出一副拒人于千里之外的神色来，主动说："是啊，只是我还不知道你叫什么，我叫叶子，在电子厂打工。"

那个男人伸出手来跟我握了握："你好，我叫华开，以前是江西吉安的一个中学老师。很高兴认识你。"

我笑了笑说："哦，你以前还是中学老师呢。你的名字很有趣啊，倒过来听就是'开花'。"

华开笑了："那证明我们有缘，不是吗？你是叶，我是花，花开尽了叶子来。"

我说："嗯，你真会说话。"

华开说："还是欠缺了一点。我这个人吧，就是爱交朋友，我也交了你们厂的不少朋友。你们年轻人思想比较锐进，跟你们交流交流能学到很多东西。"

我不知道华开跟我认识是否带有目的，但是我的确很高兴认识这个书店的老板，一个满脸沧桑的江西吉安中年男人。由于华开以前做过老师，我便叫他"华老师"。顺便也认识了书店里的两个女店员，一个叫阿眉，一个叫张秀婷。阿眉是广西人，比较直爽；张秀婷是湖北人，不太爱说话，多愁善感，心思细腻，比较内向。

以后我去他们书店就比较随意了，如果想看哪本书，不管是新书还是出租的旧书他们都让我随便拿回去看，只要能还回来就行了。当然，我是一个比较自觉的人，不会把别人给的方便当随便，每次把书看完了后就赶紧送回去。日子久了，有时去书店碰巧他们都很忙便会让我帮忙看店。闲的时候四个人会在一起聊天，天南地北古今中外云山雾罩乱侃一通。慢慢地彼此熟悉起来，有时也会开开玩笑，一起吃吃喝喝。

7月的一天，我照常到书店里去玩，四处看有没有自己感兴趣的书。华开也在，他对我说："你拿了书到那边坐着去看吧，站着看多累啊。"

我随便挑了一本书，到一边坐着慢慢看，华开对我说："叶子，我看你挺喜欢读书的嘛，有没有想过再去读书考一个文凭？"

"再去考一个文凭？"我听了一愣，说实在的，自从进了电子厂后，整天在流水线上工作，我几乎已经忘了自己还是正规大专院校出来的毕业生。社会就是那么现实，如果找不到对口的工作，就是博士毕业又如何呢？

"是啊，再去考一个文凭。你想，现在这个社会竞争那么激烈，如果手上多一个证件，那不就等于是多了一条路吗？再说你现在单身一人，没牵没挂的，多余的时间正好用来学习啊。"

听华开这么一说，我有点儿心动了："我对深圳也不怎么熟，不知道哪里可以报名参加自学考试，不然也可以试试。"

"我知道在哪里可以报名，只是不知道你有没有这个决心。"

"那你把报名的地址给我，说不定哪天我无聊了就想去读书了。"

"没问题。不过要真是想去读书可不是一时无聊来了兴致就可以的，那可不是说着玩的，必须在以后的几年里一直坚持下去才有可能拿到文凭。"

我问："真有那么难啊？"

"那是，很多人都在考，但是最后能拿到文凭的人可不多，原因就是坚持不下去。"说着华开拿来一张纸，在上面写了地址：

宝安79区好运来商务大厦A栋11楼深圳市达闻培训中心

我看了看，说："离这里远不远啊，怎么坐车？"

"很近的，你只要在厂门口的公交站上坐车到西乡街道办下车，对面就是好运来商务大厦。"

"那谢谢你啊。"

"不用谢。不过，我记得自学考试报名的日子是每年的一月中旬和七月中旬，应该很快就开始了，你得好好准备一下。"

华开给的地址，被我小心地夹在日记本里，但是要不要报考，报考什么专业，我一直都没拿定主意。几天后去看报纸，《深圳日报》里发了一则消息，当天是自学考试开始报名的日子，说深圳的自学考试学生预计将突破3万。

我想：没什么好害怕的，也就是三四年的时间。你不去考试，你又能干什么事情？还不如去考一个本科文凭。

我打定主意后就不再多犹豫了，便选了行政管理的专业。离考试还剩下三个月的时间，我怕自己腾不出那么多时间来学习，报考了也考不好，没敢多报，就先报了《毛泽东思想》和《马克思政治经济学原理》两门公共课。

然后我又按照自己的自学方法买了教材、笔记本、同步练习、单元试卷和模拟试卷。

我的心思开始放在自学考试上，除了上班和下班会看看报纸，其他时间基本就是捧着自考的教材在看。

8月份陈咏梅又让我收了一个徒弟，一个叫程颖颖的陕西女孩。可能她刚从学校出来吧，整个人都显得非常天真稚气。进来时我带着她，她就老是喊我"师傅师傅"的，我不习惯这样的称呼，她就改口叫我"叶子姐"。我想自己的年岁比她是要大一些，看着她叫得那么甜，心想有这么一个妹妹也不错，就默认了这个称呼。没想到这一叫，就叫出了我们真正的姐妹情分，直到她后来去杭州做销售了，不时打电话给我，还是一口一个"叶子姐"。小妮子现在渐渐露出她作为一个女强人的风范，这是当初绝对想不到的。N年以后回想起我们那个时候的光景，心里还是一片温暖。

后来我才知道，这个一片天真的小女孩身上的担子也是不轻的。她也是来自一个并不富裕的农村家庭，姐姐考上大学以后，学费成了家里沉重的负担，初中毕业的她就不得不辍学来广东打工。

刚开始时程颖颖下班后总黏着我，我去看报她也去看报。我在看教材她就拿了一本小说待在边上跟着看。后来在厂里熟悉了，就开始跟高华丽和杨燕她们一样，不时去舞厅里玩。然后第二天就在工位上跟我报备，昨天见了什么样的男孩子啊之类的。她是一片天真，并不知道这个社会有多少陷阱。我就有几分担心了，程颖颖应变能力不如杨燕，处事懂慎不如高华丽。并且我早就听说厂外有一些不务正业的混混总在我们厂周围的舞厅出没，然后以谈女朋友的名义追求女孩们。一旦女孩跟他们交往起来，就永远别想挣脱他们的魔掌了。在外面出钱租房把她们养起来那是小事，更恐怖的是把她们拐卖到一个不知名的深山村子里，那可就真的完了。这些都有活生生的例子，几乎厂里每年都会失踪那么几个女孩子。

想了想，我决定跟她讲一讲这其中的利害关系，至于她听不听，或者是听进了多少，那就看她自己的造化了："颖颖，你很喜欢到舞厅去玩吗？"

程颖颖说："也不是很喜欢，只是下班以后有些无聊，就想去舞厅看看。"

"这样啊，那种地方最好少去一点，像你这种小女孩最容易给舞厅里的坏人骗了。"

"我没看到那里有坏人呀。"

我忍不住笑了："难道坏人还会在额头上刻字啊？"

程颖颖问："那怎么样的人才是坏人？"

我想了想说："反正只要是男人，老是围着你转，看起来又像好人的样子，就可能是坏人，就要提防他们了。"

程颖颖问："那怎么提防啊？"

"尽量不要单独跟他们在一起，他们要是送你什么东西也不要接受，还有我听说舞厅里有人会在饮料里下迷药，那些男人给你的东西也不能喝。"

程颖颖想了想说："叶子姐，我知道你是为我好，我以后不去舞厅那种复杂的地方了。你那里不是有很多书吗，下了班以后我就去你那里看书好不好？"

"这有什么不行的，你还可以拿回你宿舍里去看呢。"

之后程颖颖便很少去那些娱乐场所，跟我一样，慢慢地也养成读书看报的习惯。

7. 同事之间，是否存在真正的友谊？

自从我开始自学后，就发现有一个好的学习条件和学习环境是多么奢侈的事。首先是学习条件，我要记笔记，做练习，做试卷，那就得有一张书桌和椅子。这对于我来说简直是难以办到的事，我没有多余的闲钱来买这些东西，更重要的是宿舍也没有放个人书桌的先例。宿舍里是有一张书桌，但是没有椅子。书桌上面放了一堆堆的杯子、水果、老干妈麻椒等等。桌面油迹斑斑的，上面布满了不明物质留下的痕迹，我看了也不忍心把我雪白干净的笔记本放在上面写字，只好趴在床上做笔记。不用说，这是很辛苦的，经常是趴着写了一会儿就头昏眼花。

这样过了一些日子，我实在是顶不住了。有一天提前下了班，我把桌子上的东西全部清理到旁边的柜子上面，然后把书桌搬到冲凉房里用洗衣粉仔仔细细地洗了一遍，回来用抹布擦干后再铺上一层报纸用透明胶粘好。这下一张干净的书桌就新鲜出炉了。

我满意地打量着我的劳动成果，把书摊到上面开始记笔记。这时宿舍里开始有人下班回来了，先进来的是2号床的黄明娟，她看我坐在床上（我是7号床，下铺），书桌移到我的床边，上面摊了一堆学习资料，就问："叶子，你把桌子上的东西放哪儿去了？"

我指了指说："那些东西全部放在柜子上面呢。"

黄明娟也没吭声，拿了杯子就去走廊尽头接水。

过了一会儿，5号床的邝小美回来了，也问自己的杯子在哪里，我也告诉她了。

管不了那么多，我抄着笔记，丝毫没有觉得今天的宿舍有什么异常，只觉得宿舍一下安静了很多，进进出出的人不再像往常一样唧唧喳喳地说话，每个人都言语不多。

我看了看时间，快十点了，还有一个小时就要关灯了，但是我还没有洗澡呢。便把书收了，拿了衣服和桶到洗澡间里去。

等回来的时候一看，原本摆在我床边的桌子已经移到宿舍中央，并且水杯、水果、零食又回来了，堆得满满一桌子。我愣住了，尤其看到干净的报纸上还放了一个油汪汪的葱花饼。这时邝小美说话了："叶子，你以后用过桌子了要记得把桌子归回原位，把我们放到一边的东西放回去。"

我乞求着说："你们不要把东西放桌子上行吗？我想用这个桌子记一点笔记。"

邝小美说："这个可能吗？如果这张桌子只是我一个人的，你开了口，我是可以让给你去用。但是现在一宿舍人都在呢，你让她们都答应了才行。"

黄明娟在一旁接过话说："怎么可能！还当这个桌子是自己的私有财产，用过了也不归回原位！"

听到黄明娟强硬的口气，我的态度也不由得强硬起来："但是公司给我们提供这张桌子时并没有说是让大家放东西的啊，我们宿舍条款里写了，这是一张书桌。"

黄明娟说："书桌又怎么啦，老娘就是喜欢在上面放东西！我看过的所有宿舍都是用这张桌子来放水杯杂物的，怎么到这个宿舍就不行了？你厉害是不是？你说不可以放东西就不可以放东西是不是？"

看到黄明娟张狂的样子，我有点生气："那我请你再说一遍，这张是什么桌子？"

黄明娟大声说："书桌啊，我就说怎么了？"

我的声音也不由得提高了，说："大家听一听，书桌，她自己都说这是一张书桌！什么是书桌？书桌就是让我们写信看书写东西用的桌子！"

黄明娟声音又提高了八度："你他妈少给我在这里掰字眼！这是一个宿舍公用的物品，不是你的私人物品！"

我所处的环境中，周围80%以上都是未婚少女，大家在一起说话都比较斯文客气；还有剩下20%的男人基本也都是接受过高等教育，一个个看起来显得文质彬彬的样子，说起话来也很文雅。整个的工作氛围是超好，所以乍一听到黄明娟的话我就觉得非常刺耳，忍不住就反驳她："是公用物品没错！我也没有说谁要用这张桌子就不给，你不要在这里给我混淆概念！"

黄明娟大概没有想到我一个进厂不到一年的新人会这么不给她这个老油条面子，她的脾气本来就暴躁，这一下可把她给惹毛了，张牙舞爪地从床上跳下来，指着我的额头说："你妈逼的！你以为这个宿舍是你的！我们连用桌子的权利也没有吗？要你来批准！你他妈的是个什么东西！"

我看着这个怒气冲天的湖南妹子，她的食指一下一下指着我的额头，便用手拨开定定地看着她，一个字一个字说："把你的猪手拿开！否则不要怪我不客气！"

黄明娟挑衅地看着我，又拿食指在我额头上点了一下说："我就不拿开，你一个小烂逼又怎么样？"

我说："很好，外面就是保安，我叫他进来，你有本事再把刚才那些话跟动作重复一遍！"

黄明娟的气焰马上就下去了，她知道保安一来不但没有便宜，说不定还要受到记过处分。这时邝小美走过来："你们都别吵了，外面很多人在看呢，不就是一张桌子嘛，有什么意思呢。"

我抬头一看，里里外外有不少人在看热闹。门口站的是其他宿舍闻声而来的人，宿舍里面其他人则每个人都抱着一副事不关己高高挂起的神态，甚至有些人还明显地流露出幸灾乐祸的表情。我可以断定这个邝小美表面是在这里做和事老，暗地里却跟黄明娟是一伙的，不然刚才黄明娟咄咄逼人句句离不开生殖器的时候她怎么不站出来，等形势对黄明娟不利的时候就过来和泥巴？我厌恶地对她说："不要在这里假惺惺，少来这一套！"

这时一个穿保安制服的人从门口的人群里挤进来："怎么回事，谁在吵架？"

我看着保安眯着眼笑了笑："没有人吵架啊，我们只是在争论一件事，声音大了一点，只是到现在也没有一个结果。"

保安问："你们争论什么啊，让我听听？"

在没有看到保安时，黄明娟是气焰万丈，泼辣得很，等看到保安时她就像霜打过的茄子——蔫巴了，看来她就是一个欺软怕硬的主。可能是怕我告发她刚才对我的辱骂行为，瞟了我两眼。

我故意不去看黄明娟，笑笑说："是这样的，我们在争论这个桌子是什么桌子，我说是书桌，用来给大家写信或者看书写字的，但是黄明娟说这是杂物桌，给一宿舍人放杂物的。你来说一说这是什么桌啊？"

保安说："公司的《宿舍守则》里不是写得很清楚吗，这就是书桌呀，有什么好争论的！"

黄明娟说："我没有说这个不是书桌，是她不让我们放东西。"

我说："那公司给每个人配的柜子是干吗用的？要放东西怎么不放自己柜

子里？说了这是书桌，又怎么可以放东西，那不成了杂物桌了吗？"

黄明娟说："不是，我是说那桌子她老是一个人占着，我们都用不到。"

我说："你们谁要过来看书写信，我有不让你们用吗？你摸摸自己的良心，我有没有这样？"

黄明娟默不做声了，保安一看这样子就开始对她训话了："你们谁要用这张桌子写信看书谁就用，自己不用就让别人去用，不要看着别人用桌子也去找碴儿，把东西放在桌子上占位子！"

然后又对我说："以后说话不要这么大声，把别人影响了就不好，遇到什么事也不要吵架，可以找我！"

我知道表面看上去这个保安像是对我们两个各打五十大板，事实上就是宣判：这个桌子是书桌，只能用来写字看书，而不能放杂物。我心领神会像鸡啄米一般点着头说："我知道了，以后再遇到这种情况我让她把东西拿开就是了，再也不会像今天那么大声说话，影响别人。"

保安看我认错态度诚恳，让他作为一个保安的虚荣心得到了极大满足，再看了看明显不服气的黄明娟，又有几分不爽，对她说："这些东西是你放的吧，把它清理干净吧，以后少惹一点是非。"

然后对那些看热闹的人说："看什么看，关灯的时间快到了，赶快回到自己的宿舍去！"

保安的话刚一说完，外面的那些人就一哄而散。看着保安走出去，我说："你慢走啊，不送了。"

表面看起来那天晚上短兵相接我是大获全胜，事实上我是一败涂地。事关宿舍所有人的利益，所以她们大部分是站在黄明娟这边的。而保安来了后居然让我的歪理讲通了，这就让她们有了同仇敌忾的心理。毛主席说，凡是跟人民群众作对的人都不会有好下场。不久之后我就充分体会到这一点，陷入宿舍人民群众斗争的汪洋大海之中。

如果说那天晚上跟黄明娟的正面冲突是遭遇战，火力凶猛硝烟弥漫，那么后来的战争就是游击战了。宿舍里的广大人民群众充分领悟了"敌进我退，敌驻我扰，敌疲我打，敌退我追"的十六字真言，把我打得节节败退。经常是我刚一走，桌子上又放一些乱七八糟的东西，或者是老有人占住看小说，或者是在我正学得起劲时就来了节奏强烈的音乐，搞得人心烦意乱。

不久我就妥协了，叫外面家具厂的木匠给我量身定做了一张书桌。那书桌跟我们宿舍里的床一样长，有点矮，坐在床上时刚好够胸前，我把它放在床尾上。平时要学习的时候就坐在床上，把床帘一拉，就没人打扰了。

有些东西破裂了就永远补不回来了，比如说友情。尽管我不再用书桌，低调再低调，但是和黄明娟她们的关系并没有好转。从我住进这个宿舍开始，其实跟她们每个人的关系都处得挺不错的，相安无事。自从我们因为书桌有了冲突后，黄明娟就像跟我有仇似的，处处跟我作对。她经常会指桑骂槐，有事没事打击我。这不，她下班刚一回来看到我在床上学习又在阴阳怪调了："真是个好学生，一天到晚捧着书！小美，你知不知道啊，那些读书读得越多的人越是打工的命，那些没文化的人才个个都是当老板的！"

邝小美附和着说："是啊，你看我们厂的那些大学生，哪一个不是给人打工？外面当老板的又有哪个是大学生啊？"

我生气吗？不，我已经没有力气生气了。惹不起我还躲不起吗？我也不说什么，抱着一堆学习资料跑到厂里的阅览室里，才觉安静一些。可是阅览室的旁边就是舞厅，经常是震天动地的音乐，又怎能安静得下来？

我在想我是不是该搬出去，租一个房子，这样学习起来方便一点。

上班的时候我把我的想法跟杨燕、高华丽她们一说，她们都赞成我搬出去。杨燕想了想又说："你有没有想过安全问题啊，我听说外面租房很乱，有很多人被偷被抢的，万一你遇到了怎么办？"

高华丽对我说："我早就不想住宿舍了，不如我们一起去找一找房子，我们两个人租一个单间怎么样？"

我说："太好了，这样我们也可以互相照应，房租一人一半也便宜一点。"

等到周六日放假的时候，我和高华丽、杨燕三个就到处去找房子，我们要找的是周围出租的农民房。那时的西乡还是一片破烂，农民房没有现在那么多那么新，当然房租也没有现在那么贵。问了几家，看了看房子四周的环境，房子内部的结构，最最主要的就是问房租要多少，水电费多少。基本上比较破的农民房在两百块一个月左右，新的农民房要两百三到两百五左右。加上每度电一块二，每吨水三块，一个月下来最多也不会超过两百八，两个人均摊，不会超过一百四。这样的费用对于当时我们这样一个月不过一千多块左右的打工妹来说还是可以接受的。

关于房子，我跟高华丽意见一致，就是离厂要近，门户要紧，四周无异味，干净安静。不久我们就在厂外面找到一间跟我们要求基本符合的房子。

接着就是腾出时间来买一些床、衣柜等简单的家具，当然也没有忘记买一张书桌，然后我们就搬进去了。

8. 被主管抓到把柄后

搬进了房子，我就有一个非常好的学习环境了。我压抑的心情也慢慢地平复下来，开始认真把两门功课学好，争取一次 PASS。毕竟时间紧迫，仅仅靠下班那么一小会儿时间是根本不够用的，尤其是我考的又是两门公共课，完全是靠记忆。没有大量的背诵时间，你根本不可能记住那些诘牙拗口的概念。我开始没完没了地背诵着，时间不够用便把那些内容抄在小纸条上随身带着，一有空就拿出来默诵一番。

有时上班的时候碰到前面工序有问题，生产线停下来的时候，我会从袖子里拿出小纸片记诵。无尘车间的纪律是很严的，就算是没事做，你也不能看与工作无关的东西。所以我一般都会很小心地把纸片压在装货盒子底下，以逃过主管、组长和稽核组的层层严密监控。

有句话说得好，夜路走多了总会遇到鬼，我以前是不相信这句话的。我总觉得在产线上利用工作空隙背资料，采用的方法非常隐蔽，那些人监控得是严，但是想抓到我干坏事还是没那么容易。就在我自鸣得意，以为可以瞒天过海的时候，危险正悄然接近。

一天，又是产线待料的时候，我照常拿出早已准备好的纸条全神贯注地记诵着，浑然不知身后已经悄悄站了个人。等到我手里的纸条被拿走时，抬头一看，才发现身后站的是我们的主管赵响。

在我的印象中赵响是一个非常严肃的人，别的组长经常会跟主管们开一些玩笑，但赵响是个例外，绝对没有哪个组长有胆子跟赵响开玩笑。原因是他言语不多，经常板着一张脸，好像所有的人都欠着他几百万似的。他很少到产线来看，来产线时他的样子也是一副忧心忡忡、思考着国家大事的神态。搞得产线上所有的女孩子看到他就躲，躲不了的也尽量地规规矩矩做事，生怕被他抓到把柄。

看到赵响手里捏着的纸条，我心里又惊又怕。我在产线上一向都是遵规守纪，工作方面非常认真，陈咏梅对我也很满意，曾不止一次在开早会的时候表扬过我，也不止一次跟我说年终评绩效会给我评一个"优"。看来这下绩效评优泡汤不用说，说不定还会记过呢。要是直接就记一个过倒还没什么，把你叫到一边去教育才叫难过呢。

赵响拿着纸条一边看上面的内容一边打量我，然后他问我："你叫什么名字啊？什么时候进厂的？"

我想，该来的总会来的，豁出去了，便硬着头皮回答："我叫叶子，去年10月份进厂的。"

赵响点点头："嗯。"也不说什么，便走了。

我想，这就过关了，没那么容易吧，说不定他是一时没有想到处罚我的办法，先回去想一想，再过来找我算账吧。

上面的高华丽说："吓死了，他是什么时候过来的，我一点都不知道。像个幽灵似的，没个声响就站到后面来了。"

杨燕说："叶子，我看你是死定了，还不知道他怎么处罚你呢。"

我说："大家先想一想他会用什么招来处罚我吧，让我也好有个心理准备。"

高华丽说："那还用说，肯定是告诉陈咏梅，让她来训你呗。"

杨燕说："我看不会，肯定是找你去谈话，然后再把你当做一个违纪的典型记个大过，贴一个通告出来。"

我说："那我可就要惨了，整个车间都知道陈咏梅线上有这么一号人物，还是个油条！"

高华丽笑："杨燕你不要这样吓唬人家嘛，这么做对赵响有什么好处，他没必要做这么绝吧？"

我说："那可不一定，说不准他正想整顿整顿车间里的纪律，想拿人开刀，刚好我就撞到他的枪口上了。"

那一天我不知道是怎么过去的，看货的时候恍恍惚惚的，尤其是陈咏梅过来的时候，老是有一种心惊肉跳的感觉，想着是不是过来找我算账的。但是一天过去了，主管、组长没有一个过来找我的。开下班会了，随着陈咏梅一句"散会"，我绷了一天的神经总算松下来了。但是陈咏梅又说："叶子留下来。"我一愣，心想到底还是来了。

陈咏梅说："刚才赵响主管让我转告你，要你下了班后到主管办公室去找他。"

我问："赵响有没有跟你讲什么？"

"没有啊。"

我又问："你知不知道他找我有什么事？"

"我也不清楚，在今天下午他把我叫到一边问了很多关于你的事。"

"那他都问了一些什么？"

"就是问你在产线上表现怎么样啊，做事有没有主动性啊之类的。"

"那你没有说我的坏话吧，是不是他现在找我算账来了？"

陈咏梅说："哪里说你坏话了，别在这里乱想了，他让你去找他就去吧。"

我想陈咏梅如果没跟赵响讲过我的坏话，那他就算是要惩罚我，至少也不会采取比较极端的方式，像一纸通告贴出来搞得车间人尽皆知这种应该也不会了。

心里稍稍轻松了些，我就去四楼的主管办公室找赵响去了。

当我在办公室一排一排的格子间里找到赵响的时候，他正对着电脑看当天的生产报表。看到我来了竟然对我笑了笑，从旁边拉过一张椅子对我说："来了，你坐这里吧。"

我有几分慌乱：他也没必要对一个等待宣判的囚犯那么客气吧。想到宣判，我定了定神，也就不客气地坐了下来。

赵响说："今天你们产线的报表出来了，良率不太理想，只有 96.5%，平时都是 97.5% 以上的良率，你知道是怎么一回事吗？"

我很奇怪他为什么不问陈咏梅，好在这个良率报表里所有的数据都是我每天提供给陈咏梅的，自然有底，就说："我们产线今天制程前三项不良项目是划伤、折痕和碰伤，跟前几天的比率都差不多，只是来料不良增多了，线路板里的杂质平时都是很少的，今天就看到十多个，导致我们的总良率下降了，其实本制程的良率还是跟前几天差不多的。"

赵响点点头："你怎么那么清楚啊？"

我看着他说："这个数据是我每天看产品做出来的啊，我自己的本职工作，当然清楚了。"

赵响笑了笑说："这倒也是。"

平时看到赵响都是皱着眉头非常严肃的，今天他竟然笑了两次，这也太反常了吧。我心下没有放松警惕，看他会怎么跟我说。接下来，他就问了问我家里有什么人呐，今年多大了呀，平时有什么爱好呀之类的。看到赵响只字不提那张纸条的事，我有些沉不住气了，心想着我还是主动跟他讲吧："主管，我，我今天违纪了。"

"怎么违纪了，给稽核组的人登记了吗？"

我心里想，你这给我装什么糊涂啊，但还是只能跟他说："你不是把我的纸条收走了吗？"

赵响说："哦，你是说那纸条的事啊。"他从椅背上挂着的工衣口袋里拿出来，"给你吧。"

我有些迟疑地接了过来："你找我来不是为了纸条的事吗？"

"不是啊，我只是想找你谈谈，了解了解。"

我不清楚他到底是要了解我们今天的生产状况呢，还是要了解我这个人。但总算放下心来，我说："我以为今天你抓到我工作时间看与工作无关的东西，要找我的麻烦呢。"

"工作时间是不能做与工作无关的事，不过我去产线那会儿不正好在待料嘛，看一看其他东西也不算什么事。"

我说："谢谢主管。"

"你是在自考大专吧，我在这个厂快两年了，还是第一次看到产线的女孩子这么上进呢。"

"不是，我自考本科。"我平淡地说。

"本科？那得有大专毕业证才能报考的，这么说你已经大专毕业了？"赵响的声音里，有着掩饰不住的惊讶。

"我，我原本就是大专院校出来的。"

"你本来就是大专生啊？怎么到我们产线上来做工人了？"

"毕业四个月还没找到工作，没办法啊。"这原本是我的一个伤口，但是再触碰到时已经没有钻心的疼痛了。

"原来这样啊。现在的大学生是很难找到工作，幸好早两年我毕业的时候就业形势好点，出来就在这里做了生产主管，不然肯定跟你一样呢。"赵响自嘲地说。

"本科生比大专生还是要强很多的，工作也好找一点，所以我才准备自考本科啊。"

"也是，不过以后你要在车间看自考资料的话，最好用无尘纸抄下来，普通的纸带进去给别人抓到了也是一个麻烦。"

"知道了。主管还有什么事吗？"

赵响一本正经地对我说："还有一件事。"

"那你说吧。"

"以后你见到我不要'主管''主管'地叫，我听着觉得很别扭，可以吗？"

"那我应该叫你什么？"

"你就直接叫我赵响吧。"

"那多没礼貌啊，这样不好吧。要不我叫你'赵生'吧。"

"也不好。这样吧，我比你大很多，你就叫我老赵得了。"

"好吧，老赵，除了这件事，还有其他事吗？"

赵响说："没有了，你可以回去了。"

我站起来把椅子归了位，对赵响笑笑便出来了。

从办公室一出来，在楼道里我就忍不住欢呼着转了一个圈，我想欢笑，我想舞蹈。赵响不但没有处罚我，还让我叫他"老赵"。"老赵"，我心里叫了一声，微笑着发出幸福的叹息。

一路哼着歌回到屋里，杨燕和高华丽都在。我刚一进屋她们就围过来，你一言我一语地问："叶子，你没什么事吧？""赵响对你凶不凶啊，他怎么罚你的？"

我笑着拉着杨燕的手转着："没事啊，本姑娘现在不是好好的吗？"

高华丽问："那他找你做什么？"

"他呀，找我问了一些问题，没什么事就让我下班了。"

我这么一说，杨燕马上来了兴趣："他找你去问一些问题，问什么问题？"

"就是问一下我家乡在哪里，我有什么兴趣爱好什么的。"

"奇怪，他问你这些是什么意思？叶子，他是不是对你有意思啊？"高华丽一脸的坏笑。

"他对你才有意思呢！你呀，一天到晚就是想这些乱七八糟的事。"我笑着敲敲高华丽的头。

这样闹了一阵，她们就出去玩了，我照常在屋里看书。但是今天似乎精神有些不太集中，我忍不住想起赵响跟我谈话的时候，他让我叫他老赵。其实他看起来一点儿也不老，还有些帅呢，听说才大学毕业两三年。不过比起我来他是老了些，起码大个七八岁吧。时间在我胡思乱想中过去，不多久高华丽回来了，我们便洗了睡下。

第二天，我照常去了车间上班。过了不久我们产线上的助拉邹娟来叫我说："叶子，陈咏梅让你过去。"

我便随着邹娟来到生产现场的组长办公桌旁，陈咏梅看到我后就说："叶子，从今天起你就不用在产线做了，你跟邹娟学做助拉。"

我有点怀疑我的耳朵，助拉？那个可是产线里技能拔尖并且年资长的女孩才能做的，怎么就轮到我了？不过我脸上没表露出来，只是迟疑着说："做助拉啊？"

陈咏梅说："怎么，不愿意啊？"

我急忙点头："我愿意，我愿意，不过我怕我做不好。"

陈咏梅拍拍我的肩："我相信你是没问题的，有事情不懂的尽管问。"然后转过头对邹娟说："我把叶子交给你了，你要用心一点儿教她，要是她学不好，那就是你的责任，我找你算账的。"

邹娟说："放心吧，我会教好她的。"

就这样，我莫名其妙地当上了我们产线的助拉，引得产线一干女孩子眼红死了。

我并不知道那天的谈话改变了我的命运，当时赵响正为了明年第二个季度部门要大规模扩张而引起的产线管理人员紧缺而发愁。几天以来他对那些组长所提供的人选并不太满意，想着是不是跟人力资源部申请外招一些干部进来。正好我出现了，他跟陈咏梅了解了我平时的工作表现以后，便以找我谈话为名，对我进行面试。

我的表现好得出乎他的意料，回答问题时条理清晰，对生产状况非常了解，让他对我这个进厂不到一年的新人刮目相看。当下他就认定我是一个可造之才，稍加培训一定可以成为一名出色的生产管理者。这些都是后来陈咏梅给我讲的。

做了助拉后，我就有机会接触到车间里各种各样的人。我这才知道在我们车间，并不是所有的组长都是像陈咏梅似的大姐姐，泼妇一样的组长也随处可见。我们车间公认的变态组长的代表是 A 线组长王丽苹，她和以陈咏梅为首的大姐型的组长构成我们车间里两大管理方式的主流。用赵响的话来说就是管理风格各有各的不同。陈咏梅是不怒而威，她自己原本就要比操作员大个六七岁，加上在这里做久了，产线的角角落落都清楚得很，哪里有问题她一看就知道，并且可以随时拿出三个以上的解决方案来。所以产线作业员们对她是心服口服，她自然就不用对作业员那么严厉。

有些新提的组长做事没那么老练，但人品好，处事公平，也能得到作业员的认可。也有不少组长是非常变态的。世上没有无根之树、无源之水，每个变态的组长上面都有一个变态的主管。通常是一个变态的主管带出一大批变态的组长来。当然，作为一个作业员，最最怕的就是碰到一个变态的组长了。在这个车间里我不止一次看到员工违反了纪律被抓，或把不良品放下去后给那些变态的组长拉到一边去教育。

组长们教育过的女孩子绝对是长记性的，不是说组长们教育得成功，根本就是教育时那啰唆让人受不了。而有些组长气昏了头的时候，把你找过来不管三七二十一，破口大骂，骂了再说。碰到这个时候受不了委屈的女孩通常会跟组长们吵上一架，当然你的好日子也就到头了，跟组长们吵架的女孩都将面临秋后算账的危险。你还要在她手底下做事，那只能老实一点。

9. 喜欢谁都不可以喜欢势利鬼

自从我和高华丽搬到一起以后，我就发现她每天都十点多才回来。问她去做了什么，她就说："没做什么啊，我就只是去舞厅玩一下。"

"那你要当心一点，那些地方人员很杂的。"

"你就放心啦，没事的，我去的是我们厂内的舞厅，杨燕也跟我在一起呢。"

其实高华丽每天晚回对我每天的学习是有好处的，学习的时候没有人在也就不至于分心。所以我也不多说什么了，只是跟她说："那你自己要管好自己，早些回来也不用担心打扰我的学习。"

高华丽说："知道了，啰里八唆的，就快考试了，快做你的试卷去！"

自考的时间快到了，考试前的一个星期我查到了自己所考科目考场和教室座位，心里就轻松起来。我已经把两门课程的所有内容啃完，并且每章节都记了笔记。同步练习单元试卷也全部做完，通过模拟试卷的自我测试来看，效果还可以。心里有了底，自然就不用慌。

　　一天下班后我回到房子，又没看到高华丽，忽然就觉得屋子里很冷清，说话的人也没有，便决定去找她。以前我没做助拉时，每天都是跟高华丽一起下班的，做助拉后走得就比较晚了。每天我要在下班前把产线一天的生产状况做一个汇总表，让陈咏梅签过名以后送给赵响过目，签名后给生产文员输入电脑，并且每天都要跟对班的助拉交接我们班的生产情况。忙完这些，产线的员工早走光了。

　　来到舞厅里，我用目光搜索着舞池里一对对的男男女女，并没有看到高华丽，倒是看到杨宇翔拥着一个女孩在翩翩起舞。不会呀，高华丽跟我说是到舞厅玩，那肯定在这里。我又开始把那些没进舞池跳舞的人看了一遍还是没有找到高华丽。她会去了哪里？

　　我想着，在舞厅的四周转了一圈，终于在一个不起眼的角落里看到了高华丽。

　　我看了看，没有发现杨燕，她上洗手间了吗？

　　但是高华丽并没有看到我，甚至我在她旁边坐下来以后她还是没有发现我，她的眼睛只盯着舞池在看。我顺着她的目光看过去，看到的是一对对相拥而舞的男女，其中认识的就只有杨宇翔。难道……

　　我心里一动，她是在看杨宇翔吗？她为什么要看杨宇翔？这不是废话吗，肯定她是在喜欢他！得出这个结论后我心里一震，坏了坏了，这怎么行，杨宇翔是一个玩女人的惯手，他是不会为了一棵树而放弃一片森林的，高华丽喜欢谁都不可以喜欢他！

　　高华丽知道这样很危险吗？我看着她，她的脸上显得很平静，但是她的目光是幽怨的，她追随着那个舞池里的影子，一曲又一曲，看得如痴如醉。我相信，这个时刻在她的眼里所有的人都不存在了，只有杨宇翔！

　　我伸手握住了高华丽的手，高华丽明显吃了一惊，要把手缩回去。等看清楚是我，便笑了，又握到了一起。

　　她在我耳边说："你怎么来了，不用学习了吗？"

　　"学得差不多了，想你了就来了呗。"又问她，"杨燕呢，那人死到哪里去了，这么久也没有看到她。"

　　高华丽说："她今天没有来。"想了想又掩饰地说，"我觉得回去也没事干，太无聊了，到这里来玩一下。"

"那你可以去跳舞啊，在这里干坐着也无聊啊。"

"刚刚跳了一曲，累了，到这里来坐会儿。"

"哦。"我并没有揭穿高华丽的谎言，虚应了一句。

过了一会儿高华丽说："我们回去吧，还要烧水冲凉呢。"

我们便手牵着手从舞厅出来。我问高华丽："你下班吃饭没有？"

高华丽说："吃了啊。"

"我现在觉得有些馋了，想去吃一点麻辣烫，我们一起去吧。"

"好啊，现在你每个月的工资都比我高，升助拉后还没请过客呢。"

我们来到厂外面的大街上，到处都是卖吃的小摊和逛街的打工妹，热闹极了。空气中飘着一阵一阵食物的香味，引得行人馋涎欲滴。我们厂很多人下班后都会出来逛一逛，然后三三两两提着零食回宿舍去。我说："拐角那里有一个卖麻辣烫的，我们去那边好不好？"

"我也听别人说那里的东西好吃，快走吧。"

我们来到小吃摊上，我和高华丽按自己的口味各自挑了几串东西给摊主，然后就在一旁等着。

很快，烫好的食物便放到一个碟子里送了过来，我和高华丽没有说话，各自吃了起来。

我一直在盘算着怎样提醒高华丽，让她不要喜欢杨宇翔那种人，但是又不知道怎样开口。我猜高华丽现在也是心事重重，又不知道怎么跟我讲吧。

两个各怀心思，吃了麻辣烫后，我们便回去了。

我们回到屋里，也没怎么说话就睡了。黑暗中，我一直想着高华丽在舞厅里痴痴望着杨宇翔的眼神，以及最近一段时间的神态。想着想着，一个画面就出现在我面前：一个女子站在顶楼，她留恋地看着满天霞光，忽然纵身一跃，血溅了一地！我一身的冷汗就出来了，那是于晶晶！如果现在不劝住高华丽，她就有可能成为第二个于晶晶！

不管了，我想着，便用脚碰了碰另一头的高华丽，说："华丽，你睡着了吗？"

"还没呢？睡不着。"

我爬过去在她身边躺下来说："我也睡不着，我们说说话吧。不过我知道你为什么睡不着。"

"你还成了我肚子里的蛔虫了，那你说说我为什么睡不着？"

"因为一个人，那个人我们都认识，他就是杨燕的堂哥杨宇翔！"

在黑暗中，我看不到高华丽的神色，但仍然感到她的吃惊："你怎么知道的？"

"眼神，你看杨宇翔的时候那眼神，嗯，我说不上来，跟看别人的不一样。"

"这么明显吗？我以为我把自己的心事藏得很好。"

"你是从什么时候开始的？"

"我也不太清楚，可能是他请我跳第一支舞开始吧。"

"他真的就那么大的魅力吗，一支舞就让你爱上他。"

"你还记不记得我们认识的那个晚上？"

"当然记得。"

"那天晚上杨宇翔和我跳舞，他搭着我的手，我们在舞池里转着圈，我忽然就觉得这样很好，就想着这个曲子永远不要停，一直转下去，那该多好啊。杨宇翔的眼睛很好看，他在舞池里看我的时候吧，我就觉得温暖、亲切，又熟悉，好像认识了很久很久似的。"高华丽说着，好像还沉醉在那一晚的时光里。我静静地听着她说，"不久曲子就停了，曲子一停，他就不属于我了。可我还是想待在他身边，哪怕他再也不看我一眼，只要能看一看他就好了。"

"当时我不应该把杨宇翔推给你的，我只是觉得他帅得太过分了，整个人就像一个发光体一样，吸引着全场人的眼光。我觉得很不舒服，很尴尬，只想赶紧把他送走。"

"为什么呀？当时我就想怎样跟他说话，怎样引起他的注意，你为什么就不舒服？"

"不知道，可能是自卑吧。"

"自卑？"

"是啊，自卑。我跟你不一样，你家里不用你负担什么，自己挣钱自己用，但是我就不一样了。我在家里是老大，底下还有两个妹妹一个弟弟，三个都在读书，我每个月的工资都是要寄回家的。"

"可是这个跟你自卑有什么关系？"

"我没有多余的钱买好看的衣服来打扮自己，也舍不得花钱买那些饰品。我想我那么土气，就是一个土得掉渣的乡下妹。但是杨宇翔他那么好看，那么引人注目，我跟他站在一起肯定是对比鲜明，只会显得他更好看，我更土，我心里当然会不舒服。"

"不是的，叶子，你是看他的样子不喜欢，可能你压根就不喜欢这种类型的人。"

"我不喜欢这种类型的人，那你说我会喜欢哪种人？"

"我不知道，反正不是杨宇翔一类的吧，我想，起码在眼界和见识上能够让你佩服的人吧。"

"那你呢？你已经知道杨宇翔，他就是一个在舞场上混的人，那么花心，为什么会喜欢他？"高华丽没有说话了。我问："有没有跟杨宇翔说过，你心里是怎么想他的？"

"我没有跟他说，我也不知道应该怎么跟他说。"

我舒了一口气，幸好。

"你不知道，你不知道这几个月我是怎么过来的，我每天都在想着他，一闭上眼睛脑中全是他。我每天都去舞厅，只是想远远地看他一眼。我经常对自己说看他一眼就够了，但是一进舞厅，一看到他，我又对自己说再看一下，再看一下，然后就走。常常我看着看着就忘了时间，忘了回来，直到舞厅关门。"

"他肯定知道你在看他！他肯定知道你在喜欢他！"

高华丽像被什么蛰了一下："他知道？"

"他当然知道！连我这个局外人一看都知道了，他一个情场老手，有什么不知道的！"

"那他为什么……"

我打断她："那他为什么没有对你有一丁点儿表示对吧？像他那种人和他的为人，他所处的位置，你认为他有必要对你表示什么吗？"

"他那种人？他是哪种人？"

我叹了一口气："华丽，我只能说你是被你对他的爱慕冲昏头了，他是哪种人你都看不出来！"

"可能是当局者迷吧，我就觉得他什么都是对的，什么都是好的。"

"你看杨宇翔身边的女孩子是不是经常换？"

"是呀。"

"这就说明他不缺爱慕者，随时可以找一个女孩子做女朋友。那他为什么不安定下来？这说明他在挑，在比较。或者他根本没看上那些人，他只是想玩玩。"

"那他肯定是想找一个最喜欢的吧，那个人现在还没有出现。"

"那他最喜欢什么样的人？各个类型的人几乎都在他手里过了一个遍！"

高华丽想了想："我也不知道他最喜欢什么样的女孩子。"

我说："只有两种类型的女孩子他没有遇到，可能他也只准备找这两种类型的吧。"

"哪两种类型？"

"你真是猪头了，一种是有钱人家的女孩，一种是有权人家的女孩呗！"

"才不是呢，他是花心了一点，但不会是那么势利！"

"那好，咱们打一个赌，我帮你放出话去，就说你爸爸是信阳市的副市长，看他会不会来找你！"

"这样不好吧，你跟杨燕都知道我爸在信阳家里做一点小生意，你跟他这样说他会相信你吗？"

"我就跟他说你妈妈找上门来了，原来你是离家出走，跑到这里打工来了，为了不让人送你回家才说家里父母是做小生意的，这不就行了。"

"好，那我们就赌一赌。"

"一个星期之内，如果他不来找你，你就赢了，我给你洗两个月的衣服。"

"一星期之内，如果他来找我，我输了，我交两个月的房租。"

"不过你要先想清楚要不要打这个赌。"

"打，为什么不打？"

我叹了一口气："我看你还是再想想吧。"

过了很久，高华丽说："叶子，你的心事我也明白，现在我也知道为什么你睡不着了。你怕我给人骗了是不是？你的好意我领了，我不会傻到跑到他的面前去说我喜欢他。可能我们这辈子真的是没缘分了。漂亮女孩那么多，肯定轮不到他喜欢我。那我就赌一把吧，看一看我喜欢的人是不是这么一个势利的人。"

"那我跟你先约法三章，你听好了：第一是如果杨宇翔在我没有透露信息之前来找你，这个计划就作废，你自己先想清楚要不要跟他在一起。第二是在我透露信息给他之后，你就再也不要去舞厅了，要去的话起码得两个星期以后。第三是如果杨宇翔听到信息来找你，你一定要跟他说明我是开玩笑的。"

"放心吧，我知道应该怎么做。"

我不知道，这是一场试探人性的赌局，而人性是经不起一点点试探的。更不知道这一场赌局对我、对高华丽、对杨燕，对我们三个人的友谊几乎造成了难以弥补的裂痕。

10. 好主管需要自己去珍惜

转眼间周末就到了，这个周末是我们所有自考生的大日子。自学了那么久，是骡子是马，拉到考场上一遍就知道了。在考试之前我已经做好了周全的准备，把身份证、准考证收好，2B的答题铅笔买了两支，又准备了一支钢笔和两支圆珠笔，当然橡皮擦、铅笔卷也是不可缺少的，也早早备下了。

陈咏梅知道我要去考试，二话不说就给我批了两天假，赵响也不知怎么知道我要去考试，在我例行给他送生产状况表时又特意地鼓励了我一下。搞得我觉得如果考砸了，就再也没脸回去见他们了，直接找一块豆腐撞死得了。

考试那天我早早起来，把准备好的东西一样一样放进包里，再仔细地查检一遍。这可是来不得半点马虎的，要是进了考场可就是连借都没地方借了，学了好几个月的东西可就是白费了，我想也没有人会拿自己几个月的心血开玩笑。

让我跌破眼镜的是，在考场上还居然就有人拿自己的心血开玩笑的。这不，我才刚刚把选择题做完，坐后面的一老兄就用笔捅了捅我，轻声跟我说："我的铅笔摔在地上摔断了，你的铅笔借我用一下吧。"

我当时正在专心致志地答题，给这位老兄的笔一捅，差点就跳起来，不由得背脊一挺，对那位老兄翻了一个白眼。念在考场上，同是自考生，也就算了，我把我的铅笔丢了给他。

那老兄用完了说："谢谢。"把铅笔还给我。我也没怎么理他，继续埋头答题。

考完了后，我收了东西出了教室。刚一出门，就被一个男生堵在楼道上："你好，我是周海，刚才借了你的笔用了，谢谢。"

我打量了一下他，个子不高，但是眉眼还算清秀："不客气。"

"我刚才看了贴在考场门口的座位表，我知道你叫叶子对吧？"

"是呀。"我顿了顿，又说，"我想先回去了，你让一让好吗？"

"好啊，正好我也要出去，那我们一起去公交车站吧。"

"无所谓了，走就走吧。"

我们一起往公交站台里走去，我原本以为跟周海的交集就仅止于此。哪知他居然跟我上了同一辆公交车，又在同一个站台下车。看着他翻出的厂牌，我有些吃惊："原来你也在这个厂上班，我怎么不认识你？"

周海笑了："我也想不到我们是这么有缘分，我们厂那么大，人多着呢，不可能每个人都认识吧。"

"你是在哪里上班？"

"我在行政部文宣组，你呢？"

"生产一部三楼。"

"到吃饭时间了，我请你去吃饭吧。"

"不用你请，我有卡，可以在餐厅吃。"

周海继续问我："你从什么时候开始自学考试的？"

"刚刚开始啊。"

"难怪呢，这个厂里自考的人我基本都认识了，就是不知道你。"

我的眼睛一亮，有那么几分终于找到组织的意思："厂里自考的人你都认识？"

"当然，我自己就在行政部，我还不清楚？对了，你要对自学考试有哪些不清楚的可以来找我。"

我有些不好意思："我现在是单枪匹马，消息不太灵通，尤其自考委员会出的消息，以后要是你有这方面的信息你能不能跟我讲讲。"

"小意思，我要收到这方面的消息随时通知你。"

"那就谢谢了。"

"我的办公室在 A 栋二楼，你下班后可以来找我。一般我们办公室五点以后主管们就走了。"

"好，有空找你玩。"

到了周日中午，两门课程考试完毕，我算是松了一口气。据我的预测，及格是没问题的，能拿多少分，那就不知道了。回到屋里，忽然又想起了跟高华丽的赌局，又想了一下我们计划实施的可行性。

第二天又是非常忙碌的一天，领备品，收发工具，检查各工序岗位，异常产品处理，产线摆放，产品标识，做报表。尽管我是干劲十足，但是一天下来也非常累。我把报表给陈咏梅签名审核后，就送到办公室赵响那里去给他核准，让文员输入电脑。

赵响例行把报表检查一遍，又问了一下当天的生产情况，然后对我说："你把报表给文员送去，然后到我这里来，我有事跟你说。"

我迫切想知道赵响要跟我说什么事，点点头，把报表给文员后马上过去了。

赵响搬了一张椅子让我坐下，我不禁想起两个月前我们在这里的谈话。自那以后，我们便时常接触，赵响总是会问我学到了什么，车间当天的生产问题如果让我去解决，我会怎样去做。这就逼得我不停地思考怎样去做一名生产管理人员，怎样才能把车间的产能、良率提上去，加快出货速度。

跟赵响慢慢熟悉后，我在他面前也就没那么拘束，赵响也会不时跟我开开玩笑，让我觉得以前严肃苛刻的主管是我的一种幻觉。所以赵响让我坐下时，我毫不客气地坐上去，看他跟我说什么。

赵响从抽屉里拿出一本书递到我手上："这书你先拿着，回去一定要认真看，以后对你有很大好处的。"

我接过来一看，是一本管理类的《如何做好一个班组长》。我说："谢谢老赵，我回去会好好看，就像自学考试那样，也做一做笔记。"

赵响问："你的电脑怎么样？"

"一般般吧，制表是没问题的。"

"那好，我把我这台电脑的密码告诉你，晚上下班后要是没事，可以用我的电脑学一学我们厂的常用英语，还有邮件收发。对了，我把我们公司信箱密码也告诉你吧，你看一看别人是怎么写邮件的。"

"好。"

赵响把两个密码写下来递给我，然后对我说："这两个密码你不要告诉别人，知道的人多了电脑就不好管理了。有些重要的文件被删除了也不知道找谁负责。"

"放心了，我不会告诉别人的。"

"那就好，我也要下班了，你呢，走不走？"

"你先走吧，我看看你的电脑。"

赵响走后，我坐在他的办公桌前，对着电脑，思绪有些混乱。我不明白，赵响为什么对我这么好。他就像是一个老师一样，在给我灌输各种知识，提高我的能力。难道仅仅只是因为他喜欢做别人的老师？嗯，人之患者，在于好为人师也。可是这个老师着实是不错，对我是百利而无一害。

　　回到屋子，高华丽正在一边看小说，一边吃瓜子，一边听歌，看到我回来，便把收录机关了。

　　她看见我手里拿着的书，拿过来看了看："这是谁给你的？"

　　"是赵响。"

　　"那你今天有没有故意给杨宇翔透露信息？"

　　"中午的时候跟他讲了。"

　　"你是怎么跟他讲的，他有什么反应？"

　　"保密。到时候你就知道了。"

　　"死叶子，跟我卖什么关子，快告诉我！"说着把手伸过来挠痒。

　　"大王饶命，小的马上说，马上说。"

　　高华丽放开我："这还差不多。"

　　我清了清嗓子说："中午吧，我在更衣室出口边上等到杨宇翔的。当然没让他看见我。我跟在他后面去餐厅吃饭，到了餐厅就让他看到我，装作我们的相遇是一个巧合，我们就一起吃饭。吃饭的时候我就跟他说你的命苦啊，家里很有钱，叔叔是你们市里的大人物，姑姑又在银行，可是呢，你爸爸老是在外面搞女人，你妈妈把所有的气都出在你身上，从小就没感受到家里多少温暖。去年你爸爸居然还想跟你妈妈离婚，你就再也气不过了，偷偷地离家出走，结果跟同学一起跑到这里打工来了，没想到前几天你妈过来找到了你让你回去，但是你死活不肯回去。现在你妈妈还住在宾馆里，跟你耗着呢。"

　　"我的天哪，你可真够能编的。"

　　"不能编，轻易能让杨宇翔相信吗？我敢说，他很快就会过来找你的，你就等着吧。"

　　想到高华丽很快会知道他曾经朝思暮想的人的真面目，我放下心来。每天下班后我都会到赵响的办公室里去摆弄那台电脑，做表、绘绘图。赵响也总会在下班前跟我讨论他所借给我的管理书，平时他很少说话，但是跟他一讨论起来，他就开始滔滔不绝地讲。他所讲的内容都是理论与实际相结合的，书上是怎么说，在现实中又应该怎样操作。他讲得专业，我听得入神。经常是聊着聊着，我们都忘了时间。所以每天下班的时间都比较晚。

以前是高华丽每天很晚回去，现在轮到我很晚回去了，高华丽也问我做什么，我只说是在办公室做报表，她也就不疑其他了。每天回去时我都会问高华丽：杨宇翔来找过你没有？

但是连续六天过去了，得到的答案都是否定的，这让我对过去的判断产生了几分怀疑，难道我真的像高华丽所说的心理阴暗？

眼看着一个星期又快过去了，规定的时间一过，可就是算我输了。想一想，输了也好，要是赢了还更没意思呢。我也希望真的像高华丽说的那样，男人没有我想象的坏。但是想起晶晶的死，我心里又是一紧。

第七天，我又是十点多才从赵响的办公室走出来，回到屋子一看，高华丽不在。这么晚了，她去了哪儿？怎么还没有回来呢？

十一点，高华丽终于回来了。看到她进门我就想骂她，疯哪儿去了。但是还没有骂出口，高华丽就给我来了一个大大的拥抱："叶子，你赢了，我输了，心服口服。"

我慌忙推开她："别，你太热情了，我可受不了。"

高华丽微微喘着气，两颊潮红，双眼发亮，看得出来十分兴奋："你真是太神了，今天下班后杨宇翔来找我了。"

我看着她那副花痴的样子，十分鄙视，说："那你也不能兴奋成这个样子啊，你知不知道，你现在的样子就像掉进米缸里的老鼠！"

高华丽过来拧我："你才是掉进米缸里的老鼠！"

我说："行了，大小姐。你看你，杨宇翔才不过是找你说了一通甜言蜜语，你就立马晕菜，你也就这点出息！"

"他才不只说甜言蜜语呢，他还对我说喜欢我，问我愿不愿意跟他交往。"

我问："那你是怎么跟他讲的？"

"我跟他说，可以考虑考虑。"

"什么？！"我听了要跳脚，"我们不是有过约法三章吗？不是说好你要跟他讲清我在开玩笑吗？"

高华丽讷讷地说："可是，你不知道，我当时有多高兴，我都忘了我们的约定了，糊里糊涂地就说可以考虑考虑。"

"完了完了，你根本就是没救了，人家给你一点阳光你就灿烂了。"

高华丽定定地看着我说："叶子，我承认我是没救了，我喜欢跟杨宇翔在一起，不管会付出什么样的代价。我告诉你我反悔了，我是不会跟他讲我们的赌局的。"

我听了心中一凛，千算万算没想到是这个局面，一时竟不知怎样回答，半响才说："一个星期前，我以为你还是可以挽救的，才费尽心思想让你明白像杨宇翔那样的男人有多不靠谱。现在看来根本没用，我只能说你的脑子已经进水了。"

高华丽摇了摇我的胳膊："叶子，你别生气嘛。"

我也认真地对高华丽说："华丽，你是我在这个厂最亲近的人，我不希望你受到任何一点伤害。你要谈恋爱，我不会拦你，但是你自己也知道杨宇翔是一个什么人。他就是冲你所谓信阳市里大人物的叔叔、银行上班的姑姑、钱多得没地方撒的爸爸来的。这种人，你还喜欢，以后有你哭的时候。先不说他会不会喜新厌旧，就是你的家庭背景揭穿了，他还会跟你在一起吗？"

"你说的我都知道，可是没办法，我只要看到他，我就觉得这一切我都无所谓。"

我缓和了口气："可能是我想太多了，但愿杨宇翔知道你这样喜欢他，会一心一意对你也说不定。"

高华丽幽幽地说："谢谢你，其实我自己对他一点儿信心都没有。"

我想起了赵响，他严肃、稳重，做他的女朋友应该是很幸福的，起码他是一个可靠的男人。他有女朋友吗？我不问，他也不曾提起。他会滔滔不绝跟我谈管理知识，偶尔也会说一说野史逸闻，但是对于自己的私事却从来不说。我根本不敢问赵响，你的家人好吗？你有女朋友了吗？我一直都觉得我们之间的交流是师生关系的交流，是单纯的精神与精神的交流，与私事无关，与男女之情更是无关，在我心里是把他当成了一个老师、一个主管。

然而我真的只是仅仅把他当成是我的老师或主管吗？几乎是每天一下班，我都像着了魔似的往他办公室钻。因为只有这个时候的赵响才是平易近人的，是可以亲近的。平时在车间里看到他严肃的样子，还是能躲就躲。而赵响每每看到我，也可以感觉到他是高兴的。如果赵响提前下班了，尽管我还是会学电脑，但是心里就会觉得空落落的，少了点什么。

高华丽拉了拉我的手，说："你在笑什么呀，古里古怪的。"

"啊？"我回过神来，"我笑了吗？"

"刚才你一直在笑着，也不说话，在想什么？"

我用力地摇摇头，仿佛要把赵响从脑中赶走："没什么，我们赶紧洗一洗，睡觉吧，明天还要上班呢。"

11. 远离绯闻，珍惜工作

我开始不去过问高华丽的事，人各有缘，每个人都有自己的命运和际遇，又何必操那么多心？我把赵响给我的管理书看了一本又一本，《成本管理》、《谁动了我的奶酪》、《六西格码》等等。但是一本本看下来还是不明白，特别是看似浅显的《谁动了我的奶酪》。后来我又看了《把信送给加西亚》、《没有任何借口》才知道，那些畅销的管理书很多都没什么实质性的内容，通篇在忽悠人。

接下来我便参加了为期一个月的基层主管晋升培训，培训的内容涉及广泛，包括质量管理、IE 基本技能、员工心理辅导、如何组建团队等。培训完后必须用所学的质量管理和 IE 知识写一个改善提案，用所学的员工心理辅导和组建团队知识写一篇毕业论文。等培训结束后，公司的教育委员会便给合格的人发一个红皮的结业证书。

我是赵响推荐去培训的，好在没有辜负他的期望，在同期培训的四十多人里得到了仅有两个名额的"优秀学员"的称号。但是参加基层主管晋升培训和拿到结业证书并不意味着你就马上会晋升为组长，还要你在产线实际带线后得到主管的认可，给你的工资里加了组长津贴以后才算是正式的组长。

跟赵响接触多了，车间里居然就有了流言。女人堆里本来就是非多，况且我无亲无靠还提为助拉，在时间很短的情况下又参加基层主管晋升培训。那些眼热的听到我不时在办公室跟赵响谈话，免不了在里面添点油加点醋，然后就变成了流言。女人天生就爱八卦，原本星星之火的流言很快就成了燎原之势，几天里就传遍了整个车间。

这几年关于小三的文章多了，有一句话说得特经典：丈夫出轨了，妻子往往最后才知道。套用过来就是：流言传遍了，当事人往往最后才知道。那时我并没有察觉到车间里的飞短流长，也不曾察觉到其他人看我的眼神有多暧昧，还是像往常一样到办公室在赵响的位子上学东西。赵响对车间里那帮女人一个个说得津津有味的桃色事件比我还迟钝，跟我接触也没有太多顾忌。

但是该来的总会来。

首先把炸弹扔给我的是高华丽，在深圳 11 月并不寒冷的冬天夜晚，看着这个我最要好的朋友质疑的眼神，我从心底感到一阵阵的寒意。

"叶子，你这段时间每天那么晚回来，你去哪儿了？"

"在办公室啊，我在学电脑。"

"你是用谁的电脑啊？"

"赵响的。"我疑惑地看着高华丽，"你怎么了，跟审贼似的。"

高华丽说："你就没跟我说老实话，你知道现在车间里的人都把你说成什么人了吗？"

"说成什么人了？我是什么人你最清楚了。"我莫名地有几分委屈，"那些人说了我什么？"

高华丽叹了一口气，原原本本地给我讲："这两天车间里的人都在说你是因为勾引了赵响才被提升为助拉的，并且每天晚上你们都在办公室里卿卿我我。还说平时看你是一副老实清高的样子，实际上就是一个狐狸精，没什么本事，只会利用男人来达到你的目的。"

我急了："你相信我是那种人吗？你相信赵响是那种人吗？这样说我，我以后还怎么在车间里做事？"

高华丽说："不但是我不相信，就是程颖颖、杨燕，她们也不相信，我们几个还差点就在车间里跟那些造谣的人吵起来了。我每天跟你住一起，我还不知道你看书看到几点，学东西有多认真？但是叶子，升得快的人本身就让人眼红，现在你还跟赵响走得那么近，那些人原本见风就是雨的，现在你就是全身是嘴也说不清了。"

我抱膝坐在床上，脑中一片混乱，高华丽的话整得我脑子都彻底要歇菜了。但是高华丽还没完："叶子，你现在每天都在办公室，那么晚才回来，赵响他有没有跟你在一起？"

我有气无力地说："他有时会留在办公室，教我一些电脑知识，也会讨论一下生产管理内容。"

高华丽坐到我旁边："难怪那些人会这么说，你们真的没有什么吗？"

我举起手："我发誓我们没有什么，我甚至没有这样的念头。"

高华丽说："但是你不觉得赵响对你这么好，已经超过了一个主管对一个员工的好了吗？你敢说赵响没有对你动过什么心思吗？"

我忽然生气了："你根本就是不相信我！赵响他是什么人？他是我们车间的主管！我是什么人？我只是一个流水线上的打工妹！不管他对我动过什么心思，只有等我自己当上了车间的主管，只有等我自考本科毕业，我才能接受他！你根本不知道，我现在在他面前只有自卑，只有自卑，懂吗？"

说到后面我的声音越来越大，泪如雨下，喉咙里像塞进了什么东西似的变得沙哑："我只是尊敬他，根本不敢喜欢他，你不懂每天他教了我东西之后，我心里有多自卑，我只是一个毫无见识的打工妹！"

高华丽也流下泪来："对不起，我不应该这样怀疑你，更不应该这样伤你的心。现在我知道你的心思，我也是受过了这么多煎熬才跟杨宇翔在一起的，我比你更清楚，你面前站着一个不敢爱的人有多痛苦。"

我把眼泪擦了擦，努力让自己平静下来。但是想起自己在赵响面前一直压抑着的情感，想起车间里的流言，怎么擦也擦不干。高华丽抱着我，不住拍着我的肩膀安慰我，我才慢慢地止住了眼泪。现在回想起来，当时的委屈跟后来所受的委屈相比，简直不值一提。只能说那时的我太嫩了，没有一点心理承受能力。

当时的小菜鸟流过眼泪平静下来之后，高华丽说："叶子，你也不用太放在心上了，过一些时候总会平息下去的。"

我说："怎么才能平息下去，如果我还跟赵响接触，要平息是很难的。但是我每天就是不去用他的电脑学东西，还有很多申请表、生产状况表要给他签字呢。"

"我记得我上学的时候，很多人都在抄格言，你知道我最喜欢的格言是哪句话吗？"

"哪句话？"

"但丁说的那句话：走自己的路，让别人说去吧。"

我是知道这句格言的，高华丽念给我听的时候，想必她心中对这句格言的正确性是没有丝毫的怀疑。我跟着念了一遍："走自己的路，让别人说去吧。"

但丁的格言经过无数伟人的实践，已经变成了一条真理。但是真理只对伟人起作用，对我这个平凡的打工妹是没有作用的。例如在陈咏梅的生产线，有些老员工对我的提升本来就眼红，但是陈咏梅对我非常信任，我在产线也从不像另一个助拉邹娟那么爱训人，老是拿着鸡毛当令箭，所以她们对我表面还是服从的。现在流言一起，那些人就变得不一样了，就像自己是掌握了真相的上帝，看我的眼神就多了几分轻蔑和鄙视。

要是那样也就罢了，当没看到。但是现在邹娟却开始变了，以前我们俩的工作是分工合作，我领生产辅料备品、跟进不良品和做生产状况表，她检查员工纪律，跟进生产异常，如果谁忙不过来就要互相帮忙。现在邹娟开始甩手不干了，跑到其他产线跟人聊天去了，然后生产线上到处都在叫："叶子，我没双面胶了，拿一些过来。""叶子，我这个治具坏了，你找人修修。""叶子，这道工序做出来的不良品很多，你来看看怎么啦。""叶子，来料里面有混料的，你快帮我找 QC 过来。""叶子……"

我忙里忙外，一样一样给她们解决这些问题。车间里的温度是恒温的，常年在 21℃，但是我仍然大汗淋漓。不一会儿陈咏梅过来了，她到产线出货台一看，问我："今天出货怎么这么少？"我说："前面治具坏了，料也不太正常，就没有昨天出得多。"

陈咏梅说："我刚才去看了设备维修的记录，治具只修了二十分钟，但是我们产线的产能相差了快一个小时，又是怎么回事？"

我不说话了，主管们一直在强调执行力，执行力是什么，就是不能找任何理由和借口。陈咏梅又问："邹娟呢？她去哪里了？一个上午在产线没看到她。"

我说："不知道啊，我一直在产线忙，没看到她。"

"你去帮我把她找回来，我有事要问她！"

我听了点点头，马上在车间里找人，十多分钟后总算在另一条产线的角落里找到正跟她老乡聊天聊得忘乎所以的邹娟："陈咏梅让你去找她，你去看看是什么事。"

邹娟听说是陈咏梅在找她，伸了伸懒腰对她老乡说："我老大找我了，下次再聊吧。"便跟我回到了产线。

陈咏梅是一个非常有领导艺术的人，她表扬别人一般会选在开早晚会时，让每个人都知道；教训员工一般会把人拉到一边，单独进行。可是今天她却很反常，看到邹娟过来也不顾产线的员工在场，口气严厉："你刚才去哪儿了？"

邹娟比我们这些菜鸟可是老练多了，脸不红心跳地说："刚刚去了一趟厕所。"

"厕所？你挺能瞎掰的吧。"陈咏梅抱着手，眼睛里都要冒出火来了。

"我就是去厕所了，只是去久了一点。"

"看来你是越来越能掰了。"陈咏梅咬着牙说。

邹娟不做声。

陈咏梅看到邹娟一副死猪不怕开水烫的样子，气急反笑："这两个小时我在产线走了三次，三次都没看到你，只有叶子一个人在产线上，你又怎么说？"

我从来没有看到陈咏梅在产线这么失态过，不知道邹娟为什么把她气成这样。

邹娟说："我这不是刚好走开了嘛，你才没碰到我的。"

"但是 A 线的组长王丽苹来找我，说我的人在她的产线上聊天，影响了她们产线的产能质量！"

邹娟又不说话了，不过这次是心虚。

陈咏梅盯着她，显然还在盛怒之中："你知不知道这件事情她已经告到她们的主管吕小珍那里去了？吕小珍又把这件事情告诉课长了，你以为这只是你一个人的事？! 现在我们的主管赵响已经被课长找去谈话了！"

我本来是在旁边听着的，但是说到赵响我就有些不自在，正巧产线的员工又来找我，赶紧就溜了。难怪陈咏梅会那么生气，给其他产线的组长摆了一道，还连累了上面的主管。看来邹娟这次可是倒血霉了，成为主管之间争斗的借口，只怕不死也要脱一层皮。

忙了一圈回到产线，看到邹娟不管不顾地站在货架前面痛哭，陈咏梅也不理她，亲自上了产线给员工们打下手。我想邹娟毕竟曾经带过我，便过去拉着她的手，轻轻对她说："好了，阿娟，别哭了哦。到外面去洗把脸，不要太难过了。"

邹娟忽然抬起头反手把我一推："不用你管！在这里假好心！"

我被邹娟推得倒退一步，吃了一惊："你是怎么了？我又没对你怎么样？"

邹娟指着我说："你没怎么样？你看到我被记过了你高兴了吧，还在这里装好人！"

"啊？你被记过了？"我听了更是吃惊，我们公司规定，如果被记过，两年之内不可以晋升。邹娟进厂都已经三年多了，做助拉也做了快一年。很多小道消息都在传明年部门要大规模扩大，对于邹娟种情况的人来说无疑是一个很好的晋升机会。我想邹娟肯定也是对未来充满希望的，但是这下等于把她的前途给断送了。

邹娟的口罩早已给眼泪打湿，歪歪地挂在脸上。她红着眼指着我："我告诉你，我过得不好你也别想好过，你不要以为你有主管给你撑腰你就可以骑到我头上来！"

"我哪有骑到你头上来，阿娟，你这样说太过分了吧！"我不由得分辩。

"你有什么本事，你以为你长得很好看吗？你不就是风骚了点，把主管勾引了，你也不去照照镜子！"

我心里一震，全身的血都往脑门上冲，眼睛也红了，忍住了泪水，死死地盯着邹娟。我要告诉她，我不是，我没有勾引谁！就在我准备冲上去抓住邹娟的时候，我的手被人拉住了，我回头一看，是陈咏梅。在我心里，一向都把陈咏梅当成一个大姐，一个可亲可靠的人。看到了她，就像见到了亲人，忍住的泪水便像拉开闸的洪水，一泄而下。陈咏梅看着我，目光里充满了信任："叶子，她这是在乱咬人，你别理她。"

我抽泣着说："我知道，我不理她。"

"好了，叶子，你出去歇一会儿，洗把脸。这里就交给我吧。"

我点着头，知道现在肯定是整条产线的人都在望着这里，不想让她们看笑话，便把口罩拉了拉，出去更衣室找了一个角落站着，平静下来。想了想刚才邹娟的话，又想到产线员工看热闹的神情，我暗暗对自己说：叶子，你要挺住，就是全世界的人都不相信你，你还是要挺住。

但是她们为什么不相信我呢？我心里在问。

很多事情没必要解释那么多，日久见人心，她们总有一天会相信我的。我在心里回答着。

更何况这种事根本没办法解释，往往会越描越黑，只要你像往常一样，认真做事就行了，无愧于天，无愧于人，你又有什么好怕的！

想通了这一节，我心里便镇定下来。对，身正不怕影子斜，没什么好怕的！

我洗了一把脸，在更衣室里的镜子前正了正无尘帽，又把口罩拉好。我看着镜子里的自己，练习着笑容。只有我对世界微笑，世界才能对我报以微笑。

回到产线我心平气和地开始做事，产线不少人都向我投来诧异的目光，但是我始终保持着笑容。走到装料工位时，杨燕转头冲我一笑，翘起大拇指。

12. 职位变动之后，做事更要细心

我无视流言，依然会到赵响办公室里学电脑。而赵响似乎从来就没有听到过什么，仍旧会教我电脑，聊聊天。我心里惦记着明年4月的自学考试，到周海处要到了4月份考试的课程表，选了四门课程，准备在1月份的时候报考。马不停蹄买书买资料，接着就是分秒必争地开始学习起来，便不再去赵响办公室了。赵响知道我要准备考试，又听说我报了四门，只是说："好好学，别太辛苦了，注意身体。"

12月份，自考的结果出来，报考的两门课程都在80分以上。我心里很高兴，第一次报考，两门都过了，这是一个很好的开始。

我在忙我的自考，高华丽在忙她的恋爱，杨燕和程颖颖不时会来我们这里串串门，生活似乎很平静。但是我没忘记跟高华丽的赌局，心尖上总像有一根刺，看到她每天快乐的样子总是不安——她能快乐多久呢？

出来混，总是要还的，只是没有想到还的时间来得那么快。所以当杨宇翔在厂房大楼出口把我叫住后，我就有几分吃惊："杨宇翔，有什么事吗？"

"没事，就想找你聊聊。"杨宇翔脸上没有表情，看不出情绪。

"你应该找华丽聊吧，跟我有什么好聊的。"我的脑子急转起来，最好不是华丽在他面前穿帮了。

"华丽嘛，她是很单纯的人，没什么好聊的。可你就不同了，深藏不露，我还想再领教一下。"

我惊出了一身冷汗，赔笑着："哪儿呀，你太看得起我了，我哪能跟你比啊。"

杨宇翔笑了笑，过来抓着我的手就往花园里走："你过来，我有事要问你。"

他的劲很大，抓得我的手都白了，我急忙说："你放手啊，我疼死了。"

杨宇翔也不管，大步往前走着。他的手捏得我实在是疼，又挣不脱，只好小步跑着，随着他来到花园。

厂里的花园位于几幢厂房中间，跟所有的花园一样，有喷泉假山，有草坪，有盆花，有小径，有长椅。也跟所有的花园一样，总会坐着成双成对的情侣。但是现在厂里的人才刚下班，情侣们大多数还在吃饭，所以花园里基本没什么人。

杨宇翔把我的手松开，我赶紧看了看，被他捏过的地方已经变成了紫色："老兄，我跟你没仇吧，你犯不着这样对我吧？"

杨宇翔冷笑了一声："我只是想告诉你，敢骗我的人，都不会有好下场！"

他知道了！我着急起来，他会怎样对华丽？但是我只能装傻："谁骗你了，骗你什么了？"

杨宇翔被我的话噎着了，有些话是不能拿到场面上来说的，说出来只能是自取其辱。想到了这一节，他张了张口，半晌才说："你也别太得意！"

想到杨宇翔是哑巴吃黄连，有苦说不出，我的胆子壮了壮："杨宇翔，我好像没得罪你吧，你要跟高华丽谈恋爱，我又没有拦着，你现在是什么意思啊？"

杨宇翔抱着手，点点头："是啊，你用心良苦，我会好好地'报答'你的。"说罢冷笑了两声，便头也不回地走了。

我看着杨宇翔的背影，一股寒意透上心来。他是怎么知道的？多半是高华丽在他面前露了马脚。那么他会如何"报答"我呢？我摸着手腕上给他捏出的淤痕，实在是猜不到他会用什么方式来"报答"我。应该不至于过分吧，再怎么说我是女的，他是男的，好男不跟女斗嘛。

因为心里有事，在学习的时候怎么也学不进去，脑子里乱糟糟的。好不容易等到高华丽回来，我迫不及待便问："华丽，你今天有没有跟杨宇翔在一起？"

华丽笑了："在一起呀，我们去外面走了一圈。"

"那你们在聊什么？"

"也没聊什么，我都想不起聊什么了，都是有一句没一句，东说一下，西说一下，也没有固定话题。"

"那两个人不就是在说一些废话嘛，有什么好聊的。"

"呵呵，你说得不错，现在我想想，跟他在一起聊的都是废话多。也不知道怎么的，跟他在一起就有很多话要说。我还觉得每句话都很重要，其实就是废话嘛。"

"那你还要跟他在一起，废话说那么多也不嫌累。"

"这你就不知道了，等你有男朋友的时候你就会明白了，两个人在一起，几火车皮的废话说下来也不觉得累。"

"嘿嘿，是吃了蜜蜂屎了吧，瞧你那样！"然后话锋一转问，"杨宇翔现在对你怎么样？"

"还可以啊，他说话很幽默的，觉得跟他在一起就很快乐。"

"猪头，我是问你，杨宇翔对你怎么样，又没问你他这个人怎么样，你不要偷换概念！"

"感觉还行，基本上每天都会在一起，他也会关心我，还说等我哪天不上班了，带我去东门逛逛，给我买几件好的衣服。"

说着高华丽过来捏我的脸颊："羞羞哦，小丫头肯定是动春心了，拉着我问这些事。"

我躲着："你才动春心了，我只是关心你，怕你有事。"

高华丽说："我有事？我能有什么事？"

我叹了一口气："我是担心我们的赌局。"

高华丽脸上的笑容凭空被抽走了，也许这也一直是她的心头之患吧。

我看到她的样子，实在不忍心告诉他，杨宇翔已经知道了，只好说："你平时跟他讲话的时候有没有透露你的家事？还有，我们的打赌？"

"没有，我从没有跟他讲过这些。"高华丽摇了摇头。

"那就好，我希望你们两个在一起久了，感情深了，会互相珍惜，不管你家有没有钱。"我说。

"他是怎样的人，我自己也清楚，我不求什么。有时我心里也会怕，怕我们早晚会结束。但是我又想，不求天长地久，只求曾经拥有吧。"

看到高华丽想得那么开，我心里宽慰了不少。

很快我的职位有了新的变动，作为一个见习组长调到 C 线组长田娜手下。这是一个员工升为基层管理人员的重要阶段，只有做好了并得到主管们的认可才能成为正式组长。

田娜是去年才晋升为组长的，22岁，陕西人，个子不高，由于经常上夜班的缘故，一双原本水灵的眼睛有很明显的黑眼圈。开会时，赵响把我跟另外三个预升组长的女孩分别分配到三个不同的组长名下。当说到我在田娜组上见习时，田娜马上站起来表态："我刚升组长一年，还有很多地方不懂的，但是我愿意尽我所能，带好新人。"

田娜的表态引来了课长、主管们赞许的目光。我立刻就发现田娜是一个不简单的人，起码非常有胆识。一般在这种课长主持的组长例会上，向来都是课长和主管发言，组长们只有埋头记录的份儿，组长主动发言是很少的。很多组长都是惧于课长在场，怕说错话留下不好的印象，除了沉默还是沉默。

田娜的发言同时也引来组长们复杂的目光，有惊讶有嫉妒。但是田娜丝毫没有在意，也许她想只要主管们对她有深刻的良好印象，这就够了。

会议结束后我跟陈咏梅告了别，便随田娜到了C线。C线所做的产品跟F线陈咏梅组上的产品略有不同，产品小了很多，并且焊接工序也不是我熟悉的超声波焊接，而是锡焊。在产线走了一圈，看着一个个对我投来探询目光的陌生作业员，我叹了一口气，还是从熟悉人员开始吧。

我做着跟正式组长一样的工作，给员工开早晚会，安排特殊产品试验，跟进正常产品的生产进度，应付各级稽核人员，查检员工对操作文件的熟悉程度，审核生产备品领用表、生产状况表等各种表单。这是一种跟以前只要埋头做事完全不一样的工作，考验你的应变能力，更考验你的沟通技巧。

每一条产线都有相应的制程工程师和品质工程师在跟进，他们属于公司里比较悠闲的人。但是为了出业绩，总在绞尽脑汁想很多验证方法以推进制程和品质的改善。所以在产线如何跟工程师打交道是每一个组长必须面对的课题。

经常到产线上来的是制程工程师王振林，跟着他来的是一叠一叠的产品验证流程图。不过就是在产线上没事，他也经常来产线这里看看，那里看看。跟他熟了以后，我们也会互相诉苦。他告诉我他们经理非常变态，规定工程师必须每天在生产现场两个小时以上，搞得他们组里的人全部跑到产线找女孩子聊天。

当王振林到产线来的时候，田娜也总会跟在他后面，两人有说有笑的，看得出来，他们的关系很好。有一次我借着田娜跟我开玩笑时问她："王振林是不是喜欢你呀，我看你们俩挺好的。"

田娜神色一正："没有这回事，王振林他早就有女朋友了，就是那个品质部的 QC 领班郝梦真。你这个话要是传到郝梦真的耳朵里，那可不得了，咱们都惹不起。"

我听了会心一笑，QC 领班可不是那么好惹的，只要手下的 QC 验货严一点，让 IPQC（制程质量控制人员）在产线多转两圈，我们就只有翘辫子的份儿。

田娜也自嘲地一笑："你看我的臭脾气，哪能找到男朋友，吓都给吓跑了。"

的确，田娜看起来娇小玲珑，脾气却火暴，哪个员工犯了错都免不了被她一阵臭骂。习惯了陈咏梅春风细雨管理方式的我刚开始看到她在产线上尖着嗓子骂人时，感到非常惊愕。好在她不记仇不啰唆，员工们只要不给她找麻烦，她基本上不会没事找事。

这时田娜产线上的助拉梁小玲走过来："两位老大，刚才测试员工跟我讲现在有好多功能不良的产品。"

我一听，对田娜说："我去看一看吧，搞不定了你再来。"

然后像模像样地跟梁小玲一起，边走边问："那些不良品总共有多少？占了产品的多少比例？"

梁小玲也是一个新提不久的助拉，听到我问的话愣了一下说："不知道，我是听了那个测试的人说了就来跟你们讲的。"

我听了笑了笑，要是一个组长这样子去跟主管们反映问题，肯定要死上几回了。做生产管理首先要学会的就是用数据说话，生产了多少产品，不良品有多少，良品有多少，不良率多高，这些都是必须报备的。如果你想要主管协助你，你还必须跟他讲明你之前做过怎样的努力，收到了怎样的效果，否则想让主管帮你，没门！不把你臭骂一顿算好了。

于是我告诉她："以后要是有什么事情你要先弄明白了再过来跟田娜讲，尤其是数据，一定要搞清楚，知道吗？"

梁小玲听了点点头："知道了。"

做了见习组长后，感觉每天从车间出来后全身的精力都被压榨光了。一天高度紧张的工作让人累得七死八活，通常回去以后就想躺着，动都不想动。但是我还报了四门自考课程呢，总不能就这样把功课荒废了吧，只好又强打精神拿起了教材。

我沉醉在自己的世界里，忙碌地工作和学习着，渐渐忘了关注高华丽和杨宇翔的情况，以致高华丽连续一个星期没有去约会我都没发现。

又是紧张繁忙的一天，下班后我拖着疲惫的身体回到房里。我烧水冲凉，感觉舒服了一些，便开始做练习。华丽不在，房子里非常安静，这种时候很利于精神集中。时间过得很快，好像只过了一会儿，看看闹钟，已经快十一点了，于是刷牙准备睡觉。忽然想起华丽还没回来，听着屋外的风声，我心里便在笑，谈恋爱的人是没有时间观念的，不会困也不会冷。

算了，不等她了。我上了床，合上眼也不知迷迷糊糊地睡了多久，开门声把我惊醒了。接着灯打开了，我知道是高华丽，便在被窝里说："我已经烧好了水，你看一下够热不？不够热就自己再烧一烧。"

但是高华丽进门后就再也没做声，我感觉到不对，坐了起来，却看到高华丽低着头正靠着门坐在地上。

"华丽你怎么啦？大冷天的，不要坐地上，多难受啊。"我下床过去牵她的手。

一碰到高华丽的手，我便吃了一惊，她的手冰凉得没有一点温度。但是更让我吃惊的是高华丽的态度，她把手一挥，差点巴掌就甩到了我脸上："别碰我，滚远一点儿！"

我愣住了，睡意跑了个精光："你，你到底是怎么了？"

高华丽抬起头来，我这才注意到她平时精心梳理的披肩长发非常凌乱，苍白的脸上全是泪痕，眼睛里布满了红丝，憔悴至极。她一边哭一边咬着牙说："杨宇翔不要我了，这下你满意了吧，你高兴了吧。"

"什么？杨宇翔不要你了？为什么？"

"他告诉我的，是你！是你跟他说我家里有钱，不要再来找我了！"

"我什么时候去找他了，我怎么不知道？"我愕然。

"你在上周背着我去找他的，你还说，还说他要再来找我他就是势利鬼！他说他不想做势利鬼，跟我不可能在一起了。"

"你先起来，这样肯定会生病的，到时候打针吃药，可麻烦了。"

"我问你，你到底有没有去找过他？"高华丽抬头盯着我。

我蹲下来，迎着她的目光："我要是有那个美国时间，我还不如多看两页书，找他干吗？"

高华丽又低下头不说话了，大颗大颗的泪水掉下来。

我趁势拉她起来，扶她到床上坐着，然后从暖瓶里给她倒了一杯热水。她双手握住水杯，神色呆滞。我看着她的样子，已经猜到了怎么回事，不用说，高华丽现在的样子和她对我产生的误会就是杨宇翔对我的"报答"了。

13. 爱过一次就像死过一回

但是我还有很多事不知道，比如高华丽为什么这么晚才回来，一个晚上她到底去了哪里了，就是杨宇翔跟她摊牌，也不用一整晚的时间。再比如杨宇翔具体是怎样跟她说的，为什么她就那么相信他说的话。其实我很想知道这些，但是我不敢问，生怕这一问，又勾起高华丽的伤心。我把她的洗澡水用热得快再烧热了些，帮她找来睡衣、毛巾，然后把她推进了卫生间。

等高华丽从卫生间出来的时候，她便不再看我，不再说话。

很久以后，我才知道那个寒夜里高华丽和杨宇翔是怎么回事。高华丽已经整整一个星期没看到杨宇翔，便按捺不住，跑到他的房间去找他。但是杨宇翔并不在屋子里。高华丽便在冷风中一直守在门口。也不知道是几点，杨宇翔回来了，跟他一起的还有一个打扮新潮的女孩。看到高华丽，他很平静地告诉她，我去找他了，他不愿意成为别人眼中的势利鬼，他们再也不可能在一起。并且他也不是最喜欢她，他更喜欢现在跟自己一起的女孩。

高华丽当时就傻眼了，她没想到自己在冷风中等了那么久，等到的只是他跟别人的出双入对。她知道他们注定长久不了，只是没想到这一天来得这么快。更没想到的是自己最要好的朋友，把她送上了天堂，转眼又将她踹下地狱。她甚至不知道该去哪儿，在外面的街上转了一圈又一圈，她想，她应该跟我问清楚，为什么我要破坏她跟杨宇翔。

从她接过那杯水开始，她在等着我问她，她需要倾诉，需要我证明自己没有这样对待她，却没料到我什么都没问。她觉得我的缄默就是一种心虚，这就证实了杨宇翔所说的话。她不知道她为什么会这么倒霉，在这一个晚上，爱情和友情，全部都没了。

我不知道她已经对我有了误会，她把我当成了她跟杨宇翔关系的破坏者。我仍旧帮她挤好牙膏，铺好床。但是这一切落在她眼里只是引来更深的误会，她觉得我为她所做的一切只是因为歉疚。

这些都是后来高华丽告诉我的，而当时我却不知道，我只是一心想让高华丽忘掉那些事，从此再不提起。

第二天高华丽病倒了，她发起了高烧。

我知道她是昨晚给冷风吹的，起床后找到陈咏梅给她请了一天病假。但是我不能请假，在公司，不生病是很难请到假的，尽管我也想陪高华丽一天。

中午吃饭时我特地到厂外的沙县小吃店里买了一份高华丽平时最喜欢吃的云吞。回到房里一看，高华丽侧身卧着，桌子上的药和早餐动都没动过。我摸了摸她的额头，烫得厉害，便拿好药端着水把她扶起来喂药。

吃药的时候她倒是很顺从，但是叫她吃东西她就不吃了。眼看着下午上班的时间又到了，我没办法，叹了一口气，便把东西放下，替她盖好被子，上班去了。

下午下班时陈咏梅过来看她，还提了几斤香蕉。问了一下高华丽的病情，又说了一些宽心的话，便离开了。

陈咏梅走了，程颖颖和杨燕又冒出来，她们提着一些橘子。程颖颖说："我们本来就跟在陈咏梅后面的，看到她进来了，我们就不敢进来，等她出去了才来的。"

我说："这有什么，陈咏梅又不会吃了你们，胆子那么小。"

杨燕说："也不是怕她，只是觉得她在这里我们就不方便说话。"

然后两个人去问高华丽，想吃什么，现在感觉怎么样了。但是高华丽只说什么都不想吃。

第二天，高华丽还是有点烧，我只得又跟陈咏梅请了一天假。这一天，高华丽还是没吃东西。

第三天，高华丽因为病着，加上三天水米未进，人已经虚弱不堪了。我这才着急起来：这个傻女人不会是想着要绝食吧。如果是那样可就真的完了。

我把高华丽的情况悉数告诉了陈咏梅，包括我们怎么打赌，她怎么恋爱，又怎么失恋，怎么生病又不进水米，毫无保留地说了。陈咏梅一听也着急起来，她跟我一样，对于晶晶的结果历历在目。她不允许自己带的员工里再出现第二个于晶晶。

我跟陈咏梅是在车间里躲在一个货架背后说的，这事关高华丽的名誉，当然知道的人越少越好。

陈咏梅跟我说："要不我去劝劝她，你看行不行？"

我想了想："你还是先不要出面吧，这事我不想惊动主管，我们先让其他人劝劝她，不行了你再出马。"

"那你看谁要合适一点？"

"你觉得杨燕可以吗？她跟高华丽的关系可能比我还好，嘴又能说，鬼点子也多，我在你们产线看来看去，就那丫头最狡猾。"

"我看不行吧，高华丽现在这病其实是心病，杨燕跟那杨什么翔有那层关系在，她会听吗？"

"我看还是试试吧，要不我们把杨燕叫过来问问她，看她有什么办法。"

杨燕过来了，我又把高华丽的事对她说了一遍，然后问她："如果让你去劝她，你愿意不？"

杨燕本来是一天到晚笑嘻嘻的，听到我说高华丽的事表情也凝重起来："这事说到底还是我引起的，当时要不是我非要让你们认识我哥，非要我哥跟她跳舞，可能就不会发生这种事了。"

陈咏梅皱着眉头说："现在说这个有什么用，还是想一想怎么解决这个问题。"

杨燕想了想说："办法是有的，如果我去劝她，包她马上想吃饭。"

我跟陈咏梅都不相信："真的？"

杨燕笑了笑说："华丽的性格我是最清楚了，表面看上去很柔弱，实际是一个很要强的人，我肯定有办法的。"

我说："什么办法？"

杨燕笑着，故作神秘地说："这个嘛，暂时保密。"

杨燕出马能不能让高华丽吃饭，我实在是没底。但是看到她一副胸有成竹的样子，还是将信将疑照她所说，买了几个鸡腿，一大碗清粥，然后两个人进了屋。

进了屋，杨燕拿着一只鸡腿啃起来："唔，这鸡腿实在是香，叶子，你吃吗？"

我配合着说："我都流口水了，也要吃一个。"

杨燕故意问躺在床上无动于衷的高华丽："想吃吗？这里还有两只呢。对了，我忘了，你病了，什么都不想吃。"

我有点着急，杨燕你就这点伎俩啊。但是杨燕不着急，她悠悠闲闲地享受着那只大鸡腿，边啃边跟我说："叶子，你知道这些天我哥在干吗？"

我没好气地说："我哪知道你哥在干吗？"

"不知道吧，谁让你那么笨了，连这都猜不到。告诉你吧，前天他跟一个女的在芙蓉馆请我吃了一顿大餐，那里的剁椒鱼头很好吃，辣子鸡也香得很，我都好久没吃过这么好吃的东西了。吃了以后呢，他们又去了舞厅，又唱歌又跳舞，好好玩。"

我坐在床边，看得真切，高华丽的眼里忽然涌出了泪水。也是，任谁听到在自己这么伤心的时候，自己的前男友却跟着新欢花天酒地，都要生气。看来杨燕的话至少是已经把她从一个无意识的世界拉到了现实中来。

我故意问："那昨天你哥又去干吗？"

"昨天就别提了。"杨燕气鼓鼓地说，"下班的时候碰到他从市区里回来，原来他跟那个女的都没上班，两个人在华强北逛了一天，他给那个女的买了好几件衣服，我看了一下，都很漂亮。我跟我哥说想要一件，他说什么都不给我。哼，对那个女的比自己的妹妹还亲。"

高华丽背过身去，不可抑制地哭了起来，哭声越来越大。我跟杨燕对视了一眼，便坐到床上安慰她："华丽，别哭了，为那种男人，不值得。"

高华丽慢慢止住了哭声，我把她拉起来，擦干了眼泪，对她说："吃点东西吧。"

高华丽点点头，我忙递过一只鸡腿给她，她毫不客气地接过来，就大口大口地啃起来。我说："慢慢吃，别噎着。"

一只鸡腿吃完了，可能高华丽这会儿才觉得自己饿，又把目光投向了那碗粥。我拿了一个调羹放在碗里送到高华丽面前，她毫不犹豫地接过去，开始一勺一勺吃起来。

高华丽吃完了后，靠在床上休息了一会儿，忽然对杨燕说："你出去吧，我这里不欢迎你。"

我吃了一惊："华丽，杨燕是一片好心，你怎么可以这样？"

"我不想看到她，不想看到任何一个姓杨的人。"高华丽扭过头去，梗着脖子说。

杨燕倒是看得开："那我就走吧，叶子你不要跟她计较。"

我把杨燕送出去，对杨燕说："这次真的要谢谢你，华丽这样你不要放在心上，她以后会明白的。"

杨燕笑着说："哪里话，我们三个都是一起进厂的，原本就应该互相帮助。你回去吧，我没事。"

回到屋里，华丽看也不看我，我知道她心里对我跟杨燕都有几分怨气。便不理她，自顾看起自考资料来。

第二天高华丽就去上班了，陈咏梅看到她就知道杨燕已经成功了。又把华丽叫到一边，劝慰了一番，见她低头不语，才让她到产线去做事。

高华丽到产线上后便不再跟谁说话，只是一天到晚默默地做事。好在她做事还是很认真，并且看到那些没人管的事也会主动去做。

这一切都是程颖颖告诉我的，自从我到田娜产线做见习组长以来，程颖颖下班后就跑来跟我聊聊天。听到程颖颖的话，我便知道，华丽现在只是受伤了，慢慢地总会好起来。

14. 过来人的忠告

临近年关了，附近的南城永安百货早早地挂上红灯笼，还专门搞了一个"年货一条街"，一进去就觉得热热闹闹、喜气洋洋的。然而对着这些热闹和欢喜我却无动于衷，这跟我无关，跟任何一个无法回家的打工仔、打工妹都无关。

厂里出了返乡订火车票的公告，员工交钱到组长处，然后由行政处向火车站集体购票。年关了，对于打工者来说最珍贵的莫过于一张回乡的火车票。然而在厂里，并不是你订票了就意味着你能拿到火车票，据往年订票和最后能拿到票的概率大约是40%。也就是说，还有60%的人是拿不到票的。去年高华丽就订票了，但是没拿到票，只好不回家了。也有人实在是想家，又买不起黄牛票，就请假两天，带上干粮、衣物和水，到火车站排队买票。在火车站广场风餐露宿地排上几天的队，只是为了一张回乡的车票，确实够辛苦的。但是没办法，想一想头发花白的父母，再想一想日渐长大的儿女，又觉得这一切都是值的。

我故意忽略这越来越浓的年味，淡然地做着自己的事情，生怕只要稍稍一想，眼泪就要止不住往下流——加上今年，我已经两年没在家过年了。跟我情况类似的还有程颖颖，今年，她也没办法回家，她的钱全部寄给了家里供姐姐上大学去了。于是我们约定，除夕大家一起过。

下了班回到房子里，高华丽还没有回来。大节当下，一个人窝在房子里总觉得孤孤单单的，就想到外面随便走走，透透气。刚想出门，却听到了敲门声："叶子，开门！"

我一听是杨燕的声音，忙打开门，一看，程颖颖也来了。

"怎么啦，跑得那么急，后面有鬼追你们啊？"

程颖颖说："不是啦，我们是来跟你讲，厂门口有人找你。"

"找我？我又不认识什么人，是谁找我？"

杨燕说："是一个女的，穿着很时髦，她说是你老乡。"

程颖颖说："我看她长得跟你有些像，可能是你姐吧。"

"不可能，家里我最大，哪来的姐姐？"我不相信。

杨燕说："啰唆那么多干吗，去看了不就知道了。"

我随着两个丫头往厂门口走去，路上，她们你一言我一语，我才知道是怎么回事。原本两个丫头本来约好了出去逛逛街、买零食什么的。却不料刚从东侧门出来，就看到一个衣着时髦的高个子女人举着一个牌子：寻人，叶子，宁夏中卫人，女，22岁，是生产一部员工，烦各位知情的工友带信给她到厂门口见面，谢谢。

两个丫头看了看牌子，又看那个女人，觉得不像坏人，便跟她讲："你要找叶子啊，我们认识她，你在这里等着，我们帮你去叫。"

我听了笑着骂："什么不像坏人，坏人的脸上都写字了吗？"

说话便来到东侧门，远远地借着昏黄的路灯，我一眼便看到了那个拿着牌子的女人。她一双眼睛紧紧地盯住厂门，生怕错过从里面出来的每一个人，那熟悉的身影，正是两年不见的堂姐。

一瞬间，我呆住了，我怕自己看错了，擦了擦眼睛，姐，真的是你吗？这不会是我在做梦吧？我放慢了脚步，屏住呼吸，双手紧紧捏着拳头，生怕这是一个幻觉，走得快了那个人便没了。

我慢慢地走到她身边，轻轻地叫："姐。"

堂姐扭头看到了我，她有些迟疑，等我走近了，她才问："你真的是叶子，我咋看着不像？"

我看着堂姐，那熟悉的脸庞，那熟悉的乡音，一下子就触动了我紧绷着的神经，一直以来的坚强忽然就土崩瓦解了，泪水落了下来："姐姐，我就是的，你啥时候都认不得我了？"

堂姐把手中的牌子扔了，两只手抓住了我两条胳膊看着我的脸："你真的是叶子，好长时间不见了，你和原来不一样了，我都认不得了。"

我哽住了："姐，我以为再也见不到你了，你为什么不早来看我，我都想死你了。"

堂姐的泪水也掉下来，但是她却拿袖子帮我擦着眼泪："别哭，你再哭我就不理你了。"

"我不哭，不哭，我就是太高兴了，你不要不理我。"

我说着不哭，但是眼泪却掉得更凶了。堂姐说："是我不好，把你一个人留到这里就走了，我早该来看你。"

我摇摇头，说："不是的，不是的，要不是你让我来深圳，我说不定到现在还找不到工作呢。"

"叶子，好长时间不见，你长高了，瘦了很多，这两年，你一定吃了很多苦吧。"借着路灯，堂姐仔细地端详我。

"没啥，再多的苦我也能吃下去。我就是太想家了，太想你了。你来看我，真好……"

"别哭了哦，再哭我走了。"堂姐边给我擦眼泪边说。

"不哭了，我也不想哭，但是咋办呢，我管不住眼泪啊，就是要淌下来。"

堂姐不说话，把我搂进怀里。我尽情地哭着，仿佛这两年受到的委屈找到了一个宣泄口，眼泪就像开了闸的洪水，倾泻而下。好一会儿，我才止住了泪水。

杨燕拉着程颖颖的手，站在边上一直都没有说话。等看到我止住眼泪，才说："你们预备在这里一直站下去啊，也不嫌冷。"

我回过神来，对堂姐说："你看我都忘了，姐，这两个是我的工友，一个叫杨燕，一个叫程颖颖。"然后又对俩丫头说，"这个是我堂姐，叫叶兰。"

堂姐很客气地对她们说："我比你们大，你们就当我是姐姐吧，谢谢你们帮我找到叶子。"

程颖颖说："叶兰姐，你说啥客气话呢，叶子姐是我最好的朋友，找她是我应该做的。"

堂姐对我们说："你们吃过饭没有？我从五点就站在这里，到现在还没有吃饭呢。"

"姐，我请你吃饭，你说到哪里去吃就去哪里吃。"

堂姐看到我夸下这样的海口，笑着说："好，难得我妹妹请客，我就到双溪威酒店去吃一顿西餐吧。"

我听了尴尬地摸了摸口袋，只有可怜巴巴的三十块钱，只怕去酒店打的的钱都不够呢。

堂姐看到我的样子，点了点我的头："你能挣多少钱？你把钱都寄回家里去了。走吧，我请客，大家一起去吃一顿吧。"

然后对杨燕、程颖颖说："我们一起去吧。"

程颖颖说："不了，你们去吧，我跟杨燕还有事。"

我知道她是在跟我客气，便说："我知道你们的事就是想逛逛街，可以改天去嘛。走，走啦。"说着一手一个拉着她们跟着姐走。

杨燕说："去哪里啊，不要走得远了。"

堂姐跟我说："这附近有一家很好吃的湖南菜馆，叫湘水芙蓉，不知道还在不在。"

杨燕说："去年已经改名了，现在叫芙蓉馆。"

一行人很快便到了芙蓉馆门口，服务员殷勤地把我们迎进去，堂姐说："要一个包间吧。"

我们便被引进楼上一个包间。堂姐点起菜来是毫不手软，什么香辣蟹、白灼虾，看得我心惊肉跳："姐，那得多少钱哪，你的钱带够了吗？"

堂姐说："瞎操心，你姐我心里有数。"

"你发大财了？"我白痴地问。

"什么发大财了，我们现在吃的这一顿可以拿回去到公司报销，也不用我的钱。"

堂姐的话引来我们三个未见过世面的土包子一阵惊叹，程颖颖问："叶兰姐，你们是什么公司啊，连请客吃饭都可以报销。"

"在哪个公司请客吃饭都可以报销，只是要看你在什么位置上，做的是什么。"堂姐说。

"姐，那你现在做什么？你不是在武汉吗？怎么跑到这里来了？"我问。

"这两年我在武汉做销售，一直很忙。今年十月份才被提为经理，但是感觉压力更大了。这一次到深圳是公务出差，刚搞定了一个大单。现在就看你来了。"

程颖颖好像对堂姐非常好奇，她又问："叶兰姐，做销售的出差就可以把请客的费用都报销吗？"

"也不是，那就要看你的业绩做得怎么样，业绩好的报销也会多一点，老板高兴嘛。"

幸好有程颖颖、杨燕这两个人在，否则跟堂姐坐一起我肯定又是眼泪泛滥成灾。想着快过年了就问："姐，你今年回不回家？"

堂姐说："可能吧，我还是前年回过家，也不知道现在家里怎么样了。"

"是啊，也不知道家里现在怎么样了，算起来我二弟现在上高二了，明年秋天又上高三了。"

一顿饭便在这谈谈说说间吃完了，堂姐结了账，我跟她说："你要不要去我屋里看看，我那里可以住人。"

堂姐说："好，今天就不回酒店了，在你那里住吧，明天回酒店拿行李就行了。"

吃完饭后，杨燕、程颖颖和堂姐道别后就回厂了。我和堂姐一路走一路聊，慢慢走回住处。时近春节，虽然深圳的冬天不像家乡那般天寒地冻，但夜晚仍然寒气袭人，我走在堂姐身边，心底却泛起融融的暖意，在这个举目无亲的异乡，我多么希望身边有个亲人，但在这里别说亲人，平时连个老乡都见不到，堂姐的到来，深深触动了我内心的那根弦，亲情、乡音，始终是漂泊在外的人们永远的牵挂！

回到住处，高华丽一个人待在屋里，看到跟在我身后的堂姐，她微微有些吃惊，我笑着对她说："华丽，给你介绍一下，这是我堂姐，今天来深圳出差，顺便来看我。"我扭过头对堂姐说："姐，这是我的室友高华丽。"

堂姐点了点头，微笑着对高华丽说："你好。"高华丽也站起来，礼貌性地说道："你好。"然后转身为我和堂姐倒了一杯水，将床铺整理了一下，对我说："叶子，你姐难得来看你，你们慢慢聊吧，我去跟程颖颖挤一挤。"

堂姐听了说道："太麻烦你了，我和叶子挤挤就行。"

高华丽说："没事的，你们慢慢聊吧。"说完就出去了。

高华丽走后，堂姐对我说："叶子，你这室友人不错。"

"是啊，我们还是同一天进厂的呢。"

堂姐坐下后，看到桌上一大堆书，随手拿起一本，一看是自考教材，便问道："叶子，这些书是谁的？"

"我的呀，我去年就参加自考本科了，已经过了两门，想过两年拿个文凭。"

堂姐听了我的话，一把揽过我的肩头，说："叶子，姐这两年不在你身边，但我心里一直放心不下你，今天看到你还是这么上进，我实在是很高兴。"顿了顿，堂姐接着说："叶子，女人这一辈子就那么几年青春年华，如果不趁自己年轻时学点东西，做点事情，将来结婚，生孩子，就是想学啥也是有心无力了。"

听了堂姐的话，我说："姐，我知道的。"说到这里，堂姐似乎有所感触，喝了口水，继续说："叶子，你知道这么多年我为啥这么努力吗？"

我望着堂姐，茫然地摇了摇头。堂姐接着说："我从懂事那天起，心里最大的愿望就是离开家乡，那里虽然生我养我，但我实在不想在那个地方生活一辈子。在我考上大学的那天，我特意到村子周围走了一圈，我在心里告诉自己，我要离开这里了，这里的一草一木将来只会在我的记忆里，而不是我的生活中。"

堂姐的这番话在我心里掀起阵阵波涛，是啊，堂姐考上了大学本科，毕业后又有一份体面的工作，可我呢？我的未来在哪里？难道以后还得回去，对着满地黄沙过一辈子吗？想到这里，我心里一阵恐惧。堂姐似乎看出了我的心理变化，拍拍我的肩头说："叶子，只要你肯努力，你将来也会改变你的人生的，虽然出身不由我们选择，但怎么走自己的路是可选择的，我们家在农村，没啥背景，也没人帮我们，只有自己靠自己，你看这么多年我东奔西走，吃了很多苦，不也过来了，再说我们又有什么不能吃的苦呢？"

与堂姐相处的这个夜晚，时间过得格外快，不知不觉就到了 12 点，我站起来说："姐，你今天很累了，我烧点水你洗洗休息吧。"堂姐点了点头，说："你还别说，我真有点累了。"

堂姐洗完后就睡了，我也跟着躺下了，但我的内心却难以平静。堂姐打小就是我心中的偶像，在这个异乡的夜晚，她的一番话让我一夕之间明白了很多的事理。特别是她上次回家时邻居们对她的称赞，还有对大伯大妈的羡慕，使我心中有了一个目标，我也要像堂姐一样，让自己走出那个小村庄。虽然很难，但我不能放弃，一定要尽最大努力试试，不试怎么知道自己不行呢？

第二天一大早，堂姐告诉我今天要回武汉，我们简单洗漱了一下，我送堂姐到路边等车，在等车的间隙，堂姐为我拢了拢额前的头发，说："叶子，我要走了，你一个人在这里，一定要保重身体，有时间多给家里打打电话，你爹妈肯定也很想你。"

堂姐的嘱咐听在我耳里，突然使我想大哭一场，我紧紧地咬住自己的嘴唇，拼命忍住想夺眶而出的泪水，只是不停地点头。好在出租车来了，堂姐才没看见我狼狈的样子。

堂姐临上车时，又对我挥了挥手，说："叶子，你一定要多保重啊！"我也对堂姐挥了挥手，用力地点了点头。

15. 没有人能够随随便便成功

堂姐走后，我心里的伤感很快就被厂里欢乐的气氛冲淡了。厂里过年的一个惯例节目是抽奖，中奖率高达30%，奖品从一等奖的数码相机到九等奖的钱包相框，都是一些深受年轻人欢迎的东西。往往中奖名单一贴出来，厂里就要沸腾好几天，到处都在谈论中奖人和奖品的档次。

我是一个没有奖缘的人，进厂之后连个九等奖都没中过。高华丽和杨燕都要比我好一点，她们分别中过一个钱包，一个五十块钱的小奖。但是每次名单出来后我又忍不住挤进去看，看上面有没有我的名字。如同往年一样，今年中奖的名单出来后，我又把名单过了一遍。这次还是没看到自己的名字，却意外在名单上看到程颖颖，她中的是二等奖，彩电。

"这也太没天理了吧，我们进厂那么久都没中过奖，程颖颖走了什么狗屎运了。"愤愤不平的是杨燕，她把名单看了两遍后没看到自己的名字，却发现了程颖颖的名字，就有点气鼓鼓的。

"行了，人家那是运气好，不服也不行。你要是气不过，就叫她请你吃一顿。"我笑着说。

"对，就让她请我们吃一顿，去哪里吃好？还是芙蓉馆吧，档次不能比你姐请的低。"杨燕说。

我笑着骂："死馋猫，你这样吃，非得把程颖颖逼得破产了不可，她没钱吃饭了，怎么办？"

杨燕嘿嘿笑着："我也只是说说，要是她没钱吃饭了让我借钱给她，那我可就倒霉了。"

"就只知道吃，真受不了你。"

"我哪能跟你比，过两天厂里就请你去酒店吃大餐。"

"吃什么大餐？我怎么不知道。"我有些糊涂。

"你少跟我装了，不是每年过年的时候，厂里各个部门都会请有管理职的人去酒店吃年宴吗？"

"你是说这个啊，我还没管理职呢，还轮不到我。"

"可是我听说今年的储备干部也可以参加。"杨燕言之凿凿。

"是吗？但是我没听说呀。"我半信半疑。

小道消息往往是真实的消息。每天举行的例会上，课长薛松把年宴举行的时间和乘车的时间、地点、参加的人员名单，以及每个人的台号打印出来，给大家过目。传到我手里时，我看了看，果然有我和另三个储备干部的名字。

薛松也是一个不苟言笑的人，但是这会儿却难得地跟我们开上了玩笑："明天大家去吃饭，女同胞们一定要打扮得漂亮一点，上早班的人我可以批她提前下班，去整整发型，化化妆。"

薛松的话引来大家一片笑声，气氛就轻松起来。临近春节，他也不想把气氛搞得那么沉闷吧。

散了会，我跟田娜一起回产线。由于我没参加过部门里的年宴，就对年宴有几分好奇，便问田娜往年是怎么参加的，年宴有什么内容。

"什么内容，无非就是吃吃喝喝，看台上的人唱唱歌，跳跳舞，做做游戏。运气好的可以中奖，并且中奖概率要比厂里的中奖概率高。"田娜说。

"那我们就等于抽两次奖，不知道谁会有那个好运气。"我的心思还在中奖上。

田娜显然是跟我心灵相通，也说："去年我中了一个复读机，不知道今年运气好不好。"

想到运气，我叹了一口气："运气这玩意儿最难说了，我看这个世上不走运的人很多，走运的就少了。"

听我说到运气，田娜便说："咱们厂打工的，我知道运气最好的只有两个人，一个是我们部门总监方思云，她从一个产线的操作员做到总监，不能说没有运气的成分。另一个就是我们车间出去的谢芳，她的运气也真好，现在做了副总的秘书，我看以后她也是前途不可限量。"

"谢芳？"听到这个熟悉的名字我一呆，"她的运气很好吗？"

田娜说："不是吗？她现在春风得意，就连我们的经理也得给她面子。这次我们部门年宴，还请她做年宴的主持人呢！"田娜的消息显然比我灵通多了。

"你是说谢芳做我们部门年宴的主持人？"

"是啊，另一个主持人你猜是谁？猜不到吧，是王振林，工程组的帅哥。"

"我猜这个消息肯定是王振林跟你说的，对不对？"我口无遮拦。

田娜马上变了颜色："谁说的，不知道就不要瞎猜！"

我讨了个没趣，讪讪地走了。

部门的年宴对于生产部组级干部这种小人物来说是很隆重的，首先可以看到平时看不到的一些大人物，那些大人物对于我们只是一个出现在各种程序文件中的签名，平时见到的几率很小。其次是可以碰碰运气，看看有无中奖的可能。再次，可以见识一下星级酒店的排场，看看宴会厅里金碧辉煌的水晶吊灯，千娇百媚又服务周到的女服务生。最后，还可以解解馋，宴会里的菜色绝对不会差的。

这么一个隆重的日子，大家都把自认平时最好看的衣服穿上，有些人甚至特意去烫了头发。我没有特别好看的衣服，仍旧穿着平日里的一件半旧的白色毛线衣，再套一条牛仔裤，把长发束在脑后，便出来了。大家一起等车时，我立刻就发现自己的衣着是里面最寒酸的一个。但是不要紧，在一群莺莺燕燕中，没有人会刻意去注意一个普通的女孩。

公司指派的大巴车来了，我跟田娜、陈咏梅一批，上了第一辆车。来到酒店宴会厅，里面早已张灯结彩，正放着一曲《金蛇狂舞》，显得喜气洋洋。离宴会还早，田娜和陈咏梅就拉着我在宴会厅里乱逛。

宴会厅人还不多，只有一干表演节目的人员在做着最后的彩排。余下的便是部门经理关胜平指挥着几个人在对舞台的布置做着改动。而抽奖箱和奖品也有专门的人看着。

我学着陈咏梅和田娜的样子，把抽奖券对折了一下，把它放入抽奖箱里（据说对折一下，摇奖时就容易翻在上面，抽中的几率更大一些）。然后就想过去看那些演员的彩排，更重要的是想看谢芳。看一看这个我以前所带的徒弟，现在田娜口中的幸运儿，准备怎样主持这台晚宴。

远远地在一堆花枝招展的女演员当中，我便看到了有一个女子特别出众。除了个子高、身量苗条以外，一身大红织锦旗袍穿在身上宛如一朵热烈娇艳的红玫瑰，东方女子特有的风情就浓烈地散发开来。

　　待走得近了，仔细一瞧，这不是谢芳是谁？谢芳眼尖，看到我，不等我走过去跟她打招呼便主动走过来拉我的手，亲亲热热地跟我和陈咏梅说："叶子，阿梅，你们来了，还真早。"

　　我仔细看着她挽着的高髻，那乌黑的鬓角边插着一颤一颤洁白的茉莉，但是那打了眼影画了眼线的眼睛里目光依然清澈如水。面对这样的一个华服盛装的丽人，我有些自惭形秽："你现在穿成这个样子，我都快认不出你了。"

　　陈咏梅笑吟吟地在一旁看着，田娜则把目光投向了别处，顺着她的目光，我看到了王振林。

　　谢芳笑了："穿什么都不重要啦，我就觉得你现在这个样子要比我好看。"

　　我并不认同，也笑了笑。谢芳说："我今天会很忙，不然真想跟你聊聊，我好像很久没跟你聊天了。"

　　我故意说："现在大概很多人想跟你聊天吧，特别是那些男人。"

　　"死叶子，不开我玩笑你就要死啊！"谢芳拉着我的手便要掰我的手指头。我最怕别人掰我的手指头了，关节还不是一般的疼。这个弱点谢芳在产线做徒弟时便发现了，那时便总是有事没事作势要掰我的手指头。我连忙求饶："别，很疼的，我说错了，行了吧。"

　　然后又对陈咏梅告状："阿梅你也不管管她。"

　　陈咏梅仍旧笑着，一副事不关己的模样："她以前还是你徒弟呢，你都管不了她了，我哪能管得了她。"

　　谢芳故意气呼呼地说："阿梅从来都偏着叶子，我在产线时就知道了，现在还是一个样！"

　　一瞬间，我跟谢芳都有一种错觉，两人还是当初在组装线上看成品外观的一对师徒。谢芳叹了一声，换了一副口气："很难得见到你，平常我很忙，你现在应该也很忙，有时候想找一个人聊天都找不到人。"

　　"哎呀，你聊天还找不到人？这可是一条大新闻。"我说。

　　这时，宴会厅里的人越来越多。有一个化了装的演员喊："谢芳，快开始了，你得准备了。"

　　我便跟她说："你忙你的吧，我们随便看看，别把你的事耽误了。"

"那好吧，我先过去了，有空我会来找你的。"谢芳说完，便放了我的手走过去了。

我跟陈咏梅、田娜坐上了预先安排好的座次，不久宴会就开场了。

首先出场的当然是两个万众瞩目的主持人，男的一身白色的西装，女的一身红色的旗袍，站在一起，色彩对比强烈又十分和谐。

王振林拿起话筒，春风满面地环视着全场："尊敬的各位来宾，各位领导。"

接着是谢芳从容地拿起话筒："亲爱的同事们，朋友们。"

两人和声："大家晚上好！"

然后在全场的尖叫声和欢呼声中，王振林和谢芳双双对着我们鞠了一躬。

接着是王振林："2005年的脚步渐渐走远，2006年的春天已经来临。"

然后又是谢芳："The last year had gone，new year's spring is coming."

我听了觉得有些不可置信，谢芳一口英语那可是流利得很，在产线时怎么就不知道她还有这个本领呢？呆了呆，跟陈咏梅说："谢芳在说英语吗？"

陈咏梅也有些不相信自己的耳朵，说："再听听。"

结果台上的王振林刚说完，谢芳又是一句顺溜溜的英语。我的英语不是很好，但是听得出来，是对王振林刚才那句话的翻译。陈咏梅说："往年的年宴晚会也是一个人说英语一个人说汉语，好像部门里会请投资方和一些客户供应商来参加，有好些老外。我以为今年肯定是王振林说英语呢，想不到谢芳的英语也这么好。"

我说："这是同声传译，很难的，很多学英语专业的人只怕都做不到呢。"

田娜哼了一声："那有什么了不起的，只是把已经写好的台词事先用英语翻译好，背熟就得了。"

陈咏梅说："要背那么多英语台词，也是要花很多精力的，谢芳能做到这样也很难得了。"

田娜刚想说什么，我嘘了一声："大老板上台讲话了，大家注意听。"

台上讲话的是一个日本资方，想不到一篇中文稿子让他讲起来也是滔滔不绝，流畅至极。内容无非就是去年在各位同人的努力下，我们公司、我们部门的业绩取得了多大的进展，在接下来的一年里要如何地再接再厉，再创辉煌。

资方代表讲话完毕，年宴这才算正式开始。舞台上表演的第一个节目是热热闹闹的民族舞，台下开始上一道道热腾腾的菜。我们边吃边看，欣赏着部门里员工自编自排的舞蹈，餐桌上大家你一言我一语，评论着台上哪个人舞姿更好一点，哪个人身材更"正"一点。整个宴会厅也是一片人声，大家都放下平时一本正经的脸孔，说说笑笑。

我跟陈咏梅都不得不承认，谢芳今天主持得非常棒，除了英语流利外，她镇定、从容，对晚会的节奏把握得非常好。就是在她没有台词的时候，她站在台上，也是一道赏心悦目的风景。

看着台上的谢芳，我不禁怀疑，这就是我一年前的小徒弟吗？那个有几分羞涩的小姑娘，对着诸位见多识广的来宾，对着众多目光灼灼的同人，她的这份从容，这份挥洒自如，又是如何练就的？如果说一年前她还只是一只学飞的小燕子，那么现在她已经成了一只展翅翱翔的白天鹅。人们常常会嫉妒一个比自己高上那么一点点的人，但是对一个比自己高出一大截的人却从来只有羡慕。就如谢芳，那些车间里的曾经在她之上的组级干部对她投去的目光只有佩服和赞叹，人家比你强，你就是不服也不行。

只有田娜是一个例外，她坐在那里像是在跟谁赌着气，从她的眼神里可以看出她对谢芳不屑一顾。我跟田娜在一起共事也有一段时间了，但是总是摸不透她在想什么。她的脾气也古怪得很，有时明明大家都高高兴兴的，但她一转眼就生气了。她手下的助拉梁小玲曾经在我面前诉苦，说她"翻脸比翻书还快"。

田娜这么不声不响地坐着，目光深沉，不知道她在想什么。平时我在她面前都有点小心翼翼的，不像在陈咏梅面前随便，现在这种场合也不想惹她，便由她坐着。

又是谢芳上台，这次她是一人独唱《Eyes on Me》。非常优美的旋律，就是听不出里面英文歌词的意思，仍然能感到那份柔、那份伤。舞台上的谢芳为了配合这首歌曲的意境，特意穿了一件蓝色的小礼服，看上去就像一个蓝色的精灵。一曲完毕，又是如雷的掌声。

抽奖环节穿插在各个节目中间，奖品由小到大，在预定的一到七等奖里中间又加了一个特别奖，是受邀参加的供应商现场捐了五千块钱，均等地分五份送出。由于这五个特别奖都是一千块的现金，比起一等奖的数码相机来显得诱惑更大一点儿，大家都翘首盼望着，希望自己能中上这个奖。这五个特别奖一一抽出时，中奖的一个比一个激动，成了晚会的一个小高潮。

我是一个没奖缘的人，想不到受我之累，连同我这一桌居然一个人都没中奖。于是我们这桌也就成了其他桌取笑的对象。

看着周围几桌同事不断把堆在大厅一侧大大小小的奖品搬到自己的位置，我们这一桌的陈咏梅开始着急了："今年可真是邪门了，一桌的人居然没一个中奖的，这么多年的年宴我还没听说过呢！"

眼看着年宴就要结束了，现在台上抽奖嘉宾是部门总监方思云，她抽的是最后一个一等奖。我们都等着她把奖券抽出，然后散席。这个一等奖可不是那么容易中，它出现在我们这桌人的中间可是要比我们这桌人通通空手而归的几率要小不知几倍。

方思云对现场所有人的心理把握是非常准确的，她慢条斯理地把抽奖箱摇了摇，然后拿出其中的一张奖券，卖起关子来："今晚一等奖的得主现在已经在我手里了，这是谁呢？这是——"

方思云在台上卖关子，台下一干善于察言观色的人便争先恐后地说："是我！"周围的人也一起起哄："肯定不是你！应该是我。"全场的气氛一下子变得无比热烈。

方思云见目的已经达到，微微笑着清了清嗓子："这个人是我们部门的一个老员工，在我们公司默默奉献了接近十年，她——就是陈咏梅同人！"

当方思云念出陈咏梅名字的时候，她还在漫不经心地嗑着瓜子。我赶紧推了她一把："阿梅，你中奖了啊。"

但是陈咏梅好像还没反应过来："我？中奖？"正在此时，台上的方思云大声说道："恭喜陈咏梅同人，请上台领取奖品，大家掌声鼓励。"顿时四周爆发出一片掌声，陈咏梅这才确信自己真的中奖了。她赶紧站起来抻了抻衣角，理了理自己的头发，在大家艳羡的目光注视下，起身走向领奖台。我们这桌坐得离领奖台有点远，陈咏梅走过去的时候，明显有点紧张和激动，全然不像平常在车间那么沉稳，快到奖台时，似乎稍微踉跄了一下。

走上领奖台后，方思云迎上一步，伸出手来大声说："祝贺你。"陈咏梅也赶紧伸出手和她握在一起，由于坐得远，我没听清她说什么，大概是谢谢吧。接下来方思云颁奖的时候，厂刊的记者"噼里啪啦"拍了一通照，留下了这喜庆的一幕。

领完奖后，陈咏梅回到我们这桌，脸上红彤彤的，嘴角含着笑意，眼角不知是紧张还是激动，微微渗出一些汗珠。我给她递了张纸巾，她接过后擦了一下，说："叶子，谢谢你。"刚坐下来，旁边的同事就嚷着要她请客，还有的同事开玩笑说道："怪不得我们这桌都没中奖，原来好运都跑你一个人那儿去了！"

一年一度的年宴就在这片热闹的气氛中慢慢走向尾声，当《难忘今宵》的乐曲响起时，同事们一起站起来，三三两两地准备回去。我和陈咏梅走在一起，边走边打趣道："阿梅，我希望明年运气好点，也能像你一样中个大奖。"

"呵呵，叶子别担心，明年肯定轮到你。"陈咏梅笑着回应。

但愿如此，我心里应着，希望明年运气会更好。

16. 给自己树立一个工作上的好榜样

今年春节，高华丽终于可以回家了！原来她今年买火车票时多长了一个心眼，给行政部交了三张深圳到信阳的火车票钱，结果还真拿了一张火车票。看到她拿到火车票时那副喜滋滋的样子，我也替她感到高兴，我已经很久没有在她脸上看到笑容了。

自从高华丽病好了以后，她对谁都是一副淡淡的样子，杨燕就不用说了，两个人弄得只差没翻脸而已。对我也不太理睬，两人住在一起再也不似以前那般融洽，掏心掏肺地说心里话了，进进出出都是客客气气的。现在她拿了火车票，就开始兴冲冲地买东西，收拾衣物，对我也不那么冷淡了。我看着她忙里忙外兴冲冲的劲头，不由得就有几分心酸，什么时候我也能回一趟家呀。

高华丽回去不久，我的嗓子就开始疼了。来到深圳后，每年冬天我的嗓子都要疼一次，疼起来的时候说话困难，每次都要持续三五天。这个冬天嗓子一直都没事，我以为不会发作了，谁知道快过年了又疼起来。嗓子疼了实在是难受，说不出话来倒没什么，更难过的是睡觉的时候喉咙里老是痒痒的，很难入睡，只好去医务室拿药。

在医务室里，厂医用手电筒看了看我的咽喉，便给我开了一些清热消炎的药。我拿了药，刚要离开，却看到谢芳脸色苍白、无精打采地走进医务室。

她看到我对我点点头，轻声跟我说："你等我一下，我马上就来。"

我不知道谢芳是生了什么病，但是我知道一般病人都比较脆弱，更需要有人在旁边。我便跟她点点头，坐到候诊的椅子上，等她看完医生。

那医生是一个中年妇女，她用眼角的余光把谢芳扫了一下："你怎么啦？"

谢芳说："头又疼又晕，还很想吐，我也不知道怎么啦。"

那医生先给她把了把脉，再用听诊器听了听心跳，然后拿来两支溶液倒在一个一次性的纸杯里，递给谢芳说："你去那边冲一些热水，把这个葡萄糖喝下去，再坐到边上休息一会儿。"谢芳依言，在饮水机里加了热水，一口气灌下，然后就挨着我坐下来。

她坐在椅子上闭上了眼睛，就像瘫在那里似的，好一会儿她才睁开了眼睛。然后她便走过去问医生："我现在觉得好多了，还是给我再开点药吧。"

那医生对谢芳说："小姐啊，你现在的样子吃药是没多大作用的，最要紧的是你要多休息，少操一点心，多吃一点有营养的东西。这又是神经衰弱，又是低血糖，年纪轻轻的，要知道保养。"

谢芳说："我知道，我会注意的，谢谢医生。"

那医生给谢芳开了一些药，谢芳拿了对我说："走吧，去我宿舍，我们宿舍现在没人。"

我们一起出了医务室，向谢芳所在的职员宿舍走去。员工跟职员的宿舍是分开的，员工一个宿舍住12个人，但是职员宿舍听说只住4个人，条件也比员工宿舍好得多。

绕过一栋员工宿舍，我们就到了职员宿舍。职员宿舍的条件就是比员工宿舍好，每层都设了电视厅（员工宿舍一栋楼只有两个电视厅）。进入谢芳的宿舍，看到里面空调、电扇、饮水机，一应俱全，并且阳台上有独立分开的洗澡间、卫生间、洗手池。想起以前我所住宿舍的拥挤，再看看现在空阔的空间里只放了四张单人床，我羡慕极了，不知道自己什么时候才能住上这样的宿舍。

"你坐吧，我去给你倒一杯水来。"谢芳的脸色还是很苍白，看着我四处打量宿舍，便去拿杯子。

我抢过她手里的一次性纸杯，到饮水机上接了水递给了谢芳，然后才给自己也接了一杯。我拿出医生开的药，就着热水吞了，又剥了一片西瓜霜片含着。谢芳喝了一口水，指着角落里的一张床："这是我的床，我们到那边坐吧。"说着就走过去把被子枕头堆在床头，自己靠了上去。

我看她还是很虚弱的样子，沙哑着对她说："要不你先休息，我改天来看你。"

"叶子，你别走！"谢芳马上蹦起来把我拉住，"我宿舍里的人全都回去了，现在只有我一个人，你陪陪我吧。"

看着谢芳紧张的样子，我对她笑着点点头，反正现在华丽也回家了，回去屋里也挺冷清的。

谢芳看我点头答应了，就拉着我坐下来："我放几首歌曲来听。"说着在床头摸出一个复读机，又在床一角找出一张录音带。我看着那个床角小声说："哇，好多书。"原来靠墙一侧的床上一溜全是竖排着的书。

音乐缓缓响起，是一曲柔和的《茉莉花》。谢芳说："你看看，有喜欢看的就拿去。"

我点点头，那就不客气啦，但是继而又摇摇头，还在自考呢，哪有这个闲工夫看其他书。

谢芳笑起来："你又是点头又是摇头，是什么意思？"一语未了，脸色忽然变了，捂着嘴跑到阳台盥洗池里，哇哇地吐起来。

我的脸色也变了，心底里升起了一个疑问：谢芳她到底是什么病！

我跟出阳台，谢芳打开水龙头哗哗地漱口、洗脸，完了后拿起毛巾擦了擦脸。由于嗓子的缘故，我只能小声问她："你没事吧？"

谢芳擦完脸，把毛巾挂回去，转头对我勉强地笑着："没事了，现在没事了。"然后在刚刚拿回的一包药中找出两支溶液，倒在杯子里用热水稀释开，坐在床边慢慢喝着。

我在一边看着，有很多话想问她，她现在得的是什么病，为什么会变成这个样子，她一直都说想跟我聊聊，难道她过得不快乐吗？但是又不知道怎样开口，加上嗓子也不方便，只好也在边上坐下来，拿着开水润喉。

一杯热乎乎的水下去，谢芳原本苍白的脸上血色活泛起来，恢复了几成红润，但是仔细看看，到底脸上是不如以前那般的红艳圆润。她把杯子放下，看着我叹了一声说："嗐，我这个病已经快半年了，总是隔两到三个星期就要发作一次。每次都是头晕头疼，全身没力，一直到吐了为止，这才算好。"

原来是这样！我心里放下一块石头，小声地说："哦，这是病啊，我还以为，还以为……"

谢芳耳朵还不是一般的尖，她恍然大悟，边笑边骂："以为什么，以为什么，刚才你以为我是怎么了？臭叶子，你给我解释清楚！"说着两手捏住了我的两腮威胁着，"赶快给我说清楚，说不清楚当心我撕了你的嘴！"

　　我赶紧举手投降："我的嗓子疼，谢女侠你就高抬贵手放了我吧。"

　　谢芳松了手："哼，还嗓子疼，活该你！要是嗓子不疼早就在乱说了！臭叶子，我警告你不许把我想歪了。"

　　我边笑边小声嘀咕着："你又从来不说你这个秘书是干吗的，就不许我乱想。"

　　谢芳咯咯笑着："你还有理了，真是的。"

　　我看着她明显不如以前丰美的容貌，轻声正色问："你到大医院里去看过了吗？这是什么病，能治好吗？"

　　谢芳歪靠在床上："到人民医院去看过，医生说这是神经衰弱，不要压力过大，不要用脑过度，要有充足的睡眠，多吃有营养的东西，慢慢调理总会好的。但是我根本做不到，除非我不做这份工作了，但又不现实。"

　　"为什么做不到，现在你的工作多轻松啊，比生产线上好多了。"

　　"轻松？"谢芳的脸上浮起一个嘲讽的笑容，"可能在你们看来我是很轻松吧。是啊，只负责副总办公室的文件整理，早上只要给副总买好早餐泡好咖啡，有客人来了端端茶，倒倒水，闲了没事，就聊聊天，玩玩电脑，这不是很轻松吗，怎么会有压力呢？"

　　"难道不是吗，我们都羡慕死你了。"

　　谢芳又笑了，不过这次是苦笑："其实根本没必要羡慕我，真的，叶子，我不知道有多羡慕你呢。你看你，上面至少有人欣赏你，中间又有陈咏梅会提点你，底下还有一把朋友，有什么事都可以说。你别看我现在好像很风光，根本就不是那么回事。那个副总吧，他就觉得我是一个好看的机器人，可以帮他处理一些杂务，重要的事根本不会交代我去做。"

　　"那事情让谁去做啊？"我对办公室的情况不了解，有几分好奇。

　　"办公室还有一个本科生秘书，长得一般吧，她才是副总最得力的人。她快三十岁了还没有男朋友，简直变态！你不知道她老是一副高高在上的样子，好像一点儿都看不起我，我第一天到副总办公室，她就要我每天给她买早餐，并且要到她指定的地方去买。她又从来不肯教我做任何事，我做错了她就只会把事情捅到副总那里去。只要副总哪天多跟我说了两句话，她就要找上一个借口把我修理一顿，我真是恨死她了，变态老女人！"

"你呀，真是傻，那个女人肯定是怕你抢了她的位置。"

谢芳说："我哪儿有，我根本就没抢她位置的能力。那个女人可恨是可恨了点，可是不能不承认她还是蛮有能力的，一堆一堆的英文资料，一下就看完把重点挑出来，还把生僻的词用汉语备注出来。每次副总要找什么资料做什么分析，她都是做得又快又好，我想我这辈子都别想赶上她了。"

"起码你现在学到了不少东西，不说别的，就是英语，你也提高了很多。"

"英语你就别提了，说起来我都羞死了。我刚到办公室时英语一点都不好，我们公司的英语文件又多，我经常把文件搞得乱七八糟，闹了好几次笑话。其实笑话也没什么，就当自己是个二皮脸呗。可我就是受不了那个老女人鄙视的眼光，所以一发狠，就去外面报了一个英语班。可是好像没什么效果，英语还是差得很。我在办公室又怕做错事，又怕那个老女人无缘无故发飙，一下班就没日没夜地学英语，搞得我神经衰弱怎么治也治不好。你说我倒不倒霉？"

"那你在年宴上英语还是很好的，怎么说没效果。"

"年宴？"谢芳苦笑着说，"你不知道年宴那英语花了我多少时间。台词写出来后王振林把它译成英语交给我，我背啊背啊，两个星期都没睡好。"

"人前风光，人后就得吃苦啊。"

"这话倒是不错，但是人前风光，真的没那么重要，重要的是自己真学到了东西。"

"你能有这样的想法是不错，但是一定要注意身体，没有好身体就什么也做不成了。"我握着谢芳的手说。

"知道了，真像个老妈子，我妈都跟我讲了 N 遍了。"谢芳说着转移了话题，"叶子，你觉得方思云这个人怎么样？"

"她是一个怎么样的人关我什么事，再说我又跟她没什么接触，也不了解她。"

"哦，"谢芳有些失望，"我跟她打过几次交道，是一个很精明厉害的人。什么时候我也能跟她一样就好了。"

"小丫头野心不小哦，为什么非得跟谁一样呢，做自己就好了。"

"我跟你不一样，叶子。我从小就生活在一个重男轻女的环境中，我爸爸没有儿子，爷爷奶奶就在分家时把大部分东西给了我叔叔，就是因为叔叔他有两个儿子。爸爸一直都想生个儿子，可是我妈生的都是女儿。他就老是喝酒，老是打我妈。"

谢芳说到这里，有些哽咽了："可怜我妈连生了四个女儿，给全村的人看不起，还给我爸打。女人生了孩子坐月子，本来就要好好休息，好好补营养的。可是我妈生我们，爷爷奶奶连爸爸都没有一个好脸色。我听说，我妈生我大姐的时候，爷爷本来正要去抓一只鸡杀给我妈吃，一听说生了个女儿，马上就说，生了女儿别想吃鸡，最多煮两个鸡蛋就行了。坐月子的人，还要让我妈自己去洗衣服，弄得现在落下很多毛病，一刮风下雨就这里疼那里疼的。"

我握着谢芳的手说："那你妈也真可怜。"

"是啊，从小我妈就跟我们姐妹几个说：'你们一定要给我争口气啊，妈这辈子就只能这样了。'我们姐妹四个从小就很懂事，每个人读书都很好，大姐二姐考上了大学。家里又供不起了，我就不读书了，出来打工。大姐明年就毕业了，但是还有一个二姐和小妹在上学呢。我妈老是担心我，觉得我没上大学，以后就不像大姐她们有出息。从小到大我妈都是愁眉苦脸的，很少笑，只记得我妈笑过两次，一次是我大姐考上大学的时候，一次是我二姐考上大学的时候。我想，如果我能做到方思云那个位置，我就可以给我家里、给我妈好一点的生活条件，我妈也就不会这么愁眉苦脸了。她的女儿有出息，她就可以经常笑，就再不会有人看不起我妈生了四个女儿了。"

听到谢芳的话，我被感动了，她那么的要强，那么的努力，只是为了妈妈脸上的一个笑容！想起自己，远来深圳打工，又何尝不是为了替双亲分忧，以解家庭困难？也许天下的儿女，不管身处什么样的位置，最初的努力都是为了父母亲的展颜一笑吧。

我看着她，很诚恳地对她说："如果你真是想替你妈争一口气，那么你就要好好珍惜自己的身体。"

谢芳点点头，猛然盯着我："你看我，今天太啰唆了，都成了一个老太婆了。我说了那么多，你不会嫌烦吧？"

"哪里会烦呢，只是时间不早了，我得回去了。对了，年三十晚上要是没有其他事，你到我那里去吧，我们几个人约好了包饺子吃。"

"好啊，到时我一定去，可是我不会包。"

"没关系的，人来了就好，大家在一起也就是图个热闹开心。"

17. 半路杀出来的程咬金

年三十不用上班。

美美地睡着懒觉，直到楼下"啪啪啪"惊天动地的鞭炮声把我吵醒。我舒服地伸着懒腰就去找衣服，猛然想起今天是除夕，全家团聚的日子，拿着衣服的手停下来。IC卡，IC卡在哪里？我在桌子上一阵翻找，总算找到了电话卡。穿上衣服，我很快便洗漱完毕。

兴冲冲地拿着电话卡，我进厂去找IC电话。在厂里转了一圈，出乎我意料的是，每一个IC电话亭前都排着长队，打电话的人真不少。也许对于留厂打工的人来说，在万家团圆的今天，唯一能做的就是给家里打一个报平安的电话，听一听从小听惯了的亲人的乡音。

没办法，只能排队了。挤在打电话的队伍里，想着就要听见亲人们的声音了，我心里莫名地激动起来。但是队伍太长了，前面还有八个人，移动得也太慢了，每个人进去没有二十分钟是不会出来的，看来大家都是要把卡上的钱打光才罢手。

不一会儿，杨燕来了，程颖颖来了，谢芳也来了，每个人都是把厂里所有的电话亭转了一遍，转到我这边时就跟我打一下招呼，然后乖乖地排起队来。快十一点，就在我等得快要麻木的时候，排在我前面的那个人终于从电话亭里出来了，我赶紧走进去。

颤抖着手输入电话号码，响起来的是一个甜美的女音："对不起，您拨的号码是空号。"我屏着气，仔细地再输了一遍电话号码，一个一个按下来，终于正确输完。我把听筒轻轻地放在耳边，这次传来的是杂音。靠！这是什么破网，一到关键时刻就瘫痪了，我气得想骂人。再看看周围其他的IC电话，也看到了不少打电话的人跟我一样四处张望，不用说肯定电话也是不通的。再试一遍，还是不行，看来只好等晚上再试了。

想不到年三十了，连电话都没法跟亲人通上。我心里一阵沮丧。等杨燕她们打完电话，已经快十二点了，一行四人便结伴而行，准备去南城百货买菜和零食等等。刚走到厂门口，后面就响起了一个男人的声音："叶子，走那么快干吗，等一下嘛。"

我停下来扭头一看，是周海和赵响，不禁有些意外："你们没有回家吗？"

周海说："没有呢，不敢回家啊，没钱。对了，你们去哪里？"

我实话实说："我们去买东西，准备做饺子吃。"

"真的？"周海的眼睛亮了，"叶子的手艺肯定不错，能不能算上我们啊？"

我有些犹豫，说实在的，跟周海平时并没有多少接触，对他也不算是了解，虽然说跟他要过几次自考的资料，也知道他很热情，但也只是泛泛之交而已。可是赵响就不同了，他是我的主管，并且心里对他是有好感的，要是一起过个年，那多好啊。可是这话也不能说出来的，只好说："我那里很小，你们来了就挤不下了。"

周海说："要不去我们那里，我们那里宽得很，十个人去都没问题。"

"你们那里？你们怎么会在一起？"我有些狐疑。

赵响笑了笑："我们是老乡，一起租的房子，呵呵，叶子，周海在我面前把你夸成什么似的，今天才知道是你呀。"

我听了怔住了："周海跟你提起过我？"

赵响忽然改口了："没有，没有，我是开玩笑的。对了，你们要包饺子过年，不如就到我们那里去吧，大家人多热闹一点。"

杨燕笑着："你那里有电视吗？"

周海马上说："有。"

"有煤气吗，可以做饭吗？"

"当然。"

"耶！"

杨燕听了对我们三个说："我赞成去他那里，叶子你别怪我势利眼哦。他那里宽敞不说，还有电视可以看，又有煤气，做起饺子来方便得很。你那里只有一个电饭煲，煮饺子麻烦死了。"

"对，"程颖颖接着，"再说了，跟咱们的主管一起吃年夜饭，这机会也太难得了。"

"好，既然大家都同意，那就去吧。"我心里也想跟赵响吃一顿饭，看一看他住的地方，跟他的距离再拉近一点。

"那这样吧，老赵你先带着这些小妹妹回我们那里看电视，我跟叶子去超市买东西，怎么样？"周海说。

谢芳说："我要跟着叶子，去买东西加上我。"

在我计划中原本是四个女孩子一起过年的，没想到半路杀出赵响和周海，所有的计划都乱了。好在这个改变是所有人都能接受的。我看着谢芳笑了，拉着她的手说："好啊，一起去。"

超市又是人满为患，新鲜的肉和水果、蔬菜都比平时贵了很多。但是大过年的，就是再贵也得买。我跟谢芳推着车子，看到什么都想装进车子里去。周海在后面跟着我们，不断地说："你们想吃什么就拿什么吧。"

车子很快就装满了，我跟谢芳两个人意犹未尽，还想往车里装东西。周海在一边忍不住地说："好了，好了，咱们去结账吧，车子都装不下了。"我们才罢手。

收费时又是老长老长的队，周海推着车子，让我跟谢芳到一边等着，坚持要自己付钱。我挺不好意思的，长那么大还没有买东西时让男人付钱，感觉自己就是在吃白食似的。但是我硬要付钱，周海也不干，只好拉着谢芳到一边等着。

谢芳双手插在衣兜里，笑眯眯地看着我："我发现那个周海挺有意思的。"

"怎么，对他感兴趣了？哈，谢芳，看不出啊。"

谢芳继续笑着："什么对他感兴趣啊？你呀，平时一个很聪明的人，怎么今天就糊涂了。"

"我怎么糊涂了？你才是糊涂呢。"

"算了，不说了，以后你总会明白的。"

"哼哼，什么以后我总会明白的，现在我就明白了，你这是故意吊我胃口，我才不上当呢。"

说笑间周海已经提着三大袋东西过来了："帮帮忙，小姐们，很沉的。"

我跟谢芳一人提了一袋，都觉得奇怪："怎么买的时候不觉得，一拿就拿了那么多。"

周海说："两个女人啊，我真是服了，到了超市就恨不得把这里的东西都搬走，还嫌少。"

在周海的带领下，我们来到一栋出租屋前，这栋房子比起我所租的那栋房子要好多了，智能卡出入的大门，进去就是电梯，楼道里异常干净，这样的房子，不用说租金也会比我们那里贵很多。

进入屋里，果然有敞亮的客厅，有彩电、饮水机和一张大大的麻将桌。赵响正和杨燕、程颖颖嗑着瓜子、看着电视，看见我们回来了，那两个小丫头屁颠屁颠地跑过来，接过我们手里的东西。我四处打量了一番："你们这里不错啊，我还以为男孩子住的地方都很脏，没想到也很干净。"

周海就站在我身后，听我这么一说，咧着嘴笑了："我跟赵响两个都还好了，还算干净吧。"

赵响一句话就揭穿了："呵呵，这不是想着过年了吗，昨天我们两个忙了半天才收拾好的。"

周海有些尴尬，看到杨燕和程颖颖正要把我们买的东西一样一样拿出来，便对她们说："那些东西都是分好的，两袋的零食，那一袋是厨房里的东西，拿到厨房就行了。"

程颖颖听了就不再翻，把东西送到厨房，谢芳在一边喝着水："饿死了，现在都快一点半了，早上到现在还没吃过东西呢。"这样一说，我的肚子也马上叫起来了，才想起自己从早上到现在也什么都没吃，就对她说："袋子里有面包，拿出来吃，我也饿了，大家谁没吃饭的先垫一垫肚子。"

赵响说："有吃的？我也饿了，先吃东西，再做饭吧。"

我过去把零食拿出来，不客气地吃着。周海拿了一块饼干吃着："叶子，今天你就是女主人了，预备怎么做这顿饭？东西都是按你的意思买的。"

听到"女主人"三个字，我脸上一红，不由得把目光投向赵响。赵响拿着一杯水喝着，正似笑非笑地看着我，接触到赵响的目光，我的脸更加红了，对周海说："这么多东西还堵不住你的嘴啊，等下罚你洗碗！"

谢芳啃着一块面包："我看这样吧，我们四个做饭，男生洗碗。周海你就等着吃吧。"

赵响说："周海你这么受优待啊，那我可不可以也等着吃啊？"

杨燕在边上剥着橘子："可以啊，怎么好意思让主管做饭，我们几个就行了。"

赵响有些不自在："别这么说，现在又不是上班，就不要讲主管不主管的，大家出门在外，就是兄弟姐妹。"

我看着杨燕的脸有些红了，便拉她起来："好了，姐妹们，我们要开始做年夜饭了，大家一起来吧。"

我和杨燕、谢芳、程颖颖走进厨房，准备开始包饺子。说实话，虽然以前在家经常见到我妈做年夜饭，但轮到自己独立操作，心里还真没底。不过话既然说出了口，赶鸭子也得上架了，我回想了一下以往妈妈做年夜饭的情景，开始分配任务，谁削土豆，谁洗菜。任务分配完了，我自己和程颖颖则卷起袖子开始和面。和着和着，想起赵响刚才看我的眼神，心里就像吃了蜂蜜一样，甜甜的，似乎和面也没那么吃力了。这时旁边像有人贴着我耳边在说："姐姐，人家就看你一眼，瞧把你美的，真不知羞哦。"我一抬头，没看见别人，倒看见程颖颖笑眯眯地看着我，脸上左一道右一道的面粉印。

　　我心里一乐，一个恶作剧的念头浮起来，于是故意装作很严肃地对程颖颖说："你别动，脸上有印子，我帮你擦擦。"

　　说着也不等她回答，就用手指又在脸上一左一右加了两道印子，然后打量着："嗯，好了，很干净了。"

　　杨燕和谢芳已经溜出到客厅吃零食，我便喊："杨燕，你的土豆芋头熟了，你把它们剁成泥；谢芳，你把肉洗干净了，杨燕剁好以后，你接着把肉剁进去。"然后对程颖颖说，"我们把手洗了，待会儿做饺子皮。"

　　杨燕走进来，就要去揭锅盖，迎头看到程颖颖，忍不住指着她笑了："这，这是一只猫，还是老鼠？"

　　程颖颖给她笑得摸不着头脑："什么猫，什么老鼠？"

　　谢芳听到笑声走进来，一看程颖颖也笑了："哇，这一眼看上去就像一只老鼠，再仔细一看，分明又是一只猫啊。"

　　我心里憋着笑，故意一本正经地说："什么老鼠，什么猫，你们都弄错了，这是一个老鼠跟猫的综合体，张爱玲说的，不笑的时候就是一只老鼠，笑的时候就是一只猫。"杨燕和谢芳听我这么一说，笑得更厉害了，两个一个指着我，一个指着程颖颖，笑得上气不接下气。我再也忍不住了，也跟她们笑成一团。

　　只有程颖颖还是摸不着头脑，但是已经知道大伙儿在笑自己，急忙跑到洗手间去照镜子。

　　"哈哈，叶子你是一个天才，太有创意了。"杨燕听我说话的时候就知道是我搞的鬼，笑得直不起腰，好半天才冒出这么一句话。

　　杨燕的话还没有说完，程颖颖就已经杀进来了："臭叶子，拿我穷开心，看我怎么收拾你！"

一边笑着，一边向面粉袋里抓了一把粉。我一看，急忙逃命："救命啊，杀人了，有人要杀自己的亲姐姐。"一边说，一边跑出了厨房。程颖颖可不管，拿着一把面粉紧追不舍，眼见着就要追上我了。

周海和赵响听到厨房里的动静，正要赶过来看一个究竟，迎面看到我大呼救命，程颖颖在后面紧追不舍，都有几分诧异。看到周海，我急中生智，往他身后一躲，把他推到前面，于是程颖颖原本撒向我的一把面粉就尽数地撒在他头上。

周海愣住了，而程颖颖却满脸通红，手足无措。我跟赵响看着周海满头满脸须发皆白，两个人都大笑起来，一个说："哈哈，圣诞老人来了。"另一个说："不是，应该是南极仙翁下凡了。"再看看周海，我忍住笑，对赵响说："想不想听我唱歌，是我们家乡的皮影戏？"说着不等他回答便唱起来，"对面来了个白后生呀，除了长得白来你就啥都没呀，你是卖石灰的汉子，还是卖面粉的儿？"

"扑哧！"原本呆在地上的周海听了忍不住笑了，脸上的肌肉一抖一抖的，面粉簌簌地往下掉。

"死叶子，都是你，我跟你没完呢！"程颖颖看到周海一头一脸的面粉，心里好笑之外加上一百二十分的歉意，正不知道怎么表示，却看到我这个罪魁祸首在唱着高亢的宁夏腔，便转身向我扑来。我心里正得意着，不提防给程颖颖扑了一个满怀。程颖颖这下可得意了，一边把手上沾的面粉在我脸上狠狠地抹着，一边说："我也给你来个猫和老鼠的综合体，让你看看！"

我一边躲着她的面粉手，一边向赵响和厨房门口两个看热闹的丫头求救："老大，救命啊，哪个女侠、大侠来救命啊。"

赵响笑着过来拉程颖颖："算了，你看她现在比周海也好不到哪里去，也算是出过气了吧。"

程颖颖松了手："便宜了她，把我整成这样不说，还把周海也弄成这样。"

"周海是我弄的吗？明明是你把面粉撒到他头上了。"我故作委屈。

"行了，死叶子，坏叶子，你要再说，信不信我再给你脸上抹两把？"程颖颖不知什么时候也学会了威胁别人了。

一直站在厨房门口看热闹笑成一团的谢芳和杨燕现在总算是止住了笑容，进去剁馅去了。我四处张望着，却不见了周海："咦，周海哪里去了，不会是躲进房里不敢见人了吧？"

"叶子，我还没找你算账呢，现在又在这里说我的坏话。"周海从洗手间里走出来，头上脸上的面粉已经不见了。

想起周海刚才被我拉过来做挡"粉"牌，我确实是怕他秋后算账，忙转移了话题："颖颖，这里没有擀面杖，等下你做饺子皮行不行？"

"当然行了，待会儿你就看我的手段就行了。"她说着瞪着我，"去，洗洗，别在这里丢人了。"

我洗了脸，程颖颖看着面粉已经停得差不多了，就把桌上的零食清理出来，找来几个厂里的包装袋垫上，开始做饺子皮。

谢芳和杨燕想必在家里也是常做家务的，两个很快便剁好了馅盛出来，周海和赵响不待我们招呼，自己去洗了手，就过来包饺子。

程颖颖的饺子皮做得又快又薄，真看不出她居然是做饺子皮的好手。其余五个人都在包饺子，并且是各有各的特色，谢芳包的是元宝形的，我包的是马蹄形的，杨燕包的是荷包形的，两个男生都不太熟练，只是包了个最简单的半圆形，还经常露馅，破绽百出。杨燕包着，忽然放下手中的活，从钱包里拿出一个五毛钱的硬币洗了："按我们家乡的风俗，过年时在饺子里放一个硬币，谁吃到了谁今年的运气最好。"

"老赵，你一定要吃到那个硬币，说不定你的女朋友会把广州的工作辞了，过来深圳呢。"周海说。

我的手一抖，饺子皮破了，里面的馅露了出来。谢芳看了说："呀，露馅了，放一边吧，再包。"

赵响说："我也想啊，不过这个事情，还真的勉强不来的。"

杨燕把硬币包进饺子里："老赵，你的女朋友怎么没过来跟你一起过年？"

赵响手里拿了一个饺子在捏着："她一个人回家了，不肯带我去见丈母娘呢。"

我定定神，脸上便堆了一个笑容问赵响，自己都觉得像朵花似的："你的女朋友在广州上班？"

周海插进来："他们上大学就在一起了，结果毕业时一个人来了深圳，一个人去了广州。"

"那不是很辛苦，老是跑广州？"

周海说："也不是啦，有时她也会到这里来。"

毕业出狼窝，工作入虎穴

程颖颖手底下没闲着，也插了一句："那不是两个人挣的钱都为国家的交通事业作贡献去了。"

赵响苦笑着："也没办法了，她在那边发展得还可以，我在这边也惯了，都不想到对方那里去。"

我忽然觉得脸上的肌肉很累，那么努力地挤着笑容，何苦那么勉强？但是停下来，又不知该说什么，便仍然努力地挤着笑容——所有的人都那么快乐，我怎么能够伤心？

18. 别把男女之情带到工作中

那个下午的时间过得非常慢，所有的人都很开心的样子，只有我努力笑着，掩饰着自己心里的失落和伤心，生怕笑容一收起来，大家的欢乐就戛然而止。辛苦包出来的饺子吃到嘴里，总感觉有一股苦涩的味道。心里像是有一把火在烧着，只有啤酒，一杯一杯凉凉地浇过去，才舒服一些，但是总也浇不灭心头那把火。

"够了，叶子，你再喝下去就醉了。"周海把我的杯子抢走了。我仍然是笑容满面："好了，就听你的，我不喝了，喝酒伤身。"

年夜饭从四点一直吃到五点多，大家边吃边喝边聊天，杨燕又跟程颖颖划拳，又要跟谢芳猜谜，桌上就数她最忙。

吃完了，赵响和周海两个人负责洗碗，我们帮忙收拾了一下客厅。然后杨燕又提议要打麻将，我急忙说："我不会，别算上我。"

周海说："你们四个打吧，我跟叶子看电视。"

我笑着说："其实看电视也没什么意思，我还是看他们打麻将吧。"

"看人家打麻将有什么意思？要不我们来盘象棋？"

"可是我不会下呢。"

"不要紧，不会下我教你。"

"好吧，只要你不嫌我笨就行了。"

周海从房间里拿出了一副象棋在桌上摆起来，旁边的麻将桌也架起来了，哗哗地开始洗牌。我在周海的对面坐下来，他便给我讲象棋的规则。无非就是相走田，马走日，将士只能在九宫内活动，兵卒只能前进不能后退等等。就像他说的，非常简单，一看就明白。

"叶子。"周海看着我低声地叫。

"嗯。"我眼睛盯着楚河汉界，应了一声。

"叶子。"周海又低声叫了我一声。

我抬眼看着他："怎么啦？"

"我是在想，你怎么啦。"

"我，很好，你别想了。"

"不是的，我看出来了，所有的人都很高兴，但是你，你不快乐，今天。"

我听了心里一慌，眼泪在眼眶里打着转，但是脸上还是堆满了笑容："那你一定是看错了，我今天很高兴，真的。"

"不对，你笑得一点儿都不自然，看起来像是在哭一样。"

"可能今天是年三十吧，我，想家了，家里今天吃年夜饭，不知道会不会留着我的空碗。"

"不是，你在上午的时候还高兴得很，怎么下午突然就沉默了？"

"我真是想家了，我都几年没在家里过年了，我爸妈他们肯定老了很多了吧。"

"是吗？如果真是这样就是我多心了。"周海顿了顿，"总之，要是你有什么不开心的事，可以跟我讲的，我随时都愿意听你说。"

我听了心里泛起了几分暖意："谢谢你，如果我有不开心的一定会告诉你，现在我真的很好。"

因为周海的这一番话，我们之间的距离拉近了很多。但是我的心并没有放在棋盘上，而是留心着赵响打麻将时出牌的声音，我无法抑制对他的关注，即使已经明白我们之间没有在一起的可能。一股绝望的情绪开始蔓延开来，我害怕再待下去情绪便不受控制，便对周海说："我打个电话回家，你们玩吧。"

周海说："我送你吧。"

"不，不用了，我自己回去。"然后便对四个麻将桌上的人说，"我想出去再打打电话，你们玩。"

谢芳说："叶子，再等等嘛，我们打完这一圈就跟你一起走。"

"不用了吧，反正回去也没地方玩，要不，我打完电话再回来吧。"

杨燕玩得正起兴，便挥了挥手："好吧，你出去打完电话再回来玩。"

　　程颖颖抬头看了看我："快去快回。"

　　赵响停下来，看着我，笑着对我说："小心一点儿，周海，要不你做一下护花使者，送她去打完电话回来？"

　　我迎着他的目光，也看着他说："好的，我会小心一点，你们玩得开心。"说着便扭头，拿了自己的东西出去了。

　　周海跟在我后面："别走那么快嘛，我都赶不上了。"

　　外面万家灯火，到处是张灯结彩，到处是喜气洋洋的音乐，到处是鞭炮声。我的脚步慢下来，回头看看周海，忽然就有一种抱着他痛哭一场的冲动。

　　"我陪你去打电话吧。"

　　"好。"我低声说。

　　来到街边的电话亭，我拿着电话拨号，电话居然通了。接电话的是我大伯，他一面叫我大妈去叫我家人，一面问我在这里的情况。拿着电话，我一时不知道怎么说，只能简略地跟他说了上下班的时间。正说着，大伯说："叶子啊，你爸妈来了。"接着我就听到了母亲的声音："叶子，是你吗？"

　　"妈，是我……"街上不远处又响起了爆竹声，仿佛提醒着我此刻正是万家团圆的时候。母亲的声音远隔千里却清晰地传过来，有一些急切，有一些焦虑。已经太久太久没有听到母亲的声音，离家已经两年的我甫一听到，一股暖意就从心底泛起，泪水悄然涌上了眼眶。

　　"娃儿，你吃饭了吗？"

　　"我吃过了。"街边上很冷，靠着电话亭拿着话筒，忽然就想念起母亲做的饺子，在冬天寒夜里冒着腾腾的热气，昏黄的灯光下，母亲的笑容慈祥而温暖。记忆排山倒海地袭来，一瞬间，强装的笑颜卸了下来，所有伪装的坚强都被击垮，泪水潸然而下。这个时候，如果能吃上一碗母亲做的饺子，那是多么幸福的一件事啊。那个简陋而温暖的家，是我永远的牵挂！

　　"莫哭，娃，大过年的。"母亲的声音也有些哽咽了。

　　"好，我不哭。"我吸着鼻子，但是却管不住自己，泪水仍然不受控制地掉下来。

　　"几年莫见了，我看你寄回来的相片样子都变了。"母亲也是抽噎着的，电话那头，她肯定也在哭。

　　"妈，家里，可好……"我一边擦眼泪一边问。

"家里都好，你在那边别老记挂着家里。"这是父亲的声音，仍然可以听到母亲在边上说："我还有很多话要跟她说呢，你急啥？"

"爸，我知道，我在这边什么都好，就是有点想家了。"泪水依然在脸上淌着。

"我跟你妈还有你弟弟妹妹也都很记挂着你，你妈老是拿你的相片来看呢。"父亲一边对我说着，又听他对母亲说："你看你哭的，莫影响了娃，让娃心里不好受。"

那个除夕之夜，我跟父母亲还有弟弟妹妹们都说了许多话，脸上的泪痕干了又湿，湿了又干。身在异乡，我是那么的孤独和寂寞，能听一听家中亲人们的问候和叮咛，那是多么幸福的事情。

挂了电话，我擦了擦眼泪，一抬头却看到周海正站在我面前看着我，目光炯炯。刚才我打电话时哭泣的样子，不用说他都看在眼里了。想到这里，我勉强对他笑笑："我想回去了，你别送了。"

"叶子，我一直以为你是铁姑娘呢，没想到，你也会哭啊？"周海调侃着我。

"我走了。"说着我转身离去。我没有心思跟他耍嘴皮子，忽然觉得很累很累，只想回到我那个小屋里，那个简陋的屋子才是我最安全的堡垒。

"一点玩笑都开不得啊，太小气了吧。"周海跟上来，跟我并排走着。

到了楼下，我对周海说："我上去了，改天有空再请你到屋里坐坐吧。"

"那，就这样吧。"周海看着我郑重地对我说，"叶子，注意身体，有什么不开心的事，你可以对我说。不管什么时候，我都是你的朋友。"

我抬头看着周海的眼睛，看到了他目光里的一片诚挚："谢谢你。"

回到屋里，我把自己埋进了被子里。我想睡觉，却怎么也睡不着，今天发生的事情一件件又清晰地在眼前展开来。最后定格在周海说的那句话："老赵，你一定要吃到那个硬币，说不定你的女朋友会把广州的工作辞了，过来深圳呢。"

赵响有女朋友了！

赵响有女朋友了！！

赵响有女朋友了！！！

黑暗中有一个声音不停地对我重复着，我捂住了耳朵，却怎么也捂不住，还是一声声地传来。我睁大眼睛看着天花板，什么也看不清，但是好像有一根针扎在了心里，尖锐的隐痛紧紧缠绕着我，拂之不去。

是啊，赵响有女朋友了，我应该怎么办？

我一遍遍问着自己，茫茫人海之中，能遇到一个自己喜欢的人，是多么不容易的事。一直都渴望着能够遇到一个喜欢的人，能够互相支持，我以为我已经遇到了，而事实却证明这是我的一相情愿。

那么赵响，他喜欢我吗？他对我，可曾有那么一丝的心动？

想到这里，我不由得暗暗骂自己，不管他是否喜欢我，是否对我动过心，他都是有女朋友的人！

那么我是真的爱他吗？

答案是肯定的，来广东以后，一个人在这个陌生的城市里生存着，面对着这个冰冷而残酷的世界，忽然出现了这么一个人，他对我亲切地笑着，教导我生存的技能，感激之外，更温暖了我冰凉的心。自己也不知道什么时候就爱上了他，慢慢地对他有了惦记跟挂念，也许是他让我叫他"老赵"的时候，也许是他跟我讨论管理理论的时候。

不行，不能这样下去，赵响他能给我的也许就只有那么多，我所渴望的，他给不了，这样下去，只会让自己越陷越深，最后难以自拔。我只能，只能把他当成自己的一位老师一位兄长，绝不能把男女之情掺到里边。

从古到今无数的故事告诉我，爱情是自私的，没有人能够容忍别人分享自己的爱情。周围打工妹身上发生的三角恋，最后都是以悲剧收场，有些甚至酿成了惨剧，可见爱情一旦成了三个人的游戏，都是危险的。我不能让自己最后的下场和那些三角恋的打工妹一样，无论如何也不能。一旦放任自己的情感泛滥，只能让自己落入一个不堪想象的境地。

那个漫长的除夕之夜，思前想后，我心里痛苦地挣扎着。最后，我告诫自己，下定决心，无论如何都得克制自己，把心里滋长出来的情苗掐掉。

想清楚之后，我踏实地睡着了。第二天醒来，胡乱吃了早餐我就开始看自考教材。今天是大年初一，可以想象外面大街上到处都是热闹的人群。但是我实在是没有心情，不想去凑这份热闹。

每天躲在屋里看书，感觉时间过得飞快。不知不觉间，已经过了一周。这几天里，谢芳和程颖颖都来过这里坐了坐，看到我忙着看书，也不多打扰就走了。明天是厂里年后开工的日子，高华丽今天应该会回来吧，半个多月没见，还真有点想她了。

到了下午，华丽果然回来了。

"空气怎么这么差啊，叶子，快开窗子。"高华丽背着一个大包，一进屋里就嚷起来。她脸上红扑扑的，回了一趟家，整个人都显得健康开朗起来。

我依言打开了窗子，明晃晃的阳光骤然照进来，刺得我双眼泪水直流。高华丽看着我吃了一惊："你的脸色好差，怎么成这样？"

我帮她把包卸下来："渴不渴？路上还顺利吧？"

高华丽把鞋子一脱，就往床上一躺："唉，累死了，总算是过来了，你不知道路上好多人，火车都挤满了，一路站过来的，累死了。"

我给她倒了一杯水递过去："家里还好吧，过年热闹不，下雪了没？"

高华丽把水接过："家里还好，回去很冷，但是没有下雪。唉，现在过年好像没以前热闹了，人少了很多。回去就是在家里看电视，我妈什么活也不让我干，天天给我做好吃的，你看我又吃胖了吧。"

"真是羡慕死我了，我都不知道哪年哪月才能回家，让我妈给我做好吃的。"

"别担心，我跟我妈说了你的情况，她特地做了一些好吃的让我带来了，都在包里呢。"

"有好吃的啊，我看看。"说着我就去打开她带来的那个大包。

华丽把水杯放到一边，过来一样一样地把东西往外拿："这是我妈腌的咸菜，这是过年炸的麻花，这是腊鸭子，很辣的。这是我们家晒的柿子干，很甜，你尝尝。对了，我去舅舅家时拿了一些茶叶，我也不知道好不好喝，等一下你泡来喝喝，我们信阳的茶还是可以的。"

我拿了一个柿子干尝尝，确实很甜，想了想："这些东西先放着吧，等明天上班了把杨燕和程颖颖叫过来，大家一起吃吧，你看怎么样？"

听我提起了杨燕，高华丽有些不好意思："应该叫她们来热闹一下，其实，杨燕，她还是一个很不错的人。"

听到高华丽这么说，我微微有些诧异："你不怪杨燕了？"

"是我不好，把气撒到她头上了，现在想想，是我不对，我不应该这样的。"

"华丽，你能这样想，我很高兴，其实很多事情看开一些就都会过去的。"

"嗯，我知道。对了，叶子，你现在看起来很憔悴，脸色黄黄的，是不是病了？"

"我很好，没生病，可能是这几天看书太多了，没睡好，也没出去活动过。"

"那你要注意一点，身体才是革命的本钱哦，别太用功了。"高华丽关切地说。

"我会注意的。"忽然发现高华丽回了一趟家变化还是蛮大的，不论是精神还是身体。也许，家永远是一个最能抚平身心创伤的场所。

"我妈跟我说咱们都是单身出门在外的女孩子，要相互照应。叶子，说起来我真的应该好好谢谢你，能交到你这样一个朋友是我的幸运。"

"不要这样说，出门在外总是要相互照应着，要不这日子可难过了。"

"我跟我妈说你一边上班，一边读大学，我妈老夸你呢，让我跟你学着点，总得学学什么东西。"

"那你想学什么，想学就赶紧。一个女孩子的青春就那么几年，等以后谈朋友了，结婚了，怕是再想学也是有那个心，没那个力了。"

"看看吧，我还没想好。"

高华丽回来了，也就意味着假期已经结束了。这个年，我错过了厂里举行的春节晚会，错过了年初一到初三举行的游园活动，也错过了一段感情。但凡是错过的总是最美的，也许人生就是错过一场场际遇的遗憾。

开工的第一天，厂里发了每人30块的开工红包，组级的干部比产线员工好一些，不但生产经理关胜平给每个组长发了一个20块的红包，连结过婚的制程工程师们也会给产线的未婚组长来一个红包。车间的生产文员去了办公室一趟，回来就拿了好几个红包，原因就是一进办公室不管看见谁，逮着都说一句："恭喜发财。"那些生产的头头、品管的头头、工程组的头头也不多话，随手就给一个红包。

不用说这一天所有的人都是没心情做事的，都在三三两两地议论，谈一谈回家的见闻、过年的去向、所收红包的数量等等。但是我对一切都提不起兴趣，只要赵响一出现在我的视线范围内，我就情不自禁地追随着他的身影，等他走近了却又躲到一边。

我以为那天晚上自己已经考虑清楚了，但是真正面对赵响的时候，一切决心又动摇起来了，理智是一回事，感情又是另一回事啊。

可是有些事不能说，不能想，又不能忘。心里装了一个人，压抑着的热情呼啦啦全出来了。在繁忙的工作和学习的空隙，只要一停下来，心思就会溜到赵响身上。我整理着凌乱的思绪，开始写一些长长短短的句子，并且把这些句子投给了厂刊。不多时，居然有一天接到厂刊主编的内线电话，他告诉我，所写的诗会在这一期厂刊发表。还说从我所写的那首《风中的玫瑰》来看，我是一个很有天赋的人，不要浪费了自己的才情，要多写一点投过来。

在厂刊主编的鼓励下，我不时写一些东西投过去，慢慢便养成了业余时间写东西的习惯。

19. 升职后，不要忘记求教原上司

春节过后，气温开始逐日上升，厂里四周种植的紫荆树叶子开始脱落，不几天，原本枯黄的叶子就换上了翠绿的新装——春天来了。

自从年前堂姐来过这里一趟后，程颖颖好像就对堂姐充满了好奇，老是拉着我打听一些堂姐的事。我以为这只是一个小女孩对未知生活的一种向往，直到有一天程颖颖郑重地跟我讲，她想报自考，专业是市场营销，我才意识到自己根本没有了解她。

"我仔细想过了，我要学市场营销，我想跟你堂姐一样，将来做一个销售经理，挣很多的钱，坐着飞机到处跑，而且公司会给我报销。"程颖颖站在我面前，对我描述着她的雄心壮志。

"你以为做销售有那么容易啊，那是很辛苦的，完不成任务的时候可麻烦了，我堂姐都跟我说压力很大呢。"听了程颖颖的话，我哑然失笑，敢情她以为做销售就是住酒店，坐着飞机满天飞啊。

"不要紧，压力大就压力大。叶子姐，我不想一辈子坐在流水线上做一个操作工。现在我是没有什么能力，可是我愿意去学。就像你一样，摆脱坐流水线的命。"

"有这个心当然是好的，但是你真的要做好承受压力的准备。"

"压力算什么，我现在每天坐在流水线上看产品，跳楼的心都有了。不管怎么样，反正我就是想做销售。"

我听了不由得对程颖颖刮目相看，流水线上的打工妹们也许每个人都或多或少有不安于现状的想法，但是真正能找到方法并付诸行动的却很少。就

冲着这一点，我也是非帮她不可。

"好吧，那咱们今天就去买书，你先看着，做做练习。到时候我再带你去报名。"

程颖颖一口气买了四本书：《市场营销学》、《谈判与推销技巧》、《市场调查与预测》、《消费心理学》。我看了看，担心她贪多嚼不烂："颖颖，其实你不用急的，慢慢来，你考的这个专业跟我的不一样。我考的行政管理只要能过了就行了，但是你这个专业不但要能过，将来还要能熟练运用，应该看仔细一点。"

"放心吧，叶子姐，我会把这几本书的每一个章节都看明白的，现在离7月份的报考时间还有近五个月，离10月底考试的时间就更长了，时间上是没问题的。"

自从买了这四本书以后，程颖颖就往我那里跑得更勤了。女工集体宿舍显然不是一个适合学习的地方，但是程颖颖又找不到合适的人跟她一起出来租房，只好每天跑我屋里跟我一起学习。

高华丽看到我们两个凑在一起也不怎么说话，回来了就是看书做笔记，有点着急。有一天临睡前她跟我说："叶子，现在我看到你跟程颖颖两个每天在一起学习，觉得自己的心理压力好大呀。"

"啊？什么心理压力？跟我讲讲。"我一愣，以为她不欢迎程颖颖来。

"你们都那么努力，只有我跟一个废人似的，每天就是上班、吃饭、睡觉。"

"那你也想跟我们一样，去考一个大学文凭吗？"我试探着问。

"不，我不想，那个工程太大了，怎么也得要几年时间吧，我心里实在没底，能不能坚持都是个问题。"

"那你想做什么呢？我们在流水线上，要学一门技术也是很难的，如果去技校学，又要花很多钱。"

"我们还有杨燕，都是一起进厂的，你现在升组长是铁定的了，再过个一两年，等你拿到了大学文凭，升主管也不是什么难事。可我还是跟原来没什么区别，连程颖颖现在都要改变自己呢。"

"华丽，你不用担心，现在你只是没发现适合自己的路。"我安慰着她。

"我记得上中学的时候，我们老师跟我们说过一句话，他说21世纪的人必须掌握四种技能，英语、电脑、法律、驾驶技术，可是我没有一样会的，看来我还是个文盲。"

"呵呵，我也没有一样是精通的，跟你一样，我也是个文盲。"

"不对，你的电脑还是可以的，我们车间里那一排干部用的电脑，我经常会看到你去用。"

"哪里呀，我只是会打字和一些做表格的基本内容，其他就不行了。"听到高华丽言语之间流露出来对我的羡慕，我争辩着，接着一个念头冒出来："要不，你去外面学学电脑，以后去考文员？"

厂里有一个内招的专栏，里面经常会贴出一些招文员的信息来，工程部、研发部、行政部、品质部，都是让我们一线操作工看得流口水的部门。我看到了，相信高华丽也看到了。

"这倒也是一个办法，可是电脑难不难？"高华丽听了有些犹豫。

"电脑是一点也不难的，赵响只是稍稍教了我一下，我就会用了。你去电脑培训班里，有专门的老师教你，肯定上手更快了。"

"好，我看看吧，要是真的像你说的这么容易，改天我就找一家电脑培训班报名去。"

我巴不得她学电脑去，因为学习的时候屋里多了个无所事事的人，或多或少总会受到影响，要是她去学电脑了，我学习起来也安心一些。但是高华丽是那种顺其自然的人，从不会为了达到目的刻意去做某些事情。她嘴里跟我说着压力大，可并没有去找一家培训班了解了解。

年后我开始独立带线，在工作上忙得不可开交。现在想想，用难听一点儿的话来说，储备干部有点像通房大丫头，给你转正就可以成为姨太太，不给你转正就什么都不是，还是丫头一个。所以这是一个非常看人脸色的工作，天天赔着笑脸，谁都是大爷，谁都不能得罪。田娜是不用说，在我面前拿出老大的范儿，拽得要死，大小事务都让我处理，也不告诉我方法，错了就拉我顶着。她的情绪也来得莫名其妙，有时说得好好的，马上又翻脸了。日子久了我心里就对田娜有意见了，可是想想现在的处境，我把这些意见通通压着。没办法，我得忍下来。忍得多了，心里的阴暗面就出来了，有时愤愤地想着：哼哼，先让你得意着，等有一天我爬到你头上的时候可别怪我，你今天是怎么对我的，到时候我全部还给你！我对田娜是非常不服气的，既不如陈咏梅的老成，也不如王丽苹的霸气，出了事就知道尖着嗓子骂人。

除了在人事上要小心应付以外，工作上也不轻松。年后又招进了很多员工，这些新员工一上产线，就到处给你捅娄子。不是给纪律稽核组的人开单了，就是做的产品给品管拒收开单。签单是每个主管最讨厌的，这意味着你的绩效分又将被扣，所以组长们最怕的是接单，拿给主管、课长、经理三级签名，每每都是心惊胆战的，除了怕问责外，更怕的是在他们心里留下不好的印象。签了几次，我对自己的前途都没有一点信心了，哪个主管会喜欢天天拿着这些单来签名的组长？能不能转正，只怕是个疑问。加上每天都要写一个报告，第二天按时交给课长薛松，往往别人都走了，我还在车间总结着当天的工作内容。高华丽学电脑的事情便再没跟她提起，自己都忙不过来呢。

好在一切付出都是值得的。2月末的一天，在每天上午的例会上，薛松公布了一个令人振奋的消息："目前我们四个培训组长的表现都非常好，已经完全具备了独立带产线的能力。上一周我向人事部递交这四人的转正人事动态书，现在已经签下来了，也就是说从今天起，你们就是正式的组长了。大家向这四位新组长表示祝贺。"然后就是热烈的掌声。

听到这个消息我在一瞬间竟然有一种眩晕的感觉，从此我将不是产线的作业员了，而是公司有着管理职的干部。这一刻等得太久，而我还不止一次地怀疑我能不能转正，以致真正来到时让我觉得恍如梦中。我用力捏了捏我的手背，很疼，看来这不是梦。

薛松在上面也鼓了鼓掌，等掌声停下来时，他才开始讲话："从明天开始，四个新组长就要使用自己的工号，在电脑系统里对行政部报自己产线的出勤，相关的负责组长注意了，今天必须把人员流动表开好，新组长在接收后要再交到部门文员那里，清楚了没有？"

听到这个消息，我心里欢呼起来，单独报出勤就意味着我要跟田娜分家，从此她是她，我是我，两个人各不相干。并且我跟她是平等的，再也不用看她的脸色不用背她的黑锅了。

但是我的欢呼显然来得太早一些，之前我心里并没有想过如果两人分家，我将可以得到多少可以自己支配的资源。产线组长最重要的资源就是员工，赵响说的，有了好的员工，比什么都强，产能啊、质量啊、纪律啊都有了。我心里也没有意识到组长分家的本质是什么，只是笼统地归结为分任务分责任，并不清楚分家说到底是资源的重新分配，作为一个管理者，手上可支配的资源实在太重要了。一句话，当时的我还太嫩了点。田娜显然是早有准备的，相信她很早就算好，等着这一天的到来。所以我的欣喜我的欢呼并没有持续多久，等会议结束，我们回到产线，田娜拿着那份用她工整的楷体书写的人员流动表的名单递过来，当时我一看就蒙了。

名单上所列的人全是老油条，不是经常违纪就是产能质量达不到要求。我在组长培训期间不止一次给她们擦过屁股，没有一个是省油的灯。现在田娜把她们统统给我，让我怎么去管理？

"田娜，这就是你给我的人啊？"我把胆子壮了壮，问她。

"对呀，就是这些人，怎么，你嫌弃了，不要就拉倒！"田娜理直气壮。

我气得一阵哆嗦，嘴巴都歪了："你给的都是什么人啊？孕妇两个，老油条一把，凭什么让我来接收这些人，我这里又不是垃圾场！"

"凭什么？就凭让我分人给你，有本事你分一点人给我呀，我通通接收！"田娜甩下一句话，看也不看我一眼就走了。

很明显，田娜并没有把我放在眼里，并且吃准了我就是一个新组长，在员工中间没有威望，在主管面前没有地位，才把所有条件不佳或表现不好的员工塞给我。我很清楚要管理这些员工，往往是吃力而不讨好。这些人当中，除了两个孕妇，没有一个是认真做事又听话的主儿。如果这些人凑成一条线，我没有一点信心能让产能质量纪律全部达标。

更糟糕的是从今天开始，我就要作为一个生产组长参加车间里的绩效考核，别小看这个绩效考核，它直接影响着你每个月组长津贴的等级。这 A、B、C、D 四个等级的组长津贴每个等级相差一百块，D 级的一百块跟 A 级的四百块整整差了三百块。都是一样在车间累死累活地做事，谁都想拿四百块的津贴，而不想拿一百的。车间里的组长经常明争暗斗，很大一部分原因也在于津贴等级。

不用说接下了这些人，管不好她们就是你没有能力，而你拼死拼活地把她们管好了，各方面指标达成了，那是田娜的功劳，人家打下的基础嘛，主管要加绩效分也是加她的绩效分。

我拿着那份人员流动表，犹豫着要不要签名接收。车间里那些工程师、维修人员、文员等知道我们四个转正了，一碰到就赶着让我们几个请客。特别是文员，她给我们分配了组长现场办公桌，给我们换了头上的帽子，给我们申请了车间专用的无尘本，然后非要让我们请她喝饮料。我心里压着事，脸色就不太好，勉强装着笑脸说明天给你带。

在更衣室，我们换了组长的帽子。看着镜子里的我从白色的员工帽换成了黄色的组长帽，我有些失神，这顶帽子终于是换过来了，这中间付出了多少的汗水，受过多少的委屈？再想想主管的浅红色帽子，课长的深红色帽子，经理的蓝色头套，得用多少的青春多少的委屈才能一顶一顶换过去啊。

那份人员流动表被我放在文件夹里，像炭火一样烫着我的心。接收，还是不接收？我心里在交战，程度比哈姆雷特是生存还是死亡的问题来得更激烈些。想不到刚一转正，我就遇到这么一个大问题，我该怎么办？

转正了本应该春风得意的我在产线上一圈一圈地踱着步子，神色肃穆却目光空洞，在比较着接收和不接收的后果。车间文员过来了，她冲着我喊："叶子，刚才部门的文员打电话过来了，她说没有收到你们产线的人员流动表，你赶快交过去吧。"

"啊，你让她再等等吧，一会儿我给她送过去。"看来时间不等人啊。

"那你快点，人事部五点就下班了，他们没收到人员流动表，你明天就报不了出勤了。"

"好的，知道了。"我看着文员走了，想来还是去问问陈咏梅吧，让她给我出一个主意。

我不想去找赵响，不想让他觉得我是一个事事没有主意的人。而陈咏梅是我的老上司，一直以来她待我都是不错的，如果说在这个车间里还有可以信任的人，陈咏梅就是其中一个。

陈咏梅的产线是我的根据地，里面的人像高华丽、杨燕、程颖颖都是我朋友。一走过去就像回到家的感觉，那些眼尖的工友看到我就跟我打招呼。好事不出门，这句话是没有根据的，也不知道怎么她们就听到了我已经转正，个个都吵着让我请客。

陈咏梅正在产线上盯着出货，看到我过来了也笑着跟我说恭喜转正让我请客之类的话。我笑着说："当然会请你，等这个月的工资发下来请你去吃大餐，说起来我最应该感谢的就是你，要不是你的培养，我也没有今天。"

陈咏梅客气地说："哪里哪里，这都是你自己本身的努力，你不努力我再培养你也升不上组长。"

客套之后我把陈咏梅拉到一边，跟她说了我的情况，然后直截了当地问她怎么办。陈咏梅想了想说："现在这种情况比较难，你去找主管说不接人，别人就说你挑三拣四，你接了人，那以后的苦日子长着呢，有你好受的。"

"你说的这些我当然清楚，问题是现在该怎么应对？"我目光灼灼地看着她，希望她能给我一点提示。

陈咏梅低下头盘算了一会儿，才说："叶子，你现在也是一个组长了，我并不比你聪明多少，有些事还是你自己做主好。"

我心里一惊，我显然忘了，从今天开始，我就要参加组长绩效考核，跟车间里的十几个生产组长已经是竞争对手了，当然也包括陈咏梅。我为自己愚蠢的举动满脸通红，同时又是一阵惊恐，举目一望四处都是对手啊，谁能帮我？

我故作轻松笑了笑："没事，阿梅，不好意思，麻烦你了，以后遇到什么事，我自己得多想想。"

陈咏梅看到我的神色急忙说："我不是这个意思，不是说你不应该来找我商量，叶子你误会了。"

"不是，我……"

陈咏梅打断我的话："我的意思是，就算是我有主意，你照做了，万一结果并不是你想要的那样，你肯定会怪我的，说不定还认为我居心不良，把你推到那个地步的。"

"不会，就算是结果并不是我想要的那样，我也不会怪你。真的，我不会怪你。"

"那好吧，嗯，这个事情如果摊到我头上，我会把人员流动表压着，不理会文员。"

"不行啊，现在部门文员都在催了，怎么能不理会她呢？万一耽误了，明天我就在人事部报不了出勤了。"

陈咏梅神秘一笑："叶子，你只知道自己着急，却不知道别人比你更急，你呀，平时看你那么聪明，怎么现在这点你就看不透呢？"

我仔细想着陈咏梅的话，恍然大悟："哦，你是说……"

陈咏梅点点头："就是，回去等着就行了。"

20. 别害人，但也别示弱

分家的事在见惯车间十几个生产组长明刀暗枪的陈咏梅看来只是小事一桩，经过她的一番点拨，我有一种豁然开朗的感觉。从这件事看来我确实太嫩了，而车间里的组长们只怕没有一个是好惹的，每个人都有自己的一套。处于这样的一群人当中，以后的是非肯定少不了，如何往下走？还是步步为营好，千万不能给别人抓到什么尾巴。我心里暗暗告诫着自己。

回到产线，我便开始若无其事地忙碌起来。车间里的文员又过来催了两次，让我把流动表马上交到部门文员那里去，我也假装答应了。时间一分一秒地过去了，我看看时间，下午四点，还有一个小时人事部的人就要下班了，应该差不多吧。

我人在产线上忙碌着，却眼观六路耳听八方，时时留意着赵响有没有过来。不错，比我更着急的是部门文员，如果我一直不把人员流动表交过去，那么她会直接找我的负责主管，也就是赵响。这个时候赵响就不得不过问这件事情了，到时再把人员名单给他看。要是他肯主持公道，当然是最好不过。如果他知道了这种情况还让我把人接收下来，那后面出了事情，得他自己兜着。这是一种进可攻退可守的方法，不管怎样都不会吃太大的亏，比起专门跑到主管面前让他做裁判的方法，可以避免小人告状的嫌疑。

"你在这里忙什么，怎么人员流动表还没有交到文员那里去，她都找我发飙了。"一个声音在我背后响起来。我吃了一惊，急忙回头，一看却是课长薛松。

我没有想到部门文员找的是课长薛松，但是没关系，谁过来都是一样，反正东西都已经准备好了。于是我咬咬牙，便很无奈地叹了一口气："薛课，不是我不想把人员流动表交过去，实在是遇到了困难，这里有问题啊。"

"什么问题？"

我把一个本子递过去："这是我们这条产线这两个月的违纪名单，你看看。"

薛松接过来看了看："记得挺仔细的啊，上面时间、违纪事项，都很清楚，不错。"

我再递了一个本子过去："这是我们这条产线这两个月的请假名单，你也看看。"

薛松接过来看了看，皱着眉："怎么都是这几个人在请假啊，这有什么问题？"

我见时机已经成熟，便又给他递上一张表："这是田娜给我开的人员流动表，上面的名单都是这两个本子里经常出现的人名，我想着很担心啊，不知道自己能不能把这些人带好。"

薛松拿着这些东西看着，皱着眉头不做声。我老老实实地在他面前站着，小声说："我是一个刚转正的新人，不管让我去带怎样的团队我都会尽所有的能力，可是我担心自己就算是最努力了，还是达不到薛课的预期，会让你失望。"

薛松脸色恢复了平常的神色："能力不是一开始就有的，历练历练就出来了，我对你是有信心的。嗯，这些东西你先收起来，把这张表给我吧。我来处理这件事。"

我听了紧张起来，他不是为了让我"历练历练"就直接把这张表交给部门文员吧，那我这番工夫可算是白费了。

我的担心显然是多余的，不一会儿的工夫，田娜就过来了，脸色非常难看。她把一张表扔在我脚下，双手背着："给你！算你狠，可是这件事还没完，我们走着瞧！"

我拾起来一看，又是一张人员流动表，这上面的名单是田娜自己预留的名单。这可完全出乎我的意料，我最初的打算只是跟她换几个人而已，没想到却要来了她的全部家当。可以想象得到田娜心里是怎样的愤怒，这个梁子算是彻底结下了。但是树敌显然不是我想要的结果，事情走到这一步，也没必要跟田娜解释那么多。如果跟她解释什么，除了让她觉得我软弱以外，只怕根本不能消除她对我的敌意。

我把名单交到文员那里，在更衣室我碰到了陈咏梅。陈咏梅看着我笑了："叶子，成了吧，这下田娜是吃了一个哑巴亏，把自己的那点家当赔出去了。"

"你怎么知道？我刚把表送到文员那里去，现在才过来，还没有跟任何人讲过呢。"

陈咏梅故意逗我说："我当然知道了，我能掐会算，诸葛亮啊。"

我显然不信，有些着急："不对，是不是田娜找那些老组长编排我，你听到了？"

"哈，看你急的，没有这回事，这事她还真怨不了别人，要怨哪，也只能怨她自己。"

"怎么说，你听到了什么？"

"我也没听到什么，只是薛松找田娜的时候我刚巧在旁边看到了。"

我听了兴趣来了："当时是怎么回事啊？"

"薛松拿了表过来找田娜，问她这几个人的表现怎么样，把这名单里的人换几个。田娜说这些都是她最得力的人，为了支持新组长开展工作，她全部都调给了你，没必要换人。"

"田娜也太虚伪了吧，说瞎话眼都不眨一下。"

"精彩的在后面呢。薛松听了也没说什么，只是让她把自己管的名单列出来。田娜把她的人列出来以后，薛松就说，田娜手上名单里那些自己最得力的人留给自己用，叶子作为一个新组长，就应该历练一下，田娜现在手里的人必须跟叶子对调，名单上一个都不可以更改。"

"那田娜真是哑巴吃黄连——有苦说不出。"

"哈，你不知道，田娜听到这个话脸都绿了。自己种下的苦果自己吞呗，薛松是给过她机会的，谁让她这样，就想着整你。"

"唉，害人终害己，我只想，做人要无愧于人无愧于心才好。"

"叶子，当初我跟你现在的想法是一样的，但是环境总会改变人。你经过这件事应该也明白很多道理，我不犯人，并不代表人不犯我，所以在这里做人做事，你都不能软弱，可你也不要去害别人，害人终会害己。"

陈咏梅对我语重心长，她在这里那么多年，很多事是见怪不怪了，可是难得她还保持着一颗善良的心。不管在主管面前、同事面前还是在员工面前，口碑都不错。我笑着说："我知道，阿梅，我在这里最高兴的就是在你手下做过事，这是我的幸运，你说的我都记着呢。"

下班的时间到了，助拉梁小玲把员工召集全后，我跟田娜都面无表情地站在员工面前。然后是公布名单，明天就是两条线了，要分开来开早会。至此，分家的事算是尘埃落定，明天对我展开的将是新的一页。

第二天，我早早就来到车间，跟上夜班的组长把事情一一交接清楚，等着所有的员工来上班。陆陆续续有人开始进来，还有十五分钟就是正式上班的时间了。站在非常整齐的三排员工面前，我拿着名单，开始点出勤名单，人全部到齐了。

所有的工作都是轻车熟路的，这些在培训期间做了无数遍的工作今天做起来更是得心应手。赵响终是有些不放心，到我的产线来了几次，每一次都是看纪律，问产能和质量，所幸一切正常。

可是过了几天我就发现不对劲了，产线的产能一天比一天下降，而聊天的声音却一天比一天响，有些产线的老员工有时聊得起劲了，看见我就站在旁边也不知道收敛一下。下班后，我坐在车间的电脑前面，看着一天比一天下降的产能和良率，眉头紧锁，有一种无从下手的感觉。

"还没走呢，在想什么？"正在我想得入神的时候，赵响走过来。

"没想什么，你不是也还没走嘛。"看到赵响，我有几分不自然。

赵响看了看电脑里的数据，若有所思："我知道你在想什么了，要不要我给你讲一个故事？"

"好啊，我最喜欢听故事了，快点讲。"我笑着说。

"话说从前，宋国有个农夫正在田里翻土。突然，他看见有一只野兔从旁边的草丛里慌慌张张地蹿出来，一头撞在田边的树墩子上，便倒在那儿一动也不动了。农夫走过去一看：兔子死了。因为它奔跑的速度太快，把脖子都撞折了。"

这不是"守株待兔"的故事吗？这个故事只怕每个小学生都知道吧。我心里想着，并没有打断他。

"农夫高兴极了，他一点力气没花，就白捡了一只又肥又大的野兔。他心想：要是天天都能捡到野兔，日子就好过了。从此，他再也不肯出力气种地了。每天，他把锄头放在身边，就躺在树墩子跟前，等待着第二只、第三只野兔自己撞到这树墩子上来。"

"我知道，这个故事叫'守株待兔'，很多人都知道啊。"我看着赵响停下来才说道。

"对，这个故事就是'守株待兔'，听了这个故事，你有什么想法？"赵响说。

"我想，这个故事告诉我们，想要不劳而获是不可能的，不要被一时的幸运冲昏头脑。"我小心地说。

"对，这也是一方面，还有呢？"赵响问。

"还有就是做事不能墨守成规，想要得到兔子，就不能只会守着树。有时候，经验也会骗人。"我想了想，又说。

"对，你很聪明，能举一反三。作为一个农夫，如果想要得到兔子，就得要学会捉兔子的本领。刚才你有一句话说到了点子上，有时候经验也会骗人。你想想，你现在是用什么管理方式去带领你的团队的？"赵响启发着我。

"我现在的管理方式还是以前陈咏梅和田娜用的那些，没有多大改变呗。"

"问题就在这里了，你既不是田娜，也不是陈咏梅，你用她们用过的方法来管理你的下属，你认为妥当吗？你是叶子，就得有叶子的方式，没有创新，只会墨守成规，你现在犯的错误不就是那个农夫的错误吗？"

"你是说，得有自己的管理方法？"我疑惑地问。

"对，你不要去模仿别人，人家的那一套对别人也许管用，可是未必适合自己。"

"哦，我明白了，谢谢老赵。"我想了想，有点省悟。

赵响拍着我的肩膀："不用谢，其实你已经做得很好了，其他三个培训组长表现还不如你呢，你一个新组长做到这样也不容易，我跟薛课都很认同你的能力的。"

一瞬间，我恍惚了，好像又回到几个月前在办公室他教我电脑的情形。我看着赵响，他的目光是纯净的，君子坦荡荡。我迅速低下了头，生怕自己多看他一眼，生怕目光里的热情会把自己出卖了。我看着无尘地板上的一个个小洞，努力克制着自己。

"很晚了，下班了吧，我们一起走怎么样？"赵响说。

"不，你先走吧，我还有点儿事情。"我抬起头，急急地说。

"那好，你早点下班，别弄得太晚了。"赵响说着笑笑走了。

看着他离开的背影，我压抑着心里的波涛汹涌，拿着一张纸，画着算着，思量着明天的工作如何改进。

第二天产线员工开早会，我拿出思考了一整个晚上的激励方案，开始讲起来："自从我接手这条产线以来，这几天不管是产量还是质量纪律都在走下坡路，我想改变一下我们原来的作业方式和奖惩办法。"我顿了顿，看了看下面一张张貌似认真听着的脸，有几分满意。

然后继续："首先改进的是产线的上料方式，以前我们产线都是装料工位把来料做完了，助拉才接着上料，但是今天不会这样做了，我会按 IE 给我们的标准工时来上料。也就是说，按照标准工时这个工位能做多少产品，我就给你上多少料。每个小时上一次料，不管做完没有，下一个小时还是准时上。做完了大家可以出去喝喝水，聊聊天，我没意见。可是没做完，那来料会一直在你的工位堆下去，到了下班时间自己留下来义务加班。"

我停下来，看看大家的反应，看到没人反对，就继续往下说："至于质量和纪律，我会把你们每天做的不良产品入表，违纪名单也入表，做一个量化评估，以半个月为期，质量高和纪律好的前四名我会有奖品，分数低的，大家说一说，该怎么罚？"

助拉梁小玲在旁边闪着大眼睛一笑："那还不简单，就让她们扫厕所呗！"

我赞许地对她笑了笑："这也可以，如果分数低于80分，梁小玲提议，就去扫厕所，大家注意了。"

散会后，我注意到员工们开始迅速回到产线，一扫往日的懒散。我把来料点好数，让梁小玲每个小时按量发出去，然后就去忙别的事情了。

过了一个小时，我回到产线，翻了翻梁小玲的发料记录，发现已经发了两个小时的来料了。我把产线上忙碌着的梁小玲叫到一边问："怎么样，产线的员工有没有议论我的做法？"

梁小玲睁着她的大眼睛："她们没有一个说话的，都在忙着出货呢。对了老大，你没看到今天出货的速度好快啊，一个小时的料，她们五十分钟就做完了。"

我听了放下心来："别以为IE是吃干饭的，他们算标准工时的时候，每个产品是给了5秒的宽放时间。现在她们做得快，是因为连宽放的时间也省了。"

"老大，那她们把一个小时的料做完了，又不愿意停下来，下个小时的料要不要给发下去？"

"总之要随时保证工位上有来料，做快了可以继续上料，早做完早下班，这也可以啊。"

"知道了，那我忙去了。"

一大卜来，产线不但出货的速度比原来有所提升，聊天的人也少了很多。话又说回来，这些人大部分是田娜精挑细选过的老员工，原本做事都还可以，只是眼见着我是一个新组长，起了轻慢之心而导致各方面的数据全面下滑。而我唯一所做的就是提高生产士气，让员工们在感到压力的同时也看得到希望。多年以后，我总结了一下，其实这是一个非常简单的胡萝卜加大棒的管理方式，在短期之内是可以收到一些良好的效果的。

21. 感谢给我加薪的人

　　胡萝卜加大棒的管理方式在短期内便收到效果，产线员工的生产士气改变了，各方面的数据也开始保持在高水平的范围。一个月下来，不管是外部门的 QC 工程师们，还是内部的主管、课长们对我的印象都不错。绩效考核的结果出来，我拿到的是 B 级，在四个新组长里是成绩最好的一个。陈咏梅和王丽苹都是 A，而田娜只拿了一个 C，要不是还有经验不足的三个新组长把 D 级包揽了，说不定就轮到她了。

　　我知道之所以能得到这个成绩还是托了田娜的福，如果不是她把这么多优秀的员工留起来让我捡了一个便宜，说不定我也是一个 D。她自己产线的那些人换我来管理，不死也得让我蜕层皮啊。

　　工资单发下来，我看了看，基本工资加了 10%，加上组长津贴三百块，连同加班费差不多加了四百块左右。我给家里打了一个电话，告诉爸爸，我在这里一切都好，钱我会按时寄回去。但是我没有告诉家里我升职了，加工资了，我怕家里央求我多寄一点工资。并不是我不愿意给家里多一点钱，家里就像一个无底洞一样，寄多少钱都要拿去还债。并且我发现爸爸对欠钱很着急，有一点钱都拿去还掉了。可是他对用钱却一点规划都没有，明年弟弟叶宁就要高考了，如果能考上大学，肯定要用一大笔钱，难不成到时候还去借？我瞒下我加工资的事，就是想着再省一省，到时就可以拿出弟弟的学费来。

　　领完工资后，我拿了一些钱，到南城百货买了"徐福记"，在更衣室见到熟人就发。田娜过来了，想起我线上的那些员工，我衷心地笑着，请她吃糖。

　　田娜看也不看我："谁要吃你的臭糖，少在这里恶心我！"

　　我笑了笑，也不生气，把糖收回去。其他三个新组长也不约而同地拿了糖进了更衣室，王丽苹笑着说："只要给我糖吃，管他臭不臭呢。小丫头们，每个人都给我来一点。"

　　我打趣着说："是，我带头给王奶奶进贡，来呀，大伙儿都给王奶奶进贡去。"说着我拿了两个棒棒糖，"请王奶奶笑纳。"

王丽苹年纪比陈咏梅还大，所以我叫她王奶奶她一点都没有生气，相反还显得很高兴："哈呀，这个小丫头挺懂事的嘛，乖孙女，奶奶我这就收下了。"

"去，阿苹你老没正经的，就爱占人便宜。"我笑着骂道。

"呵呵，送上门来的便宜，不占白不占。"王丽苹也笑着说。

更衣室的文员嘴里含着一块糖走过来："快，薛松来了，大家快散了吧！"一句话还没说完，后面就露出一张脸："你们也真够大胆的，上班时候在更衣室吃糖。"

在场的所有人都吓了一跳，其中就包括那个来报信的文员。我看到大家愣在原地不敢说话，又看看薛松并没有生气的样子，胆子大了些，一句未经大脑的话就冲出来："薛课，要不你也来一颗吧。"

话一出口我便后悔了，上班不允许吃东西是车间里的明文规定，本来我们就已经明知故犯了，现在还企图拉课长下水。

好在薛松的反应并没有我想的那么糟糕，他笑了笑说："一颗哪够啊，多来几颗。"

"好咧。"我大着胆，抓了一把糖放到薛松的手里。

薛松把糖放入口袋里，笑着说："大家散了吧，上班时间呢，产线出了问题怎么办？"

大家都松了一口气，赶紧作鸟兽散。我把东西锁进办公桌，回想起来还有点后怕，这么大意，如果当时薛松把脸一板，追究起来怎么办？

升职又加了工资，其实最应该感谢的是陈咏梅和赵响，没有他们的提拔和帮助，也许我现在还在产线上做着操作工。但是陈咏梅知道我家里困难，说什么也不肯让我请客，只是拿了几颗糖而已。陈咏梅不去，就没理由去请赵响，孤男寡女的。其实换作以前，跟他一起去哪里都可以。可是自从得知他有女朋友后，我就决定只把他当做一个上司，一个可亲可敬的良师益友。要是多接触了，我怕自己又陷进去了，难以自拔。

同屋的高华丽和每天来报到的程颖颖不用说都对我非常羡慕，请她们吃糖时都受刺激了。首先感叹的是高华丽："唉，想当初你我还有杨燕三个人进厂，都像土包子似的。现在两年了，就叶子你这个家伙，走了狗屎运，高升了。"

程颖颖剥着糖说："华丽，你这话也不对，人家叶子姐凭的是真功夫。知识改变命运嘛。"

"对呀，谁让你每天下了班就记得玩，东逛逛西逛逛，也不学点东西。"我笑嘻嘻地说着，既想点醒她，又怕没把她点醒却惹怒了她。

"叶子，你就是升了职，也不用在我面前摆出一副老大的样子来吧。去，我酸得牙都掉了。"高华丽瞪着我笑着说。

"牙掉了，我看看？"程颖颖作势要掰开她的嘴巴。高华丽拉下她的手笑着骂："作死啊你，跟叶子合伙来欺负我。"

我笑着："听听，这个咬了吕洞宾的家伙，嘴里吐不出象牙，我欺负了你？"

"就是，这家伙专咬吕洞宾，连我都听出叶子姐是为你好。"程颖颖甩开她的手，坐到书桌前，然后对着高华丽一脸坏笑地说："华丽，什么东西是专咬吕洞宾？"

"去去，你才是狗。"

程颖颖继续坏笑着说："我没说你是狗哦，你自己说的，可别怪我哦。"

高华丽又是气，又没办法。我在一旁看着程颖颖轻轻地装了一个圈套就把华丽套住了，也觉得好笑。

"华丽呢就是这样，自己不主动学点东西，看到叶子姐有点成就又酸得很，还不如自己也学点东西来得实在。"程颖颖笑着说。这下我有点惊奇了，华丽没有跟她说过要学电脑吧，她怎么知道？

"好，从现在开始我不再浪费时间，到处乱逛，我去学电脑。"华丽笑着，就去拿钱包。

"你干什么去呀？"我急忙问。

"现在就到电脑培训部去看看啊，省得颖颖又嚼舌根。"高华丽拿了钱包就出门了。

我见她不像生气的样子，便不拦她，只是对她说："早点回来，看到什么情况了，你拿不定主意的可以跟我们商量。"

华丽出去了，我高兴地对程颖颖说："我怎么发现你这张嘴是越来越厉害了，把高华丽都忽悠去学电脑了。"

"嘿嘿，这也不是什么难事，你想啊，作为一个优秀的销售员，关键就是要抓住顾客的心，并且挖掘出顾客潜在的需求，我只是把她当成我的顾客了。"程颖颖举起一本书，我一看，是《消费者心理学》。

"不错，颖颖，将来你会是一个最成功的销售员，我相信你。"我赞许地说。

"那当然，我对自己做销售是越来越有信心了。呵呵，将来我成功了，请你吃大餐。"

"我先记下了，那顿大餐你是跑不了的。"

"最成功的销售员，是要脚踏实地的，我要开始看书了。"程颖颖说完拿了一个笔记本，记起笔记来。我想起这些日子来，因为工作繁忙，看书的时间相对少了，不敢掉以轻心，拿了自考材料也看起来。

我们车间的管理理念是能者多劳，所以我的工作理顺后，我发现一个助拉已经满足不了工作的需求，便跟赵响提出要加一个助拉的请求，赵响也答应了，并且跟我讲，随我挑个人。

我仔细考量了一下，目前的助拉梁小玲是一个比较内向的人，沉稳有余而灵活不足，那么就要找一个性格外向的人。想到性格外向的人，我首先想起的就是杨燕和程颖颖，杨燕的鬼主意很多，程颖颖善于发动心理攻势，各有各的特点。但是杨燕跟我没大没小的，如果她做了下属，肯定不好管理，不像程颖颖对我态度恭谨，比较起来还是程颖颖要好一点。

可是程颖颖是陈咏梅的人，如果用她，首先要陈咏梅肯把人调给我。她当然不会平白无故就把一个人让给我，得是等价交换，或者条件由她开。

我把我的意思透露给陈咏梅时有所保留，说杨燕和程颖颖两个人谁都行，只要肯让其中的一个人给我，我线上的作业员随她挑一个。陈咏梅听了笑："你呀，就盯着我的人，我的人有那么好吗？"

"当然了，强将手下没弱兵嘛，你手里调教出来的那些人哪个都比别人的强。"我马上送上一顶高帽。

"得了吧，少给我灌汤了，你那点小算盘我还不清楚，你要用我的人，我也要用呢。"

"这两个人都还可以，你想用哪个？剩下那个就给我吧。"

"你来真的啊，那你把你们线上的外观检查员调给我，我把程颖颖给你怎么样？"

我装作心疼："我以为你会把杨燕给我呢，还拉走了我产线上最得力的人，外观检查这个工位多难培训呐。"

"美死你了，还杨燕，我偏不把杨燕给你。顶多我把程颖颖跟你换一个人，没得谈。"看来陈咏梅真的对杨燕的印象挺好的，想留下来自己用。

"好吧，咱们一言为定！"

程颖颖过来了，我把梁小玲也叫过来，然后对她们说："现在产线需要两个助拉，小玲，你好好地把颖颖带一带，你所有会做的事她都必须学会。颖颖，我只给你三天时间，你就要学会作为一个助拉所有的工作内容。三天后给我交一个工作报告，我要检查。另外，我这里先让你们了解一下以后的分工。小玲以后负责拿料和管理工具，颖颖你负责检查产线纪律，还有应付各种稽核，总之产线有问题了你都要解决，QC扣货啦，IPQC或者稽核组的人开单啦，产线治具坏了找人啦，都是你的问题。等你搞不定了再来找我，明白吗？"

程颖颖笑了笑："哦，你是让我做产线的公关小姐啊，明白。"

"对，我就是让你做产线的公关小姐，遇到麻烦帮我去搞定，搞不定我再出马。"我微微一笑。

"谢谢老大交给我这么重要的任务，我一定完成。"程颖颖已经能分清各种场合应该怎样说话。我想了想，怕梁小玲嫉妒程颖颖，变成另一个邹娟就不好了。便一左一右拍了拍她们的肩："记住，你们都是我最得力的左右手，我不在产线的时候你们就是我的眼睛我的耳朵，好好干，咱们三个人一起来努力！"

梁小玲扑闪着大眼睛，给我拍着胸脯："当然要好好干，老大对我那么好，不好好干就对不起老大。"

程颖颖没有辜负我的期望，很快便把助拉那份工作摸熟了，三天以后交给我一份漂亮的工作报告。报告里不但总结了助拉的工作内容，还提出了一些改进的方法，让我对她的看法又改观了几分。看来那个曾经天真稚气的小丫头也是个有心人，想事情和看问题在一步一步走向成熟。我相信，只要给她一个舞台，她能在舞台上顶出一片天。

程颖颖给我带来的惊喜还不仅仅是这些，她的到来，解决了我最为头疼的被开单的问题。说到开单，其实这是一个很复杂的问题，但是里面最关键的还是人事关系运作。运作好了，很多单都可以免掉。比较极端的例子就是王丽苹，据说有一阵，只要产线QC一拒收产品，就跑上前跟人家理论，弄得那帮QC很不爽，就把产品看得很严，扣的货更多。那王丽苹也不是吃素的，就趁中午吃饭时间，把 QC 的图章拿了，盖了一大把的出货标签。QC 扣货了，就把出货标签一撕，再贴上自己盖章的标签，直接送仓库了。天下没有不透风的墙，QC 当然很快就发现了，于是每一批货都给扣下来了，扣一批开一张重工单，一天下来光是重工单就开了十几张，整整一个星期她们那个班没有出过一批货。最后闹得连经理关胜平都出动了，跟品质部达成了协议，也不知道赔了多少好话，总算对生产部网开一面，用了两个星期才把那些产品处理完。为了这件事情，王丽苹差点被开除了，又是写检查，又是自动请求记大过，总算是把那个饭碗保下来了。

相反的，有些人跟 QC 关系很好，就算是有很夸张的不良品漏过去了，运作好了也可以不用开单。比如我在陈咏梅产线做外观检查时，跟王倩的关系就比较好，很多时候都把没达到可接收质量水平的产品直接换了，而不是开单。

现在我把程颖颖放到助拉这个位置，她很快就明白了其中的关节，说白了就是跟产线稽核的那帮人混熟，把关系搞好，一旦被稽核出问题了马上就把相关人员搞定，以达到减少开单的目的。小丫头着实有一套，很快就跟那些人混得烂熟，有问题了三下两下就摆平了，省了我很多签单的麻烦。

"颖颖，你是怎么弄的，那帮油条怎么那么给你面子，很多次我去说情根本就行不通。"一天中午，我跟颖颖一起吃饭，我问她。

"很简单啊，就是多跟她们聊天，多叫她们几声姐姐就行了。"程颖颖轻轻松松地说。

"那么简单？为什么我就不行呢？"

"呵呵，我跟你开玩笑的啦。那几个稽核组的人里有我一个老乡，然后我就跟她说如果看到产线有问题，马上告诉我，立刻就整改。我刚刚来，对产线还不怎么熟悉，有问题得让我改。"程颖颖笑了笑。

"这样就成了？"我还是很疑惑。

"你就不要管那么多了，反正这是我的本职工作。说服一个人也很简单，要抓住她的心理弱点。"

"我明白了，你又是用营销的那套把她们给忽悠了。"我笑着。

"这算什么，以后我做一个销售员还要面对各种各样的人呢。其实那些稽核的人都挺好说话的。"

我听了"嗤"地笑了："那帮人要是好说话，那就没有不好说话的人了。"

"对了，华丽现在每天去学电脑，电脑难不难？我也想学。"程颖颖换了一个话题。

"呵呵，华丽这段时间给我们打击了，连你跟杨燕都升了助拉，只有她还原地踏步。现在学电脑专心得很。"

"杨燕那家伙听说升了助拉后很跩，像个人物似的。"程颖颖把饭扒光，喝了一口汤。

"你们哪个不是人物，只要肯上进，认真做事，我想没有一个成就很差的。尤其是你，颖颖，我对你很有信心。"

"我相信是金子总会闪光，现在我要做的就是把自己各方面的素质再提高一点，将来才能混出一个样子！"程颖颖眼里闪着光，对未来充满信心。

22. 再见，亲爱的，主管

生产管理事实上是很累并且压力很大的工作，这份压力来自于现场员工，更来自于上司。好在上司赵响是一个比较温和的人，就是偶尔犯点小错，也不会揪住你不放，不像另一个主管吕小珍，一点鸡毛蒜皮的事也能把你骂个体无完肤。在赵响的指点下，很快，我便把工作导入正轨，加上有梁小玲和程颖颖两人相助，工作想不轻松都难。

工程师王振林是产线的常客，一进车间就过来找我聊天。反正也没事，他来了就跟他胡吹海侃。王振林是一个很幽默的人，也挺大方的，遇到重大的实验需要我们加班帮他搞定，他总会买一些零食啊、饮料啊，收买我们，是我们车间里比较受欢迎的一个人。

周一上午，两人在车间里一碰面，王振林就抛了一个让我震惊的消息："你知道吗，赵响已经辞职了。"

"什么？"我以为我听错了。

"赵响辞职了，早上交的辞职书，还是急辞呢，周末就要走了，办公室里都在议论这件事。"

"赵响他要走啊，为什么？"确定了消息，我颤抖着声音问。

"不知道，我们都在猜呢？奇怪了，赵响要走了，你那么激动干吗？"王振林看着我笑了笑。

我低下头，不想让他看到我眼里的失落："没什么，只是他要走了，有点舍不得。"

"舍不得？倒也是，赵响应该是一个不错的主管，以后再要碰到这样的主管就难了。"

我没心情跟他侃下去，借口有事走掉了。盲目地在车间里转着，感觉像丢了一件重要的东西。想了很久，终于想起，是赵响要走了。

赵响要走了，一个声音在我心底响起来。也许他这一走，一辈子也见不到他了。走着走着，眼泪便迷蒙了双眼。我一直以为自己是一个很理智的人，分析得很清楚，想得很明白，只当他是上司，只当他是老师和朋友，这些日子以来我也几乎是成功地做到了。可是他要走的消息在瞬间就把我所有的伪装都击溃了，原来，世界上最不能控制的就是感情。原来，只要能远远地看他一眼，也是一种幸福。

"叶子，你怎么啦？"不知什么时候陈咏梅拦住了我。

"没什么，我很好，真的。"我用衣袖擦去了眼泪，定了定神。

"你在哭什么？我看你失魂落魄地在车间里转来转去，是有什么心事，还是跟田娜吵架了？"

"阿梅，我很好，没事，没跟田娜吵架。你忙吧，我线上还有事。"我对陈咏梅笑了笑，便回到了自己的产线。

但是赵响辞职的消息犹如海啸般袭来，心里的波澜久久不能平息。我四处张望着，想要找到他的身影，能多看一眼，就多看一眼吧。可是赵响一直都没有进车间，我心里开始着急起来，会不会他再也不会来了。我犹豫地拿起了挂在墙上的内线电话，想着是不是打个电话去问一下他。

电话通了，很快赵响的声音响起来："你好，哪位？"

我慌慌张张挂了电话，他还在。只要他在我就安心了。

不久以后，赵响走进了车间，他像往常一样，在我产线上转了一圈。看到他，我的心开始怦怦地跳着，但是我什么也没说，只是默默地跟在他后面。

有些事永远都不能说。

赵响看到了我，停下来。我硬着头皮在他的面前站着，却一句话也说不出来。

"今天忙不忙？"赵响忽然没头没脑地来了一句。

"还好吧，也不怎么忙。"我不敢看他的眼睛，低着头。

"告诉你一个消息吧，我辞职了，过几天就走。"

"我听说了。"我抬起头看着他问，"为什么？"

"不为什么。"赵响回避着我的目光，"你知道，我有女朋友的。"

他知道我的心思！也许他早发现了，我的心事全落在他的眼里。我心里一惊，看看四周，我们站在一个角落里，不远处就是忙碌的产线工人，应该不会有人听到我们的话。心下稍稍安定了一点，想了想说："我知道啊，你的女朋友是你的大学同学，她在广州。"

"周末我去看她，她生病了。我觉得两地分居始终不是办法，既然她不肯来深圳，那只好我去广州了。"赵响很坦诚地说着，像对着一个多年的老朋友。

"原来你要去广州啊？那你的女朋友肯定很开心，两个人能走到一起，真是不容易。"

"是啊，两个人能走到一起也不容易。我就是这样想的，不然也不会这么急着去广州。"

"那么，我祝福你，希望你去了广州，会得到自己想要的幸福。"我诚挚地说。

"谢谢，其实你是一个很好的女孩，勤奋、上进，有一天，你会等到一个对你很好的人。"赵响看着我，目光真诚。

"是吗？我的意中人是一个盖世英雄，有一天他会驾着七色的云彩来娶我。"我看着赵响开着玩笑，只是目光里已经一片澄明。我装作糊涂，无论如何，这一点尊严，还是要的。

"等到你风光出嫁的时候，别忘了请我去喝喜酒。"赵响看着我，眼睛里有了些笑意。

"我当然不会把你给忘了，怎么说，也得谢谢你帮过我。"

"其实你倒不必感谢我，从一个主管的角度，发现一个人才，并且培养出来，除了本身的职责，还有一种成就感，类似于画家手里完成了一件作品的成就感。"

"呵呵，我是第一次听到这种说法。"

"以后你做了主管，你就会明白的。"

"做主管？这个我可不敢想。"

"怎么不敢想呢？叶子，只要你踏踏实实做事，我相信你总有一天会做到主管的。"

"谢谢。你是周五办手续吧，什么时候走，到时候我去送送你。"

"不用，我最不喜欢别人送来送去的。等我在广州找到工作，会跟大家联系的。"

"那，我忙去了，到时记得给我打电话哦。"我笑着转身离去，装作忙碌的样子。

赵响要走，其中的一件事情就是工作交接。第二天上班开例会时，薛松的嘴里又传来了一个厄运，赵响走后，他所有的工作都由吕小珍接手。我有一种很不祥的预感，以后的日子将会很难过。这种预感不是凭空想象的，看看现在吕小珍手下的组长，就是强悍如王丽苹，也时常给她骂个狗血淋头。对于我这种刚转正的菜鸟来说，她肯定是更不放在眼里了。

接着薛松又宣布了一个消息，赵响马上要离职，关胜平今天在芙蓉馆设宴，请车间所有的组长级以上的管理干部去给赵响送行。

我这才发现赵响的人缘不错，在深圳这个人情冷漠的地方，人走茶凉是见怪不怪了，难得会在走的时候还有人请大家来为他送行。我心里一阵惊喜，现在每发现赵响一个优点，我就高兴一点。这一个男人，他注定不属于我，那么多跟他待一会儿，也是多一点的回忆。

下班后，车间里所有的管理干部齐聚芙蓉馆。酒桌上永远都不缺话题。互相敬了一轮酒后，大家边吃边谈起来。男人们谈论着足球、体育竞赛、时事政治等。女人们在一起，则津津有味地谈论着流行的衣服和港台娱乐明星的花边新闻，总结起来就是两个字：八卦。

我坐在一边默不做声，却竖起耳朵在捕捉着赵响的动向。赵响喝了一些酒，有些上脸，不时地附和着那些男人的观点，脸红得可爱。旁边坐的王丽苹捅了捅我："这个小妮子肯定是在思春了，心不在焉的，在想哪个男人？"

我的脸顿时红了："呸，死王奶奶，老都老了，没正经的。"

"不错啊，我是老了，过来人嘛，一看你的样子就知道在思春，奶奶我当年……"

"去，别理她。叶子，这个家伙就这样，以后你就知道了，黄色思想多得很。"陈咏梅坐在对面，打断王丽苹的话，帮我解围。

"阿梅，你也老大不小了，嗯，我算算，今年都27岁了吧，还没有对象。

我只比你大一岁，儿子都打酱油了，你还不努力一点。"王丽苹见陈咏梅掺和过来，又把枪口对准了陈咏梅。

"阿梅你还没结婚哪？"我听了忍不住问。陈咏梅的沉稳与平和让我一直都把她归入已婚人士，谁知道她还是一个未婚姑娘。

"是不是打算给我介绍一个男朋友啊，非常欢迎哦。"陈咏梅笑着，喝了一口橙汁。

"别信她的，叶子。这家伙眼光太高了，听说她家里给她介绍了七八个，她都看不上眼。"王丽苹又在揭陈咏梅的老底。

这下陈咏梅笑得不自在了："胡说，哪有七八个。"

"没有七八个也有四五个了，不是我说你啊，在老家找一个人嫁了就算呗，像我一样，把孩子放家里，还不是一样过日子。"王丽苹笑着说。

"你儿子在家里啊？平时看不到他会不会想他啊？"田娜见我们三个说得热闹，插了进来。

王丽苹脸上的笑容减了几分："怎么会不想呢，可是也没办法，这里生活的成本太高了。"

"那你儿子也真够可怜的，这么小妈妈就不在身边。"陈咏梅说。

"唉，你们不知道，去年我回了一趟家，儿子都不认识我了。想要抱一抱他，直往他奶奶那里躲。"王丽苹感叹地说着，脸上已经没有笑容。

"那你老公呢，他在哪里？"田娜问。

"老公在大门对面那个厂，就只隔了一条马路，可是要见上一面也难，他们厂加班很多，又经常倒班，我都快一个月没见他了。"王丽苹说着，忽然转了口气，"我猜阿梅就是看到我这个样子，才不敢结婚的吧。"

"哼，你还说我来着，你努力一点，早点把孩子接到身边来才是正经的。我嘛，一人吃饱全家不饿，还不用操那么多心呢。"陈咏梅闲闲地说。

"你妈妈不着急吗？阿梅。"我问道。

"急也没用，我的那些同学全部都已经结婚生孩子了，只有我还这么晃着，我妈都要上吊了。"陈咏梅开着玩笑说。

"不急，女人没结婚才值钱，结了婚就要掉价了，贾宝玉说，未婚姑娘是会发光的珠子，结了婚虽然还是一颗珠子，但是已经不会发光了。"田娜引经据典。

"唉，有时我想想眼睛一闭，随便找一个人结婚就得了。可是婚姻毕竟不是玩笑，人生大事啊。"陈咏梅说着把目光投向了田娜，"你要是碰到哪个合心合意的就抓紧，不要以为自己还年轻，女人哪，就那么几年的青春。"

田娜笑了笑："说得也是。赵响在这里两年，可是咱们车间那么多女的都没人抓得住他，还是走了。"

王丽苹夹了一块鱼："人家那是大学生，咱们车间里谁配得上啊。话又说回来了，女孩子要是能抓住了他，就是上辈子修来的福气喽。"

天下没有不散的宴席。送行的宴会散了，接下来的几天里赵响忙忙碌碌交接完工作，然后办了离职手续，便消失在大家的视线里。他终于走了。

赵响办公室的格子间里现在挂的名字是宋仕强，一个从别的车间调过来的主管，矮矮的，胖胖的，笑眯眯的，整个人就是一尊弥勒佛。他悄无声息地来了，不动声色地行使着主管的权威。很快就再也没有人提起赵响了，他走得不留一丝痕迹，以致我常常想起他的时候甚至在怀疑这是不是一场梦。

在后来无数个夜晚，一次一次梦到赵响。在梦里他还是那么温和地对我笑着，仿佛从不曾离开。我也不止一次从午夜的梦中突然醒来，看着窗外黑漆漆的天，泪流满面。我放任着自己对他的思念，却从未试图去联系他，只是零星从周海口中得知，他去了广州后进了一家德国的液压公司，经常在全国各地出差，甚至远赴欧洲。

远远地，知道一个人活着，并且还过得很好，这就足够了。

23. 感谢折磨我的人

赵响走了，现在的上司变成了吕小珍。

我跟吕小珍的关系仅止于知道她是车间里的主管，管理风格跟赵响大不一样而已。在她还未接手赵响的工作之前，我就预感到我的日子会很难过，并且想象得出她是一个怎样的人。可是现实来得比想象更残酷一点，很快我就发现这日子简直不是人过的。

吕小珍在接手管理我们几个线长之前，曾经找过陈咏梅和田娜谈话，但没有找我去谈话，想来是先找老组长谈一谈，摸一下底，而我毕竟是新升上来的，可以不管。

我对自己是有信心的。产线在目前是稳定的，员工们一个个做事都还算认真，当然有时候也会被开单，直接让程颖颖去搞定就行了，偶尔有搞不定的，签上一两张主管应该还是能接受的。

　　显然我是太高估了自己，也太低估了吕小珍鬼神都敬而远之的变态。

　　跟赵响一样，吕小珍每天早上到产线的巡视是例行的。开始几天她也就是走过场地看一看，我不敢有丝毫的大意，跟随在她身后。一般这个时候她也只是问一问现在产线在做什么产品啊，再就是看看产线的摆放啊、标识啊、人员纪律啊，认为不妥当的就指出来。我在她面前态度是恭谨的，就算她是鸡蛋里挑骨头，也尽量达到她的要求。

　　又是一天早上，吕小珍像往常那样来产线巡视，看见我在产线上跟进员工的不良品，就问："这条线现在做什么料啊？"

　　我放下手上的产品，站起来对她说："现在做的是正常料，等会儿要转PE的验证批，王振林已经发了流程图过来了。"

　　"我看看，是哪一个验证批。"

　　我在文件夹里给她找来了流程图："是这张，你看看。"

　　吕小珍看了看："要做800个产品，这个标识的原料从仓库领上来没有？"

　　"已经领上来了，总共有1K多的料，小珍你说多出来的原料可以当正常料出吧？"

　　吕小珍立马拉下了脸，也不管我们就站在产线上，旁边全是我的下属，"啪"的一声把拿着流程图的手掌重重地拍在产线上，指着我的鼻子就大骂起来："你脑子是进水了，啊？还是神经病发作了，啊？你以为你是谁，想怎么干就怎么干，啊？！"

　　我被她连珠炮式的破口大骂弄得彻底晕菜了，验证批的产品有很多当正常产品出，这也不是没有先例，并且我也不是自作主张就把产品出了，只是礼貌上跟她说一声罢了。这个验证批的流程图是王振林发出来的，我一个电话就可以问清楚了。原料都还没有上线，现在就开始为子虚乌有的验证产品处理狂扁我了。

　　不知道是谁说的，公司里的规则有两条：第一是上司永远是对的；第二是如果上司错了，请参照第一条。尽管我知道吕小珍这样骂我是一点道理也没有，但是为了这个饭碗，我认了。我默不做声地低头站在她面前，等着她的狂风暴雨式的怒气泄完。

"像你这个样子真不知道是怎么做上组长的，什么事情都是想当然，自以为是，我就没见过像你这样的农民，猪！"吕小珍不依不饶，继续揪着我大骂着。

听到她大骂我"猪"，我忘了自己身处产线，旁边就是我的下属们，眼泪不可抑制地掉下来。自从我进了这个电子厂，还没有人这么骂过我。就是我刚进厂时在陈咏梅线上，给稽核组的人抓住了，陈咏梅都没有用这样的字眼来侮辱过我。想到这里，我咬着牙，努力让自己不哭出声音来。

"你以为你在这里哭一哭就没事了，我告诉你，没门！今天我就是要让你明白，做什么事要先经过大脑！别在这里给我哭哭啼啼的，我看着堵心！"

我哽咽着，用尽全身的力气压制着自己的声音，热乎乎的血，在我周身流窜着，全身都软了。

吕小珍后面说了什么，我已经听不清了，我只听到脑袋里的一片"嗡嗡"声。她什么时候走的，我也不知道，眼泪把我的双眼给蒙住了。

我的噩梦就此拉开序幕，吕小珍对我的态度是一次比一次咄咄逼人，并没有因为我的温良谦恭而收敛那么一点点儿。在她身上，我第一次见识了什么叫"泼妇骂街"。没事的时候她都可以随便找一个由头劈头盖脸把你臭骂一顿，有事的时候更是恨不得把你给吃了。在很长的一段时间里，听到吕小珍的声音，我都在发抖。

"叶子，这是什么产品，怎么没有标识？"

又是一天早晨，吕小珍背着手在我的产线上巡视着。听到她尖着嗓子提了八度的声音，我的头又大了，赶紧走上前去看个究竟。

我赔着笑脸说："这是测试那里刚拿过来的不良品，不知道是测试机子坏了还是产品有问题，不良品很多，等一下要重测的。"

"那你就写一个'测试待处理产品'，什么也不写就放在这里，员工拿混了怎么办？要是这么多不良品全出到客户那里去了，你来负这个责啊？！"

我把头再低一点，腰再弯一点，声音再柔和一点："这是刚拿过来的，助拉还没来得及写，你就看到了，下次注意一点。"

"你还敢给我提下次！再有下次你就死定了，要是给稽核的人看到了是要开单的，老是那么多单！"

"可是我还没有给你签过单呀。"我小声辩解了一句。

"没有给我签过单你就得意了？！除非你这辈子都不用来我这里签单，你才有资格跟我这样说！”吕小珍听了我的辩解，暴跳如雷。

那么我就闭嘴，省得她在言语之间又来找我的碴子。程颖颖在一边看着我遭了难，想过来救火又不敢，看到那些产品眼睛一亮，就有了主意，于是过来把这些产品抱走。

“你要把这些产品抱到哪里去？”吕小珍拦住了。

“我要抱过去测试啊，刚才是测试的机子坏了，现在把这些产品再测一遍。”程颖颖理直气壮地说。

吕小珍皱着眉："那快点拿过去吧。"可是她并不打算就此放过我，"这些东西以后不准这样放在产线，听明白了没有？"

我听着她有点偃旗息鼓的意思，不停地点头："明白了，以后所有的产品在产线都必须有标识，没有标识不可以放在产线。"

吕小珍忽然走到一个员工身旁拿起她的静电手镯子对我说："这个员工是怎么回事，静电手镯都没有插好！"

我一看冷汗下来了，今天真是背了，还没完没了。但是也没办法，只得走过去，拿起她的静电手镯检查着："这是手镯太松了，要换一个了。"看着在一边发料的梁小玲，就叫她："小玲，你去拿一根新的静电手镯过来，换一下。"

吕小珍脸色铁青地看着我，又暴发了："我还以为你一天在产线做什么，连一个员工手镯没戴好你也看不到！你一天到晚在产线干什么？你是眼睛瞎了还是怎么了，连这个都看不到，还是你根本就是一头猪，蠢得都不知道怎样检查了……"

我的头涨了，眼泪汪汪的，眼看着又要不争气地往下掉。这时，我看到了经理关胜平从产线另一头走过来。关胜平是很少巡视车间的，想不到今天一来，就碰到吕小珍在猛剋我。看到关胜平，我就像见到救星一样，可是谁知道他会不会站在我这边，说不定吕小珍倒打一耙，我还成了罪人。于是决定让关胜平见识见识他下属的真面目，努力把眼眶里的眼泪挤出来。吕小珍是背对着关胜平的，她当然没发现经理过来了，还在继续发挥着她超人的骂街水平："你就是老把我的话当耳边风！每次我一说你就知道哭，哭有个屁用啊！我不会看你哭就放过你！"

关胜平不声不响地在吕小珍身后站了一会儿，听她的骂声告了一个段落，才问："怎么回事，我怎么听不明白你在说什么？"

吕小珍明显是吓了一大跳，一回头看到关胜平，脸上原本气势汹汹的表情马上变成了一张无比灿烂的笑脸："是关生啊，没事，我是在教育组长怎样做事。"那温柔，那低眉顺眼，活生生地告诉我变色龙是怎样变色的。

关胜平板着一张脸："教育组长做事也不是这么教的吧，你看看，人家都哭得稀里哗啦的。"

我哽咽着对关生说："谢谢关生，吕主管是为我好，我没事。"

关胜平哼了一声，对吕小珍说："你看你是怎样对你的属下的，明明给你骂得那么惨，连一句不是都不敢说你。"

吕小珍赔着笑脸："我知道我的态度有些问题，下次注意改进啦。"

关胜平还是板着一张脸："你跟我过来，我有事跟你说。"说着先行离开。

吕小珍小心翼翼地跟在他身后，大气都不敢出一声。我的眼泪还在掉，但是嘴角却有了一丝不易觉察的笑容。看到母老虎似的吕小珍变成了病猫的样子，真是大快人心哪。

我当然不会天真到以为从此就太平无事，并且很冷静地想，如果关胜平训了她，肯定是马上回来找我算账，到时肯定又是在产线上弄得鸡飞狗跳。

果然，一个小时都还没有过去，吕小珍又回来找我了。这次她是把我叫到一边，至少没当着产线员工的面了："刚才你怎么回事啊？关生来了也不告诉我。"

这是责问的口气，比起平时那些刻毒的话，已经平和了很多，看样子，经理的教育还是见效的。我心里有几分快意，脸上却是一副委屈的样子："我是低着头站着，根本就没有看到关生过来，后来发现了，他就开始说话，你也知道的。"

吕小珍想了想，便缓和着口气对我说："说得也是，以后什么事都要注意一点，不要让我操那么多心，我对你是没有成见的。"

鬼才信！我心里恨恨地回应着，却对她点点头："我知道，主管也是为我好，在锻炼我。"

"你要真的这么想就好，以后要是有不明白的可以来问我，做事不要自作主张，知道吗？"

算了吧，我去问阎王都不会去问你的，一想起上次问吕小珍验证批处理被她骂得我想跳楼的事情，我心里就来气。然而嘴里还是说："我会的，有事不明白的就来问你。"

忍者神龟就是这么练出来的。

吕小珍看样子对我是满意的："好，不错。对一个新组长来说已经不错了，是我要求太高了。"

是啊，吹毛求疵，鸡蛋里挑骨头。我心里又应了一句。表面仍然做出一副受宠若惊的样子来："哪里，是我做得不够好，让你操心了。"

"等下要是关生来问你，你就说我已经给你道过歉了，知道吗？"吕小珍盯着我说。

我问候你祖宗十八代！原来是这样！关生让你来跟我道歉，就是这样道歉啊。我心里骂着，还是说："要是关生问我，我会告诉他，你对我一向很关照，很有耐心，今天的事是你太心急了，并且已经跟我道过歉了。"

"你明白就好。"吕小珍说着，哼了一声头也不回就走了。

听到这一声"哼"，我就知道我跟吕小珍远远没完，是唐僧西天取经刚过第一关——故事还长着呢。

自从我出来打工，进入这个电子厂以后，碰到的上司都很和善，自从吕小珍成为我的上司后，真不知道我跟她是八字相冲还是上辈子有仇，她整天就是看我不顺眼，对别的组长居然慢慢地变客气起来。

这种转变让我更加难受，陈咏梅得知我现在的处境也别无他法，只是对我说："叶子，如果你想要在这里待着，只能忍一忍，她骂你的时候你就当没听见。"田娜则是一副春风满面的样子，经常是在我给吕小珍骂得泪眼汪汪的时候跟别人大声地说笑，也不知道是有心还是无意。那段时间，别人上班都是笑语连连，可我觉得走上车间就像走进刑场一样，而且还是剐刑——吕小珍找碴儿骂人的时候，她嘴里吐出来的话简直能把人千刀万剐，心都被剜出来了。

又是一天，在产线上被吕小珍修理得七荤八素之后，一个念头在我脑海里浮起来：辞职，不干了，就再也不用受吕小珍的辱骂了！但是我马上就否定了这个想法，不行的，一旦辞职，我将无处可去。

辞职这个念头暂时被我压下，可每每一走进车间，一看到吕小珍铁板似的脸，这个念头便自动浮上来，无可抑制。发展到后来，每天我都在反反复复地想着，辞还是不辞。

这个时候，我想起了堂姐，以堂姐的智慧，也许她能给我什么建议吧。于是我拨通了她的手机，把事情原原本本跟她说了一遍。

"叶子，我只问你两个问题。第一，你辞职后你认为能找到什么样的工作？第二，你找工作的时候，你的钱够不够花？"

我听了一愣，堂姐的两个问题问到了关键的点子上，以我现在的资历，辞职后再找工作，只能找一份普工，并且我身上并没有多少钱，如果要找工作的话，这点钱根本不够用的，原因是每个月我都把工资寄回家里去了，身上只留下一点点的生活费而已。

在堂姐的劝说下，我打消了辞职的念头。不久，我又收到了堂姐的来信。打开信封，堂姐娟秀的字体便呈现在眼前。

叶子：

你好！接到你的电话，得知你这段时间过得并不怎么开心，甚至有辞职的想法。那天在电话里，我跟你说了我的看法，也许你会不以为然，所以特地给你写这封信，希望你慎重考虑。

其实每一份工作最终都有辞职走人的时候，但是这个辞职也要看时机。辞职的时机对了，你的职业或者收入会迈入更高的起点；但辞职的时机错了，你就会失去很多机会，甚至不得不另起炉灶，从头再来。所以在你以后的职业生涯，你一定要明白什么时候才是你辞职走人的时候，而什么时候却是你必须咬牙坚持的时候。

就你目前的状况来讲，不管有多苦多难，你一定要咬着牙关坚持下去。原因是你刚刚做上生产组长，在生产管理这条路上，还刚刚起步。如果现在辞职了，不啻于前功尽弃。如果你多坚持两年，而你的上司还是没有什么改变，那么你可以拿着你的简历到人才市场，就可以找到一份与现在同等职位的工作。

另外，在你磨炼的这段日子里，你可以把你的自考坚持下去，拿到一个本科文凭后出去找工作，选择也会多一些。

很多时候，你改变不了别人，但是你可以改变自己。你试着跟你上司沟通一下，或许慢慢地她会有所改变也不一定。

我知道你是一个坚强的女孩，你在努力增加自己修养的同时，也在努力地增加自己在这个世界生存的筹码。知识很重要，文凭也很重要，但是你去人才市场找工作的时候，你会发现经验更加重要。既然你已经走上了生产管理这条路，那么你就坚持着多积累一些经验吧。

其他的话我就不多说了，祝一切安好！

姐：兰

我一遍一遍地看着堂姐的信，她把一切都看得那么透彻，一字一句都让我心服口服。而她在繁忙的工作之中仍然抽空给我写信，可见对我的关切。想象着她在深夜的灯下提笔给我写信的样子，我暗暗下定决心，不管吕小珍怎样对我，我都必须忍耐和坚持。

24. 努力努力再努力

但是吕小珍并不因我的忍耐和坚持而心软，依然鸡蛋里挑骨头般的严苛，日子还是非常难过。

经常到产线来做验证的工程师王振林，看到吕小珍对我的样子忍不住对我说："人家会骂你，你就不会骂人吗？你把她骂回去呀，人家长了嘴，你也长了嘴呢。"

我苦笑着说："我不想把我们的关系弄得那么僵，再说人家是老大，老大哪里有错，错的都是马仔。"

"叶子，不是我说你呀，人善被人欺，马善被人骑，你这样忍着，人家就更欺负你了。"

"我不是没有想过跟她对着干，可是这又有什么办法。如果对着干，我肯定只能被她整得辞职。"

"辞职就辞职呗，我还不信离了这个电子厂，你就找不到工作了？"

我摇摇头："没有你想的那么简单。我现在出去，找什么工作呢？找操作工我肯定不愿意，找生产管理，又有哪个厂要一个只做了三个月生产管理的组长？我在这里刚有了一点根基，总要做出一点样子来再走。"

"可是这样下去也不是办法，连我在一边看着都觉得她太过分了，以后的日子还长，你摊上这么一个主管，怎么办呢？"王振林在一边担忧地说。

"慢慢来吧，日久见人心，她总会明白的吧。"我故做轻松地说。

"我听说你在自考，好好努力，将来你爬到吕小珍的头上，她今天怎么对你的，你就全部还给她。"王振林知道我只能忍着，便这样跟我说。

"不可能，我怎么可能爬到她的头上去。她再升一级就是课长了。"我一点信心都没有。

"吕小珍升课长是没指望的，倒是你，自学考试完了升主管的几率是很大的。"王振林说。

"为什么吕小珍升课长没指望，她得罪了哪个大佬了？"

"倒不是她得罪了谁，是她自己本身的条件限制的。她好像只有初中毕业吧，这两年不比前些年，没有学历是不可能往上升了。"

"方思云不是这两年才升的生产总监吗？她是操作工上去的，学历也应该不高吧。"

"方思云是操作工上去的没错，但是她的学历是函授在读本科，这些年听说她一直在读书，如果你努力一下，成为方思云也不是没有可能的。"

"我没有那么大的野心，方思云只有一个，她就是一个打工妹中的神话，我永远也做不到她的高度。"我小心地隐藏着心里的情绪。

王振林笑笑："我只是希望你不要失去斗志，有时候人活着就是争一口气，那口气没了，你就没有希望没有盼头了。"

听到他这样关切的语气，心里一片温暖，自从赵响走后，再也没有人这样推心置腹地关心我，鼓励我了。可是赵响是赵响，没有人能够取代。我笑着说："自考我是不会放弃的，至于升主管升课长，并不是你想升就升的，决定权在别人的手里呢。"

你控制不了别人的决定权，但是你可以主宰自己的行动。先忍一忍，练好内功，拿到文凭之后就是升不了职，至少也可以到别的厂找一份像样一点的工作。想起堂姐的话，我心里暗暗给自己打气。

在吕小珍的高压和堂姐的鼓励下，我自考的情绪空前高涨起来。年初我一口气报了四门，后来工作繁忙，渐渐有些吃不消，就有了放弃其中一门的打算。但是经过这些日子发生的事情以后，我决定一门也不放弃。于是便对四门科目做了一个全面的测试，然后把时间重新分配，做了一个学习进度表。王振林的话不是没有道理的，我应该努力努力再努力，也许有一天，我也能做一个主管。每天下了班，不管多晚，我都坚持把当天要学的东西学完。高华丽常常一觉醒来，看我还在灯下写着，就要求我马上睡觉。

这样坚持了一个多月，身体就渐渐吃不消了，睡眠时间一再压缩，让我极度疲倦，有时走着走着眼就眯上了，"咚"一声撞到墙上，浑身的冷汗都冒出来了。高华丽看到我这样拼命，非常担忧，总是劝我好好休息。我摇摇头，临考试还有半个月了，我怎么可以松懈？

考试的日子一天一天逼近，我心里慢慢地有了底，知道按目前的学习进度及格是没有问题的。一天下班时，我居然接到了周海打来的内线，我有些惊讶，这些日子忙于学习，都很久没有见到他了。

"等一会儿你到我办公室来吧，我这里有些东西要给你。"

"什么东西啊，神神秘秘的。"

"来了就知道了，暂时保密。"

我不以为然，我发现我对这个世界的一切越来越没有好奇心了，有时候都觉得自己好老了。双十年华，却是心比身先老。但下班时我还是去了周海的办公室，算是给他一点面子吧，反正下班顺路。

"你不是说有东西要给我吗，什么东西啊？"我也不啰唆，刀下见菜，直奔主题。

周海打量了我一眼："急什么。叶子，你是怎么搞的，怎么这么憔悴？"

我打了一个哈欠："好累，你能不能直接一点，婆婆妈妈的。"

周海拿出了一张纸给我："这是你这次考试的考场和座位号，我都帮你查出来了。"

我接过来看了看："喔，谢谢了。"说完转身就想走。

"叶子，这么急干吗，坐一会儿，反正现在老大们都走了，我放歌给你听。"周海叫住了我。

说实在的，周海帮我查这些东西我还是很感谢他的，也不好意思直接闪人。便说："你这里有什么歌，我想听钢琴、小提琴什么的，流行歌就不听了。"我故意刁难他。

"有有，这里有《蓝色多瑙河》《梁祝》，马上放给你听。"说着周海打开了电脑里的音乐。

我没有想到随口说说，周海还真的就有，便坐了下来。真正一坐下来，我就不想动了，旋转的皮靠椅那么软，那么舒服，天籁般的音乐水银泻地般从四周漫过来，那么的动听悦耳。我闭着眼睛听着，一会儿的工夫就舒服地睡了过去。这一觉睡得又沉又香，真想一直这么睡下去。

"快醒醒，叶子，叶子！"我在周海的一阵摇晃中醒了过来。睁开眼睛便看到周海那张放大了的脸，吓得尖叫起来："啊——"

周海笑起来："行了，祖宗，别叫了，再叫也没人听见，现在一个人也没有。"

我揉揉眼睛："现在几点了？"

"刚好十一点，同志，你在这里整整睡了三个小时。"周海双手抱胸看着我说。

"什么！周海，你为什么不叫我？"我听了都快哭了。

"我看你睡得太沉了，想让你多睡一会儿，不忍心叫醒你。"

"死定了，今天我还有很多东西要复习。"说着我跳起来。一件工衣在我身上滑下来，掉到了地上。我捡起来："这工衣是谁的？"

周海讪讪地说："是我的，我担心你睡了着凉。"

"你偷看我睡觉！"我把工衣甩到他身上，板着脸说。

"冤枉啊，我在学习，看都没看你一眼，不信看看我的资料，全在这里呢。"周海指着他的桌子上的一大堆资料说。

"真的？"我半信半疑。

"真的，骗你是小狗。"周海一本正经地说。

"好吧，我就相信你。我要走了，拜拜。"不相信又能咋的，还不如快闪。

"叶子，现在已经十一点多了，现在厂外的治安可不太好，刚发了工资，昨天晚上就有一个女工被抢劫了。"

我撇了撇嘴："我又没钱，不怕抢，把身上全部钱给他也就是几十块。"

"那就更惨了，那些抢劫的看到你没钱，劫不到财就劫色。"周海夸张地说。

我听了心里毛毛的："别说了，再说下去我赖在这里不回去了！"

周海笑了："嗯，看到你是女同胞的份儿上，我勉为其难，送你回去吧，怎么样？"

"那就谢谢了。"

一路无话，临到屋了周海才对我说："别太累了，注意休息。"

我点点头，却没再说什么，不知道这个时候应该对他说什么，只能是点点头便上去了。透过楼梯里的窗子，还可以看到路灯下的周海站在那里望着门口。

我回到屋里仍旧开始复习，临到考试了，可不能因为一时的偷懒就前功尽弃了。

考试的日子到了，请假又是一个麻烦。以我对吕小珍的了解，她是不可能给我连批两天假的。但没办法，我还是硬着头皮跟她去请假。

"你说你要请两天假？谁给你看着产线？"吕小珍坐在车间电脑前面，看都不看我一眼。

"我跟陈咏梅讲了一下，她说可以帮我看一下产线。"

"她说可以就可以啊，她认识你线上的人吗？出了问题怎么办？"

反正假是要请的，考试是一定得去的，我的口气强硬起来："如果主管不放心我的产线，那我去找薛课，请他给我安排一个人看产线。"

"你把薛课抬出来我就怕了？我说不能请就不能请！"吕小珍口气更硬。

我把脖子一梗，站起来便拿起了旁边的内线电话拨到了薛松办公室。电话通了，薛松的声音传来："你好，哪位？"

"薛课，我是叶子。这个周六周日我想请两天假参加自学考试，产线暂时由陈咏梅帮我看着。"

"这个事你得先跟你的主管讲，她批了就行了。"

"我已经跟她讲了。"是跟她讲了，可是没有批。不能对薛松撒谎，那只有话说一半吧。

"跟主管讲了就行了，没事，你去考试吧，祝你考个高分。"

"谢谢课长，没事我挂了。"

我把电话挂了，对吕小珍说："现在薛课已经批了我的假，他祝我考个高分。"

然后趁着吕小珍还没有回过神来，溜了。至于吕小珍反应过来以后怎么整我，不管了。

两天的时间在不同的考场连续作战，是一件很耗费精力的事。考完最后一门，我终于松了一口气。在公交车上我就睡着了，当司机把我摇醒时，已经是终点站了。

可能是在公交车上睡觉时着了凉，当天晚上回去，我就开始发烧。我买了一些退烧药吃了，第二天觉得好了些，便去上班了。已经请了两天的假，再不去上班，吕小珍不知道怎样剐我呢。

周二早上我起来刷牙，含着的刷牙水哗哗往外流。我努力含住水，却发现脸颊左边的肌肉动不了。我心里一慌，走到镜子前看了看，没感到异常。

对着镜子一笑，发现眼睛嘴巴全歪了。我吓了一跳，忙叫着："华丽，你帮我看看，我的脸怎么啦？"

高华丽进来看到我歪着的脸却乐了："你什么时候有特异功能，可以把脸歪成这样？"

"不是，早上起来脸就变成这样了，不是我故意歪的，现在就是这样子。"我都快哭了。

高华丽确定我不是故意跟她开玩笑时，也慌了："怎么办，到医院里看一下吧。"

想到又要请假，我都不知道怎么跟吕小珍开口了。来到车间，我也没什么主意，就把这事跟程颖颖讲了一下。程颖颖想了想，就跟我说："这样吧，你中午吃饭的时候到厂外面的那个西医诊所看一看，提前一点儿走，神不知鬼不觉的，就可以不用跟吕小珍请假了。"

我想了想，也只有这样了。便照着程颖颖的话，中午吃饭时去了一趟诊所。给我看病的是一个富态的中年男医生，把我的脸端详了一下，便拿着处方笺刷刷地开了药递过来："去交费拿药就行了。"

我疑惑地接到单子看了看，上面龙飞凤舞也不知道写了什么："这就可以了吗？"

"可以了，你拿了药回去吃，吃完这个疗程再过来拿药。"男医生淡淡地说。

到了交费处，把单子递过去，女收费员算了一下，头也不抬地说："一百二十块。"

我听了一阵肉疼，平时身上的钱都不会超过五十块的，为了看病，特地又取了二百块，这可是存着预备给弟弟的大学学费。但是想到吃了药，脸就会好起来，也顾不上心疼了。

手里拿着一大堆的药片，心里便不再那么着急了。我按纸包里所写的方法，按时吃药，不敢有一丝马虎。药片进了肚子，平时连走路都能睡着的我再也不困了。晚上躺在床上一点睡意都没有，睁着眼睛到了天亮，一骨碌爬起来，精神百倍。

我没有感到异常，仍旧吃着药，接连三天，都没有睡过觉。脸上并不见好，眼睛嘴巴鼻子还是歪的，但是能感到皮下的组织在一阵一阵抖动着。我隐隐感到有些问题，便去问那个中年男医生。那医生听了我的情况，又给我开了一个疗程的药，让我停药一天再接着吃药。

　　停药一天，马上我就觉得困得要命，从没感到上班这样难过，恨不得马上躺回床上去。看到吕小珍一走，便让程颖颖和梁小玲看着产线，我下班回去睡觉了。这一觉从下午五点多一直到第二天早上的七点，睡得跟死猪一样。第二天开始吃药马上又不困了，症状如前几天一样。

　　我从没想到，医生也会骗人。在我脸歪了、吃了四个疗程药之后的第十五天，看着镜子里越来越歪的脸，我心里非常着急，会不会从今以后我只能顶着一个歪脸来面对世界？我心里像压着沉甸甸的大石头，在面临毁容的可怕后果下，我心惊肉跳，恐惧得吃不下饭。

　　怎么办？

　　我看看四周，所有的人都是一副忙忙碌碌的样子，没有人关注自己。这个时候，我多么希望父亲能在身边。小时候，父亲在我眼里是一座山，他顶起了我们家，不管遇到什么问题他都是有办法的。可现在父亲却在千里之外，更何况，我已经长大，遇到问题，只能自己拿主意。但是惶急之下，我还是打了一个电话回家，见不到亲人，听一听声音也是好的。

　　"叶子，你在深圳辛苦吗？"电话那头，父亲关心地问着。

　　"不怎么辛苦，比起在家种地，好了很多。"我压抑着，故做轻松地对父亲说。

　　"那你平时自己要注意一点，出门在外，别太节省了。"

　　"知道了。"我低声说，"你跟妈的身体还好吧？"

　　"我们还好，只是一些老毛病。你没事吧？"父亲敏感地问。

　　"我，没事，很好，很好……"生病的事，不能提，告诉父亲，他不知道会有多担心呢。

　　"你肯定是遇到什么事情了，跟爸讲，没事的。"父亲捕捉到了我压抑的情绪，关切地说。

　　"我……没什么事，就是生病了。"到底没忍住，我的眼泪掉了下来。

　　"叶子，莫急，你说一下什么病。"

　　我定了定神，把事情告诉了父亲，他果断地说："去人民医院，不要管那么多！"

　　父亲是一个农民，农民都相信政府，人民医院是政府开的医院，能治不好吗？我很清楚父亲的逻辑，无论如何换一个医生是势在必行了，那就去人民医院吧。

这次请假让我颇费脑子，最后是看到薛松和吕小珍一起在讨论事情的时候插了进去。我把情况大致讲了一下，吕小珍没开口，倒是薛松马上关切地说："既然是有病，那就马上去看，耽误了就不好了。今天你先到医院找个医生看一看，具体怎么治，大概要花多少钱，我估计你这个病不是什么小病，可能要花不少钱呢。"

想起我已经为了这个病花了不少的钱，我又心疼又发愁："我现在卡上已经没钱了，如果再要花个两三千，只能跟厂里借钱了。"

"怎么弄的，你的钱花到哪里去了，在这个厂两年多，连两三千块钱都拿不出？"吕小珍问道。

我咬着嘴唇，实在不想说到家里贫穷："我的钱，全部寄到家里去了，我家经济状况不好。"

薛松听了一副了然于胸的样子，拍拍我的肩："没事，钱的事你先不用发愁，我们来给你想办法。你先去医院吧，不用打下班卡，回来了再说。"

带着薛松主动借我的三百块钱，我走进了人民医院五官科。那个医生看了看我的样子，问了一下大致情况，就对我说："你这个病要做针灸才能好，你到七楼康复中心去找一个黄医生，把病历给他就行了。"

我听了有几分疑惑，真的可以治好吗，不会又是骗钱的吧。但也不敢问太多，依言来到康复中心找到姓黄的医生，把病历递过去。

"你这个是面部神经受压，又叫面瘫，多少天了？"跟西医院那个男医生不同，头发花白的黄医生一张嘴就说出了病患名称。

听他这样一说，我燃起了一线希望："已经半个月了，医生，我这个病能治好吗？要花多少钱。"

那个医生看到我穿的厂服，大概知道我是一个没钱的主儿，耐心地说："这个病要做针灸，你已经得病半个月了，就要做半个月的针灸。这个病是得了几天就相应做几天针灸，你要是第一天就来这里了，那就做一天就行了。"

"那要多少钱？"我又问了一次这个问题。

"每次大概八十块左右，半个月下来大概要一千二吧。"

我听了这下倒不心疼钱了，一千二就一千二吧。但是另一个问题又出来了："做针灸半个月，是不是每天都要来？"

"当然是每天要来。"黄医生笑着说。

长长的针一根一根插在我脸上的各个穴位，并不疼，但还是害怕。然后医生就在针头上放艾柱开始烧，告诉我做一次针灸大概要两个小时左右。躺在病床上，我满怀心事，又在发愁怎样才能请到假治病。

好在薛松是开明的，他批准我每天上午请半天假去治病，下午回来上班。钱的事我就不敢再麻烦他了，在陈咏梅那里借了一千二百块。接下来的半个月里便每天早上坐车到医院做针灸治疗，脸一点一点好起来。每天坐在公交车上，看着来来往往忙忙碌碌的人群，我的心开始平静下来。路边的风景很好，深圳是一个漂亮的城市，但是一直以来我太忙于追逐自己的目标了，从没有闲心欣赏过。

当你匆匆奔向你的目标时，你就会忽略身边很多美好的风景，适当的时候停一下，你就会发现生活并不是那么单调，还有各种的色彩和阳光。

25. 花儿开在春风里

治病的日子里，整个人的心态是放松的。想一想还是前一阵子把自己逼得太紧了，用力太过。我反省着自己，加上自考已经过去了，便有意悠闲起来。下了班会看看报纸，再到华开的书店里看一看，有时也会到周海的办公室坐一坐。

一天我看病后回来车间，正坐在办公桌上看报表，一个人从后面把我的眼睛蒙住了。"谁呀，这么大胆，上班时间呢！"

"猜猜我是谁嘛！"一个粗哑的声音响起来，明显这声音是压着嗓子发出来的。

我略略一想，便说："杨燕，快把手放开，上班时间不能这样。"

"靠！这也给你猜出来了，你不是看到我了吧？"杨燕把手松开，笑着说。

"这有什么难的，现在这个时间，我底下的那帮人是不敢跟我这样开玩笑的。那帮组长也一个个正经得很。只有你，又顽皮，又有时间。"

杨燕在我旁边坐下来，笑得跟一朵花似的。我看着她有几分诧异，这些日子没怎么跟她玩，但是却感觉她变了。仔细看了看，又没看出是哪里变了。

"看什么，色狼一样。"杨燕半笑半嗔，眼神妩媚。

我嘀咕着："怎么看来看去就是跟以前不一样了，可是又说不上哪里不一样。"

"哪里变了，我又没整容。"

我再看了看她："是气色变了，人红润了。杨燕，你是不是有什么喜事啊？"

"怎么说我有喜事呢，都在一个车间里上班，哪会有什么喜事。"

"嘿嘿，人逢喜事精神爽嘛，你升了助拉，还不是喜事？你还没有请我吃糖呢。"

"吃个糖算什么，我要请你吃饭呢。今天晚上八点，下班后在聚湘缘餐厅，请你吃饭怎么样？"杨燕落落大方地说。

"啊，不是吧，你还来真的啊？"尽管有人请吃饭，可是想到杨燕的工资也是辛苦挣来的，不忍心宰她。

"当然是真的，今天请客，你、华丽、程颖颖，还有陈咏梅，都去！"

听到杨燕这么大张旗鼓请客，我有几分不信，小妮子不是骗我吧。杨燕笑着说："你去了就知道了，管那么多干吗？说起来我还没好好谢谢你呢，要不是你，我还升不了助拉。"

"别这么说，我哪有那么大的权力啊，你要谢就谢陈咏梅吧，是她一手提你的。"

"那天你们说话，邹娟听见了，她全都告诉我了，可不是得谢谢你。"

程颖颖走过来，听见我跟杨燕的对话，插进来："叶子姐，你就放心吃她一顿吧，这家伙拍拖了，一颗糖都没买。加上升职，吃她一顿是不过分的。"

"啊，杨燕你拍拖了，是谁呀？我们认不认识？"我一听兴趣来了，急忙问。

"今晚你来了就知道了。"杨燕神神秘秘地说。

在聚湘缘餐厅，我第一次见到杨燕的男朋友何明凯的时候，诧异世间竟然有这么斯文害羞的男生。何明凯长得其实不是很帅，但是看起来文静而有教养，一见面，我就对他倍有好感，心里想，杨燕的眼光还是不错的。看得出来，一同去吃饭的陈咏梅、高华丽、程颖颖也对何明凯的印象非常好。程颖颖故意说："杨燕，找了一个靓仔就藏起来，是不是怕被我们抢走啊？"

杨燕的脸有些红："才不是呢，要是我藏起来，会请你们来吃饭吗？"

陈咏梅笑着说："年轻就是好啊，无忧无虑，谈一谈恋爱是不错的，唉，真后悔以前没有好好谈一谈恋爱。"言语之间，透出对爱情的向往。

"阿梅，你现在也可以谈呀，哪里就老了，都还没结婚呢。"我接过陈咏梅的话说。

"就是，什么时候阿梅谈男朋友了，也请我们吃一顿。"程颖颖说。

杨燕反击了："颖颖就是馋，除了吃，你就不用想别的了。"

程颖颖笑着还没有开口，陈咏梅就叹了一口气："别说是现在没有谈男朋友，就是谈男朋友了，也没有谈情说爱的心了，真是羡慕你们啊。"

高华丽说："阿梅，谈男朋友不是谈情说爱，那干吗，还不如不谈呢。"

陈咏梅说："结婚啊，你想我都那么大了，找男朋友的话肯定是比我还大，不结婚，难道还再谈个三五年？"

我知道，陈咏梅是看到比自己小那么多的杨燕和何明凯出双入对，而自己的另一半却还不知道在哪儿，心里不用说五味陈杂，既失落，又心酸，既羡慕，又无奈。我想着，不知道会不会将来也跟陈咏梅似的，自己能看上眼的男生却看不上自己，能看得上自己的男生自己又看不上，青春蹉跎，最后嫁人都难。

程颖颖笑着说："阿梅，你不用急，现在你还是单身贵族，还有很多机会，怕什么。"

陈咏梅苦笑："嗯，说好听一点是单身贵族，难听一点就是剩女，剩下没人要的。"

我安慰着说："怎么是剩下没人要的呢，只是你的白马王子还没出现。"

高华丽转移了话题："现在我承认了，杨燕的眼光确实不错。嗯，何明凯，你在哪个部门上班啊，我怎么没见过你？"

何明凯坐在我们中间，微笑着安静地看着我们一群女人七嘴八舌，听到高华丽问他，便礼貌地说："我在成品仓库上班，对了，各位想吃什么自己点。"

杨燕接口说："他是成品仓库的组长。"

我猜杨燕说出何明凯的职位，是生怕我们看不起她。女孩子多多少少都有一些虚荣，找一个普通的打工仔那是一件很没面子的事，至少也是有职位的吧。我没点破她，想来在座的人也心知肚明。菜谱在手，还是先点了菜再说。

大家都很给面子，没有点很贵的菜，平时粗茶淡饭惯了，难得上一次餐馆，不好意思把她当肥羊宰，点的都是一些家常菜。

程颖颖点了一个小炒肉，忽然问："何明凯，你在成品仓库上班，平时应该能接触到很多女孩吧，你以前谈过几个女朋友？"

程颖颖的话一出，我吓了一跳，这样问未免太直接了吧。杨燕却看着何明凯，笑吟吟地等他回答。何明凯脸上有一丝尴尬，抬头看着杨燕的笑脸："没有，杨燕是我第一个女朋友，在这之前，我没谈过。"

"这样啊，对不起啦，我问得直接了一点，不过杨燕是我的好朋友，你一定可以理解。"程颖颖笑了笑，若无其事地喝了一口茶。

"那是，你们都是杨燕的好朋友，问什么我都不会介意的，我还想以后要是杨燕跟我闹别扭了，你们可以帮帮我呢。"何明凯说。

高华丽说："你现在就想着以后会闹别扭，哪有这样的，才刚开始在一起就想着以后闹别扭了。"

陈咏梅点点头："不错，思想还挺成熟的，这世上哪有不闹别扭的情侣，哪有不吵架的夫妻。"

"上菜了，来来来，大家吃菜吧。"杨燕热情地招呼着我们。

程颖颖边吃边问："何明凯，刚才你说问什么你都不介意，是不是真的？"

"当然是真的。"

"那，我想问，你是属什么的，老家在哪里？"程颖颖一副打破砂锅问到底的姿态。

高华丽笑着说："颖颖，你是查户口啊，这么多问题。"

陈咏梅说："当然要问清楚了，现在他跟杨燕在谈朋友呢，要是基本的信息都不清楚，他哪天一声不响跑了，连找的地方都没有。"

何明凯说："我跟杨燕是正正经经地谈朋友，我不瞒她任何事。我今年20岁，老家在四川，杨燕那里有我家的地址和电话，不会找不到我的。"

"应该这样，应该这样。"高华丽说，"这不是过家家，玩一玩就散了，何明凯，看样子你想得挺远的。"

"刚20岁呀，杨燕，只比你大一岁，会不会太小了？"我想了想，轻声说。老实说，我总是觉得恋爱不是游戏，还有很多义务和责任，一个20岁的男孩，你不能指望他有多丰富的处世经验，有多稳重的性格。

陈咏梅说："叶子，我跟你一样大的时候也是这么想的，所以到现在还没男朋友。现在我不这么想了，20岁也很好啊，两个人年纪差不多，刚好能谈到一起去。"

杨燕吃着菜，瞟了何明凯一眼："我觉得还可以，他对我挺好的。"

一顿晚餐便在这谈谈说说间过去了，何明凯始终是一副安静斯文的样子，而我们对他的印象也非常不错。我们都不知道的是，每个人都披着一张画皮，直到后来，我们才认识到何明凯的真面目，才真正明白了老祖宗所说的"知人知面不知心"。

过了几天，晚上下班的时候居然在我们那栋楼里碰到扛着大包小包盆盆罐罐的何明凯。我有一些诧异，他怎么会在这里。何明凯看到我跟我打了一下招呼，我便问他："你是要搬家吗？要不要帮忙？"

何明凯满头是汗："我搬到这栋楼来了，听说你也在这栋楼住啊，那就帮我拿一下这个桶。"

我帮他把桶提上，一起上了楼："你住几楼？"

"我们住五楼501，听杨燕说刚好在你们的楼下。"

"你们？你跟谁一起住呀？"

何明凯笑了笑没说话，我便问："杨燕呢，她知道你搬房子吗？"

"她在屋里收拾东西呢，屋里太乱了，下脚的地方都没有。"

来到501，果然看到杨燕挽起袖子在收拾着房间，看到我们进来，怔了一下，然后红着脸不好意思地说："叶子你来了，还帮我们搬东西，对不住啊，屋里连水都没有。"

"帮你们搬东西，哦，你们，你们要住到一起！"我难以掩饰我的惊讶。

杨燕的脸更加红了，嘴动了动，却什么都没有说。倒是何明凯大大方方地说："是啊，我们觉得住到一起好一些，可以互相照顾。"

对于未婚同居，我倒不是反对，大龄男女同居还是可以接受的，只是这两个人，男的20岁，女的19岁，未免也太小了一点。其实两人同居就等于组成了一个小家庭，如果年龄太小，出了问题，谁能负责，谁来承担？

当然我也不好意思明打明地跟他们发表我的意见，两人正是热恋的时候，现在说什么恐怕他们也听不进去。我看着杨燕涨红的脸，便不再追问，对她说："要是忙不过来，跟我讲一声，我可以帮你收拾。"

杨燕说："不用不用，怎么好意思让你帮忙呢，等我把这里弄好了，你来吃饭。"

"你们要做饭吃啊，那我算是有口福了，以后天天来你们这里蹭饭吃。"我笑着说。

"好啊，欢迎你来，以后我们做了好吃的，一定叫上你，不会吃独食。"何明凯插进来说。

"那你们忙，我先回去了。"

从杨燕房间里出来，回到屋里就把这事当一个大新闻讲给高华丽听。高华丽笑着说："同居就同居呗，有什么新奇的，你没看见外面那些小姑娘小男孩，一个个十六七岁就同居了，真是少见多怪。"

"这要是换在老家，那些左邻右舍三姑六婆在背后指指戳戳，口水都能把你淹死，这是让父母蒙羞的事呢。"

"也是，家里都是很保守的，我妈妈就老是吓唬我，说解放前女孩子跟人同居，要被浸猪笼的。不过现在已经是 21 世纪了，大家都见怪不怪了。"

"见怪不怪才可怕，我觉得女孩子到底是女孩子，自己要知道自爱，就这样跟人同居了，万一以后又没有在一起，还怎么嫁人？"

"叶子，我一直还以为你是一个思想开明的人，今天我才知道，你跟农村里的老古董没什么差别！我就奇怪了，你也在外面那么久了，怎么还是解放前的思想。"

"思想开明，你认为思想开明就是赞成一群小屁孩同居？你只看到那些人同居了，那你知不知道深圳有多少未婚妈妈，医院里多少人做人流？"

高华丽笑着："行了行了，在这里演讲没用，你以为我不知道那些事，跟我们有关系吗？再说下去就要吵架了。"

我听了也笑了笑，口气已经缓和下来："华丽，还记得前年我们刚进厂的那会儿，有个小女孩连自己怀了孕都不知道，结果在五楼厕所里生下一个婴儿。"

"哪会不记得，那时厂里给我们一人发了一个小本子，上面印的内容可丰富了。"所谓的内容丰富，无非都是一些男女的生理结构，如何避孕之类的东东，看得人脸红心跳。

"你说那个小女孩多惨哪，自己都还是一个孩子，就成了孩子他妈了，不敢想她以后会怎么样。"

"你呀，就是瞎操心，管那么多干吗？反正……"

"反正又跟我们没有关系对吧，可是杨燕是我们的朋友呢，怎么就没有关系了？"

"杨燕跟何明凯，都是看过那本《青春健康与卫生》小册子的，这一方面，他们肯定比你还懂啦。"高华丽"哧哧"地笑着。

不管我心里对杨燕跟何明凯同居持怎样的意见，反正他们是住到了一起，平时同进同出，恩恩爱爱。杨燕宛然一个沉醉在爱情之中的小女人，在不大的一个小套间里摆上了一套炊具，从里面盛出了一碗碗热热的汤，香香的菜。作为她的邻居，我跟高华丽都跟着沾光，隔三差五被叫去喝点汤，改善改善伙食。

26. 工作之外的理智与情感

治病的时候，吕小珍很少来找我的麻烦，不知道是经理关胜平教育过的缘故，还是薛松在例会上问起我的病情让她心有顾忌，或者兼而有之。反正我有了一段比较轻松的时间，那些非人的待遇总算少了很多。加上脸上的病一天比一天见好，心情好了很多。下班后哼着一首歌走进华开的书店，阿眉看到我便笑着问："叶子，今天是不是有喜事呀，怎么这么高兴？"

我跟华开认识了一年多，跟他底下的阿眉和张秀婷早已混熟，有很长一段时间我忙着自考没来书店，后来阿眉居然跟我说很想我呢。看到眼前阿眉的笑脸，我心情加倍的好，拉着她的手转了一圈："我没有喜事，但是你不觉得这个世界很好吗？"

阿眉的手被我拉着、转着，却闷闷地说："世界有什么好，我怎么没感觉到呢？"

我随口胡扯着："你看哪，有蓝天白云，有红花绿草，怎么不好了？"

阿眉甩开我的手在我头上敲了一记："醒一醒，现在已经是晚上，哪里来的蓝天白云！"

我跟阿眉正闹在一起，华开走过来："叶子，你来了，稀客啊。"

"我前几天不是刚来过吗，怎么就成稀客了？"

"我记得刚开始你可是每天都来，现在要见你可不太容易了，怎么升官了就忘了这个贫困之交了？"

"你贫困？那我就成叫花子了，怎么说你也是一个老板，比我这个打工的可强上了百倍。"

华开笑着，露出那口白牙："一个小老板，比打工的没强到哪里去。"

"老板再小，也是老板，打工的怎么说都是替人卖命的。以前孟子说，劳心者治人，劳力者治于人，现在是资本当道，谁有资本谁治人。"

"我那些资本算什么，等以后你做老板了，你就会发现老板不是人做的。"

"这可奇怪了，老板不是人做的，难道是木头做的？面粉做的？"我故意曲解着说。

华开没有说话，我看看他的神色，有些着急的样子，便说："要是你有事，那你忙去，我自己随便。"

华开向我抱歉地说："我现在有点忙，没空跟你聊，你自己去翻翻书，看中哪一本可以带回去看。"

"那你忙去吧。"我急忙说，华开点点头便走开了。

我也不以为意，反正也很熟了，就自己到店里转了一下。也没看到很感兴趣的书，便坐到阿眉旁边，去翻柜台上的杂志。一边翻，一边漫不经心地对阿眉说："阿眉，好奇怪哦，张秀婷怎么没见，她不在这里干了吗？"

阿眉整理着柜台上的书："她这阵子没上班。"

"没上班？她怎么了，不会跟我一样，也病了吧。"

"她没生病，哦，不，是病了。"

我听了觉得好笑："到底病了还是没病，怎么连这个都说不清楚。"

阿眉停下来，目光复杂："不知道怎么说，她那个不算是病，但是又得跟病人似的休息。"

"这是什么嘛，哪来这么奇怪的病？"我小声嘀咕着。

阿眉附在我耳朵旁小声说："她怀孕了。"

"啊？她不是还没有男朋友吗，怎么就怀上了？"我问。

"嘘，小声点，你要死啊，那么大声。"阿眉把我的嘴捂起来，左右望了望，才松开手。

没有结婚就怀孕，这不是什么光彩的事情，我想了想，便小声问："张秀婷现在怎么办，那孩子的爸爸是谁，她要不要把孩子生下来？"

但是我这一堆的问题又给阿眉的嘘声打断了，我一看，却是华开匆匆忙忙走进店里。华开看到我便向我直走过来。

"叶子，想问你一个事。"华开客气地说。

"什么事呀，你就直说吧，那么客气干吗？"

"你这个星期下了班以后有没有空，能不能过来帮我看一下店？"华开字斟句酌地说。

"你这里人手不是够了吗，我怕我来了碍手碍脚的，帮不上你什么忙，还给你添乱。"

"现在就是人手不够，我才想请你帮一下忙的，也不会占用你很长时间，下了班以后过来就行了，怎么样？"

我想了想，华开跟我相识已久，一直对我有求必应，平时我也没少看他的免费书，现在他让我帮点小忙，礼尚往来，怎么样也要帮他的。"好吧，我下了班就过来看看，但是我担心自己帮不上什么忙，丑话说前头，要是给你添乱了可别怪我。"

"肯定不会添乱啦，让阿眉跟你讲一下就行了。"华开便对坐在另一边的阿眉说，"叶子到这里来帮忙，主要是出租的书登记和收款，我们不在店里的时候帮看一下店。你跟她讲一讲我们这里的书是怎么卖的，我先走。"

华开对阿眉叮嘱了一番，便离开了。我看着华开的背影，便对阿眉说："你老板怎么这么好，张秀婷怀孕了就不让她上班，要我来帮忙。"

阿眉扯着嘴角笑了笑："张秀婷肚子里的孩子就是他的，他能不好吗？"

"什么？!华老师不是说他家里有老婆，孩子都上高中了吗？怎么……"我难以掩饰我的震惊，声音一下提高了八度，然后又意识到什么似的压低了声音，"怎么他还跟张秀婷搞到一起去了？"

"这事，你得去问他们两个，我怎么知道。"阿眉白了我一眼。

"那你的老板娘，也就是在老家教书的那个，她知道这事不？张秀婷现在是不是想让华开离婚？"

阿眉低声八卦地说："张秀婷跟我说华老师还不能离婚，他儿子现在是高二，明年就高考了，现在离婚肯定对他考大学有影响。她自己是想把孩子生下来的。"

"哦，要是把孩子生下了，那很难入户口，她家里不把她骂死才怪。"

"她家里的人已经来过了，听说是她哥哥，被华老师拿了五千块钱打发了，屁都没放一个。"

"啊？她家里人居然这样看得开呀。"

"好了，不说这些了。你到这里来帮忙，就要知道我们这里的书是怎么卖的，我先跟你讲一下吧。"阿眉说着，拿出一张纸给我写下来。无非是新书怎么卖的，旧书是怎么卖的，正版的一定是原价，盗版的可以打六折，新杂志按原价卖，旧杂志两块钱一本。来租书的先交 10 块钱押金并登记，租金五毛一天等等。我一看就明白了，便问她："我在这里看店，那你们做什么？"

阿眉说："我们去收书，各个学校学生毕业时都有很便宜的书，我们收上来，再卖出去。"

"喔。"我听了大致知道了这个书店是怎么运作的，但还是有些不明白，"新闻出版局的人不是管得很严吗？这样做会不会把店给封了？"

"你在这里两年多，你看过我们的店被封过吗？那都是拉好关系的，送送礼就行了。"阿眉看着我，肯定觉得我天真之极。

第二天下班去书店，阿眉跟我交接了一番才跟华开一起出去。他们这一走，这个店算是交给我看了，在钱款和账方面一定要记清楚，要不就辜负了华开对我的一片信任。

我仔细把每一本书和杂志卖出去的时间、数目都记清楚，所收和租金也一项一项记好。正忙的时候张秀婷走进了书店。

张秀婷穿着一身黑衣，显得瘦弱苍白。我特意瞄了一下她的肚子，倒看不出什么异常来。张秀婷看到我笑了笑："还忙得过来不，要不要我帮忙？"

我是第一次跟孕妇打交道，慌忙说："不用不用，你回屋里去吧，外面的空气不好，到处是烧烤的，你回去休息吧。"

张秀婷一怔，讷讷地说："你知道我的事？"

猛然间我发现自己犯了一个错误，对于一个没结婚就怀上孩子的姑娘来说，最忌讳的当然就是当面提她怀孕的事。我不好意思地干笑了声："嗯，也没什么事，我，我……""我"了半天都没"我"出个所以然来，急急转移了话题，"你先坐下吧，喝点儿水，我给你倒水去。"

说着急匆匆拿了纸杯到饮水机上接了一杯热水，我边接水边想，怀孕的又不是我，我紧张什么呀？又一想，其实也不是紧张，而是怕张秀婷追问我怎么知道的，要是她知道是阿眉把这个八卦事件透露给我的，她找阿眉算账怎么办？

拿着水杯过去，张秀婷已经坐了下来，接过我的水说："谢谢。"然后便去看我所记的账，俨然是一个老板娘的派头。我知道她不放心我，也不以为意，对她说明着："钱我全放在抽屉里，你点点，看看数目对不对得上。"

张秀婷看了看："不用点了，我也只是看一看，不是来查岗的。"

"你喝水吧，水凉了不好。"

张秀婷拿起水杯喝了一口："你不要把我当个病人似的，随意就好了。"

"呵，我没把你当病人。对了，秀婷，前一阵子我在厂里的录像厅里看了张曼玉演的《甜蜜蜜》，很好看，你看过没有？"我不动声色地转移着话题。

"《甜蜜蜜》？听说过，可是没看过，张曼玉演的《花样年华》看过，还可以吧。甜蜜蜜，别人都是甜蜜蜜的，可是没有我的份儿。"张秀婷苦笑着说。

我不知道该怎么接话了，便沉默着。张秀婷看着我僵在那里，笑了笑："没事，你不用顾忌什么，不错，我是怀孕了。"

张秀婷把话一挑明，我反倒轻松起来："几个月了，吐得厉害不？我听说刚开始会吐得很厉害。"

"还好，就是闻不得油烟味，闻到了就想吐，吃得也不多，肚子胀胀的，什么都不想吃。"

"你现在瘦了很多呢，不管怎样都要努力吃胖一点，孩子也是需要营养的。"我关切地说。

张秀婷听了我的话，怔了怔，脸上的表情不知是喜是悲。正好一个顾客过来租书，她就把书拿过去登记了。等顾客走远，她忽然低声地说："这孩子能不能要，现在我还在想，你说，我能生下这个孩子吗？"

我听了觉得很为难，想了想便说："从感情上来讲，我赞成你把孩子生下来，这毕竟是一个生命，大人千错万错，但是孩子没有错；从理智和现实来讲，我反对你把孩子生下来，这毕竟是一个孩子，不是养一只阿猫阿狗。"

张秀婷见我说得认真而诚恳，便跟我推心置腹地说："我现在也很矛盾，我从来都没有想过要做第三者，我还很痛恨那些第三者，没有想到一不小心，自己也做了一个第三者。我猜你跟阿眉都很瞧不起我，我自己也瞧不起自己呢。"

"没有，其实我跟阿眉只是替你觉得不值，哪会看不起你。秀婷，说实话，我都不知道你是怎么想的，华老师比你大那么多不说了，还有家有室的，在一起了有什么意思吗？"

张秀婷低着头久久没有说话，好一会儿才抬起头来幽幽地说："其实我也不知道怎么就陷进去了，华开，可能是相处久了，自然而然，一切就发生了。"

我无法指责她什么，甚至对她连一丝的鄙视都没有，只觉得她是那么的可怜，她的命运，说到底还是捏在华开的手里。我想起华开的老婆，她也是可怜的人哪。辛苦地给华开带孩子不说，两地分居那么久，等来的却是自己男人的背叛，这份伤害，比谁都深。

张秀婷见我不说话，加上街上的行人越来越少，就站起身来对我说："时候不早了，华老师跟阿眉应该也快回来了，我还是先回去吧。"

"那你慢点，路上小心点，现在那些人走路都急得很，碰到了就不好。"我送她出门，叮嘱着说。

"知道了，你进去吧，我自己回去。"张秀婷跟我挥挥手，转身便走了。

过了一会儿，华开跟阿眉一人踩了一辆三轮车回来。华开看到时间已经不早，让我先回去。我把所收的钱款和账目给华开，华开看都没看就放进了抽屉："不用对了，我相信你。"

我说："既然这样，以后账目对不上，别找我，我可是丑话说前头了。"看到华开信任我的样子，我还是加上了一句。华开笑笑说："回去吧，别太晚了。"

一连两天，我都到华开的书店里帮他看店。第三天去书店里，只有阿眉在，她跟我讲今天不用帮看店了，让我放一天假。

"那华老师呢，怎么没见到他？"我问。

阿眉左右看看，没人，压低声音说："华老师在房里给秀婷煮东西，在伺候秀婷呢。"

我也压低声音说："华老师现在准备要这个孩子，跟他老婆离婚，然后娶张秀婷？"

"哪儿呀，就在今天上午，张秀婷到医院做了人流，现在正保养呢。"

"哦——孩子打掉了，这也好，不然她自己难受，以后孩子更难受。"听到这个消息，我倒是松了一口气。

"你不知道，秀婷开始一点都不愿意打掉孩子，华老师好说歹说，她都不愿意，但是昨天她不知道怎么的，就想通了，让华老师陪她去医院做人流。"

我听了笑了笑："人家想通了就对了呗，其实张秀婷还真是傻。"

"华老师一个老男人，有家有室有孩子，秀婷还会爱上他，确实傻。"

"其实关键不在于秀婷爱上谁，她的性格原本就有缺陷，爱上谁，说不定结果都一样。"

"怎么说？"

"秀婷，她性子里就有些依赖别人。其实到了这里，早该认识到我们唯一能依赖的，只有自己。"

阿眉怔了怔，好一会儿才喃喃说道，"是啊，我们唯一能依赖的，只有自己。"然后抬眼看着我说，"我不记得哪本书了，里面有一句话，至今记得：女人一定要独立，人格独立，情感独立，经济独立。这里边最重要的，就是经济独立。不过我倒觉得人格独立和情感独立也一样重要。"

阿眉轻轻的几句话顿时让人对她刮目相看。她跟张秀婷所处的环境相同，但是遭遇却大为不同，看来是有秀婷所不及的见识。又或许，这就是性格决定命运吧。

27. 搞办公室政治，我还太嫩

晃眼间一个月便过去了，脸上的病已经全部治好，工资发下来，我先把薛松和陈咏梅的钱还上。自考的成绩出来了，果然如我所想四门全部合格。这样算起来，不到一年的时间我过了六门，坚持下来，再要个两年，我就可以拿到本科毕业证了。

但是吕小珍却有旧病复发的苗头。前一阵子消停了一点，最近又有一些神经质了，不时到产线找一下我的麻烦，只是口气已经没以前那么强硬。对于她，我是一点办法都没有，她一直都是我心头上的刺，只要有她在的地方，总会感到不自在。

我站在产线，看着一排排认真作业的员工，心里却在琢磨怎样才能改善我跟吕小珍的关系。这时，程颖颖急匆匆走过来，站在我旁边不动了，然后怯怯地叫："老大——"

"嗯，"我回过神来看着程颖颖躲躲闪闪的眼神问，"什么事啊？"

"老大，我们线刚刚给 IPQC 开了一张单，是员工没戴好静电带。"程颖颖低着头说。

"那你有没有跟 IPQC 讲一下，让她不要把单发出去，我们写一个预防纠正措施就行了？"

"我跟她讲了，她说不行，以前已经让我们写过了，这次不管怎样都要把这个稽核单发出去。"

"你现在去把产线所有的静电带都认真检查一下，叫那个违纪的员工写一份检讨，我去找 QC 讲一讲吧。"

于是我便去找开单的 QC，就像程颖颖说的一样，那个 QC 是铁了心，不管怎样都要把这个单发出去。没办法，只好又去找 QC 的领班郝梦真。郝梦真一副公事公办的神情："这事既然出来了，就到品质检讨会上去检讨呗，以后做好就行了。"

我拿着这张稽核单急得团团转，现在能找的人都找过了，还是一点办法都没有。文件规定这个单必须在 24 小时之内逐级签名到经理处并且发回给品质部，然后在周末由品质部经理主持的品质检讨会上，由相关责任人做报告。做报告我倒是不怕，问题是要逐级签名到经理处，这关难过。别的不说，吕小珍的脸色就够难看了。

我到陈咏梅那里问了一下，她们的产线这两天也接了稽核单。陈咏梅说："听说品质部这个月在评绩效，那些个 QC 都在死劲开单，她们发现的问题越多，绩效就越高啊。"

我听了放弃了再找人说情的念头，事关一个季度的绩效，相信也很难说得通。还是趁着没有下班，找主管签名去。

如果不巡产线，主管一般都会在车间那一排电脑前面办公。我找过去，果然在那里找到了吕小珍。我站在她旁边，咬咬牙，不管了："主管，我们今天接到了一张稽核单，是员工静电带没戴好。"

吕小珍回头看了我一下："把那张单给我看一下。"

我把单递过去，吕小珍接过看了看："上次我就说过，让你注意一下这方面的事，一点记性都没有，你看，这个问题就出来了吧！"

我低着头站在那里，早就预料到她会发飙，要骂就骂吧，只要她给我签字就行了。

"这个事情出来了，你采取了什么对策？"吕小珍口气一变，问起来。

我早有准备，马上说："问题出来了，我把产线所有的静电带都检查了一遍，违纪的员工也教育过了，正在写检讨。这个事情是我不对，平时没有教育好员工。"作为一个领导者，你的员工永远都没有错，出了问题，千错万错那都是你的错。领导者的第一个要务，就是责任承担。赵响对我说的话一句一句在我脑中响起来。

"这张单我不能签，这周我已经签了好几张单了，你去找一下相关的QC，求一下情，看能不能把这张单消了。"吕小珍听了语气缓和下来，但是却拒绝签单。

"可是我已经找过人了，郝梦真说这张单不能取消，有问题就要改善。"

"那你再去找找她，一定要把这张单取消掉。"吕小珍说着把单给回我，"去吧。"

我拿着单，眼巴巴望着吕小珍。吕小珍掉头去看邮件，再也不理我。我只好拿了单垂头丧气一步一步走到产线。程颖颖看我拿着签单回来，马上迎上来："怎么样，这张单签了没有？"

我摇摇头："她让我去找QC把这张单给消掉，怎么办吗，烦死了。"

程颖颖在我面前检讨着："都是我不好，早上没有好好检查，我觉得都没脸见你了。"

我忽然意识到程颖颖不但是我的朋友，更是我的下属，对朋友可以相互倾诉工作上的烦恼，但是如果把这些烦恼跟下属说了，只会引起误会。想到这一点，我马上安慰她："你已经做得很好了，在我这里是第一次出这问题，在产线上谁能保证一点问题都没有呢？没事，我再想想办法吧。对了，有时间你就在产线上督导，有问题马上排查吧。"

"我知道了，那我忙去了。"

我看着程颖颖的背影苦笑，在她面前我信心十足地说再想想办法，其实哪里有什么可想的办法？不管怎样，再去找找郝梦真，看她能不能给我个情面吧。

当然也不能就这么去找她，得先仔细考虑好说辞，便把前前后后要说的话理一理。我想她应该会被我说动吧。

可是郝梦真一见我，马上就说："叶子，你要是跟我讲取消稽核单的事，免谈，我不会听。其他什么事都可以谈。你说单我就翻脸！"

一句话便把我所有的话都堵在了肚子里，只能灰溜溜地走了。

眼看着时间一分一秒过去，主管们都快下班了，我还是一点办法都没有，只好再去找吕小珍签名。吕小珍这次看都没看我一眼："这张单你自己搞定！

我让你去找人，你到底找了没有？别来烦我！"

又是一个闭门羹，我无奈地叹了一口气，实在是没有别的办法，再下去我就要崩溃了。

晚上下班想起那张单，我吃也吃不好，睡也睡不好，都不知道应该怎么办。第二天早上，郝梦真看到我便催我："叶子，那张稽核单你们主管签了没有，你们回复的时限到了。"

我的头都大了，捏着手里的单，恶向胆边生："我们主管不愿意签单，这张单你们拿回去吧，我自己是已经签过名了。"说着把单递给她。

郝梦真把单接过来："不愿意签单，那就不用她签了！"拿了单便急匆匆走了。

我当然不会天真地认为事情这就完了。郝梦真拿这个单，如果她要整我们生产部，完全可以大张旗鼓地发一个邮件给吕小珍，质问她为什么不签名，再抄送给所有品质、生产、工程各部门的头头儿。那样吕小珍完全罪责难逃，当然她也可以说没看到单，我没给到她，把责任推到我头上来，但是公司的文化是领导责任制，下属没有错，错的只有领导，她也不会好到哪里去。而我是受够了，大不了鱼死网破，你让我难过，那你也别想过得舒服！

要是郝梦真不想整我们生产部，那就只有把这张单挂到品质检讨会议程里，到时各部门的头头儿都在，众目睽睽之下，她也得站出来为这件事做一个解释，也别想好过到哪儿去。

我把单给了郝梦真，静静等着结果，等着吕小珍雷霆万钧的怒火，还有课长、经理的问话。奇怪的是过了整整一天，居然毫无动静。我想还是找一找郝梦真，问一问，心里也有个谱。

"我本来是想发邮件出去的，但是我老大说还是算了，把它挂到品质检讨会的会议议程上算了。"

"那这个会议所有的内容会不会事先发邮件出来。"我确认着。

"我们会发一些主要的东西出来，但是一些细节方面的，比如说哪张单，是不会发出来的，我们老大说了，不要影响两个部门的团结。"

"那你会告诉吕小珍吗？"

"谁会告诉她？跟你讲吧，我早就看她不顺眼了，你那张单本来我就是想整她的，要不是老大拦着，我早让她出丑了。"

我听了放下心来，还是不明白："呵呵，你什么时候跟吕小珍结上仇了？"

"这事说来话长，跟你讲讲也没关系。上次王丽苹产线一周都没有出货的事你知道吧，那件事中最讨厌的就是她了，一天到晚跟我唧唧歪歪，我看这车间里就她肚子里坏水多。"

我听了还是不明白吕小珍怎么"唧唧歪歪"就把郝梦真得罪了，也就揣着糊涂装明白，反正只要她事先不告诉吕小珍就行了。

再有两天就是品质检讨会，在这个会议前，我得先把所有能准备的东西都准备上。我预测着每一个对我不利的因素，并且一一想好对策。再把这两天找她签单的时间、地点以及说过的话，整理成一个报告，以备应急之需。我不打没准备的仗，也不打没有把握的仗。这一次，我得让吕小珍学会怎么尊重别人。

我想如果吕小珍还关心这张稽核单，这两天来问我的话，我还是会告诉她，让她去做补救措施。可是这可能吗？以我对吕小珍的了解，只怕她早抛到九霄云外去了。

周五下午六点的品质检讨会按时在部门的会议室里举行。我强作镇定，端坐在会议室最后的椅子上。会议室里椭圆形大会议桌上的座位是轮不到我们这些小虾米坐的，那是生产、工程和品质部经理们的位置。大桌子后面的位置是主管们的位置，只有在最外围才是组长的位置，工厂里等级森严，在这个会议室里可见一斑。

我签了到，看着这所谓的品质检讨会按程序进行着，主要是各种产品KPI（关键业绩指标）、DPPM（不良品比率）、Cost Down（成本降低目标）达成情况，到最后才会检讨本周所产生的稽核单、重工单。我看着前排的吕小珍，心中安定下来，她肯定还不知道有这样的一张单吧。这两天如我所料，她并没有找我过问那张稽核单的事。

"下面我们将一项一项检讨本周所有的稽核单，请相关责任人做好准备。"会议的主持是品质部的课长，四川腔普通话让人觉得别扭。我的背脊不由得挺起来，全神贯注盯着。

"这里有一张稽核单，是员工静电带没戴好，责任组长是叶子，但是责任主管吕小珍拒绝签名。"主持人的话音刚落，吕小珍神经反射性地跳起来："我没有拒签单，我根本就没有看到那张单！叶子，你给我说清楚，这是怎么回事！"

我也站起来，一脸无辜："我给你了呀，求了你几次，让你签名你都不肯，QC 就把这张单拿回去了。"而事实也是这样的。

"那你为什么不告诉我那张单给 QC 拿回去了？我并不是不签单，只是想锻炼一下你！"吕小珍咄咄逼人。

我畏畏缩缩但是却清晰地说："我不敢去找你啊，每次我找你，还没有开口，你就先骂我，我怕……"

整个会议室里鸦雀无声，所有的目光都集中在我们俩的身上。关胜平脸上挂不住了："这事回去我调查清楚，给大家一个解释。现在我们先检讨下一项的内容吧，不要影响会议进程。"

两三句话，便把这件事在会议室里消于无形，而我之前所有精心准备好的台词全部没有发挥的机会。我坐了下来，看着大家专心开会，心里有些沮丧，这跟我之前想的让吕小珍在所有经理面前大大出一次丑的情形相差太远。

多年以后再回想起来，才知道当时年少冲动的我在这件事情上犯了一个关键性的错误。没有任何一个经理在这样一个公众场合任由自己的下属出丑，所谓家丑不可外扬。如果在内部，关起门来怎样解决都没有问题。所以关胜平制止了我们，这事换成任何一个经理都会这么做的。

28. 跟主管作对都没有好下场

会议结束了，果不其然，关胜平在第一时间找到了我跟吕小珍。我小心翼翼跟在关胜平和吕小珍后面，来到生产部的大办公室。其他职员都是在一个个小小的格子间里办公，但是关胜平办公的地方，却是在这个大办公室最后面的小房间里。

一路走，一路想，我知道，这次如果在关胜平面前过不了关，不但吕小珍会继续嚣张下去，而且还面临着处分的可能，在这个厂，前途算是毁了。我摸摸随身带着的软抄笔记本，里面有我前天写好的关于这件事的报告，心里踏实了一些。

关胜平把我们引进小房间，然后把门关严——事情私下解决是最好的。他坐到办公桌后面的皮靠椅上，严肃地看着我和吕小珍。而我们站在那里各怀心思，都是大气不敢喘一声。

半晌，关胜平开口了："怎么回事，管理是越来越乱了，你们的胆子也越来越大了，接了稽核单都敢拒签了！"

吕小珍小声说："我确实是没看到那张单，我也不知道是怎么回事，这要问叶子。"

关胜平把手重重往桌子上一拍，厉声说："你好意思这样说，你作为一个主管，连底下出了问题都不知道，要你这个主管干什么！"

我是头一次看到关胜平这样大动肝火，吓得冷汗直冒，吕小珍更是面无人色。我一下明白了，在关胜平这次审判中，我有很大的优势。抛开吕小珍是责任主管应该承担问题不说，上次吕小珍在产线上剋我的时候早就给关胜平留下印象了。吕小珍如果聪明的话，在这种场合就应该大包大揽，把一切过错兜在自己身上，或许还能让关胜平的气消掉。

但是不幸的是吕小珍选择推卸责任，作为一个经理，没有谁愿意看到自己的下属推卸责任，这怎么不让关胜平生气？

关胜平铁青着脸，怒气冲冲地站起来，在办公桌周围转着，像动物园里关着的老虎。我毫不怀疑如果这个时候谁再浇上一把油的话，他非把我们生吃了不可。我跟吕小珍都选择了沉默。关胜平转着转着，又坐回那办公桌后面。看上去他已经没那么大的火气了。

"小珍哪小珍，你在这里也做了那么多年，你就不知道那些品管的厉害？上一次出事，也是你那里的，我花了多大工夫才帮你把事情搞定了，你也让我省点心好不好，为什么出问题的总是你呢？"关胜平说着，一副痛心疾首、恨铁不成钢的样子。

这下吕小珍沉默不了啦："关生，这事是我没处理好，让我们生产在会议上丢脸了，对不起。"

"那我问你，这件事情你是怎么处理的？"关胜平貌似恢复了以前的平和。

吕小珍说不出话了，这件事情是怎么处理的，要是说了还不是打自己的嘴巴？吕小珍不说，可能这件事情就会这么过去了。我想了想，便站出来说："这件事情不怪主管，其实还是我没做好，让主管受累了。"

关胜平这才像想起了我似的，便问我："那你说一说事情的经过。"

我便把事情发生的前前后后跟关胜平说了一遍，但是隐去了我去找郝梦真的那一节。最关键的是把我去找吕小珍的地点说清，时间精确到分钟，把吕小珍跟我的对话也说了一遍。我原本是想把那份报告递上去的，那里还更详细一点。但是我又怕给关胜平留下我富有心机的印象，便决定口述，并且尽量少用语气词和形容词，让人觉得不带一点儿情绪。不用说，事情已经写过了一次报告，说起来有理有据，条理分明。

我不带一点儿感情色彩地把事情经过说完，最后说："事情的经过就是这样的，是我不对，我不应该事后不告诉主管的。"关胜平听了一言不发，吕小珍想解释，嘴巴动了动，半天都没发出声音来。

"叶子，你受委屈了，没事，事情过了就算了。"想不到关胜平竟然温声安慰我。我听了鼻子一酸，差点掉下泪来。再怎么坚强，我也只是一个二十出头的姑娘，别人的冷嘲热讽我忍了，吕小珍的百般刁难我忍了，但是一句轻轻的安慰，我却再也忍不住了，很想大哭一场。但是面前站的是经理，可不能哭了丢脸。我喉咙里含混着说："谢谢经理，我没事，再怎么样，我都能坚持。"然后再努力、努力地把眼泪吞回去。

"小珍，不是我说你，叶子是刚升上来的组长，你就是对她的工作不满意，也得耐心一点跟她讲，你看你，有你这样对底下人的吗？你要知道，下属的工作能力不是骂出来的，是培养出来的。我问你，如果我现在把你提起来做课长，你能找哪一个人来接替你的工作？"

吕小珍想了想："陈咏梅吧，她还可以。"

"你扪心自问，你培养过陈咏梅什么？她有什么领导能力？"关胜平逼视着吕小珍，自然就给人一种莫大的压力，这种霸气，我是第一次见识到。吕小珍看着关胜平，在这种压力之下什么也说不出来。关胜平便接着说："我告诉你，心胸有多宽，你的舞台就有多大，你不要怕你的下属超过你，你应该全力培养一些能手，这样你的工作才会越来越轻松。你要把心胸放宽一点，就是哪一个下属超越了你，也应该感到高兴。所谓管理，做到一定的位置，个人能力已经不重要了，重要的是你有没有培养你下属的能力。你这样故步自封，就很难有提升的空间。"

我站在一边，看着关胜平滔滔不绝地侃侃而谈，那份气度跟见识，让我佩服极了。我又想起赵响，想起他曾经跟我讲的，发现一个人才并且培养出来是一件很有成就感的事，这句话跟关胜平说的是异曲同工。想起了赵响，我莫名地就伤感起来。

"小珍，好好培养叶子吧，我看她讲话条理清晰，逻辑分明，应该是一个做事有方法的人。我不希望以后再出这类的事情了，你上次已经记了一次过，这一次我不想再惩罚你。但是——"关胜平的语气忽然一变，变得异常严厉，"但是还有下次的话，你直接走人得了，别怪我到时不讲情面！"

吕小珍的脖子缩了缩，明显是十分畏惧。我低头不动声色地想，以后起码她是不敢轻易来惹我了。

关胜平停了停说："你们两个去吧，今天这件事就到此为止。"

我跟吕小珍如遇大赦，一起从关胜平的办公室退出来。经过这一件事，我们俩算是撕破了脸皮，所以我毫不掩饰我的得意和快乐，把手上的软抄笔记本左甩右甩的。吕小珍轻蔑地看着我，忽然停下来对我一字一句地说："你别得意得太早，我告诉你，在这个厂，敢跟主管作对的人永远都没有好下场！"

我一震，手上的本子险些掉下来。吕小珍说得对，在这个等级森严的工厂里，上司对下属就是有绝对的权威。我故做轻松地笑了笑："那我希望下次你整我的时候，不要让风声传到关胜平的耳朵里去了，不然你不但升职没有指望，就是工作也难保。"

吕小珍盯着我："原来我一直看错了你，我一直以为你是任我捏的一团泥，现在我才知道你是一块石头。"

"你还是错了，以前你把我当一只猫，还是一只病猫，事实上我是会咬人的老虎。"我针锋相对，反正已经撕破了脸皮。

"我倒要看看，你这只老虎怎么咬人！"吕小珍说着头也不回径直去了她自己的办公位置。我脸不改色，从容地从大办公室走出来，回到车间。

也许我出乎意料的强硬让吕小珍措手不及，也许是吕小珍意识到把我逼急了我还真的什么都能干得出来。兔子急了都会咬人，何况是人？总之吕小珍在这以后跟我说话都是客客气气的。我没有放松警惕，知道她是在找我的把柄。感觉两个人的状态就像两只互相对峙着的老虎，都在四处找着对方的命门，不知道什么时候就会迎来对方致命的一击。

也不知道陈咏梅从哪里嗅到我跟吕小珍的微妙关系，一天中午一起去餐厅吃饭，她居然问我："叶子，吕小珍最近怎么啦，她好像有些怕你呢。"

"你说得太奇怪了吧，吕小珍本来就是一个软硬不吃的人，她怎么会怕我？"

"我也觉得奇怪，但是事实上就是这样，以前她天天到你线上找麻烦，现在很少去你线上了。"

"可能是她良心发现，不想再来为难我了吧。"

"吕小珍是什么样的人，我比你清楚，我跟她差不多同时进的厂，以前受过的气可不比你少呢。"

在陈咏梅的口中，我才知道以前有段时间她也被吕小珍整得好惨，幸好薛松护着把她调给了赵响。赵响走后，虽然还是吕小珍管着，但是毕竟是一个老组长了，也不敢对她怎么样。看到陈咏梅跟我坦诚提起这些事，我便把这些天发生的事情都告诉了她。

陈咏梅听了有些忧虑，看到我眉飞色舞说得高兴，提醒我说："不管怎么样，你一定要小心一些，吕小珍这个人的报复心很强。"

"我知道，反正我是受够了，大不了就不干了，我看她能拿我怎么样？"隐隐之中，我早已把陈咏梅当成了我最要好的朋友，对她的信任甚至超过了同住在一起的高华丽。

"唉，我这些天都快烦死了，我妈老是打电话来，让我回去。"陈咏梅说着叹了一口气，愁眉不展的。

"是不是又让你回去相亲啊？你妈操心也太多了吧，可怜天下父母心啊。"

"是啊，没办法，做父母的就是这样，我妈老是担心我嫁不出去。拿着我的照片给了那些三姑六婆，让她们看有没有合适的男孩子。"

"也是呢，27岁也不小了，你妈让你回去，是不是看到有合适的人了？"

"听说我姑姑村里有一个男孩子，中专毕业，也有28岁了，在东莞打工，以前谈过女朋友，后来分手了。现在他家里也急了，四处托人问有没有合适的姑娘。我们那里的姑娘早早就嫁人了，没嫁人的那些都嫌他年纪大。我姑姑一打听，就从中牵线，让两家的老人见了面，都交换了照片。我妈把那个男的夸得像一朵花似的，让我马上回家相亲。"

我静静地听着陈咏梅絮絮叨叨地说着她的烦恼事，便出主意："那个男的不也在广东嘛，反正东莞跟我们这里也不远，就跟你妈说，让他打宿舍的电话联系，这边自己见面就得了。"

"我也想过，可是我想想，没有长辈在场，别扭得很。"

"正因为没有长辈在场，你可以好好考察他一番，男怕入错行，女怕嫁错郎。要是长辈们都在，你又不喜欢他，硬让你结婚怎么办？"

"说得也是，我跟家里说说，看一看吧。"

"那我等着吃你的糖哦。"

"其实我心里也挺矛盾的，有时候觉得一个人也不错，一旦结婚生孩子了，女人的一生也就基本定了，再也没有自由了。可是有时候累了，寂寞了，又真的想有一个人可以靠一靠。"

"别说是你年纪已经到了，想有个人依靠一下，就是我，有时候想家了，受委屈了，也觉得自己孤单寂寞，这个时候要是有一个男人，哪怕对自己好一点也会对他依恋的。"

"但是这些年始终没有这样一个人出现，我自己都在怀疑是不是眼光太挑了，个性太独立了。"

"我觉得一个人，要是真的依赖性很强，肯定会很倒霉，很多事只能靠自己，还是独立一些好。"

吃完饭，两个人一起从餐厅出来，正要回车间，却看到郝梦真跟田娜两个人手挽手走在一起。我诧异地说："她们俩怎么走到一起去了，好像关系很好似的。"

陈咏梅说："我也奇怪呢，这一阵子郝梦真跟田娜形影不离，跟亲姐妹一样，有时候郝梦真连跟王振林在一起也要把田娜拉上呢。"

"哦，田娜肯定是想讨好郝梦真，这样产线的问题就会少很多啊。"

"可能是吧。"陈咏梅笑笑，"看来田娜也很有一套啊。"

"不过田娜这个人，我一点儿也摸不透她，好起来的时候对人好得不得了，不好的时候又让人恨死她。咱们车间里的组长，你稳重，王丽苹直爽，只有田娜的性格捉摸不透。"

29. 精彩的地方，不一定是我的舞台

与吕小珍的矛盾公开化后，我对工厂的一切忽然感到很厌倦。我讨厌生活在那种时时刻刻都提防别人的环境中，讨厌无休无止的争吵、扯皮和算计，而面对现实，又不得不如此。所以去华开的书店次数就多了起来，在这里，起码我是放松的，跟华开谈一谈文学，跟阿眉开开玩笑，感觉是惬意的。书店里人来人往，慢慢也认识了华开的一些朋友。

华开的朋友很杂，三教九流样样都有。那些人有些精于书画，有些精于棋类，每个人的经历都很复杂。还记得他有一个卖麻辣烫的朋友，四川人，山水画画得很漂亮（我不懂画，原谅我用"漂亮"这个词），山是险峻奇峭，水是急缓湍湍，看了想让人进入画中探险。见到他时我便想起历史上所谓的"市井奇人"，看来游商走贩之中也有不少高人呢。

　　认识林永鹏的时候，我心里自动把他归为游商走贩一类的人。那一天我们线上出货奇快，早早就把生产排配做完了，于是大家下了一个早班。华灯初上时分，闲着无事，我便又晃到了华开的书店里。

　　书店里的顾客很少，张秀婷无所事事地拿了一包瓜子嗑着，阿眉拿了一个游戏机玩得起劲，而华开正在跟一个看起来大约三十来岁的男子下围棋。我对围棋并不了解，看到他们下得入神，便到一边看书。

　　"叶子，快过来，我给你介绍一位朋友。"华开一盘棋下完，看到了我，便招呼我过去。

　　我把手上的书放下，走过去，看到那个男子正盯着我，脸上微微一红，旋即大方地说："华老师，刚看到你们下棋，不敢打扰，你们谁赢了？"

　　华开笑着说："介绍一下，这个是叶子，是我见过的很特别的一个女孩子。叶子，这个是林永鹏，我的一个朋友。"

　　林永鹏笑着伸出了手："你好，久仰你的大名，我早就听华老师说起过你，早就想见一见你了。"

　　我一愣，也伸出手跟他握了握，然后松开手说："华老师还跟你说过啊？他肯定是说我坏话了。"

　　"哪里说你坏话了，他说你坚强又聪明，参加自考，还会写诗，又有思想又有见识呢。"

　　"我哪有华老师说的那么好，只是一个小打工妹。"

　　华开笑着看我们在说客套话，便说："行了，叶子，你就别谦虚了，太过谦虚等于骄傲自满。"

　　"华老师，你少在这里损我了，我才不吃你这套呢。"

　　华开笑着说："叶子厉害，软硬不吃，怕了你，姑奶奶。"

　　林永鹏饶有兴味地看着我们互相攻击，见我们稍停了一会儿，就问："六点多了，你们吃过饭没有？"

　　"我还没煮饭，哪里吃了？"华开抢着说。

"叶子呢？"林永鹏看着我。

"我还没吃，一会儿去厂里餐厅吃饭。"我礼貌地对他笑了笑。

"不如这样，我请你们吃一顿吧，能够认识大家，也是一种缘分。"林永鹏提议说。

"好啊，林老板请吃饭，档次不能太低，你是做大生意的，不能太抠了。"华开立刻响应。

我并不知道林永鹏是做什么生意的，华开把所有的男人都习惯性地叫"老板"，我怕林永鹏被他大宰一顿，就说："不用请了吧，大家出来在外面都不容易，随便吃一口就行了吧？"

没想到林永鹏却说："不行，哪能随便呢，既然华老师发话了，我们就去华都酒店吃一顿怎么样？"

"别，我吃不惯西餐，要吃就吃中餐。"华开听了反对。

"大哥——"林永鹏拖长声音，"华都酒店里有中餐，随你吃什么都有。"

华都酒店？我只是在去宝安逛街的时候看到过那巨大的招牌，那种地方是我们这种小打工妹想进都不敢进的。我想一般的人到了那种地方，只能自卑吧，钱太少了，那是有钱人消费的地方。看到林永鹏一本正经地跟我们说着，把华都酒店当成他自己的家一样平淡，不禁有些怀疑，他肯定是在开玩笑吧。

"那就行了，留阿眉在这里看店，我把张秀婷叫上，大家一起去吧。"华开对林永鹏说完，转身对阿眉说，"阿眉，你在店里看着，我们去吃饭，回头给你打一个包。"

我听了不待阿眉说话，便抢白："华老师你也太偏心了吧，秀婷跟我们去吃饭，阿眉就不能去？"

华开有些尴尬："她们在我眼里都一样，都一样，但是总得有人留下来吧。"

阿眉却不以为意地说："没什么，叶子，你们去吧，给我打一个包就行了。"

"行了，咱们去吧，别啰唆了。"林永鹏在一边催着说。

我听了却不动："怎么去啊，华都酒店很远呢，是不是打车去？"

"担心什么，林老板自有办法。"华开对我说着，带头先走出书店。

我疑惑地跟着上去，却看到林永鹏径自走向旁边街角处停着的一辆富康，打开车门坐到驾驶座上。华开和张秀婷一左一右，打开车门坐上了车后面的两个位置。我走上前去，林永鹏已经把副驾驶座上的车门打开："进来吧。"

我有些拘束，我没想到真的会去吃饭，没想到林永鹏自己开车，一点儿心理准备都没有。但是又不好意思拒绝他，毕竟人家把车门都给你开了，还当着别人的面，可不能那么小家子气。于是对他点头说："谢谢。"便坐进车子里。

汽车平稳无声地走着，汇入了马路上滚滚的车流中，犹如鱼儿滑入了大海。我看着道路两边闪过的霓虹灯、行人和车辆，有些恍惚。第一次坐在这样的车子里，旁边却是一个刚刚认识、一无所知的男人，尽管后面坐的就是认识了几年的华开和张秀婷，心里还是不自在。

可能是华开觉得有些沉闷，便跟林永鹏谈起了时政话题、野史掌故。林永鹏边开车边随意说着，见解独到，让我不由得对他另眼相看。华开的话风趣幽默，不时地问我一些问题，慢慢地，我拘束便少了，开始有一搭没一搭跟他们说起话来。

到了华都酒店，林永鹏大方地对我们说："想吃什么自己点，不用客气。"

华开点了一个炒鲜鱿，便把菜谱递到我手上。看着手里印制精美的菜谱，我胡乱点了一个榴梿酥便把菜谱放到了张秀婷手里。张秀婷点好了菜，林永鹏又把菜谱递到我手里，我有些摸不着头脑："我点过了。"

"你刚才点的那个榴梿酥是点心，不是菜，再点一个菜吧。"林永鹏笑着依然把菜谱递过来。

我的脸红了，接过菜谱，点了一个水煮活鱼。林永鹏看出了我的窘态，一句话便岔开了："大家要喝点什么，华老师，喝酒不？"

华老师说："来点啤酒吧，我喝来喝去，还是觉得老金威最好喝。"

我没有喝酒的习惯，连忙说："我跟张秀婷就点橙汁吧，我不喝酒。"

"怕什么，叶子你已经是成年人了，又不是受家长管束的高中生，喝点酒有什么？"华开说。

"这跟是不是成年没关系，我的体质不适合喝酒，一喝酒身上出疹子。"我撒了一个谎。

林永鹏说："那就不要喝酒了，华老师，我们也别喝太多，大家随意就好，毕竟喝酒伤身。"

张秀婷坐在一边只是微笑，并不出声。我打量了一下她，她的脸色依然苍白，只剩下两只大眼睛，空洞的目光没有在任何人的身上停留。她坐在我跟华老师的中间，身体微微地向着华老师倾斜着。可以看出她的一颗心虽然千疮百孔，但她还是爱着他。

菜一样一样上来，林永鹏这个时候是一个称职的主人："大家趁热吃，别客气。"

我一边吃着，一边在猜林永鹏的身份，实在看不出他是做什么的，也不好意思问，便默默低着头吃着。

"叶子，你在工厂里是做什么的？"林永鹏看着我忽然问。

"我，在工厂里混一口饭吃，就是在产线干活的。"我笑了笑。

"在产线干活，那辛苦吗？"

华开插进来："在产线干活能不辛苦吗，林老板你又不是不知道。"

"还好吧，习惯了。"我轻描淡写。

林永鹏听了若有所思，好一会儿才说："听华老师说你经常在报纸上写诗，能不能给我看一看？"

"我那个算什么诗，让人笑掉大牙的，只是写着玩，又当不了饭吃。"我连忙说。

"叶子是习惯性的谦虚，这个厂里的女孩子我见多了，叶子是最有特色的一个。"华开笑着说。

"最有特色？什么是最有特色？每一个女孩子都是特别的，都有自己的特色。"我说。

"你老家在哪里呢？"林永鹏继续问我。

"我家在宁夏，很远。很多人都不知道宁夏在哪里呢。"

"那你家那么远，回一趟很不容易，平时肯定想家吧。"

"还好，我平时很忙，没有空想家。"我还是淡淡一笑。

华开喝着啤酒，豪气冲天："好男儿志在四方，婆婆妈妈的，谁有空想家！"

我听了"扑哧"一笑："我本是女娇娥，又不是那男儿郎。"看《霸王别姬》就只记住了这句台词。

林永鹏听了也莞尔一笑："华老师常年在外，家里只剩下老婆持家，两地分居，你不想才怪！"

听到林永鹏提到华开的老婆，我心里一跳，目光不由得向坐在边上一直没有出声的张秀婷看过去。张秀婷的眉毛微微一挑，却还是面无表情。华开嘿嘿一笑："我老婆，她太土了。"

"你老婆应该不会土吧，你不是说她在家里教书吗？比起农村妇女，强很多吧。"我说。

"这个土，不是穿衣打扮上的土，是观念上的土，她居然跟我说这一辈子只爱我一个人，你说土不土？"

"那你有福气啊，找了一个对你忠贞的老婆。"林永鹏喝着啤酒笑着。

"这是什么福气?!这就是土啊。一辈子只爱一个人，都什么时代了还是这种观念。再说了，婚姻是爱情的坟墓。"华开吃得出了汗，脸上红光满面。

"外界的诱惑太多，一生只爱一个人，能做到这一点的都不是平常的人。"一直没有开口的张秀婷忽然插了进来。

"是啊，一辈子只爱一个人，能做到的都不是平常人。可我们都是平常的人，能做到这一点吗？"林永鹏说。

我听了沉默了，爱情是一个女人的全部，尽管我还没有谈过恋爱，但是对于爱情我早已有了自己的理解。我总以为只要相爱了，就要互相依持白头到老，我总以为爱情的最高境界，就是两个人一起风雨同路，然后在七十岁的时候一起看夕阳。华开关于爱情所谓的"新观念"，让我对自己一直以来所相信的爱情观产生了怀疑：难道婚姻真的是爱情的坟墓？

吃过饭，林永鹏提议我们去唱歌。华开第一个响应，张秀婷一切让华开做主。我看着酒店餐厅里豪华炫目的灯光，忽然就有一种强烈的不安，我不属于这里，这里的一切都跟寒酸的我格格不入。我也不想去唱歌，只想回我的屋里，只有在那个临时的小窝待着，我才是安心的。但是华开跟林永鹏都兴致高昂，拿了一大通的理由劝我一起去。想到回去还得自己掏钱打车，我只好跟他们来到酒店里的 KTV 包间。

林永鹏的歌唱得很好，一曲《少年壮志不言愁》唱下来，华开和张秀婷都毫不吝啬地把掌声送过去。接下来华开唱了一首《敖包相会》，张秀婷唱了一首《梦里水乡》，唱得都很不错。特别是张秀婷的《梦里水乡》，婉转缠绵。

> 转回头看见你的笑脸
> 心事全都被你发现
> 梦里遥远的幸福

他就在我的面前

……

　　唱到结尾部分，张秀婷的眼睛里隐隐有了泪光，她跟华开这一段感情，终是痛苦多于幸福吧。我听了却不由得想起了赵响，我的心事他全都知道，但是我梦里遥远的幸福却依然遥远。正在我失神的时候，林永鹏把话筒递到了我手上："叶子，还是唱首歌吧，来了就玩个尽兴。"

　　"我唱得不好，你们别笑我。"我有些迟疑地接过了话筒。

　　"不会，随便唱吧，重要的是自己高兴。"林永鹏说。

　　"那叶子唱什么歌呢？"华开问。

　　我想了想："那就来一首《追梦人》吧。"《追梦人》是我平时最喜欢唱的一首歌，旋律是非常熟悉的。音乐缓缓响起，我拿起话筒随着旋律唱起来：

　　　　让青春吹动了你的长发让它牵引你的梦
　　　　不知不觉这城市的历史已记取了你的笑容
　　　　红红心中蓝蓝的天是个生命的开始
　　　　春雨不眠隔夜的你曾空独眠的日子

　　　　让青春娇艳的花朵绽开了深藏的红颜
　　　　飞去飞来的满天的飞絮是幻想你的笑脸
　　　　秋来春去红尘中谁在宿命里安排
　　　　冰雪不语寒夜的你那难隐藏的光彩

　　　　看我看一眼吧莫让红颜守空枕
　　　　青春无悔不死永远的爱人
　　　　让流浪的足迹在荒漠里写下永久的回忆
　　　　飘去飘来的笔迹是深藏的激情你的心语
　　　　前尘后世轮回中谁在声音里徘徊
　　　　痴情笑我凡俗的人世终难解的关怀

　　　　看我看一眼吧莫让红颜守空枕

青春无悔不死永远的爱人

让青春吹动了你的长发让它牵引你的梦

不知不觉这城市的历史已记取了你的笑容

红红心中蓝蓝的天是个生命的开始

春雨不眠隔夜的你曾空独眠的日子

一曲唱罢，我有些怅然。林永鹏他们给了我一些掌声，又开始唱下一曲，我知道今晚属于我的歌声已是曲终，而属于我的精彩却从未出现，因为这里不是属于我的舞台。于是坐下，静静看着他们唱歌，静静等着曲终之后散场。

30. 帮朋友往上爬，也是帮自己

回到屋里已经很晚了，让我意外的是高华丽居然还没有睡，看到我回来马上给我倒了一杯水："回来了？先喝点水吧。"

我有些纳闷，高华丽怎么对我这么周到了？把水接过来想了想："说吧，什么事，是不是又谈恋爱了，让我发表发表意见？"

"去，没正经的，你以为谁都跟你一样，脑子里就想这些东西？"

"哦，不是恋爱了，那是怎么回事啊，是不是有搞不定的事，让我帮忙？"

"你怎么知道啊？"

"哼哼，你那些小算盘，我都清楚得很，没事你会给我倒茶吗？这个待遇可不是经常能够享受的。"

高华丽不好意思地干笑两声："叶子，问你一下，你跟周海是不是很熟啊？"

我听了一下子警觉起来："周海啊，也不怎么熟，能说得上话就是了。"

"那就行，那就行，你能不能帮我把他约出来，我想请他吃饭。"

我坐在床上嘲笑地看着她："怎么了，喜欢上他了，想主动追求？"

"叶子，拜托，能不能请你的脑子想点别的，我是有事要他帮忙。"高华丽一副被我打败的样子。

"嗯，你想求他帮什么忙呢，说来我听听。"我闲闲地喝了一口水。

"行政部招文员了，要求是高中或中专毕业，懂电脑办公软件应用。我学电脑已经半年了，感觉还可以，现在招文员，我想去试试。"

"那就去试试呗。"

"这个文员是行政文员，比生产和工程的文员待遇都要好，听说厂里很多人报名了，我担心竞争不过人家。"

"所以你就想走后门，想请周海吃饭，是不是啊？"

"是吧。"可能我直白的话让华丽有些难堪，"叶子，你我还有杨燕，三个人是一起进厂的，你升了组长不提，杨燕也是助拉了，连后面来的程颖颖都升了助拉。叶子，我没你们的本事，升不上去也没什么。可是我实在难受，跟你们在一起都不好意思。叶子，你愿意帮我这个忙吗？"高华丽说着，一双眼睛热切地望着我。

听到高华丽这一番话，我感到一阵歉疚。我升组长以后，只顾着忙自己的事，竟然一点都没有体会到她的心情。这样想着，便说："可是周海只是行政部的管理员，他实际的权力是很小的，未必能帮到你。"

"没事，他是行政部内部的人，对招聘的事肯定很清楚，不管怎么样，跟他拉拉关系总不会错的。"

"那好吧，我去帮你问问，但是你不要抱太大的希望，免得到时失望。"

第二天上班我想起高华丽那档事，想打个内线给周海。但想起他那么热心地帮我查考场和座位，而我却那么长时间都没理人家，我又把电话放下了。还是亲自去一趟吧，到时先察言观色一番，再作打算。

平常周海在办公室很晚才走的。下班的时候绕到行政部，果然还在。周海抬头看到我进来，先怔了一下，然后就笑："叶子，今天怎么这么有空，是不是想请我吃饭啊？"

看着周海这样油嘴滑舌，我知道他没有生我的气，便笑着说："是啊，今天就是专程来请你吃饭的，怎么样，肯赏脸吗？"

我这样一说，周海倒先怀疑起来："真的？骗我是小狗。"

我拉来一张椅子在他旁边坐下："什么蒸的煮的，请你吃饭就是请你吃饭，明天到芙蓉馆，去不去？"

周海把手伸到脑后抓了抓："那个，叶子，你还真的请我吃饭啊，其实我只是开开玩笑，哪有让女生请客的道理，要请也是我请。"

我转头四处看看，偌大的办公室没有一个人，全下班了，知道时机已到，便说："其实也不是我请客，是高华丽想请你吃饭，我只是一个中间人。"

"高华丽？就是跟你住一起的那个高华丽？她请我吃饭干吗？"想不到周海对高华丽还是有印象的。

"没事，就想请你吃吃饭，联络联络感情。"

"不行，叶子你得给我说清楚，她为什么请我吃饭，不然我不去。"

我看到周海一本正经的样子，只好实话实说。周海听了说："这个，叶子，我真的帮不了什么忙，这事我做不了主。"

"不会吧，周海，我一直都觉得你是一个神通广大的人物呢，怎么这点小忙都帮不了呢？"没办法，我只好用上激将法。

"如果是你来应聘文员，我倒可以跟我舅舅说一说，这是我女朋友来应聘，让他关照关照。"

"你舅舅？你舅舅是哪一个，我怎么不认识啊？"我疑惑地问。

"我舅舅就是邬贵和，可我跟高华丽非亲非故，凭什么让我帮她？"

"哦，你舅舅就是行政部的经理啊？我一点儿都不知道呢。"我恍然大悟，"那这个忙你是一定可以帮的。"

"除非是我的女朋友，不然这个忙我是真帮不上。"周海不肯松口。

"不要紧，要不，你跟你舅舅说，高华丽是你的女朋友就行了，反正她也没男朋友。"我无赖地说。

"叶子！你不要太过分了！"周海生气了。

"周海，你就行行好嘛，反正这个文员谁做都一样，为什么不让高华丽做呢？"我第一次对一个男人这么低声下气。

周海看着我目光复杂，我知道他是拿不定主意，又说："周海，在这里我的朋友不多，你算是其中一个，如果你都不愿意帮忙，我真的不知道该找谁。"

可能是我的话打动了他，好一会儿他才说："好吧，叶子，我是看在你的面子上才帮忙的，你要记住，是你欠我的，不是高华丽欠我的。"

"哇，周海，你真好！你太好了，我知道，你是一个好人，肯定是会帮忙的。"我听了跳起来，拉着周海的手摇晃着。

"叶子，听清楚没有，你欠我的，以后要还的。"周海说。

"没问题，这个人情我一定还，是我欠了你的，没错！"我开心地笑着。

"可是我情愿你不还，再欠我一点，欠得你没办法还。"周海低声说。

我听了心里一动，发现自己还拉着他的手，不由得红了脸，赶紧把他的手放下，开始转移话题："周海，这么晚了，怎么还不下班？"

"在等你呀，我总是想着你会在某一天推开办公室的门来找我，每天都很晚才走的。"

"你好爱开玩笑，说得跟真的一样，天知道你用这种小把戏骗过多少女孩子。"

"呵呵，开玩笑的啦。在办公室里待着舒服，我都不想下班了。对了，我想还是让高华丽请我舅舅吧，让我舅舅先见一见她。"

"怎么请啊，我不知道。你帮我们约你舅舅出来好不好？"

"你呀，就让高华丽准备好钱，我去跟我舅舅说，到时候通知你就行了。"

"OK，一言为定。"

回屋里后高华丽已经等不及了，马上迎上来问："怎么样，周海答应没有？"

"没呢，他说他只是一个小人物，人事上没有决定权，他不敢吃你这顿饭。"我故意逗她。

"这样啊？"高华丽泄气了，垂头丧气地坐在书桌旁。

"但是呢，他说他可以找他舅舅，也就是行政部经理邬贵和帮帮忙。"

"真的？叶子你不是骗我吧？"高华丽跳起来抓着我的手盯着我，有些怀疑自己的耳朵。

"当然是真的，我什么时候骗过你？"我看到效果收到，满意地笑着说。

"这倒也是，那我的事算是成了？"

"这哪里就算是成了，这还只是开头第一步，后面的路还长着呢。"

"那接下来要怎么办？"

"接下来只能等。等周海说动他舅舅，只要他舅舅同意出来吃饭，事情才算成功一半。"

"还要等啊？下星期就要面试了，没时间等了。"高华丽又愁起来。

"没办法，我们只能等，如果不行，你就老老实实地去面试，不成就死了这条心吧。"在事情还没有确定之前，我不能给高华丽太大的希望。

等待是一件非常难受的事情，在等周海消息的那两天里高华丽的情绪波动很大，患得患失，看得出来她是度日如年。幸好在经过两天漫长的等待之后，周海那里终于传来了消息：邬贵和同意出来吃饭，但高华丽能不能进行政部做文员还得见过才能下定论。

我把电话一挂掉，顾不了正是上班时间，就到陈咏梅线上找到高华丽把这个消息告诉她。"记得要准备好钱。"我叮咛着。

"知道了，你忙去吧，现在还在上班呢。"高华丽低声说。

饭局依然设在芙蓉馆。在二楼的包间里，我跟高华丽坐定后好一会儿周海和邬贵和才一前一后走入包间。

周海把我和高华丽先后引见给邬贵和，点完菜，我们就一边喝茶一边寒暄着。邬贵和四十岁上下，跟人说话的时候脸上总是笑眯眯的，给人一种非常随和的感觉。在之前，经理级别的人中，我只跟关胜平有过接触，而关胜平又总是不苟言笑、非常严肃的样子，让人望而生畏。

菜上来了，高华丽又叫了啤酒，为了不扫兴，我也拿了一个杯子陪他们喝着。大家吃吃喝喝，饭桌上的气氛相当好。

"叶子，我在厂报上读过你写的诗和文章，挺行的嘛，有没有兴趣到行政部来上班？"邬贵和之前一直跟高华丽聊着天，不料却忽然把目光投到我身上。

我听了有些受宠若惊，但是想起这一顿饭的目的是把高华丽推销到行政部，马上说："华丽也是一个不错的人啊，做事认真踏实。我嘛，就算了吧，我们经理肯定是不肯放我到行政部的。"

"华丽是不错，但我看你更不错。你不用担心，这次行政部文员的空缺不只有一个，我想招一个有特殊才能的人进来。"邬贵和说。

"特殊才能？什么特殊才能？"周海问。

"就是像叶子那样的，能写诗的，会写文章的。"邬贵和说。

"我现在很好，我们经理对我也不错，再说我刚升上组长半年多，马上就走了，也对不起那些把我提上去的人。"想了想，我婉言谢绝了去行政部上班的提议。

"合适的人难找啊，往往是我们看中的，部门里又不放行。"邬贵和的声音里有些遗憾。

"没事，这世上从来就不缺人才，缺的是伯乐。"我笑笑说。

由于吃饭的时候有了这么一个小插曲，加上在饭桌上邬贵和并没有明确表态，高华丽便有些紧张。从餐馆里出来，她就一遍遍地问："叶子，你说邬贵和会让我进行政部吗？"

"好啦，华丽，你是第四次问我这个问题了，我哪知道。你明天老老实实地去面试，把要准备的都准备好，听到没有？"我实在拿她没辙。

"我当然会准备好，可是，我就想问问你的看法，我有几分把握？"高华丽神经兮兮地说。

"你没听到吗？邬贵和说你很不错，我想你进行政部，八成把握是有的吧。"

可能是我的话给了高华丽一些信心，她便不再死命追着我问了，回去安静地准备着第二天的面试。

第二天回来，高华丽给我讲了一下面试的情况，感觉是不错的。三天后，面试结果出来了，高华丽接到了录用通知。

拿到行政部的《员工内部调动表》，高华丽一级一级找老大们签名。我们车间还算开明，并没有怎么为难高华丽。这要换到别的车间，主管、课长、经理们只要不肯签名，你就是录取了也没用，照样不能过去上班。签完名，再把这张表交回到行政部，高华丽就算是行政部的人了。

"叶子，谢谢你，如果不是你，肯定轮不到我做这个文员。"高华丽把这句话说了一遍又一遍。

"你在行政部，有很多发达的机会。苟富贵，莫相忘啊。"我开玩笑说。

"我不会忘记你，怎么会忘记你呢，我们是死党啊。"

高华丽到行政部上班，处处都是新鲜，回来总是跟我讲她们办公室里的那些事。办公室的人际关系远远要比我想象中的复杂，高华丽把这些事说给我听，无非也就是想要我在关键的时候能够给她出出主意。

自从高华丽到行政部上班后，周海打到车间找我的电话就多了起来。他管着厂里各种标语和海报的张贴，遇到拿不定主意的时候总会让我到办公室去，让我拿意见出来参考。正如他说的，在高华丽的事情上我是欠了他一个人情，便不好意思拒绝。高华丽见我老跑行政部的办公室，就笑称我是行政部的编外人员。

31. 抵制诱惑

高华丽的事情忙完了后，总算松了一口气，又回到以前那种比较悠然的日子。一天下班后闲着没事，我便又去了华开的书店。

华开看到我笑呵呵地说："叶子，你这几天没来，我们一直都在等你呢。"

"等我？有事找我吗？"听到华开这么说，我试探着问。

"这里有一样东西是给你的，放这里几天了，一直没见到你。"华开说着走到柜台里拿出一个用彩色玻璃纸包得严严实实的东西递过来，"给你。"

我拿过来在手中掂了掂，有些分量，也不知道是什么东西："这是你给我的吗？是什么呀？"

"不是我给你的，这是林老板让我转交给你的，我也不知道是什么东西呢。"

"他是什么意思？为什么给我这个东西？"我疑惑地说。

"他说他们商场里最近搞活动，这些东西是供应商送的，他拿过来几个这样的盒子，我们店里的阿眉她们都有，一人一个。这个是林老板指定了只能给你的。"

听到华开这么一说，我更加糊涂了："林老板是什么老板，怎么这么大方？"

"你不知道林老板是做什么的？"华开有些意外，"我以为你早知道了呢。林老板是做生意的，开了两间大商场，这一条街的店铺也大部分是他出租的，有钱得很呢。"

"有钱也不是这么花的吧，给我们每一个人送东西，哪有这样的人。"

"他那么有钱，这些只是小意思吧，没事。"阿眉在一边笑着说。

"对了，阿眉，他给你的是什么东西啊？"

"是一条丝巾。"

"那华老师和张秀婷呢？"

"我的是一个剃须刀，张秀婷的是一个发卡。"华开说。

听到他们每个人都有，我高兴起来，想来我盒子里的东西应该也跟她们的差不多吧。看来林永鹏虽然是一个有钱的老板，但是对人还是不错的。并且还细心，知道女孩子喜欢什么东西。想到这里我便说："我拆开看看是什么东西，我也想要一个发卡。"

"叶子，还是留点悬念吧，回去再拆。"华开笑着说。

我听了有些道理，便把拆开的念头压下去："那好，回去再看。"

于是我们又聊了一些别的，看到时间已经不早了，便回去了。

"叶子，你拿的是什么呀？"我把盒子一放下，高华丽就凑上前来。

"我也不知道，朋友送的，等会儿看看，不是丝巾就是发卡吧。"说着我进了卫生间。

"我来拆我来拆，我最喜欢拆礼盒了。"高华丽听我这么一说，不等我动手便三下五除二撕开了包装。"哇，这是什么，手机?!"高华丽声音都变了调。

"什么手机，我看看。"正在卫生间里放洗澡水的我赶紧走出来。

盒子的包装已经拆开，漂亮的玻璃纸七零八落地扫在了桌子的一边，而精致的盒子里放着的正是一部新手机。"不会啊，怎么送我的就是手机呢？别人的都不是啊？"我有些难以置信。

"叶子，发达了，别人居然送给你一部手机，你这是交了什么狗屎运啊，怎么我就没那个运气交到这种朋友呢？"高华丽羡慕地看着我，恨不得自己也马上拥有这么一部手机。

"别动，华丽，这事不对。"我看着手机总有一种不踏实的感觉。

"什么不对，反正手机已经在这里了，哪里不对了？"

"为什么他给别人的就是发卡、丝巾一类的东西，却偏偏送我一部手机呢？"

"你呀就别想那么多了，手机送了就用呗，管他呢，他敢送，你还不敢收吗？"

听华丽这么一说，我也有些心动了。华丽把手机拿在手里，看样子爱不释手，又问了我一大堆怎么认识林永鹏的问题。我简单地给她说了一下，就去洗澡了。但是洗澡后躺在床上心里总像压着一块石头，我在床上翻来覆去，怎么也睡不着。

"华丽，你睡了没？"在床上不知道翻了多久，我用手捅了捅旁边的高华丽。

"叶子，怎么还没睡啊，人家困得很呢。"华丽含糊不清地说。

"华丽，我睡不着。我还在想着这个手机到底要不要收。"

"不是说好了，收下就是了吗？"

"但是我心里不踏实啊，我看这个手机不能收，我担心收了有事。"

"能有什么事啊，没人能强迫你什么。"

"不行，真的不能收，有钱人的花花心思多着呢，谁知道人家送我这部手机安了什么心思？"

华丽听到我话中的态度坚决，很可惜地说："要是送给我，我就收下来，好好的一部手机，就这样没了。"

"华丽，我们以后总能挣到钱的，到时别说是买一部手机，就是十部都没有问题。"

"我想也是，那好吧，就还回去吧。"高华丽算是想通了。

打定主意还手机后，我心里一片安宁，很快便睡着了。

第二天下班，我把盒子带上，来了华开的书店，把东西让华开转交回林永鹏。

"不行，叶子，要还你自己亲自还给林老板，不要拿到我这里来，反正我不会转交的。"华开听我一说，根本不答应。

"我就放这里，你转不转交随你。"我把盒子放在柜台上，就想离开。

"好，你就放那里吧，反正我不管，东西丢了，林老板还是当你收下了。"华开一副随便的样子。

听华开这么一说，我犹豫了，要是东西放这里他真不管，弄丢了，那林永鹏还不是当我收了手机？还东西也不急在一时，还是碰到他当面把东西还过去好一点。于是就对华开说："那好，东西我先收着，改天碰到林永鹏了，我亲自把东西还给他。"

"这不就行了吗？还是你亲自还给他好一点，省得我作难。"

手机拿回去后，一直放在书桌上。我只好每天都去书店，看能不能等到林永鹏。但是几天过去了，林永鹏一直都没有出现，我只好暂时先把这事放下不提。

手机放在书桌上，高华丽便对这个传说中的高科技玩意儿非常感兴趣。拿着说明书一页一页认真地看着，然后又拿着盒子里的那些配件一样一样翻着看。"叶子，你这个手机装了 SIM 卡了，充了电马上就可以用。"高华丽看着看着，居然还发现了一些门道。

"什么是SIM卡？"我白痴似的问。

"SIM卡，就是你手机号码的卡，装上了才能接打电话。"高华丽难得有做我老师的时候，得意扬扬地说。

"那个东西不是手机本身就有的吗？还要装？"

"唉，跟你说了也没用，简单地说吧，你的手机什么都齐全了，充了电直接可以用。"高华丽看着我白痴的样子，失去了耐心。

"哦。"我听了说，"手机再好也不关我的事，那是别人的。"

"叶子，我想试试，我开机充电好不好？"

"那样不好吧。"

"没事，我知道你要把手机还过去，我只是想充了电玩一玩。"

"那，好吧，你玩了记得放回去就行了。"

高华丽看到我同意了，就把手机拿去开始充电。第二天下班一回去就取了手机要看里面的游戏。"叶子，这里有两个未接电话呢。"高华丽像发现新大陆似的叫起来。

"我看看。"从高华丽的手里接过手机，看着那一串陌生的号码，"管他呢，你玩着吧。"我没有放在心上。

高华丽拿过手机开始玩抓小鸡的游戏，但是没过一会儿，手机居然响起来了，把高华丽吓了一大跳。"叶子，接不接这个电话？"

"你接，看看是哪个人这么无聊，乱打电话。"我笑着说。

"你好。你找叶子啊，你是哪位？那你稍等。"高华丽说着把手机递给我，"找你的。"

"找我的，谁呀，我不认识哪个啊？"我疑惑地把手机接过来，放在耳边。

"叶子吗？是我，我是林永鹏啊。"电话里传来了一个男人的声音。

"哦，是你呀。"我恍然大悟，手机跟卡都是他送的，当然只有他知道这个号码了。

"嗯，我现在在华老师那里，有没有空，出来玩一下。"

"好啊，我马上过来。"正为这个手机发愁呢，这下好了，马上还过去得了。

"那我们等你过来。"

"好。"说着我挂了电话，对高华丽说，"我得出去了，还手机去。"

"唉，我还没过瘾呢，你就还了？"

"以后自己买一个就行了，怎么玩都没人管你。"我笑笑，理了理头发，穿上鞋子出去了。

到了华开的书店门口，首先看到的是林永鹏的轿车。林永鹏和华开正站在那里聊着什么，看到我过来，华开招呼我说："叶子，你来了，阿眉收书去了，现在我要过去，要不你一起来吧，林老板送我过去呢。"

林永鹏站在那里对我笑了笑："是啊，叶子，我要送华老师过去，一起走吧。"

"好吧。"我手里提着盒子，里面正是那部手机，无论如何，东西都是要还过去的。

林永鹏替我开了车门，该死的，又是副驾座。我坐了上去，心里对自己说着：这是最后一次。

对着林永鹏，我依然觉得陌生。想说点什么，又觉得无话可说，便转过脸去看着车窗外。窗外的夜色很好，到处都是闪烁着的霓虹灯。但是相比起来，我更喜欢家乡的夜色。那里没有五彩缤纷的灯光，如果是夏季，田野间到处都是一闪一闪的萤火虫；如果是冬季，纯净的天空里便是满天的星星。

深圳没有田野更没有萤火虫，深圳的天空也看不见星星，深圳的夜色有的是人流喧嚣和躁动中的欲望。

"叶子，你是不是有什么心事啊？"一直跟华开聊天的林永鹏问我，把我从遐想中拉回了现实。

"没有没有。"我摇着头说。

"要是有什么事，可以跟我说，我虽然没什么能耐，但是帮帮你还是没问题的。"林永鹏关切地说。

"我真的没什么事，谢谢你的好意。"

"这么客气干吗？虽然我跟你认识的时间不长，但是我觉得你是一个值得一交的朋友，朋友之间，不用这么客气吧。"

华开坐在后座上笑了："叶子这个人，挺倔强的，有事情也只会自己解决，她一般是不会找人帮忙的。"

"华老师，没办法，这世道，求人不如求己。"我淡淡一笑。

"哎，我到了，林老板，谢谢你。"车子停在一个工业区外的街道里，正是下班时间，到处都是热闹的人群。华开对林永鹏道过谢以后便下了车，对我们挥了挥手，径自走向对面的一个书店。

"走吧。"林永鹏说着发动了车子，"想去哪里玩？"

"林先生，我想还是回去吧。"说着我把盒子递过去，"这部手机还给你，谢谢你的一片心意，但是我真的不能收。"

林永鹏双手抓着方向盘，并没有来接递过去的盒子，只是看了我一眼："没事，你收下吧，我没有别的意思，只是觉得你是一个值得交往的朋友。你知道，你现在在厂里做事，找你很困难，我送这个手机给你，就是希望大家联络方便一些。"

我把盒子放在我们中间："不用，如果你真当我是一个朋友，你就不要送东西给我，你知道，拿人手短，我不希望以后我在你面前就矮了半截。"

"叶子，你看你，就是太较真了，什么矮半截的，从人格上讲，我们都是平等的。在我看来，手机就是一个通讯工具而已。"林永鹏尽力说服我。

"林先生，我只能谢谢你，但是手机我是不会收的。"我还是坚持着。

"叶子，你别林先生林先生地叫，太客气了，我的朋友都叫我永鹏。要是你叫不惯，我比你大，你叫我林大哥也可以。"

"嗯，林……大哥，手机我放这里了，你送我回去吧。"

"别着急，我又不会吃了你，我会送你回去的。"林永鹏轻轻松松说着，跟我开起了玩笑。

"现在我们是在哪里啊？"我看着窗外陌生的风景问。

"我们现在已经进关了，一会儿就到红树林，你来深圳很久了吧，有没有去红树林看过？"

红树林？听说那是海边，听说那里的景色很美，听说那里还是鸟的天堂。但是只是听说而已，我并没有亲自去过。现在，我要去红树林，跟身边这个还不怎么了解的男人？

32. 永远抵制诱惑

"我想回去。"沉默了半响，我终于把我心里的话说了出来。

"不急，陪我出去走走。平时我的工作也很忙，难得有这样的机会到海边走走。"

说话之间，车子停了下来。林永鹏下了车："叶子，出来看看吧，真的很漂亮呢。"

我只好下了车，看样子，一定得把事情跟他讲清楚，不然后患无穷呢。

下了车，我才发现，红树林真的很漂亮，马路的一边是高楼林立，而另一边却是一望无际的大海。夜色下，各色的灯光交织着，灰色的海面倒映着五彩斑斓的灯光，一波一波地荡漾开来，碎金闪闪。海风吹来，我的精神一振，心情也似乎好了很多。

"这个地方很漂亮，很适合情侣来散步。"林永鹏回头对我笑着。

"但是，我们不是情侣，现在来散步，似乎不适合吧。"顺着他的话，我索性把话说开来。

"走吧，我们到那边去看看。"林永鹏不待我说完，便拉着我的手向前走。

我用力甩开了他的手："不去了，我要回去。你不送我，我自己打的回去！"

"好吧。按你的意思，我们回去。"林永鹏开了车门。我犹豫了一下，坐上去说，"我现在就要回去！"

"小姐，刚才你已经说过了，行了，马上送你回去。"林永鹏看我气鼓鼓的样子，低声说，"叶子，你生气了？"

"没有，我哪敢生你的气呢，我还指望着你送我回去呢。"我半开玩笑半认真地说。

"真的？那就好。叶子，我能问你一个问题吗？你老实回答我。"

"你问吧，我会实话实说。"

"你喜欢我吗？"

晴天一个霹雳，我半晌都说不出话来，长了这么大还没有一个男人这么问过我呢。定了定神，我故做轻松地说："朋友之间，谈不上什么喜欢不喜欢吧。"

"那男女之间呢？你有没有喜欢过我？"林永鹏紧追不舍，存心让我难堪。

"不，我理想中的爱人，不是像你这样的。"我避重就轻，却明明白白把意思表达出来。

林永鹏忽然凑到我面前盯着我，我甚至可以闻到他口中淡淡的烟味："如果我告诉你，我很喜欢你，你相信吗？"

我一愣，还没等我明白过来，他的唇已经重重地印到了我的唇上。我吃了一惊，伸手要把他推开，才发现我的两只手已经给他牢牢抓住了。我想扭头躲开他，却怎么也躲不掉。

他的嘴唇毫不客气地吻下来，野蛮而霸道。他用力吮着我的嘴唇，一瞬间，我全身的血液仿佛都凝固了，脑袋里一片空白。这二十年来，我还没有这样跟一个男子亲近过，这个突如其来的吻让当时青涩的我彻底晕菜了，一直挣扎的手无力地瘫软下来。

好一会儿，林永鹏放开了我，拥着我，在我耳边轻轻地说："做我的女朋友，好不好？"

女朋友？听到这个词我马上清醒过来，用力地把他推开，看着他那张笑眯眯的脸真想甩一个耳光过去！但是左右看看，我一个弱女子，在他面前是讨不到便宜的，万一激起了他的兽行，我可真是叫天天不应，叫地地不灵。于是板着脸，说："不好！"

"叶子，你刚才不是好好的吗？怎么翻脸比翻书还快？"

我冷笑着说："女朋友？什么是女朋友？只有未婚男女才叫女朋友吧，你别告诉我，你还没老婆！"

大概是我的直接出乎了林永鹏的意料，他愣了一下，语气真诚地对我说："不错，叶子，我是有老婆，但是我跟她没什么感情。我跟她结婚已经八年了，两个人没有共同的语言，我们谈不到一起，我心里很难受。这些年，我都不知道怎么过来的。"

我听了微微笑着，看着他。大概我的态度让林永鹏看到了希望，他又继续说："直到我遇到了你，我才知道，我喜欢的是像你这样的女孩，坚强又独立，让人很安心。"

我依然微笑着："说完了，继续啊，没有了吗？"

林永鹏没回过神来："说什么？"

"说你，跟你老婆感情如何如何的不好，说你如何如何的厌倦，说你对我如何如何的一见钟情啊。"我微笑着，镇定地看着他。

林永鹏惊愕地看着我。我心里时刻警惕着，表面却淡淡地对他说："如果一个男人想要蒙一个小姑娘，大概有两招吧，要么就隐瞒自己已经结婚的事实，要么就是对人家说自己的婚姻不幸福。我的社会经验很少，所有的知识都是从书里从报纸上看的。你说，报纸上说得对不对呀？"

"不是，叶子，我真的没想过要骗你。"林永鹏的话听起来无比真诚。

"你这个话只能骗一骗那些幼稚的小妹妹，至于我，你就不用在我面前装了。"我冷笑着。

林永鹏听到这个话，脸一下子就黑了。我心里一惊，担心惹怒了他。没想到过了一会儿，他又对我笑了："叶子，你是一个很聪明的人，那么我们就打开天窗说亮话吧。"

"你说吧，我倒是想听一听你的亮话。"

"不错，你都猜对了，我有家庭，并且还不能离婚。老婆给我生了一个女儿，也很聪明可爱。我是对家庭厌倦了，才想出来再找一个女孩子。"林永鹏露出了他的无耻嘴脸。

我故做镇定："那为什么是我？漂亮的女孩子多了。我也太平凡了吧。"

"你说得不错，你并不是那么漂亮。可是我告诉你，漂亮的女孩子我见多了，只能逢场作戏。你不是很漂亮，但是干净。说实话，我还没见过像你这么干净的女孩。"

"我干净？你怎么知道呢？你也不能看表面吧，每个女孩子表面看起来都很干净啊？"这下找到反击的理由了。

林永鹏笑了笑："刚才我就知道了，刚才，是你的初吻吧？"

我的脸都红到耳根下面去了："才不是呢，我早跟人吻过了！"

"你骗不了我，我在吻你的时候就知道把你吻动情了，但是你根本不知道怎么回应，肯定还没有男人碰过你。"林永鹏看着我，脸上笑得十分暧昧。

天！跟这个不要脸的男人是没办法说了。我恼怒地看着他："停！这跟你没关系！你不是要说你的亮话吗？那你就说呀！"

林永鹏还是一副暧昧的样子："叶子，你生气的时候很好看。"

我晕，想想自己最终的目的就是要把他忽悠过去，只要下了车，就什么都好说了。于是主动把话题引回去："你刚才说你跟很多漂亮的女孩子逢场作戏过，那现在，你也是逢场作戏了？"

"不是的。老实说，刚开始的时候我还真是这么一个想法。可是现在我改主意了，我想长久地跟你在一起。"

"长久在一起，这个长久是多久？"

"你想多久就多久。要不这样，等过几年，你想嫁人了，我不拦着，怎么样？"

"你的意思是让我做你几年二奶，然后你再找下一个小妹妹下手，来接任我，我再嫁人，对吗？"

"叶子，我说了你别生气，在深圳，这样的男人多的是，二奶也多的是，这种事很平常。"

在我直接的逼问下，林永鹏终于说出了他所谓的"亮话"。男女之间，不再是相互的吸引、爱慕、喜欢，只有金钱跟肉体的交易。

交易，就是把自己变成一种商品。

听到林永鹏恬不知耻的话，我努力克制着自己："那我想问一下，我能得到什么好处？"

"我会把你养起来，你再也不用这么辛苦，去看别人的脸色。你会有大把大把的时间，去做你想做的事。我还可以让你的家人都过上好日子，你弟弟上大学，我也可以供他……"

林永鹏给我描绘了一幅光明前景，当然前提是做他的二奶。现在，一切简单起来，你要把自己卖了吗？我很沉静："那我想问一下，你一个月给我多少钱？"

"五千，怎么样？"

"五千？太少了吧。对于你来说，不管你给了多少钱，你都赚了，你明白吗？你们付出的只是钱，可是对于我们来说就不同了，我们付出的是青春。"

"你说得对，钱是可以赚的，但是青春永远不能重来。钱有价，青春无价。不管怎么样，我都是赚了，对不对？"

我听了没表示什么，林永鹏看着我说："八千吧，怎么样？"

"我得好好考虑一下。"我看着林永鹏，"你知道，这件事情来得太突然，我想，我怕没考虑清楚就决定，将来会后悔。"

"也是，那你就好好想想，考虑清楚了给我打电话。我电话你知道吧，你手机的通话记录里有。"林永鹏信心百倍。也是，对于一个累死累活的打工妹来说，一个月八千块，这份诱惑力很难让人抵挡。

"我想先回去，今天太晚了。"我都累死了。

"好吧，我送你回去。"林永鹏说着发动了车子。一路上，我们都没有说话。回到屋里一看，吓了一跳，已经快十二点了。

高华丽已经睡下，我放下手里的东西长长舒了一口气。轻手轻脚冲洗了之后，躺在床上却怎么也睡不着。我的脑海里不由得想起了林永鹏吻我的情形，身上一阵燥热。想到自己的初吻就这样没了，又是一阵怅然。最后反反复复地就只剩下林永鹏的几句话，魔咒一样在我心里响着："你再也不用这么辛苦，去看别人的脸色。你会有大把大把的时间，去做你想做的事。我还可以让你的家人都过上好日子，你弟弟上大学，我也可以供他……"

不可否认，我的心动摇了，感觉自己就像在沙漠里走了几天都没喝上水，忽然发现了一杯毒药，喝与不喝，在做着天人交战。

临天亮了才迷迷糊糊地合上眼，早上起来往镜子里一看，眼睛里全是血丝。一如往常地去上班，做事也是恍恍惚惚的，失了魂一样。

中午跟陈咏梅一起吃饭，我胡乱扒了两口，也吃不下去。倒是陈咏梅，一边吃着一边跟我说着车间里的八卦新闻，胃口很好。

"叶子，你知道吗，田娜跟王振林好了，郝梦真气得都快疯了！"林咏梅神神秘秘的，压低声音跟我报出了这么一个大新闻。

"啊?!"我听了一惊，嘴巴都合拢不上。

"你不知道啊？我还以为你知道了呢。今天只有一个早上，整个部门都传遍了呢。"

上午我只忙着想自己的事，没想到一不留神，错过了这么一个大新闻："王振林挺好的一个人，怎么变成这样？他跟郝梦真已经谈了很久了吧。"

"唉，听说王振林也是没办法，田娜还真有手段，连孩子都怀上了。"

"你怎么知道田娜怀了孩子?!"又是一个劲爆新闻。

"好事不出门，坏事传千里，这事啊，是品管那帮人爆出来的。"

"郝梦真跟王振林拍拖也不是一天两天的事了，厂里的人早知道了吧，摊上这件事，以后怎么嫁人啊？"

"就是，最不要脸的就是田娜，把人家的老公抢了，一点羞耻心都没有！看她平时不声不响的，我还以为她有多老实呢，呸！"看样子陈咏梅对第三者鄙视得很。

"原来我在她线上的时候，我就觉得田娜很喜欢王振林，可能后来跟郝梦真要好，克制不了自己，情不自禁吧。"我不自觉地给田娜辩护。

"去，狗屁情不自禁，田娜不知道人家有老婆吗？天下的男人那么多，她怎么就这么贱，一定要喜欢一个有老婆的男人？"陈咏梅气呼呼地说，"说白了就一个字：贱！"

"看样子，同情郝梦真的人还真多，田娜在这里，不是给郝梦真整死，就是给大家的口水淹死啊。"我开起了玩笑。

"我要是田娜，马上就从这里消失！太不要脸了，做一个第三者！"

"你看你，说得跟田娜有深仇大恨一样。做第三者真的那么可恨吗？如果我做了第三者，你不会这样鄙视我吧？"我半开玩笑。

"你要是做了第三者啊，那就拜托你，千万不要跟别人说我带过你，跟我做过事，我没有做第三者的朋友。"陈咏梅也笑了笑。

我听了默然，心里却又开始翻腾起来，又想起了昨晚林永鹏给我描述的所谓的光明前景，我发现要享受到这些，所付出的代价不仅仅只有年轻的身体和青春年华，还有名誉和友情，甚至包括了亲情。一旦你的亲朋好友发现了你是这样一个见不得光的身份，他们能接受吗？我想起了爸爸，尽管他一生贫困，但是他从来没有做过见不得光的事，正正直直清清白白的，要是他知道自己的女儿是这么一个不知廉耻的人，这一生恐怕他都不会原谅我吧。

想到这里，我对陈咏梅笑着说："你放心，我才不会做第三者呢。我呀，以后要看准一个好男人，正正经经跟他谈恋爱。"

"不是吧，叶子，还没见你这么不知羞过！现在就想找一个好男人啦，那赶紧贴征婚启事去！"陈咏梅笑话我说。

33. 千万别推脱安排的工作

回到车间，大家都在正常地做事，偶尔聊天，聊的话题也离不开刚刚发生的三角劈腿桃色事件。那些组长都不自觉地把田娜给孤立起来，往往是几个组长在一起聊天好好的，看田娜过来便一哄而散。

而这起桃色事件的男主角，制程工程师王振林一直都未在车间露面，情况不明。不过也能判断出他的日子不太好过，车间里的操作小妹妹们口口相传，早已把他说得比陈世美还坏上三分。而对于女主角之一的郝梦真，大家则是无限的同情。

下班后，拿着手机，我拨通了林永鹏的电话。听得出来，电话里林永鹏是高兴的："叶子啊，你想明白了？"

"是的，我想明白了，今天有空吗？你在我们厂西大门等我，我想有些事一定要说清楚。"

"好好，没问题，我随时都有空，那我马上过来吧。"

"好的，一言为定。"

西大门连着厂区的宿舍生活区，从来都是人来人往热闹非凡。林永鹏的行动果然迅速，当我收拾妥当来到西大门的时候，他已经在那里等着了。

"叶子，你来了，这里站着也太不方便了吧，要不，我们另找一个地方？"林永鹏看到我，马上跟我提议。

"不用，这里就很好了。我找你来只想跟你说一件事。"

"那你说。"

"这个东西给你。"我把手里提着的袋子往他手里一塞，"谢谢你这么看得起我，关于你昨天跟我讲的事，我想了一夜，现在想明白了，我还是做一个打工妹好点。"

"你是不是觉得钱太少了？叶子，我们可以再商量的。"林永鹏接过手机有些吃惊。

"不，不是。我这个人吧，就是一个劳碌命。什么东西都得是自己努力得到的才踏实。那种不劳而获的生活，我不习惯。"

"叶子，难道你就不能再考虑考虑？"

"不用，我已经考虑得很清楚了，谢谢你，再见。"说完我转身就要离去。

"等等，叶子！"林永鹏叫住了我。

"请问还有什么事？"我听了回头，对他微微一笑。

"叶子，这个手机你还是拿着吧，就当是交个朋友。放心，以后我不会骚扰你的。"林永鹏说着把手机递过来。

"谢谢，这个手机对我来说还是太贵重了一点，如果你只是想单纯地跟我交一个朋友，我是不会收的。"我把手机推过去。

"手机对你来说可能贵重，但是对我来讲真的不算什么，你拿着。我知道你是一个好女孩，以后你要是遇到什么困难，尽管来找我。"林永鹏非要把手机塞过来。

"林老板，你这样就是看不起我了，如果你对我还有那么一点尊重，请你把这东西收起来！"我沉下了脸。

"那，我收起来了。叶子，这是我的名片，以后有事可以来找我。"林永鹏说着递过来一张名片。

我接过来："谢谢，如果没事了，我先走了。"

"好，慢走。"

尽管林永鹏最后表现得非常有风度，走在路上，我还是把那张名片扔进了垃圾桶。回到屋里，意外地看到高华丽和程颖颖两人正有说有笑地嗑着瓜子。

"颖颖，你来了，自考的那些书看得怎么样了？"我走过去也抓了一把瓜子。

"叶子姐，你忘了，现在又到了报考的时间了，你答应带我去报名的。"程颖颖说。

我一拍脑袋："看我，这是什么记性！周六我就带你去，你先准备好一寸相片和身份证复印件。"

"早准备好了，还用你说。"程颖颖笑着说。

"叶子，那个林老板怎么样了？我早上看你没把手机还过去啊。"高华丽问道。

"昨天没还掉，但是今天已经还了。"

"什么手机？"程颖颖不解。

"都已经过去了，没事。颖颖，你真的想报四门课程？上次我报了四门课，差点把我的老命要掉，还是不要报太多吧。"我说。

"叶子姐，没事。这四门课，大部分内容我已经熟悉了，不用担心。对了，你报考几门？"

"我？我报三门就行了吧，悠着点考，只要我们能坚持下去，总能把所有的课程考完，总能胜利的。"

"看你们的样子，我就知道你们一定能坚持到胜利的。叶子，我对你有信心。颖颖，我对你更有信心。"高华丽坐在床上，给我们打气。

"当然了，世上无难事，只要肯用心嘛。"程颖颖大言不惭。

"对了，叶子，那个王振林跟田娜是怎么一回事啊，我们办公室里到处都在传。"高华丽话锋一转，忽然问起了这件事。

"不会吧，就这么一天的工夫，事情就传到行政部的办公室里去了？看来这事还真是轰动。不过啊，你问问颖颖，她应该比我清楚吧。"我还真不知道

191

从哪里说起。

"什么呀，叶子姐，我又不是当事人，这事还是当事人最清楚吧。"程颖颖笑着说。

"那就把你知道的说一说，满足一下这位八婆的八卦心理呗。"我说。

"叶子，我这叫八婆？办公室里的那帮女人才是，对了，还有吕小珍。"高华丽不怀好意地说。

提起吕小珍，我心里总是有些不自在，她就是我心头的那根刺，是阳光下的那道阴影。程颖颖每天跟我一起做事，对我最清楚不过了，笑着把话题转开："其实吧，王振林跟田娜的事大家知道的都差不多，只是我每天跟QC那帮人打交道多一些，知道得就清楚一些吧。"

于是，程颖颖就把王振林、郝梦真、田娜三个人的事情大略说了一下，所说情况跟陈咏梅说的大致相同，最后程颖颖总结了一句："天下男人死光了，我都干不出这种事。看田娜的样儿，又贱，又不要脸，真把我们女生的脸都丢光了。"

"告诉你们一个消息，你们肯定不知道。"高华丽神神秘秘地说。

"行了，别在这里卖关子了，有话直说！"我瞪着她说。

"王振林跟田娜的辞职单，下班的时候都交到行政部了。"高华丽在我的催促下只好说出来。

"这么快，车间里都还不知道这个事呢！"我吃惊地说。

"可能他们自己也没脸待下去了吧，当然走得越快越好。"程颖颖说。

第二天开例会时，田娜辞职的事情得到证实，课长薛松表情凝重地说："现在田娜已经辞职，经吕小珍主管提议，田娜的产线由叶子接手。今天起，田娜必须把一切工作上的事务跟叶子交接清楚。叶子，你得仔细一点。"

听到这个消息，除我之外，在场的组长都吃了一惊，显然这个消息对于她们来说太突然了一点。我却有些不安：田娜走了，为什么吕小珍会安排我去接手？车间里向来都是能者多劳，你带的产线越多，越证明主管对你的肯定与器重。老资格的组长多的是，凭什么这件事会落到我头上？我可不会单纯到认为吕小珍想重用我。

但是不管怎么样，现在这种情况也由不得我推托，我只好站起来说："好的，我会尽心尽力跟田娜把工作交接清楚。"

薛松满意地对我点点头，示意我坐下："叶子你线上有近四十个人了吧，加上田娜的三十二个人就有七十多个人了，你责任重大，千万注意一些。我们都对你有信心。"

回到车间，我便主动找田娜说工作交接的事情。作为一个情场上的胜利者，她没有想象中的春风得意，反倒有一丝淡淡的落寞挂在眉间。跟她打交道，很自然就想起了在产线实习培训的时候，田娜对我的种种刁难。但是今天的田娜再也没有往日的气势，看到我过来，居然对我笑了笑："叶子，你过来了。你先看一看这个产品的工艺流程，要是不明白，你尽管问，我会跟你说的。"

我客气地说："好，我看看，不懂的再来问你。"

车间里所有产品的工艺流程其实都大同小异，所以很快我就把产线的各种情况弄明白了。田娜跟我交接起来也算非常详尽，甚至把产线上每一个员工的具体表现都跟我说了一遍。我把情况一一了解了，却始终没有问她关于王振林的事。

"叶子，以前是我不对，如果我伤害过你，请你别放在心上。"临到最后，田娜忽然冒出了这么一句话。

我听了一愣："没事，我没有怪你，其实你已经手下留情了，我应该感谢你才对。"是的，应该感谢她，正是她让初涉职场的我知道了职场里的险恶与艰难。

"我怎么对你手下留情了？"这下田娜愣了。

"当时吕小珍天天到产线来刁难我，如果你来加把油，我肯定顶不住，早走人了。"

"叶子，有些事情我还是跟你说清楚好一点，不然我走了也不会安宁。你知道为什么吕小珍对你有偏见？"

"人跟人之间是讲缘分的，大概我跟她没缘分吧。"

"是啊，人跟人之间是讲缘分的。可是这个世上，没有无缘无故的爱，也没有无缘无故的恨，吕小珍对你有偏见，其实也是有缘故的。"

"什么缘故？"我追问着，急切想解开这个谜团。

"其实吕小珍接管我们之前，曾经找我和陈咏梅谈过话，她也想了解了解情况。当时，我说了很多你的不是。所以，后来吕小珍才对你有偏见的。"

我呆在那里，怎么也没有想到事情竟然是这个样子，没想到吕小珍被田娜当枪使，对付的却是毫无根基的我！马上我又联想到这次吕小珍让我接手田娜产线的事，难道这也是田娜给我挖的坑？我盯着田娜："原来是你！我自己都奇怪得很，我跟吕小珍无冤无仇的，为什么她要这样对我！"

"对不起，叶子，我当时只想出一口气，自己都没想到后来会发展到你跟吕小珍水火不容。"田娜一脸歉意。

"对不起有用吗？你知不知道我过的是什么日子！"我眼里快喷出火来了。

"我现在只是想让你知道真相，让你知道我对不起你。我这个人太坏，也不值得你原谅吧。"

"那我问你，现在让我接手你的产线，是不是你跟吕小珍出的主意？"

"不是，这事我真的不知道。"田娜马上否认了。

我冷静下来，看着田娜："那你说，吕小珍为什么让我接手你的产线，她这是什么意思呢？"

"我想，大概吕小珍是想让你忙不过来，出了差错，再来找你的麻烦吧。"田娜想了想说。

"田娜，有一件事情我挺好奇的，我可以问一问吗？"

"你问吧，我都告诉你。"

"她们说你怀了王振林的孩子，那是真的吗？"我好奇地问。

田娜有几分羞涩，但是她承认了："是真的。"

"那恭喜你，要做妈妈了。"

"谢谢你，叶子。以前我很妒忌你，觉得主管对你好，我怎样努力，主管都看不到，所以后来我才……想不到我做妈妈了，你却是第一个恭喜我的人。"

"不管怎样，你总算跟自己喜欢的人在一起了，也算是不枉自己的努力吧。"

田娜苦笑着说："那又怎么样？也不过这样罢了。这里多少人在恨我，在等着看我的笑话，我心里清楚。"

"也不能这么说，其实很多事情还是靠自己把握的。"

"也是，事情到这个地步，其实不能怪别人，都是自己一手造成的。"田娜神色漠然，看不出是悔恨还是伤心。

两天之后，田娜跟王振林双双消失在大家的视线里，关于他们的话题也慢慢平息下来。我接手了田娜的产线，打起十二分精神盯着，生怕自己给吕小珍抓到把柄。当然，最重要的是，我又报了三门自考的科目。我暗暗给自己打气：无论如何，一定要坚持，坚持。

34. 应对突发事件，冷静是唯一的解药

时间过得很快，转眼一周又过去了。这一周我尽了最大的努力工作着，毕竟手下七十多个人，要管好也不那么容易。好在功夫不负有心人，一切都很顺利，我绷紧的心开始松下来。一天中午跟陈咏梅去吃饭，她忽然跟我说："你知道不？杨燕请了好几天病假呢，我想去看看她，你要不要跟我一起去？"

"杨燕请了几天病假？她是什么病？严重不？"在我印象中，杨燕很少生病。

"她，好像去做人流了。"

"唉，同居就是麻烦，这要是结了婚，生下来就行了。"

"你以为孩子想生就生啊，现在生一个孩子可不是那么简单的事，成本高着呢。"

"也是，孩子生下来，全都是用钱的地方，也是麻烦一个。"

"那我们今晚就一起去看看她吧，这等于是坐小月子呢。"陈咏梅一副老成的样子。

"好啊，不知道何明凯对她怎么样，去看看也好。"

下了班，两个人一起去买了一些水果提上，往我们住的那栋楼走。我原本是想买一些补品的，给陈咏梅制止了："人流之后不能马上吃补品。"我便笑她："你连这个也知道，难道以前有经历？"

"去去，没正经。我有一个姐姐，以前做过人流，我妈跟我讲过这些。"

来到屋门口，我们敲了敲房门。很快门便开了，何明凯看到我们怔了怔："你们怎么来了？"

"我们怎么不能来？杨燕现在这样，我们就不能来看看她？"我笑着说。

"你们可真有心啊，快进来。"杨燕听到声音走出来，就要去提水果。

"怎么下地了，快到床上去，东西我会拿。"何明凯对杨燕说。

何明凯把我们让进屋，杨燕就抱怨着说："哎呀，你烦不烦呐，一天到晚让我在床上躺着，我又不是得了大病。"

"杨燕呐，这事可不能开玩笑，女人这个时候就得好好保养，不然落下什么病根，可就是一辈子的事。"陈咏梅劝着。

听陈咏梅这么一说，杨燕乖乖到床上坐着："你们坐，明凯，给我两个老大倒水。"

"知道了，你把被单盖上，当心着凉了。"何明凯关切地说。

"杨燕，你煲一些汤喝好一点儿，最好是猪脚姜，鲫鱼汤也行。"我们坐定之后，陈咏梅又说。

"知道，明凯他每天都给我煲鲫鱼汤，喝得我都不想喝了。"杨燕说着，一脸幸福。

何明凯给我们一人一杯水："喝水，难得你们一起来。"俨然是一个男主人。

看到他俩幸福的样子，陈咏梅别提有多羡慕了。我们聊了一会儿天，感觉差不多了，便告辞出来。走在楼道上，我问："阿梅，要不要去我屋里坐坐？"

"不了，我知道你要看书，一天工作已经够辛苦了，不想再去打搅你。"

"那你一个人回去，路上小心一点。"

"知道了，你回去吧。"

回到屋里，跟高华丽提起了去看杨燕的事，想不到高华丽说："这有什么好看的，去看了人家说不定心里都不舒服呢。"

"也是，毕竟对一个未婚姑娘来说，这并不是什么好事，可人家杨燕跟我们一起进厂，都那么久了，看看也没什么吧。"

"那好，我也去看看她。杨燕也太不小心了些，这人流做了，以后啊只能跟何明凯过日子了。"

"是啊，以后要是何明凯对杨燕不好，她也只能认命了。"这一点，我们的观点倒是出奇的一致。

"叶子，有时候我在想，我们三个一起进厂，以前那么好，现在怎么说都像淡了一点。"高华丽说着，感慨起来。

"各人有各人的命，各人有各人的路，想想我们小时候玩得好的那些同伴，现在哪个还是经常联系的？就是我们，谁知道以后会怎么样呢。"

"嗐，别去操心以后的事了，只要大家现在能在一起就行了。"

人生聚散浮沉，原本就是难说的事，何况我们飘零在别人的城市里，正如水中浮萍，聚与散，终究不能由我们做主。也许我们唯一能做的，就是在相逢的时候彼此珍惜这份缘吧。

但是我没时间去深思去感慨，光工作就让我头痛了。田娜转给我的产线经过初接手的风平浪静后，慢慢事情开始多起来。首先是员工的纪律，接二连三地被稽核人员抓到违纪事件，接着产能和品质也有滑坡的趋势。我每天泡在产线，不停地处理异常，并且针对产线出现的问题制定相应的对策。又过了两周，产线各项指标开始一天天好转，我松了一口气，以为产线就此步入正轨。

没想到这个时候大事却发生了，并且来得那样突然，毫无前兆。

上午时间通常都过得很快，还有一个小时就要下班了，我照常在产线忙着，一声惨叫却从产线装料工位上传来。听到声音，我赶紧走上前去看个究竟。只见助拉梁小玲捂着手，坐在地上咧着嘴，眼泪汪汪不断低声叫着，鲜血从她的指缝里冒出来，把工衣都染红了。我脑袋里"轰"的一声，出事了！这是严重的工伤事故！一时间，我脑中一片空白，根本不知道怎么办。梁小玲的叫声提醒着我，我反应过来，连忙叫旁边装料的员工孙艳："你快去把车间的药箱拿来，赶快！"

然后蹲下来问："小玲，你的手怎么伤到了？严重不，我看一下。"

"很疼，我受不了，很疼！"梁小玲疼得龇牙咧嘴，咝咝吸着冷气。

"我帮你止血，你把手伸出来，止血就不疼了。"我又慌又急又难受，但还是安慰她。

梁小玲听我这样说，勉强把手伸出来，我一看魂都快没了，她的食指半截已经不见了！鲜红的血不断涌出来，触目惊心。我急忙除下我的手套，当成扎带在她手指的根部扎起来。药箱拿来了，我抖着手拿棉签蘸着双氧水把梁小玲伤口和手中的污血清洗掉，再拿着云南白药撒进伤口，血慢慢少了些。我抬头一看，不知道什么时候周围已经围了一大群人。

"都给我回到工位上去！"我的脸一沉，员工们便一哄而散各自回到了工位。"颖颖你去把主管跟课长都给我叫来，五分钟之内我必须见到他们。"我对闻声赶来的程颖颖说着，然后又对孙艳说，"你去把流水线给我停了，把小玲的手指给我找到，快点！"

跟我相邻不远的陈咏梅也过来了，看到这种情况吃了一惊："叶子，快拿纱布包伤口！"

　　我看到陈咏梅，像见了大救星："阿梅你帮我去买些冰块来，冰饮料冰淇淋什么的也可以，我马上要用。"

　　陈咏梅听了二话不说，马上往外走："我马上去，你稍等一下。"

　　我便拿起纱布把梁小玲的伤口包扎起来，正忙着，程颖颖带着薛松和吕小珍赶过来了。薛松一看马上说："把她的手举起来，举到跟头一样高，不然还要流血。对了，她的那根断指呢，马上找过来！"

　　"已经叫人在找了，应该很快找到。"听了薛松的话，我把梁小玲的手抬起来，一边包扎一边回答。

　　"组长，手指已经找到了。"孙艳手里拿着梁小玲的断指急忙跑来。

　　"别动。"我刚想接过来，却被薛松制止了。只见他拿起了药箱里的纱布扯开一截，再把断指拿过来，小心翼翼用纱布一重重包起来，对我说："快去找一个小包装的真空袋过来。"

　　小包装的真空袋是产线常用的物料，我三步并作两步到产线出货工序拿过来递过去。薛松接过，小心地把断指放进去。作为一名生产管理者，我已经培训过工伤事故的处理和应对，但面对鲜血淋漓的现实，我还是非常着急和慌张，更别提员工们了。所以包括梁小玲在内，所有的眼睛都注视着薛松，等着他的决定。

　　"叶子，只有一盒冻饮料。"陈咏梅工衣都没穿好就赶进来了。

　　薛松看了我一眼，拿过那瓶冻饮料小心地放进装断指的袋子里，然后才说："陈咏梅跟我一起送这个员工去医院，你先把她扶到更衣室。记得把她那件工衣也处理一下。"陈咏梅一听，赶紧把梁小玲扶起来，送到更衣室。

　　接着薛松又下了一连串的指令："叶子你把陈咏梅的产线一起看起来，小珍你别吃中午饭了，马上准备开会，通知所有组长下午一上班全部必须到会议室开会，主要的内容是向组长强调安全生产的问题。另外，下午两点之前，我必须看到你跟叶子关于这件事情的报告，把事故发生的经过给我写清楚！"薛松脸色严峻至极，看得我心里直发毛，产线出了这样的大事，处分是免不了的了。想到这里，我慌张之余，又有些害怕。

　　"还有，小珍你在开会的时候，要发动所有的组长进行产线安全隐患大检查，让每一个组长写一份自己产线上关于安全隐患的报告。我现在跟员工去医院，你把所有的情况打电话汇报给我。"

薛松做了一系列的布置之后出去了，我把停掉的产线重新开起来。于是，产线恢复了平时一片繁忙的景象，似乎一切都没有发生。我心里却如乱麻一般，首先想到的是梁小玲，她还那么年轻，万一指头接不回来，她的身体就是残缺的了，以后找工作、找结婚对象肯定会受影响，以后她怎么办？接着又想到这起工伤事故，受处分的一定不止我一个，吕小珍、薛松，甚至关胜平都有可能被处分，他们肯定恨死我了，以后还怎么在这里混？我苦笑，一人做事一人当，我出的事，我来承担就行了，牵连那么多无辜，那更是我的罪过了。

转念又想：我出的事，我来承担！这句简单而理直气壮的话又有多少人能做到？平时说说还可以，真真出了事故，哪个不是想破脑袋地去找推脱的理由和借口？再说"承担"两个字不仅仅是责任的担当，更是一种能力的体现，你没有能力，又拿什么来承担？

想着想着，我完全乱了。程颖颖走过来问："组长，梁小玲去医院了，她的工位我来做吧。"我听了点点头："那你先代她做着吧。"

程颖颖看着我愁眉苦脸的样子，知道我心里在烦什么，便对我说："叶子姐，你得先把小玲受伤的事件查问清楚啊，现在还不是发愁的时候。"

轻轻一句话，顿时把我从迷茫中拉回现实，是啊，现在想什么都没有用，要紧的就是查清这起事件发生的原因和经过。我看看时间，快下班了，便对程颖颖说："你去产线，让所有的员工都不能提前去吃饭，下班时全部开会。"

程颖颖接到我的指示后马上便到产线通知员工。我来到装料的工位把孙艳叫出来，开始询问她："孙艳，你说说到底怎么回事，梁小玲的手是怎样弄成这个样子的？"

"组长，是这样的，我工位上装料的治具被机器卡住了，我去叫梁小玲处理，她就把手伸进机器里去拨那个治具，结果治具一拨开，机器运行起来，她的手指就被弄断了。"孙艳大气也不敢出，小心翼翼地看着我。

"治具卡住了，不是要找维修部的人来处理吗？她为什么不找人？"

"找维修部的人来，产线就得停好久，我们的产量没做够，梁小玲就给我们想了这个办法。我们以前也这样弄过，一直都没出问题。"

"没出问题你们就敢这样整？跟你讲，以后只能让维修人员来处理，你们要是敢私自处理，全都记大过！"我的声音不由得提高了些。

"组长，这不是我弄的，我也没办法呀。"

我一听这句话就来气："不是你弄的你就没办法了？这是你的机器，是你的地盘，你不允许梁小玲整，她还不得去叫维修人员？没出问题，你就能赶产量，出了问题，那都是梁小玲的责任，是不是？"

"我不是这个意思，梁小玲是助拉，我是员工，我也难做啊。"孙艳辩解。

"做员工就有做员工的原则，你背过装料工位的操作规程没有？"

"背过。"

"那上面明明就写了，机器出现一切故障都只能叫设备维修人员处理，梁小玲再大，她能比文件大吗？"

孙艳听了低着头默不做声，我看她的样子还是不服气，便缓和了口气，对她说："孙艳，我知道你心里想什么，你是不是想，这件事情与你无关，凭什么我在这里来说你的不是。但是你想想，真的无关吗？出事的是你的操作工位，这里出现的任何问题都与你相关。我打一个比方，车间里是不允许扔垃圾的，要是有一个人在我的产线上扔了垃圾走了，给别人检查到，一样是我的问题啊，难道我可以对别人说，不是我的员工丢的东西，不关我的事吗？"

孙艳一直低着的头抬起来："对不起，组长，是我没阻止梁小玲，我以后再也不会这样了。"

"你把这件事情的经过简单写一下，吃了饭上班后交给我。"我看到下班的时间已到，不再啰唆，"下班了，我们去开下班会吧。"

35. 要升职，也要学会面对降职

开下班会的内容当然是强调安全生产的重要性，强调一切操作必须按照操作规程来处理，否则后果很严重之类的云云。我不厌其烦，对着员工讲得口沫横飞。员工在下面貌似认真听着，仿佛你一说就懂。根据我的经验，这都是表面现象，讲完了你还得一个一个提问，问完了，在以后操作的时候你还得一个一个检查。员工并不是那么容易接受你所讲的东西，只能不厌其烦地跟进再跟进。

开完会，我没有去吃饭，没时间更没胃口。我坐在车间里的组长办公桌上开始写报告，把事故发生的原因经过写下来，再附上我所想到的对策。正是午休时间，一贯嘈杂的车间安静下来，只有笔尖在纸上划过的沙沙声。

忽然"嘟嘟"的电话声响了，在这空旷而安静的时刻异常刺耳。我迟疑了一下，接过电话："你好，这里是生产车间，请问找哪位？"

"我是关胜平，请问你是哪位？"电话里传来一个男音。我听了心里一跳，是我们经理："我是叶子，请问关生有什么事？"

"是叶子啊，我在医院，你的那个助拉现在预备做接指手术。这样的，你写一个捐款的倡议书，贴在车间走廊的大门上，发动车间白晚班所有的员工捐款。她是你的员工，你们线上带头捐款，知道吗？"

"我知道了，马上去办。请问关生还有什么指示吗？"

"没有了，你办好这件事就行了。"

"那我想问，梁小玲现在情况怎么样了？你说她要做接指手术，医生说有几成把握？能不能恢复到以前的样子？"我牵挂着梁小玲，不由得连珠炮式地发问。

"她现的情况还好，伤口处理得很好，断指也保存得很好，医生说做了手术过半年可以恢复到以前的样子。你不用担心，这里有我们呢。"

听到关胜平的话，我沉重的心轻松了一些，只要梁小玲没事，我就能集中精力来善后。手里拿着电话，我的声音里也是掩饰不住的轻松："那我就放心了。对了，你交办的事，我一定会办好的。"

挂了电话，我便开始起草倡议书。我按关胜平的指示，把倡议书贴到车间走廊的门上。做完了这些，员工们已经吃完了饭，陆陆续续回到车间。我看上班的时间已经到了，便督导员工们开始生产。

"组长，你要的报告我已经写好了。"一个声音怯怯说，我转头一看，是孙艳。我拿过来看了看，没什么问题，就在她的签名下面签上我的名字。然后对她说："你先回去吧，没事了。"

"叶子，走啊，开会去！"王丽苹夹着一个软抄匆匆走过来。我说："你等我一下，我马上来。"说着拿起自己的软抄、所写的报告、倡议书和孙艳给我的报告，跟着王丽苹来到会议室。

会议是吕小珍主持的，她的样子非常的严肃，一上来就说："大家不用我说应该都知道为什么要开这个会了吧！今天我们车间发生了一起严重的工伤事件，叶子线上的助拉梁小玲的手指被切断了，现在正在医院里进行接指手术。叶子，你的报告写出来没有？"

我急忙把我的报告和孙艳的报告一起交到吕小珍手里，她接过来随便看了看，不耐烦地说："你口述一遍吧，把报告里的内容讲讲。"

我站起来，把这起工伤事件发生的原因跟过程讲了一遍。讲完了，吕小珍并没有让我坐下，开始质问："你自己说一下，为什么会出现这么严重的事故？"

来了！暴风雨就要来了！

我挺了挺腰，面无表情地说："这事的主要责任在我，是我平时没有做好安全生产的教育，是我平时对员工要求不够严格，对文件精神执行力度不到位，是我巡产线不够细心，连员工违反操作规程都没有发现，总之，这起工伤事故，我必须负主要责任。"

"听到没有？一个组长，完全没有尽职尽责做好自己的本分工作，完全把我们平时的教导不放心上，要你有什么用！"吕小珍脸色阴沉，痛心疾首地在十几个组长面前陈述我的罪状。当然我也罪有应得，只能低着头默然不语。

组长们鸦雀无声，吕小珍的声音继续响起："鉴于组长叶子平时表现极差，工作上没有一点儿责任心，对员工疏于监督和教导，导致产线发生这起严重的工伤事故，现在决定给予降级处分。也就是说从现在起，叶子不再有组长这个管理职称。在新组长没到岗接手这条产线之前，是以代理组长的身份进行产线管理。新组长到岗后，工作再另外安排。"

吕小珍的话像响雷一般，每说一句都在我耳边轰响一次，当听到她那句"给予降级处分"后，我眼前一黑，差点都站不住了。我知道出了工伤事故，处分是肯定少不了的。只是没想到这么快这么重。按例，处分都是在工伤事故的原因查明，由厂方安全处核实了以后才下达的，并且在人员没有造成死亡和残废的情况下，一般都是责任组长记大过，责任主管记小过，课长和经理扣掉三分之一绩效奖。

"叶子，听到没有，回到车间你就把你的帽子换成员工的帽子！"吕小珍双眼盯着我。我抬头，挺了挺腰，也直视着她："知道了，我想问问，在我担任代理组长期间，要不要参加组长例会？"

两人对视的一瞬，过往的怨恨在我们面前平静穿越。尽管吕小珍的表情是严肃的，在她眼睛里我依然看到了丝丝快意。而我的目光平静如水，既然这是作为一个失败者必须承受的，那也就没办法了。

"代理组长期间，凡是组长必须参与的工作，都要参与吧。好了，我希望这次对叶子的处分能让大家引以为戒，对工作再认真细心一点，不要再犯类似的错误！"吕小珍说完顿了顿，然后瞟了我一眼，"叶子你坐下吧。"

我坐下来，摸了摸发麻的腿，心烦意乱地拿了一张白纸胡乱画着，吕小珍在上面讲什么，我已经没有心思听了。不经意间把白纸翻过来，我才发现是打印好的募捐倡议书。我看到又是一身冷汗，这么重要的事情，竟然糊里糊涂地给忘了。

"请问在座各位还有没有事？"吕小珍环视了我们一眼。我知道这通常是散会的意思，连忙站起来："吕主管，这里有一件重要的事，我忘了跟大家说。"

吕小珍皱了皱眉："什么事，你说吧。"

"今天中午吃饭的时候，关生给我打电话，让我写一份募捐倡议书，我已经照着他的意思写好，贴在我们车间里走廊的门上。"吕小珍下午没进车间，肯定是不知道的。

"哦，这是关生的意思吗？"

"是，关生打电话亲口给我这么说的。"

"那这件事情就交给王丽苹去统筹吧。各位组长，你们回去尽量把员工发动起来，能多筹一些钱就多筹一些钱吧。把每个员工捐钱的数目写清楚，然后让员工在后面签一个名。账目跟钱一定要对得上，知道吗？然后王丽苹从各个组长那里把钱和捐款名单收上来。清楚没有？"

我们都没吭声，吕小珍又说："要是没什么事的话，散会。"

走出这个会议室后，我就不再是组长了，辛辛苦苦几年，一下子又回到了员工的位置。我木然地回到车间，忽然觉得无以自处，以后我将以什么样的面目来面对我曾经带过的员工们？看着一片忙碌的产线，我茫然若失。程颖颖走过来，轻轻地叫："组长。"

"啊？"我回过神来看着她，"什么事？"

"组长，这是685块钱，这是捐款的名单跟数额，你看对不对得上。"说着程颖颖把一叠钱跟一份名单放在我手上。我接过来，愣住了："怎么你们这么快就捐钱了？"

"是这样的。我看到了那个倡议书，知道要发动捐款。你去开会的时候，孙艳她们，跟我说钱让我先收着，我就收下了。线上的员工知道了，每个人都给钱过来，让我收着，我就拿了纸把她们每个人给的数目都登记下来了。"

我拿着那个名单一看，当头写着：程颖颖20元，孙艳20元……后面有捐5元的，有捐10元的，但是大部分都是10元的，忍不住说："你们也没什么钱，尤其是你跟孙艳，怎么捐那么多钱？"

程颖颖笑着说："是孙艳先带的头，她一定要捐20块，她说这件事情她也有责任，这是应该的。我想小玲是我们线上的人，我们自己都只捐这么一点儿钱，其他线上的人看到了肯定也不肯多捐，我就来带个头呗。"

我听了不由得感动了，尤其是在刚刚被降级处分这个残酷的现实之后，程颖颖和产线员工的举动让我倍感温暖。

是的，温暖。

我握着程颖颖的手，诚挚地说："谢谢你，真的，谢谢你。"

"组长，这是我应该做的呀，你不用这样谢的。"

"颖颖，你还是叫我叶子姐吧。从下午开始我已经不是组长了，现在只是代理一阵。我跟你一样，现在都是员工，可能以后连你都不如，至少你还是一个助拉呢。"

"叶子姐，没事。其实刚才我就已经知道你被降级了，但是只要你在这里一天，你就是我的组长。"程颖颖安慰着我。

"你已经知道了，你怎么这么快知道的？"我愕然。

"是邹娟告诉我的，这种事情传得快，那些组长透出一点儿，马上全部人都知道了。"

"也是。按吕小珍的话，我现在就要去把帽子换过来了。颖颖，你把这份名单跟钱拿上。"说着我递过去给她，"我捐30块钱，现在就给你。你把这些账目跟钱再对一次，要是对得上，你就交到王丽苹手里，她在统筹这件事。"

"那你呢？以后还会带我们吗？"程颖颖追问着我。

"我？"我苦笑着说，"现在我自身难保，以后去哪里，我自己都不知道呢。好了，不说这些了，你去把钱给王丽苹吧，我现在去把帽子换了。"

我来到车间更衣室的接待处，叫接待文员给我一个员工帽。可能是吕小珍已经通知了接待文员，她没问什么就把帽子给我了。我苦笑着，这个车间有史以来都没有组长被降级的，我倒成了第一个被降级的组长了。我拿着帽子换过了，看到镜子里的我头上不再是黄色的组长帽，而是白色的员工帽，眼泪忽然就像关不住的水龙头一样，哗哗往外面淌着。但是这里不是哭的地方，就算是哭，也得找一个没人看得见的角落去。这个世界就是这么现实，从来只看得见成功者的欢笑，却看不到失败者的眼泪。作为一个失败者，你甚至连哭的权利都没有，被别人撞见，要么就是装做没看见，要么就是嘲笑着再向你的伤口上撒把盐。那么就找一个无人的角落吧，这个时候，我迫切需要一个无人的角落，独自梳理自己纷乱的情绪。

我双眼蒙着泪，穿过车间长长的走廊，顺着空荡荡的楼梯往下走，哪里人少就往哪里走，走着走着就来到了花园。正是上班时间，花园里空荡荡。我坐在喷水池边的长椅上，看着厂门口外马路上滚滚的车流，努力让自己平静下来。哭是没有用的，还是想想以后怎么办吧。

以后怎么办？以后怎么办？我心里一遍一遍问着自己。是继续在这里做下去，看以后有没有机会东山再起，还是干脆辞职，再去另找一份工作，从头再来？想着想着，我心里又乱了。抬头四处看看，无论是厂门口来来往往的人群还是进进出出的车辆，每个人都在忙碌着，每个人似乎都那么快乐。再想想自己，不由悲从中来，在这里努力了几年，却一下子折回到刚进厂时的光景，泪水又止不住往下淌。

36. 不要骑马找驴，也不要骑驴找马

那个下午，我独自一人在花园里不知道哭了多久，直到一个声音响起来："叶子，你怎么了，怎么哭了？"我抬头一看，却是高华丽。我摇摇头："没什么。"却哭得更伤心了。在真正的朋友面前，你不用隐藏你的情绪。

"到底发生了什么事？现在不是上班时间吗？你怎么在这里哭？是你家里出事了吗？"高华丽着急地询问我。

"不，不是的。"我哽咽着说，抬手擦着眼泪，想让自己平静下来，但是仍然止不住哭。高华丽看到我这样，在我旁边坐下来，让我靠在她的肩上，轻轻拍着我的背。我哭了一会儿，终于平静下来："你怎么会在这里，你不是在上班吗？"

"是啊，我这就是上班啊。"高华丽这么一说，我倒是糊涂了。她看到我

呆呆的样子，轻轻一笑："我今天下午的工作任务，就是跟着周海在厂里巡视，专门检查所有张贴的标语。结果走到这里，就看到你了。"

"那周海呢？你走开了他会不会找你？"

"没事，他回办公室去了。你现在可以告诉我，到底是发生了什么事？"

"也不是什么大事，我线上的那个梁小玲，她出了工伤事故，我被降级处分了。"

"小玲出了工伤？那她伤得严不严重？"

"她的手指被切断了一截，现在送医院了。关胜平打电话说，她正在做接指手术，成功的几率很高。"

"嗯，那就好。对了，你怎么这么快就被处分了呢？不是要等厂里的安全处把事故原因调查清楚后才依情况处分的吗？"

"这是吕小珍决定的，现在我们部门的老大们都在医院，车间里就她职位最高了，她说什么就是什么。"

"要真是降级，那以后你的日子会很难过的。"高华丽担忧着说。

"真过不下去了，大不了就走人呗。"我赌气说。

"你呀，要真有这么潇洒，刚才就不会哭得稀里哗啦的了。"

"刚才是刚才，我只是难受得很，哭过了就没事了。"

"唉，我也没什么能力，帮不了你，叶子，现在你只能坚强一点。"

不知道为什么，哭过了之后，整个人都轻松了许多。我站起来，对高华丽说："谢谢你，华丽，我回车间了。这么长时间不在产线，我担心员工们找我。"

不管怎样，该面对的还是要面对，逃避永远解决不了问题。

"那你回去吧，没事，想开一些就行了。"

我对高华丽点点头，转身走了。回到车间更衣室，我吸了一口气，穿好工衣戴着员工的帽子进了车间。程颖颖看到我马上走上前来："叶子姐，刚才你去哪儿了？吕小珍到产线来问了几次，到处都在找你呢。"

"我知道了，除了这件事，还有没有别的事？"

"我把钱和名单给了王丽苹了，刚刚产线缺料，我已经打电话让仓库送料上来了。"

"做得好。颖颖，还有一件事情我已经忘了，你去通知一下，顺便也跟邹娟讲一下，让产线上所有员工把自己工位上可能产生的安全隐患报上来。这件事情很重要，一定要通知到位。"

"好的，我会告诉邹娟，也会通知员工，一会儿把情况报上来给你。"

"好，那你忙去吧，有事找我就行了。"我对程颖颖说了这么一句，转身来到车间后面那一排电脑处，果然吕小珍在那里。

"主管，听说刚才你找我，有事吗？"我尽量用客气谨慎的语气。

"刚才你去哪里了，怎么这么久都不见人？"吕小珍严肃地看着我问。

"没去哪里，刚才到外面转了一圈，散散心。"我看着她，平静地说。

老实话往往是最让人无可辩驳的话，如果我找个理由扯个谎，说不定吕小珍还追问不休，但实话实说，吕小珍就追问不下去了。至于处罚，随她去罚吧，反正我现在的处罚已经够严重了，债多了不愁，虱子多了不痒，处罚多了没有威慑力。

估计是我这么一副破罐子破摔的样子镇住了吕小珍，她倒没有再批我，开始说起了她的正事："刚才关生打电话过来，说梁小玲的手术做完了，情况很好，但是现在还要住院观察一段时间，让你派一个女孩子去陪护。"

"现在就去吗？"听到梁小玲手术情况很好，我心里多少有些欢喜。

"四点钟厂里有一趟到人民医院去的车，你让员工到厂区乘车处去等就行了。"

我看看电脑上的时间，已经快 3：50 了："我马上去。"

回到产线之前，我就在想，这陪护的人选不用说，孙艳是最合适的。便径直来到孙艳的工位，把这件事情跟她讲了一下。孙艳二话不说便答应，匆匆赶车去了。

一会儿王丽苹过来了："叶子，你的电话，在线长办公桌那里。"

"谢谢。"我对王丽苹说了一声，便过去拿起了电话，"你好，我是叶子，请问你是哪位？"

"叶子，是我，我是周海。"

"周海啊，有什么事吗？"

"叶子，你的事情我都听高华丽说了，现在你还很难过吗？"

"谢谢你，我现在已经没事了。"

"我知道你以后在车间将很难立足，我想问一下，你今后有什么打算？"

"我，不知道。今后的事，谁也没办法知道。"

"叶子，你愿意到我们行政部来吗？跟高华丽一样，也做一个文员。"周海停了停，"当然是没有组长管理职的，比做组长要轻松一些，但是钱也没有组长那么多，可能升职的机会也没有生产部多。"

"真的？"一瞬间，我有点不相信我的耳朵，到行政部做文员？这几乎是在这困境中的我最好的出路了，生怕他反悔似的，"我当然愿意去，随时可以去。"然而我还是有几分怀疑："你又不是经理，你说去就可以去啊？"

"上次我们不是跟我舅舅吃过饭吗，他对你的印象挺好的，后来还问过几次你的情况呢。我看只要你愿意来行政部上班，我想我舅舅是没问题的。"

"你还是去问一问好。谢谢你的一片好意，就是去不成，也还是谢谢你。"这种情况下，能为你着想为你打算的，当然是真正的朋友。

"我们之间就不用太客气了，真想谢我，等到了行政部上班以后再谢吧。"

"那我等你的电话，你去看看你舅舅到底是什么意思。"

"好，先这样，拜拜。"

挂了电话，我如常在产线上忙碌起来，周海的电话给了我一线希望，做事情就有动力了。员工们看到我的帽子换过来，各种眼光都有，但是我已经不在乎。也许不用几天，我将在这里消失，不管失意还是得意，让一切都随着我的离开烟消云散吧。

我一直留神听着电话，希望电话声能快点响起。半个小时过去了，电话没有动静。四十分钟过去了，电话还是没有动静。我看看车间里的时钟，快要绝望了，已经快四点五十分了，还有十分钟，行政部就要下班了，看来事情并不像周海说的那么简单。

五点钟，我原本高涨的情绪又低落了下来。没精打采地在办公桌前坐下来，电话响了。我苦笑，这个时候打过来的电话肯定不是行政部打过来的。接过电话，随口说："请问找哪位？"

"叶子啊，一听这声音我就知道是你，怎么样，等急了吧？"周海的声音如天籁般响起。

"是你，周海。我以为你今天不会打电话过来了呢。"

"肯定要给你打电话了，这事就是不成，也要告诉你，让你安心。"

"怎么了，事情不顺利吗？你放心好了，我经得起打击。"我给周海宽心，也给自己宽心。

"看你说的，我出马，事情能搞不定吗？放心吧，我舅舅说，只要你愿意过来，随时可以来。现在我舅舅还在办公室里，正好有空，你过来跟他面谈一下吧。"

"好，我马上来。对了，谢谢你。"

"其实我也没怎么帮忙，主要是他对你的印象好，才这么顺利。快过来吧，我舅舅在等你呢。"

挂了电话，我高兴得几乎想跳起来。走出更衣室，我看看镜子，原本死气沉沉的脸色活泛了些。我换过工衣，再对着镜子理理头发，便来到行政部。

周海跟高华丽都等在办公室里，看到我进来都迎上来。周海说："我带你去找我舅舅吧，跟我来。"

我对高华丽笑了笑，便随着周海来到行政部大办公室后面的小办公室。周海把门打开，对邬贵和说："邬生，叶子来了。"

邬贵和抬头看到我们，笑着说："叶子过来了，来，坐下坐下。"

我也笑了笑，对他说："邬生你好，我来了，想请您多多关照。"

周海对我说："叶子你坐下吧。我出去了，你们好好谈。"说完他转身出去，轻轻地带上了门。

我看着周海出去，转头又对邬贵和笑了笑，坐到了他指定的椅子上。

"叶子，你考虑清楚了，真的愿意到我们行政部来？"隔着一张办公桌，对面的邬贵和脸上一贯的笑容没了，显得异常严肃。

我心里"咯噔"了一下，不知道他是什么意思，还是肯定地说："已经考虑清楚了，我想，到行政部来上班，是我的荣幸。"

"但是行政部的工资没有生产部高，并且行政部跟生产部不同，生产部扩张得比较快，升职的机会也比较多，但是在行政部就没那么多机会了。"

听到邬贵和这么一说，我反倒心里多了几分把握，根据我做管理的经验，让别人来干活之前往往先把工作不好的地方跟对方说一说，如果不要你了，反倒会客气很多。于是我便说："有失必有得，像你说的，可能薪水少一些，升职的机会少一些。但是可以学到很多东西啊，时间也充足，正好多学学，以后对自己是有好处的。"

邬贵和笑了笑，温和地对我说："年轻人，不错，有上进心。只要肯努力，到处都是机会。"

"谢谢邬生，以后还得多跟你学习呢。"

"对了，叶子，我听周海说你们的产线出了一点事故，是什么事故？可以详细地说给我听一下吗？"想不到邬贵和口气一变，忽然问起了这件事来。

我叹了一口气，也没什么好隐瞒的，就把这件事情发生的始末原原本本告诉他。邬贵和听了若有所思："叶子，原本我以为你能很顺利地调过来，现在看你说的情况，只怕没那么容易呢。"

　　"你是说，吕小珍不会让我调到行政部？这个事情只要关生答应就没问题了，我想关生是一个比较通情达理的人，应该会让我走的。"

　　"但愿吧。"说完邬贵和从文件夹里拿出一张纸，"这是《内部员工调动表》，你拿着去找你们的主管经理签字，然后交给我们这里的文员。"

　　我站起来接过："好的，谢谢邬生。"

　　"那就没什么了，我等你的好消息。"

　　走出邬贵和的办公室，拿着《内部员工调动表》，我的心并没轻松多少。刚才听邬贵和的口气，莫非这件事也不会顺利？我心里想着，却看到周海和高华丽正在大办公室的门口站着。我走过去，开玩笑地说："怎么都站这儿？是不是在等我啊。"

　　"是啊，就是在等你啊。"高华丽认真地说，"怎么样，叶子，这事情成了没？"

　　我把手里的调动表在她面前挥了挥："拿到了这个。"

　　周海一直在微笑着看着我们，看到我手里的东西，拿过去一看："只要让你的老大们签名了，你就可以正式来这里上班了。"

　　"谢谢你们，如果不是你们帮我，我真不知道怎么办才好。"对着两个朋友，我还真不知道说什么好。

　　"叶子，我也没做什么，我只是把你的事告诉了周海。其实这事他出力最大了。"高华丽不敢居功。

　　"你们两个都出力了，等我调到行政部，我请你们吃饭。"我说。

　　周海说："还是调过来再说吧，想请吃饭还怕没机会？"

　　"也是，我先回去了，看看那些去了医院的老大回来没有，顺便让他们签一个字。"说着我对他们挥了挥手。

　　离开半个多小时了，回到车间，先找程颖颖，看到没什么事，便跟她交代了一声："如果有人找我，你就说我不在，如果员工有事，你看着处理。对了，今天的生产状况表要找一找陈咏梅产线上的助拉邹娟，两个人对一下，有什么问题就交到主管那里去吧。"

　　"知道了，叶子姐。"程颖颖疑惑地说，"你下午老不在产线，在做什么啊，我看你好像很忙呢。"

我想了想，调行政部的事还是先瞒着她好一点，免得整个车间都知道，便淡淡地说："没事，我明天再跟你说吧，现在我要忙去了。"

37. 你知道经理在想什么吗？

我是在车间后面的经理现场办公桌上找到关胜平的。吕小珍正跟他汇报着什么，我便在一边等着。吕小珍离开了以后，我才走进去。关胜平看到我，脸上没什么表情。我吸了一口气，礼貌地说："关生，我有事情跟你谈一谈，请问你有时间吗？"

"哦，有事啊？我现在有点忙，不过没关系，你说吧。"

"我，我想调到行政部去做文员。"当真正面对关胜平的时候，我居然就没有了底气，之前所想的种种理直气壮的说法顿时失去气势。

"做文员？怎么会有这个想法呢？做组长不是更好吗？再说行政部的文员也不是你想做就做的。"关胜平手里拿着一支笔摇着，皱了皱眉，盯着我说。

"我已经拿到了行政部的《内部员工调动表》了，你要是同意，请你签个名，好吗？"我拿着那份东西在他桌子上放下来。关胜平拿过去看了看："叶子，怎么，出了事情，你就打算这么一走了之？"

"什么一走了之？难道你认为现在我做得还不够吗？我在这里努力了那么久，现在又回到了原点，你觉得还不够？"我的眼睛里不争气地又涌出了眼泪。

"那我问你，这件事情发生之后，你又做了什么？"

我把眼泪压下去："首先我把事情发生的原因查出，并且知会了全体员工。然后对产线做了一次安全隐患排查，预防以后再出现这种事故。再有就是你让我写的捐款倡议书，我们产线捐了七百多块钱了。"

"那你就没有想过，以后怎样带领你的团队，做出业绩让我们管理层看看？"

"我当然想！你以为我就不想哪里跌倒就从哪里爬起。但是没有用，我现在已经没有带领团队这个资格了。"说着我指了指头上的白帽子低声说，"以后，我在这里只是一个普通的员工。"

"你是说降级的事啊？刚才你的主管向我汇报了这件事，我也是刚刚才知道的。"

"我不怕苦，也不怕累，那对我来说不算什么。我不怕被别人嘲笑，也不怕被别人轻视，但是我怕这样一来就再也没有机会证明自己。去行政部做文员起码可以学到很多东西，可以有一个新的开始。留在车间里，我想最终只有辞职这条路吧。"既然把话说开了，我索性把自己的处境也说了，以我对关胜平一贯的了解，他至少是一个通情达理的人。

"你是说，你目前最大的困扰就是对你的降级处分？"

"也可以这么说吧。"

"如果我取消对你的处分，你还想去行政部做文员吗？"关胜平不动声色扔出这句话。

我一听，竟有些不知道怎么回答。

"难道这里对你来说就真的那么不值得留恋吗？"关胜平盯着我问。

"不，这里有很多人都让我留恋。我觉得我是一个做得最差的组长了，但是我的员工们还是那么地信任我。"我想起募捐的事，员工们的举动让我在这样的处境中倍加感动。

"那么你就应该留下来，这样才不辜负员工们对你的信任。"我听了沉默了，关胜平继续说："不单只是员工们信任你，就是我跟薛课也是信任你的。叶子，留下来好好干吧。"

"可是我的处分……"

"你的处分我给你取消掉！"关胜平打断我的话说。

"取消掉？"我听了有些不相信我的耳朵。

"是，取消掉。其实这件事情小珍太心急了一点，工伤事件的处分，程序不是这样走的。"关胜平轻描淡写。

我听了有些难以置信："不降级了，那部门里会给我怎样的处分？"

"处分？处分就是让你以组长的职位继续带你的产线。"关胜平看到我糊涂的样子，又解释说，"其实小珍对你降级的处分我是不赞成的，处分的动态书没有我的签名就不能交到人事部，所以现在你还是组长，并不因为小珍让你去戴了这个员工帽，你就降级为员工。"

"原来是这样啊。"我讷讷说。

"现在你还想去行政部吗？"关胜平笑着问。

"我在这里做得其实并不开心，你也曾经看到了，我的主管是怎样跟我说话的。她现在还跟以前差不多，这次我一出事，马上就被她降级了，只差没被开除。我想如果留在这里，最终会被她整得做不下去的。我，还是去行政部好。"我咬咬牙，把我心里的话都倒出来。

"嗯，跟小珍相处，我也知道你很难做。这样吧，我给你换一个主管，把你调给宋仕强怎么样？"

"把我调给宋仕强？"这下我是傻眼了，难道我就真的这么重要，为了让我留下来，关胜平可以满足我的一切要求？我马上否定了这个想法，在车间里的组长当中，我顶多是一个菜鸟，人贵有自知之明，这点我还是能看清的。但是我也不想揣着糊涂装明白，便问道："为什么我一提，你就把我调给宋仕强主管，我还没那么重要吧？"

"在我的眼里，所有的组长都重要，当然也包括你。"关胜平给了我一个很勉强的答案，"我希望我底下的组长们，每天可以用最大的热情去做事，你不要觉得你现在很平庸，可能给你换一个主管，你的表现就完全不一样了。"

"谢谢关生对我的关心与鼓励。"我由衷地说。

"现在你还要去行政部吗？"关胜平又问了我一遍，问得我都不好意思了。我低着头想了想："既然关生这么信任我，这么看重我，我又是这个部门培养出来的，我愿意继续在这里做下去。"

"好，这就对了。"关胜平对我赞许地说。我心里说不出是什么滋味，一方面为自己被取消处分调到其他主管手下而高兴，另一方面去不成行政部，又对邬贵和心怀愧疚。

"那没什么事，我先回去了。"

"等一下，叶子。"关胜平叫住了我，"关于这次工伤事故你有什么看法？"

"看法？我没什么看法。"我认真地说。

"你的报告我已经看过了，其实这件事归根到底还是为了赶产量引起的事故，只要车间里还要赶产量，我想这种事情总是避免不了的。关键是，我们要怎样来看待和处理。"

我站在那里，认真听着关胜平的话，不知道他葫芦里装的什么药。关胜平接着说："今年我们车间一直都没有出过工伤，这次是第一起，要是往上报，我们一年的努力都白费了。"

我听了不由歉疚地说："对不起。"

"这也不完全是你的责任，我们也有责任。去年我们车间全年零工伤，今年一年来，我一直都在想怎么才能继续保持这个目标。现在我想到了一个办法，只是这件事情要有一个人起头。叶子，你的产线出了工伤，现在你是最好的起头人，你愿意做这个起头人吗？"

关胜平的一席话又让我糊涂了，有什么方法能做到零工伤？现在工伤都已经出来了呀，还能有什么办法？起头又是什么意思？

关胜平看到我一头雾水的样子，微微一笑："这件事情我只跟你一个人说，并且只有你一个人知道，你必须答应我不能跟任何一个人讲。"

我有几分好奇，关胜平说得神神秘秘的，到底是什么事？跟他点点头："你说吧，我保证不告诉别人。"

"刚才小珍向我汇报，车间里的七百多员工，目前捐款总额已经有五千多了。按这个情形估计，车间白晚班的员工捐到一万多是没问题的。我们管理层再垫一点，那个员工的手术费、住院费就可以解决了。这起工伤事件，我跟方思云总监商量了一下，决定不上报厂部。方总监让我想想办法，怎样杜绝此类事件，我想了想，这件事情还是要成立一个专项的基金才能解决。"

我静静地听着关胜平的话，一直都没有打断，这时忍不住插了一句嘴："成立专项基金？怎么成立？这个具体又要怎样来操作？"

"这个事情我仔细想过了，必须由车间里的课长主管们出面，其中情由知道的人越少越好，我作为一个经理，不好跟他们去讲，你们线上现在出了事，由你来向他们提议最好不过了。"说着，关胜平把其中具体的方法跟我详细说了一遍。我听了有些为难："这个事情我去说不好吧，你是经理，为什么不直接跟白晚班的两个课长说呢？"

关胜平笑了笑："这些事情我还真不好直接去跟他们说。叶子，我想了又想，你是提这个建议最好的人选，非你不可，只有你的产线出了事故嘛。"

"那，好吧。"尽管我还是不明白为什么关胜平不能直接跟他下属说，但是他提了我产线出的事故，我就像被别人抓到痛处，勉强答应了。

"今晚八点，我们车间白晚班的主管会开一个安全生产的检讨会，我会让小珍通知你也出席。虽然说取消了对你的处分，但还是要对各位主管检讨一下的。你回去先把这个检讨写一写，回头在会上念一下。开完会后我会把白晚班两个课长留下来，你再把这个事情跟他们用建议的方式说一下，你明白吗？"

我点点头："我知道了。可是有些事情我还是不明白。"

"你说，你尽管说。"

"我的产线出了事故，我是提这个建议的合适人选，但为什么你就这么有把握，你就不怕我把这件事情透露出去？"

"你是一个聪明人，聪明的人都知道怎样做才对自己最有利，我相信我不会看错你。"关胜平看着我，慢慢地说，"叶子，你记住一句话，每一件事情都有一万种解决方法，你千万不要选择最坏的那种方法。"

每一件事情都有一万种解决方法，你千万不要选择最坏的那种方法。

从关胜平处走出来，我的脑子里一遍一遍地回味着这句话。再仔细想了想，关胜平一再挽留我，并且承诺不处分我，给我换一个上司，原来都有他的目的，说到底还是他有用得着我的地方。想起他交办给我的事情，我又有些为难，这个建议虽然对管理层有利，但是到底是在欺骗员工，这昧着良心的事，我该怎么做？

回到产线，陈咏梅已经从医院回来了，她交给我两个厂牌："这两个厂牌是关生让我交给你的，你拿着吧。"我接过来一看却是梁小玲和孙艳的厂牌，我知道把厂牌交给我就是要我帮忙每天刷卡的意思，便收了起来，又问了她梁小玲手术的情况。陈咏梅看到我的白帽子，又追问吕小珍处理我的事情。我笑笑说："没什么，都已经过去了。"

我原本想跟她讲我被调到宋仕强那里的事，但是转念一想，这件事情现在还没有公布，传到关胜平耳朵里就不好了，便按下不提。

八点钟的会议是关胜平主持的主管级别会议，吕小珍通知我列席的时候我心里仍然在不断挣扎着，到底要不要按关胜平说的话去做。

"叶子，把你的检讨写好一点，别在那么多主管面前丢了我的脸，说我连一个组长都调教不好，明白吗？"吕小珍背着手居高临下对我说。

看到她在我面前一副高高在上的样子，我不由得又想起了以前在吕小珍手下所遭受的种种非人折磨，只要能摆脱她，不再看她的嘴脸，做什么我都认了。我咬咬牙，决定还是按关胜平的话做吧。

会上，我拿着检讨稿念完，剩下的就是其他人的事了。关胜平严肃强调了安全生产的重要性，动员组织早中班的主管对车间所有存在安全隐患之处进行排查，制订相应的对策出来。最后又说："这次叶子所带的产线出现这种事故，她本人有一定的责任，但是责任也并不全在她身上，暂时不对她采取处罚的措施。"

吕小珍这时站起来："关生，叶子是我带的人，我认为这次工伤事故当中她应该负很大的责任，我还是建议把她降级处分。"

薛松面无表情地说："你还知道叶子是你带的？她产线出现这种事故你就没有责任？你给她降级处分，那应该给你什么处分？你又是我带的人，我又应该得到什么处分？"

吕小珍嘴巴张了张，却无话可说，心有不甘地坐下了。关胜平说："好了，这件事情到此为止。这里我要给薛松一个建议，宋仕强是一个很有能力的主管，现在他管的事好像比较少，就让叶子调到他那里去，连带着叶子所带的产线一起转过去吧。你说怎么样？"

薛松点点头："这事就这样定了，明天叶子产线的一切事务都交给宋仕强处理吧。"

薛松一锤定音，我心里暗暗松了一口气，从明天开始再也不用看吕小珍这老变态的脸色了。接着，关胜平又问了一下各班的生产状况，把情况掌握以后便宣布散会，顺便又让两班的课长留下来。

38. 适应新上司，越快越好！

"今天下午回到车间，我跟叶子谈了一下对这起工伤事件的看法，叶子跟我讲了一个很好的想法，我认为实际操作是可行的，但是要两位课长支持。叶子，你跟两位课长讲一下你今天的想法。"关胜平等所有主管都走了以后，把会议室的门仔细关好，才走过来站定，对大家说。

我清清喉咙，把关胜平之前对我说的话大概讲了一遍："现在厂方对安全事故实行的是领导责任制，就是按安全事故给厂方造成的各种损失和人员伤亡情况来对各级主管进行惩罚的制度。但是有一些事故既没有对厂方造成损失，也没有人员出现死亡和残疾，就如今天我们线上的这起事件，只是要付一些医疗费用，但是申报上去，我们各级主管还是有相应的处罚。我就想，其实我们车间里也不会出现那些有重大损失和人员伤亡的安全事故，顶多也就跟今天这起类似吧。只要我们自己手里有一笔钱，专门用于支付这些医疗费用，其实这些事情完全可以不用申报上去，自己就能解决。我想，车间里要是能成立这么一个专项基金的话，这些问题都不是问题了。"

"成立专项基金？怎么成立？资金又从哪里来？"对班的课长崔展华听了插进来问道。

"我们车间每个季度不是有员工的活动经费吗？每个员工有五块钱，两个班所有员工的活动经费加起来一年也有三万多吧，这是一部分。另外，我们可以发动员工捐一些款，你们看这样行不行？"

"发动员工捐款？这个主意是挺好的，但是员工知道这个情况她们肯定也不会捐吧。"薛松说。

我抬头看看关胜平充满期待的眼神，舌头有些打结："这个事情我也想过了，肯定不能让员工知道的，最好知道的人越少越好。我们可以这么跟员工说，就说我们车间成立一个互助基金，用于帮助出现家庭困难的员工，这样比较好一点。"

关胜平这时把话接过来："叶子的建议我想了一下，确实蛮好的。其实如果车间里没有工伤事故的话，碰到有员工真的出现家庭困难了，比如家人生了重病之类的，情况属实的话也可以把钱拿出来救济一下员工。"

关胜平一发话，崔展华马上就说："是啊，是啊。有时候我们碰到有家庭困难的员工都不知道怎么去帮助，要是我们手里有钱的话，不但可以解决出现工伤事故的医疗费用，还可以帮助有困难的员工。"

薛松看到崔展华积极采纳我的建议，也不甘落后："叶子的这个建议很好，可以说一下子就解决了困扰我们很久的问题，我看是确实可行的。"

关胜平说："我想了一下，这件事情必须等到梁小玲出院以后才能操作。因为梁小玲这件事情，大家都已经捐过款了，再让员工捐款的话，员工也没那么高的热情了。"

"是，是。"薛松连连点头，又叮嘱我，"叶子，操作这个基金的事，只有我们几个知道就行了，千万不能往外说，知道吗？"

"这个我知道。"我苦涩地笑了笑。

薛松和崔展华都是在职场上久经风浪的人，听我一讲，马上明白了其中的关窍，反倒怕我不明白其中的利害关系，因此才特意地叮嘱我吧。

"好了，叶子的建议是可行的，但是具体的操作方案我们改天再仔细地研究一下吧。你们两个回去先想一想，到时再拿出一个方案来。今天太晚了，我们先散了吧。"关胜平对我们说。

下班回到屋里，高华丽和程颖颖、杨燕都在，想必她们知道了我被降级的事，来安慰我吧。看到她们，我心里热乎乎的，在这个人情冷漠的城市，哪怕一丝的温情都让人倍加感动。

"叶子，你吃饭没有，我今天煲了排骨汤，现在还在电饭锅里保温呢，我去给你盛上来吧。"杨燕看到我回来马上说。

"杨燕，我也想喝排骨汤，有没有我的份儿啊？"程颖颖含笑说。

"你想喝汤啊，下次跟我预订，这次没你的份儿。"杨燕嗔道。

"可是我的肚子也饿了。"高华丽可怜兮兮地说。

"自己去找点吃的，不然就先饿着吧。"杨燕笑着转身下去，还真的拎上来一锅汤，又拿了三副碗筷，"知道你们这群馋鬼，都有份儿！"

程颖颖欢呼起来："喔，喝汤了，我就知道杨燕心眼好。"

今天发生了太多的事情，我都不知道怎么跟她们讲才好，所以只是一直笑着，并没有出声。可能我的态度让她们误以为我心情不好，所以一直都小心翼翼，并没有提起我降级的事情。接过杨燕递过来的一碗热乎乎的汤，我笑着说："谢谢。看这汤的样子，煲了好久了吧。"

"我提前下班回来，煲了两个多小时呢。"杨燕说。

"嗯，这汤不错。"高华丽捧着碗，一边吹着气喝着一边说。

"要是天天能喝上这么一顿汤，我就满足喽。"程颖颖端着手里的汤，显得心满意足。

"杨燕，你怎么不喝？你也来一碗吧。"眼看着我们都喝着汤，杨燕却在一边站着不动。

杨燕笑了笑，看着我们这群馋鬼大口喝着汤："你们喝吧，我已经喝过了。"

"叶子，你找了你们的经理没有？我听程颖颖说下班后你又去开会了，那些老大没有为难你吧？"高华丽终于憋不住了，问起我来。

我轻轻吹了吹手中热气腾腾的汤，说："没有，开会的时候他们倒没有为难我。"

"那，叶子姐，你还会去行政部吗？"程颖颖关切地问。

"怎么？我去行政部你还舍不得啊？"我开玩笑地说。

"当然舍不得。"程颖颖认真地说，"但是现在的情形留在车间也不是办法，还不知道那些人会怎么整你呢。"

"车间里也不是什么好地方，辛苦不用说，碰到一个好说话的主管还好，碰到吕小珍那样的人，麻烦可大了。"高华丽接口说。

我说："别提吕小珍了，唉，反正以后我都不跟她打交道了。"

"叶子，你的意思是关胜平已经答应让你调行政部了？"杨燕问。

我笑了笑，不知道怎么说这件事，便简单地说："我今天去找了一下关胜平，他不答应我调行政部。"

高华丽一听紧张起来了："不会吧，那你怎么办？难道还在车间待下去？"

程颖颖有些担忧："要真是这样，日子还真难过呢。别人我不知道，就是邹娟她们说话都难听得很。"

我听了忙问："邹娟说什么难听的话了？讲来听听。"

程颖颖笑笑："叶子姐，你理那些做什么，不管她们就是了。"

我满不在乎地说："你放心，我的心脏有足够的承受能力，听了肯定不会病发身亡，吕小珍什么难听的话没骂过我？"

杨燕说："叶子，管她们呢，不要跟她们一般见识。"

我听了也没往心里去，便问杨燕："对了，何明凯呢？怎么这些日子不见他了？"

杨燕说："谁知道又去哪里了，管他呢。"

高华丽说："这阵子你们两个有些奇怪，以前老是看你们形影不离的，现在进进出出只看到你一个人。"

杨燕说："我们都是老夫老妻了，哪里还有那么黏的，自己爱干吗就干吗呗。"

时间过得真快，说说笑笑间就到了十点多，我们看时间已晚，便各自散了。

第二天上午的例会，薛松宣布了给我免于降级处分的决定，然后又把昨天主管开会的内容强调了一遍，我便正式调到了宋仕强那里。那些原本以为我降为员工是铁定事实的组长一个个向我投来诧异的目光，而我却心绪复杂，没有半点喜悦之情。想起昨天心甘情愿给关胜平做了一回棋子，我总有一种无可奈何的感觉。在这个人际纷扰的职场中，谁又不是棋子？关胜平说到底也是别人的棋子啊。再想到高华丽、杨燕、程颖颖她们的担心，周海为我调动的奔波，特别是邬贵和对我的信任，失信于他，我将怎样面对？

怀着糟乱的心情，总算把这个例会开完了。回到车间的第一件事情，当然是到更衣室换帽子。想起这两天，头上的帽子换来换去，人也跟着折腾个没完没了，我不由得苦笑。今天起，我的主管就是宋仕强了，但是对于他的了解，我仅止于知道他是一个矮胖的弥勒佛，看起来很和善的样子，其他的却不清楚。换好了帽子，我一边走进车间一边想着怎么去跟新的主管相处。想不到进了车间，就看到宋仕强已经站在我的产线上了。

我急忙走上前去，笑着先跟他打了一声招呼："宋主管，你好。这是我带的产线，你随便看看，哪里需要改进咱们一起来跟进吧。"

宋仕强脸上浮起了一个习惯性的笑容："没事没事，叶子你不用紧张，我只是随便看看。"

"那你跟我一起在产线上看一圈吧，我刚进来，还没到线上看过呢。"我客气地说。

"好，一起去看看。"宋仕强还真的跟着我在产线上转起来，一边走一边问我产线工序每个小时目标产能、生产良率等问题，我一一回答了。一圈转下来，产线基本状况还是可以的。但是宋仕强脸上除了习惯性的笑容，其他一点情绪都看不出来，我心里还真的没什么底。

"叶子，我现在对你们线上生产的产品还不怎么了解，以后也不用事事来请示我，你能做决定的就自己做主。另外，这几天我会多在你的产线上转转，看看你们产线目前存在什么问题，哪些是需要我来协助解决的，我都会尽力的。"宋仕强脸上的笑容不变，把十分严肃的话说得轻松自在。

我听了不由得对他加了几分好感和敬佩，从做组长起，算下来我已经在三个主管手里做过了。三个主管各有各的管理特色。赵响是把大方向一指，让你自由发挥的那种；吕小珍是大事不抓，专门在细节上穷追猛打的那种；而宋仕强，看他的样子是抓大放小，跟组长一同参与管理的那种。其实，经过了吕小珍这样的主管以后，我对主管的要求已经没有了，只求那个主管不给我帮倒忙，不要没事找事就行了。现在宋仕强能够说出这么一番话，对我来说还真是意外之喜："那就谢谢宋主管了。"

"叶子，其实你的产线吧，大的毛病还真挑不出来，但是员工做事一个个都没什么激情，看样子生产士气不太高。这里先给你建议一下，早上开早会之前可以让你们的员工唱首歌，怎么样？"

"唱歌？"我疑惑地说，我还真没听说过上班还要唱歌的，不禁有些疑问。

"是啊，唱歌。唱什么都行，只要员工想唱的，都让他们唱去。只有生产士气提高了，产量才能上去啊。我再看看你们产品的前三项不良是什么，哪些是通过员工操作可以改善的，这样你们产线的生产良率也可以提高。"

我对于宋仕强提出的方法半信半疑，这个能管用吗？但当我在中午吃饭前全线员工的集会上一提出来，却得到不少员工的支持。问了一下，员工们一个个都觉得上班太枯燥了，唱唱歌，吼一吼，心情也会好一些。但是对于唱什么样的歌，她们的意见又各有各的不同。我便让她们回去各自写一首歌名交上来，哪一首歌写得次数最多，就唱哪一首歌。

歌名交上来以后，我看了看，员工们写得最多的是《阳光总在风雨后》。我平时不太爱唱歌，基本五音不全，所以对这首歌并不熟悉，问了一下员工，也有部分人不会唱。

"我会唱，我会唱。"程颖颖站出来，自告奋勇，"这首歌很容易唱，我来教大家吧。"

程颖颖把歌词写了一份出来，让线上的员工各自抄一份在手，利用每天下班开会的时间教大家唱。不出三天，线上的员工都能哼唱了。国有国法，厂有厂规，线有线歌，我们的线歌便定为《阳光总在风雨后》，每天早上开会的时候准时响起。

开始，其他线上的员工就像看怪物一样看我们。不几天，其他线上开会的时候也开始唱了。后来每天早会进车间，总能看到每条线上的员工都在集合在大合唱，比赛似的，唱得一个比一个响。于是，早会唱歌也成了我们车间一个固定的节目。

39. 如果有歉疚，那么说出来

厂里的消息传得就是快，我被取消处分另调主管的事很快就在车间里传得尽人皆知。杨燕和程颖颖跟我同在一个车间，尤其程颖颖还是我的助拉，她们原本以为我要去行政部的，听到消息都过来问我，确认消息属实后，她们对我能留在车间，并且取消处分一事感到高兴。

但去不成行政部，面对周海和高华丽时总有一种心虚的感觉。特别是周海，他是那么热切地盼望我能到行政部上班，以致在他面前我都觉得难以启齿。更重要的是，我根本没办法跟邬贵和交差，他是那么欣赏我，那么希望我能到他手底下做事，在我最绝望的时候，能伸出手来拉我一把，无论怎么说，我都是有愧于他的。

逃避总不是办法，该面对的还是要面对。坐在邬贵和的办公室里，我面红耳赤结结巴巴地说："邬生，我，我们的经理关生不同意我到行政部，我可能，可能调不过来了。"

邬贵和微笑着，看到我坐立难安的样子反倒和气地说："没事没事，调不过来就算了。"

我歉疚地说："对不起，我……"

邬贵和急忙说："叶子你不要这样说，我知道你已经尽了你的努力了。其实那天我问你情况的时候，我就已经知道这次想把你调过来，不是那么容易的事。"

我有些意外："真神了，你怎么知道的？"

"很简单，厂里各部门发生工伤事故，没有人员残疾和死亡的情况下，多少都有瞒报的情况。如果这事不上报的话，你的处分很可能就会取消，顶多记个过，检讨一下。要想把你调过来，我看难呐。"

"你怎么知道这事情我们部门就会瞒报呢？"我还是很疑惑。

"你们经理让你们捐款，就是在筹集医疗费呢，要是这起工伤上报的话，厂里会负责医疗费的，就不会要你们捐款了。"邬贵和笑了笑。

听到邬贵和这番话，我心里又是一种说不出来的感觉。想想人家做到经理这个位置，那是老江湖了，什么风浪没有见过？什么事情可以逃得过人家的眼睛？为什么这些事情我就看不清楚想不明白呢？唉，还是太笨了。

"叶子，现在我们行政部正缺人手呢。怎么样，有空过来帮帮忙吧。"正在我胡思乱想间，邬贵和看着我，认真地说。

"帮忙？怎么帮？"

"到我们厂里宿舍的图书室做管理员吧。我也不会亏待你，给你算工资，你看行吗？"

"我不是调不过来嘛，我们经理不放人。"我糊涂了，刚才不是已经说清楚了嘛。

"你只要利用下班后的时间过来加班就行了。具体的时间随你方便，要是你八点下班，那就加到十点，要是你五点下早班，就五点过来，加到八点，怎么样？"

"那我在图书室里，要是没人的话，我能看书吗？"想起自己还报了三门自考的课程，我担心这样会耽误学习。

"可以的，只要你能忙得过来，看看书没问题。"

"那好吧，你们什么时候要我去帮忙？那些事情复杂不？我担心我太笨了，做不好。"不好意思推辞下去，本来不能调到行政部，我已经对邬贵和心怀愧疚，这下他开了口，无论如何也要去帮忙。更何况也不是给他白干活，还能算加班工资呢，不管怎么说，赚钱的机会也不是随便能遇上的。

"都是一些比较简单的事情，很容易的，我让管理员跟你说一说，你就明白了。这样吧，就今天，你下班后记得过来。"

"我今天会在八点钟下班，下班后我会直接过来的。"

"好，那就先这样说定了。"

从邬贵和处走出来，经过行政部大办公室的时候看到周海，我犹豫了一下，便走过去。周海看到我，笑着问："怎么样，叶子，调动的事搞定了？"

我苦笑着说："搞不定啊，我怎么跟我们经理说，他都不肯让我调走。"

"不会吧，你都不是组长了，他怎么还不让你走？"

"我们经理，他说不处分我，也不会让我走，所以我现在还是组长。"我低着头，终于把实情告诉了他。

"你是说，你再也没机会过来行政部了？"周海的语气中有掩饰不住的失望。

"大概是吧。不过周海，我答应了老邬到图书室帮忙，以后下班了会去那里值班。"

"哦。那也好。"周海便不再说什么。

沉默了一会儿，我对他说："对不起，我也不想这样的。"

周海听到我这么一说，笑了笑："没事，叶子，我只是想，你答应了我和高华丽，调到行政部以后会请我们吃一顿饭的，这下饭没了，我正难过呢。"

"要吃饭还不简单？就是不调到行政部也可以请的，时间地方随你说。"

"叶子，真吃饭的话，那我可不可以提一个要求？"

"什么事，你说。"

"你能不能只请我一个？"周海用充满期待的眼神看着我。

"去，你还想吃独食啊？有饭大家一起吃，人多不更热闹嘛。"

周海嘿嘿笑着："我只是提一个建议嘛，你不同意就算了。"

"那没事我先回去了，要是有事可以打我们车间里的分机。"

忙忙碌碌的一天又要过去了，想起要去图书室加班，我早早把交接的事项写好，把报表审核清楚，看时间一到，便匆匆刷了卡，往厂里的图书室走去。

图书室跟舞厅都在同一栋宿舍的底层，也不知道厂里哪个头头儿想出来的布局，把本该安静的图书室跟喧闹的舞厅放在一起。好在图书室的隔音效果还不错，关上大门还不至于太吵。当我走进图书室的时候，却看到周海坐在管理员的办公桌旁。

"周海，你也在这里啊。那个管理员呢，去上厕所了还是喝水了？"

"我就是管理员啊。"周海一本正经地说。

"你开玩笑吧，那个管理员我见过，是一个女的。"

"你说的是戴妍吧，不好意思，她今天请假，我临时接了她的班。"

"原来是这样啊，那你把这里的事情跟我说一下吧，然后你下班得了。"

"好，现在跟你说一下这里的事。"周海便开始对我交代起来。无非是员工来借书的时候记得在借书卡上写好书名、借书的日期；员工来还书时相应在借书卡上写上还书日期，并把归还的图书归类放回书架上去；有员工来办借书卡的，必须收五十块钱的押金，来退借书卡的则要把押金还回员工；下班的时候要记得把员工翻过的报纸杂志摆放整齐，等等。果真是一项很简单的工作，周海跟我大致一说，我便明白了。

周海跟我交接完后出去了，我便坐在管理员的那张办公桌旁，开始接待前来借书还书的员工。晚上八点多正是下班的时候，外面到处都是热热闹闹的人群。不久，图书室里的人也开始多起来，其中有些人是来看报纸杂志的，有些人是来借书的。我依着周海给我的交代，把工作认真做好。

半个小时过去，借书的人渐渐少了，我拿出随身带着的自考资料看了起来。一边看，一边随时注意着图书室里的动静。不大一会儿的工夫，却见周海脖子上挂着一个黑色的包包又走进来。

"怎么还没回去，不放心我，在一边监督？"看到周海走过来，我开玩笑地说。

"去，你说哪里话嘛。"周海笑道。

"那你有什么事吗？要不先坐一坐。"我看着他站在边上，有些不安。

"没事，你忙你的，我随便看看。"

我便不再说话，又看起了自考资料。周海在边上站了一会儿，又到书架上看了一下书。转过来看到我还在那里看，便问我："怎么样，这次你报了几门？"

我笑笑说："我报了三门，这一阵都没怎么看书，我都担心会挂掉呢。对了，你报了几门？"

"我只报了一门。"

"难怪你这么悠闲，有时间怎么不多报几门课啊，早点考完就算了。"

"我就只剩下这门了，考过了就可以申请毕业。"

"哇，你太厉害了，这么快就考完了，我考完这三门还有六门呢，怎么说还得再要一年吧。"我听了对周海羡慕死了。

"你才考了多久，我都已经考了四年了。不过我看你考试的劲头，顶多三年就能搞定。"

"只要没灾没病，三年我是有把握搞定的。"我信心十足。

周海转身又走了，我低头继续看书。忽然，闪光灯一闪，吓了我一跳，抬头一看却是周海拿了一台相机正对着我拍照。

"同志，这里禁止拍照，请把你手中的相机交出来，交出从宽，抗拒从严，小心厂里安全处请你去喝茶。"我看着周海一本正经。

周海"扑哧"一声笑了："叶子，这里是行政部的地盘，行政部内部拍照是可以的，不要拿厂里安全处来吓我。"

"那好，我以个人的名义通知你，你刚才偷拍的行为已经侵犯了我的肖像权，请你马上把照片删除。"我故做恼怒地说。

"我们是朋友嘛，拍拍照有什么。"

"既然是这样，那你把你刚才拍的照片给我看一下吧。"

"等会儿吧，等会儿我拍好了就给你看。"周海说着，又对着我举起了相机。

"周海！"这回我是真生气了，站起来就要去抢他的相机。周海看到我来势汹汹的样子，马上就跑。我无可奈何地坐下，还是看书吧。看了一会儿，闪光灯又亮起来了。这次我是斜视了周海一眼，面无表情地继续看书。

"叶子，你生气了？"周海走过来问。

"没有，我没那个闲工夫生气，多看几页书，比什么都强。"我头也不抬地说。

"你别生气，我没有别的意思，就是想给你拍一下照，以后我会把照片都给你的。"

"你要给我拍照，如果事先跟我说清楚，我并不会生气，还很欢迎你拍。可是你也太不尊重我了，说都不说一下，就对着我拍了。"我生气地说。

周海有些慌乱："对不起，我不是存心惹你生气的。现在办公室里的相机刚好在我手上，我就想着给你拍几张照片，如果你真生气了，我马上把照片删除了吧。"

看着周海慌乱的样子，我暗自感到好笑，到底是没忍住，"扑哧"一声笑出来："算了，不用删除了，你把照片放电脑里给我看看就行了。"

周海看到我笑了，便说："好，没问题，明天我再过来给你拍几张好不好？"

"随时欢迎。"我笑笑说。

周海说到做到，第二天我到图书室值班的时候，他挂着相机又来了。给我拍了几张照片后，看到我手里的一堆资料，知道我没空跟他聊天，就走了。一个星期下来，几乎天天都是这样。我终于忍不住了："周海，可以让我看一看我的照片吗？"

"当然可以，我拍的照片就是给你看的。"

"那你把相机拿过来。"我把手一伸。

"我把这些放在电脑里让你看吧，这里面乱七八糟的照片太多了。"

"好吧，那你做好了，告诉我。"

之后周海便再也没有拿相机来，我问他，他笑了笑："现在相机不在我手里了，不过你放心，我拍的那些照片已经全部拷贝到电脑里了。"

"那什么时候给我看啊？"

"你放心，总会给你看的。"周海还是笑。

我并没有放在心上，工作和学习这两座大山已经把我压得快透不过气了。

算一算，考试的时间又快到了，我也不敢马虎，把所有能学习的时间都利用上了。

我还是每天在图书室值班，并且看着我的书，不知不觉一个月便过去了。行政部也给我发了在图书室加班的工资，总共 350 块钱，一个月的生活费算是有了着落。想起来在这里加班还是挺划算的，既可以挣钱，又能看书，学习一点儿都没耽误。

第一次参加自考的程颖颖比我更为紧张，她每天在产线只要一有空就拿出袖子里藏的小纸片看，别提有多用功了。自考生的考场座位一公布，她又马上拉着我查出我们的座位号认真记好。看到她郑重的样子，我不由得想起自己第一次参加自学考试的情形，一丝酸楚便浮上心头。说到底，我们都是不服输的人，所以才比那些无忧无虑的打工妹过得更辛苦一些。

自学考试的日子很快就到了，这次考试又碰到了请假的难题。以前我请假考试，产线上还有程颖颖这个助拉在，现在我跟程颖颖一起请假考试，产线管理就成了问题。好在主管宋仕强是一个开明的人，知道我们的情况后找薛松协助，从吕小珍手里把陈咏梅和杨燕借过来帮忙代管了两天，才算把事情解决了。

一个多月后，成绩出来了，我所报的三门都是刚及格，程颖颖报了四门课程，居然全部都考了八十分以上。而周海则顺利地通过了最后一门考试，准备申请毕业，把我跟程颖颖都羡慕得要死。

40. 遇见比我升得快的下属

自考后不久，行政部总算来了个新的文员，据说是产线上一个特有文学天赋的员工。新文员一来，我便不用再到图书室加班了。看着图书室里熟悉的一切，我不觉有些不舍，倘若自己是行政部正式的人员，守着这个图书室也是很好的一件事。但无论我怎样的不舍，离开都是必然的，就是真成了行政部的人，你又能一辈子守着图书室过日子吗？这样一想，我心里便好受了一些。

2006 年的圣诞一过，2007 年的元旦接着便来了，不知不觉又是一年。年末一到，节日就多了起来，但是这些节日对于我们这些流水线上的打工妹来说没什么实际意义，还得累死累活地加班。

元旦那天，车间又要加班，厂里周边单位全部放了假，主管们也大部分轮休了，只剩下吕小珍一个值班主管。可能是上班下班时被厂房里的冷清刺激到了，吕小珍也没什么精神，躲在办公室里并没有进车间。于是车间里的组长们就跟着打混，三个两个聚在一起侃大山。我照常把工作安排好，看到员工懒洋洋的样子，也不太想管，便跟着那些组长一起聊天。

"叶子，你的电话。"也不知是谁在车间后排电脑旁喊了一句。我走过去，便拿起电话："你好，请问找哪位？"

"叶子，我是周海，你今天要上班吗？"

"废话，不上班你打这个电话能找到我吗？我又不是行政部的，在生产车间只能是这个命啦。"

"我看你上班挺闲的，我只问了你一句，你倒说了一大串。"

"你是来查岗的？打电话给我就是看一下我有没有偷懒？"我揶揄着。

"嘿嘿，我管你偷不偷懒，我又不是你老大。"

"唉，命苦啊，华丽今天都休假了，只有我，想睡一个懒觉都睡不成。"我不由得对周海诉起苦来。

"你又不是属猪的，还想着睡懒觉呢。"周海一点儿同情心都没有。

"那你今天睡了懒觉，表示你是一头猪喽？"我算是抓到了周海的一点小尾巴。

"好了，叶子，别扯了，跟你说一件正经事。"周海的语气严肃起来。

"你说，我听着呢。"

"我有一件东西要给你。"

"什么东西？"

"在我电脑里，是你跟我说了几次想要看的东西，现在我给你了，就当是我送给你的新年礼物吧。"

"我跟你说了几次想要看的东西？那是什么啊，我怎么不记得了。"

"一会儿你去把电脑打开，点击桌面上'开始'菜单，再点击里面的'运行'，输入我中文名字的拼音，按回车键之后你就会看到里面文件夹里的东西了。"

"等等，你说得太快了，我记不清。"

"你旁边不是有电脑吗？你直接打开看就是了。"

"好吧。"我坐下来，依着周海的话，一路执行下去，果然看到了一个文件夹。

"你看看吧，可以'另存为'到你们车间的电脑里，加密码就行了。"周海说着挂了电话。

我打开那个文件夹，看到里面全是照片，并且全是我的照片。正面的，侧面的，微笑的，皱眉的……足足有五十多张，而这些照片全是以图书室为背景的。我想起来了，这些不都是我在图书室里加班的时候周海给我拍的吗，怎么现在才给我呢？

看到后面，便看到一个 PPT 文件，我把它点开，还是我的照片，可以看出是周海精挑细选，拍得比较好的一些。随着文件打开的，还有轻柔的音乐：

> 这绿岛像一只船，在夜色里摇啊摇，姑娘呀你也是在我的心海
> 里飘呀飘。让我的歌声随那微风，吹开了你的窗帘，让我的衷情像
> 那流水，不断地向你倾诉……

在费玉清绝好的歌声中，照片自动播放起来。照片缓慢地在切换，我看到每一张照片里还加了一句话。默念一下，从第一张到最后一张照片的话加起来就是：人世间最幸福的事，莫过于在最美的时候，遇上了一个自己最喜欢的人；而最痛苦的事，却是青春不再的时候，才遇到自己最喜欢的人。刹那芳华，流水落花杳然去，容颜不再回首空。劝君珍惜金缕衣，劝君珍惜少年时，花开堪折直须折，莫待无花空折枝。

这些看似随意的句子里，有诗有词有箴言，我看了心里一动，周海做这个幻灯片肯定花了不少心思吧。选照片选音乐不用说，那照片里的文字也是精雕细琢过的，他是在暗示我吗？可他就是这么一个热心肠的人，我们只是朋友啊。天哪，不会是我自作多情，会错意了吧？

如果周海真对我有意，他给了我这些照片，那肯定会再打电话过来的。但是一天过去了，直到下班还是毫无动静，难道真是我自作多情了？

下班以后，我莫名有几分烦躁，并没有像往常一样到厂里的餐厅吃晚饭。出了厂房，便信步走着，不知不觉来到了厂区的花园里。平常这个时候花园

里人是最多的，但是今天一反常态，居然没看到有人，想来是厂里放假，情侣们都到外面约会去了吧。

因为放假，厂房里运转的机器停了下来，显得很安静，而花园就更安静了。很好，现在我需要的就是安静，静静地待着，让所有的心事沉淀。

我随便在一张长椅上坐了下来，看着四周高低交错的灯，一盏盏地发出柔和的光，恍惚地又想起了那个贫困而温暖的家。这个时候如果能在亲人身边，该是多么幸福的事情啊！如果能看看家乡，就更好了。

我定定地看着虚无的天空，脑海里浮现的却是家乡熟悉的景象：路旁笔直的杨树，宽阔汹涌的黄河，一望无际的麦田和灰黄的天空中扑鼻而来的尘土……我入神地想着，不知不觉间泪水打湿了我的脸庞，我微笑着抬手擦掉了。再想象一下吧，在南方这个钢筋水泥铸成的城市里，那些风景只有在梦中才能出现。

这个时候，一个声音打断了我的冥想。我侧耳一听，却是花园一角，一个女声不断重复一句英语。我有些恼火地朝那个方向看了看，却见一个身穿白色毛衣的长发女孩站在花园小径上正拿着一本书对着灯光忘情地读着。我看着觉得身影有些眼熟，走过去一看，却是谢芳。

"咦，谢芳，你怎么在这里？"

谢芳正读得起劲，听到我的声音，抬头一看："叶子！是你啊。"

我微笑着看着她姣好的容貌："我随便走走，没想到就碰到你在这里用功。对了，你在读什么？"

谢芳把手上的书给我递过来，我一看，是一本《疯狂英语》。"我们好像很久不见了，想不到你一直在坚持学英语。"我佩服地说。

"嗯，很久不见。我们坐着聊会儿吧。"谢芳说着，引着我来到附近的一张长椅上，我便跟着她坐下来。

"你现在工作是不是经常要用英语啊，我感觉你现在的口语很好。"

谢芳不好意思地笑笑说："哪里，你过奖了。我觉得语感还是差了点。"

"我听你刚才反反复复地说，好像都在说同一句话吧。那是为什么？"

"我看了一下英语的练习方法，李阳的疯狂英语里就是说要训练口腔肌肉，要最大声、最快速、最清晰地把句子反复操练。我看到花园里没人，想在这里来练习一下。"

看到谢芳的认真劲，我不由得对天长叹："天哪，你还让不让人活啊，一个大美女都那么拼命，我们这些人都没有活路了！"

谢芳莞尔一笑："哈，叶子，你也太夸张了吧。"

我摇摇头，严肃而认真地说："一点都不夸张，本来嘛，美女的工作就是买一堆化妆品和漂亮的衣服，每天打扮得花枝招展供人观赏就行了。"

"照你这么说，长得好就不用干活了。我哪有这个命？"

"你就不用在我面前装了，好赖我也是跟你混过的人，我想只要你愿意，不用干活也有人养你的。"

"那有什么意思？"谢芳不屑一顾。

"唉，人跟人，是有差别的。你不在乎的事情，在别人看来可是机会难得呢。"

"不说这个了，你怎么没出去？如果我没记错的话，今天是元旦吧。"

"还不是要加班啊，哪像你，在副总办公室待着，多舒服啊。"

"你也不用羡慕我，副总办公室，其实也没你想象中那么舒服。"

"嗯，你不说，我都想不起来了，你现在的工作顺吗？还会不会受那个老处女的气？"我关切地问道。

谢芳手里拿着书，无意识地翻着："还好了，现在的工作顺多了。"

"前一阵子，我的工作也很不顺，主管老是骂我，我还差点辞职了，不过现在好多了。"

"主管老是骂你，怎么回事？"谢芳好奇地问道。

我便把自己跟吕小珍的事情跟谢芳略略讲了讲，谢芳认真地听完，说："幸好你调了主管，不然碰到那种人，还真是难受呢。"

"那些事情，都已经过去了。对了，你的英语现在那么厉害，副总应该很器重你吧？"

"还好了，现在我的工作挺忙的。工作忙就是事情多，事情多就是责任大，责任大就压力大。办公室里那些人，都是人精，平时看起来都挺斯文的，问题一来了就一个比一个狡猾，都在推卸责任。"

"职场如战场啊，一不小心就得出局。"

谢芳笑笑说："刚开始的时候，我特别老实，把每一项工作都想做完美。后来发现那样太累了，看着别人那么轻松，就向他们学习了。现在啊，我的要求是工作上的问题在老板面前能够交代就行了。"

那个晚上，两人说说笑笑，不知不觉时间便过去了。我看已经不早了，加上还没吃晚饭，便向谢芳告辞了。

　　回到屋里，却看到高华丽正在床上摆弄着她的新衣服。见我回来，华丽兴高采烈地说："叶子，你看看我买的衣服，好看吗？"说着把她新买的牛仔裤抖开，放在腿上比着。

　　我看了看："很好看啊，哪里买的，多少钱？"

　　"南城百货，两百一十块。"高华丽报出一个让我惊叹的价钱，我还从来没有买过一百块钱以上的衣服呢。再看看床上，我拿起一件米黄色的风衣："这个风衣好漂亮呢，也是在南城百货买的吗？"

　　"是啊，这件风衣要三百块钱，我看了很久了，一直都想买。刚好今天打四折，我就买下来了，对了，那条牛仔裤也是四折买的。"

　　"我的妈呀，华丽，你怎么舍得？你这两件衣服，就把我五分之一的工资都花掉了。"我啧啧叹道。

　　"叶子，你呀就是一个钱罐子，舍不得吃，舍不得穿，小气巴拉的。"

　　"华丽，我家的情况你又不是不知道，我爸妈弟妹们都在家里过着苦日子呢。现在我能省就省，把钱攒下来，明年我弟弟还要上大学呢。"

　　"也是啊，等以后你弟弟上了大学，你的负担会更重。"

　　我苦笑着说："那也没办法。对了，华丽，我怎么感觉最近你越来越注重形象了？"以前我们在车间的时候，华丽还是一个朴素节约的女孩，不知从什么时候起，她就变了，对穿衣和打扮慢慢讲究起来。

　　"没办法啦，办公室不比车间，大家都穿得那么好，自己穿得太寒碜，都不敢跟她们打交道了。"

　　"也是。你今天放假一天，就只去逛商场了吗？没去别的地方走走？"

　　"也没去哪里，就去找杨燕聊了一下。"

　　"杨燕没上班吗？难怪我今天在车间没看到她，何明凯也不上班？"

　　"没看到何明凯，只有杨燕一个人在家里，自己去买了一只鸡，说要煲鸡汤。"

　　"那你今天算是有口福了，杨燕现在煲的汤是越来越好喝了。"

　　"唉，她今天心情不好，自己一个人去医院做人流，回来了还要自己做吃的。"

　　"啊！怎么又做人流了？何明凯呢，那家伙哪里去了?!这么大的事，他怎么可以不陪着杨燕！"我听了声音不由得提高了，气愤地说。

"听说加班去了，走不开！他也真是的，再重要的事情也没有老婆重要吧。"高华丽也为杨燕不平。

"男人就是这么一副德性，刚开始还好，日子久了就不把女人当一回事了，真可恶！"

"叶子，你也别一竿子打翻一船人，不是所有的男人都是这样的，这只是个别人。"

"自古以来，都是痴心女人负心汉，这样的事情多着呢，只有个别男人才不是这样的吧。"

"也是。好的男人还是有的，只是很难碰到而已。"可能高华丽想起了杨宇翔，感叹着说。

"所以我们要把眼睛放亮一点，免得以后后悔也来不及。"我对高华丽也是对自己说。

41. 每一个人的爱情都是千疮百孔

2007年的第一天注定不是平静的一天，白天周海送给我的新年礼物在我心里激起的波澜还没有平息，晚上回家高华丽又给我抛出了具有震撼性的话。

"叶子，你觉得周海这个人怎么样？"

我一愣："周海？他还可以吧。"

"没有了？只是还可以？"华丽追着我问。

"他一般般吧，我从开始自考就认识他了，到现在也有两年了，他比较热心，是个好人。"

"我觉得周海是我见过的最好的男人。"高华丽下了这个结论后，又说，"叶子，以前我太幼稚了，看一个男人只看他的外表，经过杨宇翔这件事以后我才开始反省，外表好看的男人往往都靠不住，要说靠得住，还是像周海那样的男人。"

"周海真有那么好吗？"我笑着问。

"周海是真的好，你都不知道，经常在他面前，我都觉得自卑，觉得自己一无是处。"华丽说到这里，嘴边挂着一丝微笑，脸上的神色变得非常温柔。注意到她的神态，我心中一凛，然后一句未经大脑的话便冲出来："你爱周海？"

"不知道。"高华丽眼睛里有几许迷茫，叹了一声，"我也不知道。每天在办公室里，只要能看见他，我心里就觉得很快乐。但是我不敢主动找他，不敢跟他说话。我觉得他什么都懂，他什么都知道，像我这样的人肯定配不上他。"

"你不要这样说，周海他没有你说的那么好，你也没有那么差。"看到高华丽的样子，我不由得想起跟赵响一起工作的那些日子。暗恋中的人，那患得患失酸酸涩涩的情感，不是过来人是不会明白的。想起赵响，我心里又是一阵说不上来的滋味，分别这么些日子了，你还好吗？

我知道今生我们不可能再有交集，年岁渐长，我已经明白很多事情都不能强求。那么，就让我远远地问候一句：你还好吗？

正在我心思飞到不知何处时，高华丽摇着我的手，几分羞涩地说："叶子，那你觉得我跟周海，有没有可能在一起？"可能因她有着前车之鉴，对感情的事异常慎重。

我回过神来，看着华丽一脸的期待，不忍心说丧气话："缘分的事，很难说得清，只要真心去对待，我相信周海会明白你的心意的。"我嘴里对高华丽说着这些话，心里却在想着周海白天给我照片的事，或许我跟他，始终没有缘分吧。

关灯后躺在床上，却睁着眼睛睡不着。屋里黑漆漆的，让我想起家乡的寒冬。孤身在外已经三年了，不知道家乡的一切可有变化？这样想着更睡不着了，今天是元旦，但是我却没打电话回家，不知道父母会不会一直等我的电话呢。明天中午一定要记得打一个电话回去。我模糊地想着，慢慢地有一些睡意。忽然楼下传来激烈的争吵声，还夹着瓷器破碎的声音，在寂静的黑夜里，这些声音格外刺耳。身边的高华丽忽然坐了起来："是杨燕！快去看看！"

我们急急套了一些衣服，穿着拖鞋跑到楼下。杨燕的房门大开着，我们一赶到门口，便看到平时整洁的房间乱得不像样子，衣服扔得到处都是，满地碗碟的碎片。何明凯怒容满面，杨燕却双眼含泪，两个人站在房间中央互相瞪着眼睛对峙着。

我跟高华丽交换了一个眼神，便跨进房间，我过去拉杨燕："哟，你们俩这是在干吗呢？是比赛瞪眼睛，看谁的眼睛大？"

杨燕气呼呼地甩开我的手："你问问他，干的什么好事！跟人喝酒喝到十一点，回来了就发酒疯！"

高华丽的鼻子非常灵，她嗅了嗅："还真是喝酒了，酒味很大呢。"

何明凯毫不理亏："喝酒了又怎么样？哪个男人没有一点儿应酬！偏就是她，唠叨个没完没了！"

"我唠叨了又怎么了？你自己做了这样的事还不许我唠叨！"

"我做什么样的事，犯了什么天条，要你管那么多！"

"我知道你现在嫌我了，看我不顺眼了，你是看中别的小姑娘，想把我一脚踢开，是吧？"

我一看，两个人又要没完没了地吵上了，刚想出声劝和，何明凯怒气冲冲地说："对，我就是看中别的小姑娘了，就是嫌弃你了，又怎么着，怎么着！我跟你这婆娘没法待下去了！"说着头也不回，"嘭！"把门带上，走了。

响亮的摔门声让房间里的三个女人都心头一震，我跟高华丽面面相觑，而杨燕看到何明凯说都不说一下气呼呼摔门而去，一屁股坐到床上，哭得撕心裂肺，气都顺不过来。

我跟高华丽看到杨燕哭得那么伤心，便一边一个坐到她旁边想安慰她。高华丽拍着她的背："好了，杨燕别哭哦，这样哭很伤身体的，你现在还是坐小月子呢，要当心身体。"

可能是高华丽的话勾起了杨燕的心头之痛，她哭得更伤心了。我看到杨燕的样子，既痛心又气愤，这哪里是我认识的天真活泼鬼点子多多的杨燕，这都变成一个怨妇了！原以为她跟何明凯在一起，后半生的幸福有了着落，谁知道那家伙就是一个浑蛋！我压着嗓子对杨燕说："跟何明凯分手算了，再这样下去你就完了！"

高华丽还没等杨燕表态，马上就说："那怎么行，杨燕以后怎么办，还怎么嫁人！"

"就算一辈子做老姑婆也比跟着何明凯这个臭男人强，你看他都干的是什么事！杨燕做人流他不陪着就算了，不但不照顾她，还跟人喝酒到这么晚才回来，什么东西！"我反驳着高华丽的话。

杨燕看到我们在争论，呆了呆，哭声渐渐地小了些。高华丽看到桌上有一个杯子，倒了一杯热水递过去，杨燕接过来，却不喝，捧着杯子光掉泪。我看到房间里乱糟糟的一团，找来扫把，把那些碗碟的碎片扫到垃圾篓里，再把房里那些衣服捡起来折好。收拾了一下，看起来就舒服多了。

"叶子，你说这么晚了，何明凯会去哪里？"

"担心那么多干吗，管他死到哪里去！"杨燕没好气地说。

"杨燕，我看何明凯也是喝醉了，你也别放在心上啊，小两口，哪有不吵架的，床头打架床尾和。"真看不出，高华丽劝人还真一套一套的。但是杨燕并不领情："他哪里是喝醉了，他这是借酒装疯！他就是想要跟我闹，想跟我分手！"

杨燕的话一出，我有几分不信："他想跟你分手？为什么？"

"还不是有了别的女人了，他才敢这样！"杨燕气愤地说。

"不会吧，杨燕，这事不能随便乱说的，没证据的事说出来会伤人的。"看样子，高华丽也不相信。

杨燕冷笑着说："证据？有些事情是不需要证据的，他的心在不在我身上，我心里最清楚不过了！"

"他的心不在你身上，也只能说你们感情淡了，并不表示他就有别的女人啦。"我说。

杨燕叹了一声："华丽、叶子，我也不瞒着你们了。上周我利用到仓库拿料的时间去找过他，看到他跟一个小姑娘亲密得很，上班时间在拉手，我现在还在生气，当时怎么没跑过去甩他俩耳光就不声不响走了！并且这两个月来他经常心不在焉，我还不明白是怎么回事呢！"

"不会吧，他真敢这样！把那个臭男人给剁了，分手！谁离了谁过不下去！"我狠狠地说。

高华丽说："难怪他现在脾气那么坏，原来是这样。那你预备以后怎么办呢？"

"我也不知道，开始我还想我们能够跟以前一样过下去。但是现在看来，这根本不可能。"

"那就分手呗！"我嘴巴里蹦出这么一句。

高华丽瞪了我一眼："叶子别动不动就说分手，要知道分手对人伤害是很大的。再说了，宁拆十座庙，不拆一桩婚，叫别人分手是缺德的。"

杨燕说："华丽，没那么严重，叶子也是为我好。只是我觉得我跟何明凯关系已经到了这一步了，已经同居那么久，只差没把孩子生下来，我家里的人也都知道了。要是我跟他分了手，以后我怎么见人，我都没脸回家了。"

"杨燕，我的意见还是那句话：分手算了。你现在还没有跟他结婚，就是结婚了，两个人合不到一起去，离婚的也多得很。为了自己的脸面、名声，把自己一辈子都浪费在这么一个烂人身上，不值得。你还年轻，还有大把的青春，犯不着吊死在一棵树上。"我坚持我的观点，劝着杨燕说。

"叶子，谢谢你，但是我得再好好想想。现在太晚了，你们回去吧，明天还要上班呢。"杨燕说。

"那你好好休息，别想太多了。"高华丽说。

"这么晚了还打扰你们，真不好意思。"

我说："你这是说哪里话，我们是朋友，客气什么。我们回去了，你要好好休息，保重身体。"

从杨燕房里出来，我跟高华丽都没有说话，夜深了，我们都很累，懒得说话了。再说杨燕的事情，我们也无能为力，没法帮忙。其实这种事情只能靠杨燕自己，旁人爱莫能助，唯有靠自己才能从烂泥堆里爬出来。

杨燕并没有听我的劝跟何明凯分手，没过几天，他们又和好了，看样子又恢复到刚同居那阵子的形影不离，甚至比刚同居那阵子更好。但是吵架这个事一开了头，后面就收不住了，隔三差五，总要吵上一架。于是吵了好，好了吵，没完没了。当然吵架的时候两个人净是拣那些挖心刺肺的话说，说的时候快意无比，说过了之后又在后悔。不知道他们当事人心里怎么想的，反正我这个局外人看得心里凉冰冰的，这就是所谓的爱情？！没事不知道好好过日子，非得找上一些事情来互相伤害，互相折腾？

杨燕这边不时上演着吵架又和好的剧情，让我对所谓的爱情灰心丧气，却想不到一张结婚的喜帖悄然送到了我的面前。当时正是中午，午饭后我在更衣室正低头理着我的衣服，凭空出现的喜帖让我愣了一下，抬头一看，却是谢芳，她看着我笑容满面，喜气盈盈。

我觉得非常意外："谢芳，这是什么？"

谢芳有几分羞涩地说："给你的，结婚喜帖。"

我接过来说："结婚喜帖，你要结婚了，新郎是谁？我见过吗？"

谢芳笑吟吟说："你不认识他。嗯，这里还有张喜帖，是给陈咏梅的，你帮我给她吧。"

"上次我们在花园里碰到，你怎么没有告诉我你要结婚了？还一点口风都不给我透！你这么些日子，电话也没有一个，也不来找我，真是小没良心的。现在结婚了，就想起来让我掏红包了？"我拿着喜帖，边笑边骂。

　　谢芳脸红地说："叶子，不要这么说嘛。要是没良心我就不会给你喜帖了。"

　　"那要真不给我喜帖了，在路上面对面碰上了我也不理你，就当从来不认识你呗。"我开玩笑地说。

　　"我下周末举行婚宴，到时候你跟阿梅一定记得来哦。"谢芳认真地说。

　　"放心好了，到时一定去。对了，新郎是哪里人啊？在哪里上班？"

　　"他是湖北武汉的，在我们厂里上班，就是研发部的张耀华。"谢芳轻描淡写地说。

　　"张耀华？就是那个研发部的总监张耀华？"我听了嘴巴都合不拢。张耀华在我们厂可是鼎鼎有名的钻石王老五，人长得帅不说，据说还是哈工大的硕士，年纪轻轻的就从普通工程师一路高升，做到研发部总监这个位置，是全厂女孩子心中的白马王子。如果说方思云是打工妹中的一个奇迹，那么张耀华就是工程师中的一个奇迹，两个奇迹都富有传奇色彩。在我们打工妹的眼里，张耀华是云端里的人物，是可望而不可即的。而现在，这个富有传奇色彩可望而不可即的张耀华就要结婚了，新娘子居然是我认识的谢芳，这不能不让我感到吃惊。

　　看到我吃惊的样子，谢芳笑着说："好了叶子，我还得去派帖子，就不进车间了，记得把帖子送到阿梅手里。"

　　"那你去吧。我可等着看漂亮的新娘子哦。"

42. 别人的婚礼上

　　当我把谢芳的喜帖递到陈咏梅手里时，她也是一副难以置信的样子："我记得谢芳好像跟你一样大吧，怎么那么小就结婚了？"

　　我说："已经不小了，到民政局办结婚证的年龄早就到了。"

　　"那你到民政局办结婚证的年龄也到了，为什么不结婚啊？"

"我结什么婚？爱情还没有光顾我，我还在做白日梦，想着哪天会出现一个白马王子呢。"我满不在乎地说。

　　"唉，你看谢芳那么小，就已经结婚了，我这么大了，男朋友在哪里都不知道。看来美女都早婚，丑女都难嫁啊。"陈咏梅大发感慨。我明白陈咏梅的心事，谢芳在她眼里只是一个小女孩，现在都要出嫁了，而她春节一到就29岁了。一个女人到了29还没有结婚，甚至男朋友都没有，说自己不着急，那是扯淡。别看她平时都跟别人说自己不着急，可真看到别人成双成对修成正果，对她绝对是一种刺激。

　　对谢芳，我也感慨万分："这个谢芳的命也真好，一嫁就嫁给了研发部的总监张耀华。刚开始她也是跟我们一样，做一个产线员工，结果没几天工夫就调到了办公室。我们跟她比起来，是同人不同命啊。"

　　我们两个坐在车间里，忘了产线还有一大堆的破事，发着各自的感慨。直到主管们进车间来巡视，我们才散去，继续回产线做着那些永远也做不完的琐事。

　　接近春节，到处一片喜气洋洋。算了一下，谢芳结婚的日子定的是腊月二十二，距小年只有一天。这个时候正是打工仔打工妹返乡的高峰期，许多兄弟姐妹为了得到一张返乡的火车票想尽一切办法，到火车站广场没日没夜地排队，托熟人，找关系，没办法了只能到黄牛党手里去买高价票。打破头也想不明白的是，为什么火车站一到关键时刻总没有票，黄牛党手里却永远都有票。几乎每一张返乡的火车票都沾满了打工者的辛酸无奈、眼泪汗水，甚至鲜血。而这样的剧情无须导演，一年一度，准时上演。

　　不管打工者怎样开始自己辛酸的返乡路，市民们并没有受到多大的影响，年总是要过的，并且要热热闹闹地过。深圳的大街小巷到处都能听到《恭祝新禧》之类的年歌，对于身处异乡的我来说，听到了没有多少欢喜，反倒有些酸楚。

　　谢芳的婚礼就在这么一片喜气洋洋的气氛中开始了。按礼俗，我准备了一个红包，跟陈咏梅结伴而去。参加婚礼的人很多，被包下的一整层酒楼里人声鼎沸，热闹非常。看得出来，新郎新娘都是人缘甚好。我跟陈咏梅还没走到大门，远远地就看到新郎新娘站在大门口迎接宾客。谢芳打扮得很美丽，穿着白色的婚纱，眉目如画，是我见过最漂亮的新娘。但是新郎也不赖，一套白色的西装穿在身上，显得英俊帅气，两个人站在一起，当真是郎才女貌，佳偶天成。跟所有参加婚礼的人一样，我们走上前去，对着新人说着祝福的话，然后递上我们的红包。我跟陈咏梅都是第一次跟张耀华近距离接触，对这个传说中的人物充满好奇。而张耀华对我们都非常热情，从这一点，我就知道他非常爱谢芳，因为爱她，所以才对她的朋友那么热情。

我们被引到了席上，我看了看，席上还有几个位子没有坐满，而在席上坐下的大部分人我都不认识，便跟陈咏梅拿着席上的瓜子嗑着，等着婚礼正式开始。正无聊间，有人在我旁边坐下来，陈咏梅用手捅了捅我，我一看，却是王振林。

自从王振林跟田娜的事情公开以后，我就再也没有见过他，想不到在谢芳的婚礼上我们却碰上了。想起他做我们产线工程师时，他对我还很关照，可以说得上是一个朋友了，便对他笑了笑："嗨，好久不见，你还好吧。"

王振林消瘦了许多，看到我的笑容，有几分惊喜的样子："好好好，我只是想在这里坐一下，没想到碰到你们，这里到处都是熟人。"

看样子，王振林跟田娜双宿双飞之后日子也不好过，起码心里那一点点的廉耻让他看到故友时尴尬得很。我心里想，早知今日，何必当初呢。但是看到他那局促不安的样子，心里又有几分好笑，起身在果盘里抓了一把瓜子放在他面前说："吃点瓜子吧。"

陈咏梅笑着说："王振林，田娜生了没有？你当爸爸了吧？"

王振林手里正捏着一个小杯子，里面是满满的茶水，听到陈咏梅的话，手一抖，茶水洒了一些出来。他笑了笑，把杯子送到嘴边："田娜还没生，不过预产期快到了。"

"你还很体贴的，快生了就不让她出门陪你一起来喝喜酒。"陈咏梅嗑着瓜子，看似漫不经意地说。

王振林笑着，抬头东张西望着，无话可说。我嗑着瓜子，觉得有些口渴，也拿了一个杯子慢慢地喝着水，一时间，三个人都没怎么说话。正沉默间，又有人走到空位置上坐了下来。我看着那个男人非常面熟，有段时间，几乎上班总能碰到他，但是又不知道他叫什么名字，就端坐着。没想到那个男人一看到我，就笑着跟我说："叶子，怎么你也在这里，这真是巧了。"

我有几分纳闷："你怎么知道我的名字，我没跟你打过交道吧。"

"嘿，叶子，你也真是贵人多忘事，你忘了，我还给你看过我的厂牌呢。"

我更加糊涂了："你给我看过你的厂牌？什么时候？我怎么不记得了。"

那个男人把随身带着的厂牌掏出来，递到我手里。我一看，厂牌上的名字是汤小平，但是我却全无印象。把厂牌还到那个男人手里，他脸上有几分失望："叶子，你忘了，我刚进厂的那会儿问路正好问到你，后来还在报刊栏那里互相看过厂牌认识过，我还以为你记得呢。"

我想了想，好像还真的有那么一回事："你这么一说，我有些印象了，你现在在哪个部门？"

"我还在电脑部，三年了，没调过部门。"汤小平说。

"我们厂里调部门也不是容易的事，我也还在原来的那个车间。"我笑着说。

"我知道啊，只是你现在已经升组长了吧。"

听汤小平这么一说，我又有几分意外："怎么你又知道？"

汤小平神秘一笑："我会算命，算出来的。"

一直没有开腔的陈咏梅插出来："去，谁信那一套谁就是傻子，算命的都是骗子。"

汤小平慢条斯理地反驳道："话不要说得太绝对了，命理这东西在中国已经流传了几千年了，上至帝王将相，下至平民百姓都深信不疑，难道他们全是傻子，就你一个人聪明？"

陈咏梅听到这话有些刺耳，刚想找话反驳，但是我看汤小平说话的那份架势，她是绝对辩不过他的，悄悄捏了捏她的手，对汤小平说："这是阿梅，我的同事兼好朋友。阿梅，认识一下，这位是电脑部的汤小平。"

汤小平很有风度地站起来伸出手："你好，很高兴认识你。"

陈咏梅原本有些生气，看到汤小平伸出的手，迟疑了一下，才把手伸过去跟他握了握，却没说什么。汤小平也不在意，坐下来给我递了一颗巧克力："叶子，给你。"

我接过来放在桌上，对他说："谢谢。"

"不客气。"

说话之间，所有的宾客都已入了席，婚礼正式开始，新郎和新娘在众多亲朋好友的簇拥下缓缓走向礼台。音乐响起，纸花撒起，作为新娘，这是一个女人一生最受瞩目的时刻，却梦幻似的不真实。我跟陈咏梅不自觉地把目光投向了做新娘的谢芳，都有几分羡慕和向往。每一个女孩几乎都是从懂事的时候就开始憧憬着要做新娘，因为小时候的目光中所有的新娘都是美丽幸福的。只是长大后才明白，没有一个女人能一生都美丽幸福，因为美丽和幸福最大的敌人就是时间，没有人能逃得过时间的无情雕刻。

婚礼按程序进行着，在司仪的主持下，一对新人发表着自己结婚的感想。新郎拿着话筒有些激动："我没什么感想，我觉得很幸福，我想我会跟老婆幸福地生活一辈子。"新郎的话不多，非常朴实，听了却让人感动，尤其这个时候音响里放着的歌是那首《最浪漫的事》：

> 我能想到想最浪漫的事，就是和你一起慢慢变老，一路上收藏点点滴滴的欢笑，留到以后坐着摇椅慢慢聊……

我的眼眶有些湿润，想起了那些古老的句子：执子之手，与子偕老……正想着，菜上来了，我转头去看陈咏梅，发现她眼睛里也是湿润的，"哈"的一声便笑了。陈咏梅看到我毫无顾忌的笑颜，恼怒地瞪了我一眼。我笑着给她递过了纸巾，一抬头却看到坐在斜对面的汤小平正看着我，目光炙热。我心里不由得有几分慌乱，掩饰地把头扭开，发现坐在我另一边的王振林泪流满面！

一个大男人，在别人的婚礼上哭了，这实在是一件丢脸的事。只是我怎么也想不明白王振林怎么就哭了呢？人家结婚，他哭什么？这时人们的目光都集中到台上一对新人的身上，并没有看到王振林流泪，我看了他一眼，把纸巾给他递过去。王振林接过来把泪水擦了擦，感激地看了我一眼。

新郎新娘在主持人的摆布下开始做游戏，据说那些游戏都是新郎死党们想出来的。其中有一个是，新娘拿一个鸡蛋从新郎左腿裤管里进去，一路往上移，再从右腿的裤管里拿出来。这些颇有难度的游戏让台上的新郎新娘都有几分紧张，台下的宾客们却一边吃吃喝喝，一边不时发出会意的笑声，看得津津有味。

然后就是新郎新娘向双方的父母敬茶，主婚人和证婚人讲话，让我意外的是，主婚人居然是谢芳的上司——公司的常务副总张山。接着一对新人便挨桌子给参加婚礼的宾客们敬酒。

我们桌上的饮料有酒有果汁，男人们喝的是白酒，女人们喝的是果汁。那些男人原本都不是很熟络，但是几杯酒一下肚，马上话就多了起来。大家吃着聊着，气氛相当融洽。但是席上有两个人却不怎么高兴，其中一个是王振林，而另一个就是我了。这王振林也不知道为什么，闷闷地喝着酒，一杯接着一杯。而我不高兴的原因却是斜对面的那个汤小平，他也太不尊重人了，眼睛老盯着我，目光烫得我坐立难安，根本不敢跟他对视！

在汤小平的注视下，我小心地夹着一块鸡肉吃着，慢慢地嚼着咽下，别扭死了，心里愤愤的，恨不得把筷子扔到他脸上。看什么看，没见过美女吃饭！我板着脸，欲哭无泪。这时旁边的王振林忽然对我说："叶子，你喝酒吗？"

"我不喝酒。"我礼貌地跟他说。

"喝酒好啊，喝了酒，多大事也是小事，多烦的事也是乐事，手中一杯酒，万事无忧愁啊。"王振林自顾说着又一杯酒下了肚。

正好这时新郎新娘在伴郎伴娘的陪同下到桌上敬酒，大家碰了一杯以后，王振林又斟上了一杯酒，对两个新人说："这杯，我敬你们恩恩爱爱，白头到老，子孙满堂！"

马上有人给新人斟上酒，新郎举杯笑着说："好，谢谢你！"说着一饮而尽。我跟陈咏梅对视了一眼，两人拿了一杯橙汁代酒，站起来，然后我对新娘说："谢芳，今天是你的大喜日子，别的话，我也不说了，祝你一生都过得幸福、快乐！我们不会喝酒，就以橙汁代酒，心意都在这里了。"

谢芳的杯子里也换了橙汁："叶子、阿梅，谢谢你们。我只希望你们也尽快找到自己的另一半，一样过得幸福。"说完跟我们分别碰了碰杯喝了。

看到席上没有人再来敬酒了，新人便到下一席去了。我跟陈咏梅坐下来，一抬头却又看到汤小平似笑非笑地盯着我看。我再也忍不住了，狠狠地对他瞪了一眼，然后夹了一大块寸骨啃着，挑衅地看着他。

43. 向前看，为以后打算

我们在谢芳的婚礼上吃了个不亦乐乎，而王振林却没怎么吃，只是在闷头喝酒。新人敬过酒后，王振林看着我在啃寸骨，忽然笑起来："叶子，你吃的那个馋劲，跟梦真一模一样。"

我听了心里一跳，他是在说郝梦真吗？怎么突然说起这个？难道他今天不高兴，是因为郝梦真？我侧过头去对他笑着说："郝梦真嘴馋？可惜她今天没来，不然我跟她比比，看谁更能吃。"

"不知道她为什么没来，我问过谢芳，喜帖是已经派给她了。"王振林絮絮叨叨地说，"我一早就来了，一直看着门口，可就是没看到她。唉，不知道她现在过得怎么样了。"

我说："你要想知道她现在过得怎么样，那还不简单，直接打她的电话问一下不就知道了。"

王振林叹着气说："她要是肯接我的电话，我也不至于跑到这里来了。我只想看看她，看看就行了。"

"见着了又能怎么样？反正你已经把她伤了。"我一针见血。

"也是，见着了又能怎么样呢？我们以前也吵过很多次，一吵架就说分手，想不到赌气说的那些，现在都变成了现实。我不止一次地想着，想着以前我们那样好过，以后这辈子大家就再没有关系，我都觉得很难过。可是我又能怎么样呢？我无能为力，我得为我的孩子负责啊。"王振林低声说着，话越来越多。

"你现在都快做爸爸了。"我一边听着王振林在唠叨，一边把寸骨啃完，然后拿了纸巾擦了擦手，对王振林没有同情，还是那句话，早知今日，何必当初。

"做爸爸了，这个爸爸做得可真不容易，有时我想想，宁愿小家伙不要来这个世界上。那多省事多轻松啊，可是这毕竟又是自己的亲骨肉，不舍得啊。我实在是没办法，左右都不是人。我想梦真这一辈子，永远都不会见我，不能原谅我了。"真不明白，为什么酒一喝下去，王振林就变成了一个祥林嫂，翻来覆去只谈郝梦真。

"他的话还真多，平时我倒看不出来，真不明白田娜怎么受得了他！"坐在我另一边的陈咏梅低声对我说。声音虽小，但王振林还是听到了："我的话很多吗？我都不怎么说话，没人跟我说话，我也不愿意说话，我哪里话多了？"

我喝了一口茶："王振林，你知道吗？你有病，只有一种药才能治，吃了那种药，包你就好。"

王振林打了一个酒嗝："我才没病，你说的药是什么药啊？"

我轻声说："后悔药。"

陈咏梅一直边吃边听着我们的话，听到我这么一说，就笑了："叶子，你还真能掰。"

王振林听了呆了呆，跟着也笑起来，笑得眼泪都出来了，席上的宾客都诧异地看着他，但是王振林丝毫没有在意："叶子，这药哪里有卖，你说得对，我还真想买。"

我想了想，还是轻声说："我以前也有很多后悔的事，要是我知道哪里可以买到，我早买了。"

"世上没有后悔的药啊，这人的一生不可能从头再来。"王振林喃喃地说着，又倒了一杯酒。

是的，世上没有后悔的药，人生只有一次，再也不可能重来。所以无论面对着怎样的诱惑，做怎样的选择，都要慎重，一旦决定了，选择了，就再也不能回头。看到王振林颓唐的样子，我心里想，也许辜负了郝梦真，他一生都将难以释怀。

但是后来跟陈咏梅谈起王振林的事，她却对我的结论嗤之以鼻："叶子，你也太天真了，像王振林这种人啊肯定不是这么想的。我猜是田娜不如郝梦真那么好，他才后悔的，他想着郝梦真，不过是想着她对他好罢了。"

"也许吧，谁知道呢。"我淡淡地说。感情的事，如鱼饮水，冷暖自知，局外人看到的永远只是表象吧。

婚礼之后，我们都忙起来。不知从什么时候起，车间的事务就越来越多地落到了我头上。我隐隐感到车间管理层对我的重视，开会的时候总是被薛松点名发言，各项事务的统筹也多半让我去负责。在季度绩效考核上，我的得分也越来越高，慢慢地到了前三名之内。那些组长对我再也没有丝毫的轻慢之心，连对我一直都看不顺眼的吕小珍见到我，有时候都会主动跟我打招呼。而我产线上的问题在会上提出，总能得到解决和落实。比如今天会上，我跟主持人薛松提出，现在提出请假回家过年的人太多了，不知道可不可以让其他产线的员工过来支援一下。薛松马上说："我知道王丽苹线上有三个闲置的员工，就先过来支援吧。"然后又补充了一句，"王丽苹，你支援给叶子的员工要挑那些老实一点的。"

王丽苹闷声说："知道了。"然后回头看着我，翻了一个白眼。

我有些意外，这要是在以前，薛松肯定不咸不淡说一句"让你们的主管内部协调一下吧"之类的话敷衍过去，而最后的结果肯定又是"不能让员工请假，生产第一"。想不到现在一提，马上就解决了。我想起这些日子以来日渐受到重视，不禁有些糊涂，感觉自己并没有什么过人之处，凭什么那么受人待见？

我忙着自己产线上的事，而陈咏梅却在忙着回家过年。她请假的理由也很充足：回家相亲。老大们一看，不敢耽误大龄女青年的婚姻，特事特批，马上放行。明显被谢芳婚礼刺激到的陈咏梅去买了一大堆的衣服回去了，她说："人靠衣裳马靠鞍，这次回去穿漂亮一点，看相亲能不能相到一个中意的。"

"祝你好运，回去找一个如意郎君，来了请我吃糖。"我开玩笑。

陈咏梅却认真地说："没问题，等我的好消息。"

陈咏梅回去没几天就是过年了，我认识的那些人里，周海早早就回去了，程颖颖和杨燕也请到了假，忙着买东西回去。想起去年我们一起过年的热闹，对她们有几分不舍。但我还是希望她们回去，跟亲人团聚一下比什么都好。何况我们都成年累月地在外面打工，说不准没几年就出嫁了，还能跟父母一起过几次年？尤其是杨燕，她跟何明凯在一起，现在身心俱疲，回家享受一下亲情，放松一下，也许回来了心态就不一样了。好在高华丽没有回家，这个年还不至于孤家寡人冷冷清清地过。

除夕那天打了一个电话回家，听着电话里家人一个个跟我说话，依稀能听出电话的另一端那些亲人的变化。父母亲一定是苍老了，而弟弟妹妹们一个个大了许多，也懂事了许多。我既伤感又欣慰，家里的日子在父母亲的努力下，在我的支援下，总算一天比一天好起来。

让我意外的是汤小平，自从在谢芳的婚礼上我们碰到后，感觉两个人在厂里不期而遇的次数越来越多，他对我也越来越热情。这不，除夕出去打电话又碰到了他，他邀请我去他那里过年。我回绝了，他仍然没完没了问我原因。我生硬地说："没原因，就是不想去。"

我的假期只有三天，很快就过完了，回去上班后，陆续有人回厂里上班。我不时地被底下的员工们叫去吃她们从家里带来的特产，程颖颖回来了，杨燕回来了，但是陈咏梅依然没有回来。让我感到意外的是杨燕，原本以为她回来后跟何明凯能好一段时间，想不到第一天晚上他们就开始吵架了。

当时我正在房里看书，听到楼下的争吵声原本不想理会，这些日子以来他们吵架都成了家常便饭了。但是吵架的声音越来越大，到后来又听到杨燕的哭声。我坐不住了，马上跑到了楼下。刚要敲门，何明凯就把门打开了，看到我，怔了怔，也不打招呼，头也不回地走了。我一看，杨燕穿着睡衣坐在地上捂着脸，哭得肩膀一耸一耸的。

我进去把门关上，然后把杨燕拉起来。杨燕的手从脸上移开后，左右两边脸上都可以看到清晰的五指印。我一看就明白了，何明凯这个浑蛋居然打了杨燕！以前他们吵架是吵架，但是从没有动手，这次那家伙吃了什么药，连自己的女人都打！我气愤至极，让杨燕在床上坐下来，打来一盆热水，拿毛巾烫过后绞得半干，把她脸上的眼泪擦干净。

杨燕不哭了，木着一张脸，也不说话。我叹了一声："怎么又吵架了，那何明凯怎么回事，连自己的老婆都打？"

杨燕低着头还是没有说话，半晌才轻轻地说："原来我还想着要跟他过下去，现在我明白了，这根本是不可能的，我们——完了。"

"这才刚回来，不是小别胜新婚吗？怎么回来就吵？"

杨燕皱着眉："也不是什么大事，刚才我准备睡了，但是在我的枕头上发现了几根黄色的长头发。"

"黄色的长头发？"我一听就明白了，杨燕是黑发，她回去了那么些时候，却在自己的枕头上发现了黄色的长发，这期间发生了什么事，连傻子都明白。我皱着眉头问："那你就跟他吵起来了？"

"我原本不想跟他吵，今天赶了一天的路，太累了。我只是问问他，只要他能随便给我找一个理由，我都算了。谁知道，他马上就跟我翻脸，说我不相信他，说我一天到晚都疑神疑鬼。唉，我被逼得跟他吵，结果他两个耳光打过来，打完就走了。"杨燕说着，又泪眼哗啦的。

"杨燕，我想你们的日子过到了这个份儿上，分手是迟早的事了，但是也不能就这样便宜何明凯那家伙，一定要让他付出一些代价！"

"叶子，何明凯能有什么代价？他没有多少存款，难不成找人过来，把他打一顿？"

"那就找人把他打一顿，最好让他做太监去，一辈子讨不上老婆！"我气愤至极。

杨燕听了不太赞同："这会不会犯法呀，万一公安局把我抓起来怎么办？"

"你呀，前怕狼后怕虎，活该给人欺负。这还只是你，告诉你，今天的事换成是我，我不把他剁了才怪！厨房里不是有刀吗，我还不信拿着刀我就剁不了他！"

"叶子，你说的我都知道，可是我实在是不想折腾了，我只想安安静静地过几天日子。"

看着杨燕鸵鸟的样子，我不由得想起《红楼梦》里的木头人迎春，我印象中的杨燕不是一个怕事而不敢面对现实的人，为什么现在却变了那么多？

"唉，现在想起来真是后悔，当初糊里糊涂的，怎么就跟他同居了，都没了解清楚他是怎样的人。"杨燕的话中流露出几分后悔。

"现在说什么都没有用了，还是想想以后该怎么办吧。"过去的已经过去，重要的是我们应该向前看，为以后打算才是。

"我想，分手这件事情不能拖了，等何明凯回来，我必须跟他讲清楚这件事情。"

"反正你自己要考虑清楚，自己的事情，自己处理好。现在后悔了是小事，但是不要等到将来还是后悔。"我轻轻地说。

回到房里看到高华丽，我把事情跟她讲了一下。原本一向都不怎么赞成杨燕分手的她听了久久无话，过了好一会儿才憋出一句："对何明凯，我是无语了。"

我便不再提杨燕的事，问她："这么晚才回来，去哪里了？"

高华丽笑着说："去周海那里吃东西了，是他从家里带来的东西。"

我装做不经意地问："就你一个人去他那里啊？"

"不是，人多着呢。都是办公室里玩得好的那些人。"

我想起白天，周海打电话问我去不去他那里吃家乡特产，我借口有事推辞了，不知道他心里又会怎样想，一直都不怎么安心，听到高华丽的话，我算是放下心来。原来他并不只是邀请我一个人，那我没有去，他应该不会在意的。继而又想起高华丽那天跟我说他喜欢周海的话，头疼得很。算了，不用理那么多，有些事情，船到桥头自然直。

44. 别谈理想，但是不能没有理想

陈咏梅在元宵节时终于回来了，她看起来有几分憔悴，我猜她相亲进展得并不顺利。原以为她不会提相亲的事，谁知道她一见到我马上就说："叶子，你的糖没了，我去相亲，人家个个都看不上我。"

"是你看不上人家，还是人家看不上你？"

"都有。唉，我在家里除了大年三十跟年初一休假，我妈天天都赶着我去相亲。我都怕了，以后就是做老姑婆，我都不再去相亲了。"陈咏梅明显一肚子苦水。

"阿梅，慢慢来，不着急，你会碰到一个你喜欢的。"

"我也是这么想的。可是我妈，我姑姑，我姨妈，我那些嫂嫂表姐们，她们个个都跟我说，你现在年纪都那么大了，再不成家，再不把自己嫁出去，只能找那些二婚的了。"

"这种事情急也急不来，两个人只要有一个对不上眼就没戏，还得慢慢来。"

"你不知道，相亲的那些日子，我简直想跳楼。家里那些三姑六婆也不管那些男人什么素质，只要他表示看上我了，就一个个在我耳边唠叨，恨不得我马上嫁出去！"

我听了笑得要死，陈咏梅不干了："叶子，你一点同情心都没有，我现在嫁不出去，家里人都要把我折腾死了。"

我继续笑着："这个嘛，我深表同情。但是我也没办法呀，我又不能送你一个合心合意的男人。"

"去去，没正经的。"

"阿梅，不是我说你，你回去也有那么多天了，一天相一个，算下来也有十几个吧，怎么一个看对眼的都没有？"

"唉，叶子，也没有十几个人，但八九个是有的。有些人看第一眼时好像还能过得去，后来再接触，又觉得自己不想找那样的人。我妈她们只要那个男的一表示看得上我，就死活要让我继续交往下去。我想这是我嫁人，又不是她们嫁人，是我要跟那男人过一辈子呢，不干！刀架在脖子上也不干！回去我都不记得跟我妈她们吵了多少次。终于回来了，总算解脱了！"陈咏梅把这些天相亲的情况给我形容得简直惨无人道，讲完了，长长舒了一口气。

"怎么办，我现在也还没谈男朋友呢，万一跟你一样，快30岁了还没出嫁，那我就惨了！"

"那我们一起做老姑婆！"陈咏梅的样子，对自己能否嫁出去一点信心都没有。

陈咏梅上班后便没有再提起相亲的事，对于自己剩女的身份也不再神经兮兮地念叨。年后，工作总会忙一些，原因就是春节后总会出现一批员工辞职跳槽。人事部忙着招聘，行政部忙着安排员工们入职和食宿，培训部忙着培训新员工，而车间产线里，我们则忙着培训新员工上岗。整个工厂，人员来来往往，到处一派繁忙的景象。不知道为什么今年开春辞职的人比往年多，我所管理的产线半个月里走了三个人，离职率达百分之四。最最让我想不到的是，不久之后我的得力助手程颖颖居然也递上了一份辞职书。

"为什么辞职？"我没有看她的辞职书，直接盯着她问。

"我想出去做销售。"程颖颖声音很小，但是口气很坚定。

"颖颖，你想去做销售，这个我理解，谁都想趁着年轻去做自己喜欢的职业。但是你现在这么毛毛草草地就把工作辞了，万一找不到符合条件的销售工作怎么办？"在心底里，我是不希望她辞职的，毕竟搭档了这么久，我早已经把她看成自己的妹妹。

"叶子姐，你不用劝我了，我昨天去了人才市场，已经找到了一个做电话销售的工作了。"

"你去找工作，怎么不告诉我一声？你这一走，临了我都不知道找谁来接替你的工作。"我有几分生气。

"对不起，我不是故意的。"

"那就是有意的喽？"

"不是的，我昨天只是想到人才市场看一看，并没有想着要辞职。结果看到一家公司招聘电话销售业务员，我去试了一下，没想到就应聘上了。"

"那家公司在哪里？我知道的招聘都是必须回公司复试，才能决定是不是录用你的，你怎么知道你去复试他们就会录用你？"

"他们是销售经理现场招聘，现场录用，不用回公司复试，他们已经给了我一份入职通知书了。"

"那他们让你什么时候入职？"

"那份入职通知书上写的是一个月内，那个销售经理说在这一个月内随时可以入职。"

"也就是说，这一个月内你一定要办完你的离职手续？"

"是的。"程颖颖看着我脸色并没有缓和，又说，"叶子姐，我一进这个厂就是你在带我，我一直把你当自己的亲姐姐看，这件事我并不是故意不告诉你的。"

程颖颖的话击中了我心底柔软之处，便不再去质问她了。我叹了一口气，看着她说："颖颖，你要走了，说实在的，我真舍不得。但是我知道你一直对现在这份工作不太满意，你是一个有追求的人，既然现在想飞走了，我就不拦着你了。"

"谢谢你，叶子姐，不管我到了哪里，我都会一直记得你，我会一直跟你联系的。"

"别忙着谢我，这一个月之内你给我培训一个助拉出来，接替你的工作。"自从梁小玲工伤后回到产线，做的都是一些轻省的活，重要的事大部分都落在了程颖颖头上，她的工作可不怎么轻松呢。

"这个我已经想好了，我觉得孙艳这个人不错，你看怎么样？"

"孙艳？她太老实了吧，做产线还可以，要是做助拉，我担心她应付不来。"

"你是不了解她，我觉得这个人还是可以的，要不我先带她两天试试，你就给她一个机会吧。"

"怎么孙艳这么对你的眼，她就这么好？"我不置可否。

"孙艳做事比较谨慎，做事公道，在产线的人缘也好，员工们都服她。我想我走了，总得有一个做事可以的人来帮你，孙艳还是不错的。"

"行了，既然你这么看好她，那就让她试试吧。"

对于孙艳，我是不太看好，让她试试也是看在程颖颖力荐的份儿上。想不到程颖颖果然是慧眼识珠，孙艳上来后帮我把产线的标准化做得非常规范。产品的摆放日渐齐整，员工的操作中多余的手势慢慢在减少，就是我自己的办公桌的各种资料，也给我整理得井井有条。如果说程颖颖是外向型的，那孙艳就是内秀型的，做事稳重仔细，有几分陈咏梅的影子。我相信假以时日，只要能给她一个舞台，她肯定能达到陈咏梅的成就。

程颖颖的辞职书交上去以后，仍然尽职地做好她的那份工作。我知道她是想用她的尽职来表达她对我的一片感激，但是我却清楚一旦她离开以后，再联系那就难了。毕竟大家都是滚滚打工人潮中的一员，命运注定了我们只能四处飘零。人在江湖，身不由己，谁知道明天我们又身处何方？

"叶子姐，我把员工加班统计的表格打印了十二张，这一年我们线上都不用再去打印这个东西了。"我们大办公室只有一台打印机，想打印一点东西通常非常麻烦，现在程颖颖却不嫌麻烦地把这种必用的表格帮我打好，也真是有心。

"放抽屉里吧。"我淡淡地说，想了想，又说，"颖颖，你去了新地方，给不给我打电话都不要紧，但是你一定要记得把你的自考坚持下去。"

"好了，我知道了，我不但会给你打电话，还会坚持自考，直到我拿到大专毕业证，不信就拉钩。"说着程颖颖伸出了她的小指头。

我啼笑皆非，但还是伸出了小指头。两个小指头钩在一起，程颖颖嘴里郑重地念着："拉钩，上吊，一百年不许变。"

程颖颖说到做到，离职之后她到新的公司上班，马上就给我打电话。电话里，她的声音有掩饰不住的兴奋："叶子姐，我现在刚开始培训，这里所有的人上班都好有激情啊，不像以前我们那里，死气沉沉的。我感觉现在上班特带劲，这里的一切都符合我的理想，我喜欢这里。"

"那就好，那就好。"我听了也为她感到高兴，看来放她出去是对的。想了想，还是要给她泼点冷水，便叮咛着："颖颖，你现在不比车间里上班，环境单纯，办公室的人际关系是很复杂的，你说话什么的要小心一些，别得罪任何人。"

程颖颖高涨的热情丝毫没有受到影响："知道了，这些事情你就放心吧，我会处理好的。"

接着她告诉我她办公室的座机号，我记下了，但是却让我搞丢了。好在程颖颖每次都不等我想起她，一个电话又打过来了。

"叶子姐，我今天培训，我们进行户外训练，做了很多好玩的游戏。"

"叶子姐，我申请了一个邮箱，我告诉你吧，你要是担心找不到我了，可以给那个邮箱里写信。"

"叶子姐，我今天第一天正式上班，要看好多的客户资料啊。"

"叶子姐，我今天拿到了一张客户的订单，我好开心。"

"叶子姐……"

在程颖颖给我的一个个电话里，我知道了她上班的所有情况。但是一个月以后电话渐渐少了，我想小妮子肯定是工作忙起来了，加上自己慢慢长大，不再事事跟我报告了。可一个月过去了，两个月过去了，程颖颖还是没有给我来电话。

正在我担心的时候，程颖颖却突然出现在我面前！当时我下班回去，上楼后还没有走到房门口，就看到一个人坐在我房门边抱着腿睡着了，旁边放着一个行李箱。我愣了一下，觉得那个行李箱有些眼熟，轻轻走过去，碰了碰那个人。

"颖颖，你怎么在这里？"看着刚被惊醒，迷瞪着眼睛的程颖颖，我万分惊讶。

"叶子姐，你回来了！"程颖颖高兴地跳起来。

我看着她消瘦了不少的脸颊，有些心疼，却没说什么，开了门："进来再说吧。"

程颖颖低着头把她的旅行箱拿进来，我仔细打量了她一下，发现她明显瘦了，衣服也有一些脏，几天没洗的样子。拿着杯子给她倒了一杯热水："喝水吧。"

"谢谢。"程颖颖接过杯子，说了一声谢后马上就喝起来。暖瓶里是开水，但是她吹了吹，一口一口地却一下子喝光了。我看着她鼻尖上微微冒出的汗，再给她续了一杯。这次她倒没有马上喝，捧着杯子轻轻吹着。

"渴死了，我下午就在门口等你了，一直都没有喝水。"程颖颖见我不出声，解释着说。

"你怎么也不知道去买一瓶饮料？我下班都是没定时的。"

程颖颖窘迫地说："我，身上的钱不多了。"

"身上的钱不多，可是一瓶水顶多两块钱，难道你连两块钱都没了？"

"两块钱是有的，可是还得留起来坐车，找工作。"程颖颖轻轻地说。

我问出了我一直想问的话："颖颖，你是怎么啦？前一阵子你给我打电话，不是说做得很开心吗？怎么这下连工作都没了？"

程颖颖显然不愿提起这些事，但是我坚持要问个明白，她才跟我说起来龙去脉。原来，她进的那家公司是做电话销售，规定了销售员入职以后三个月内必须接到十张客户订单，不然就过不了试用期。而公司在试用期内只包住不包吃，没有底薪，只有提成。她原以为三个月完成十张客户订单是很容易的事，而提成又高，每张单可以拿到20%的提成。没想到进去之后三个月里她只接到了一张订单，自然那家公司就通知她试用期结束。从公司出来，她才发现自己身上的钱所剩不多了，自己以前存的那些钱做了三个月伙食费。她只有跟一个一起从公司出来的女孩子住进了十元店，看能不能临时找到一份工作。住了几天，一起的那个女孩又被她老乡接走了。走投无路之下，她只能来投靠我。

45. 突如其来的爱情

程颖颖这段时间的遭遇极其狼狈，我没有责备她那么轻率就把原来的工作给辞了。她毕竟还年轻，也许在外面历练一下，对她来说也是一件好事。看着她身上的脏衣服我问道："颖颖，你几天没换衣服了？"

程颖颖不好意思地说："三天。我们住的那个十元店不能洗澡，这几天我只换了一次衣服，一直没洗澡。"

"那你吃过饭没有？"

"也没有，还是今天早上吃了一包方便面，到现在一直没吃。"

"那我给你烧水吧，你在房间里看着，可以先把你那些衣服洗了，水好了就先冲凉，我去给你买点吃的。"

"谢谢叶子姐。"程颖颖的眼眶有些湿润。

"颖颖，就冲着你这句叶子姐，你跟我就不用道谢。"我说着拿了钥匙出去了。

我一边走一边想，程颖颖要住进来，这事还得高华丽同意才行，毕竟房子不是我一个人租的。要是事先不跟她商量，回去之后看到程颖颖已经住进来，嘴上不说，心里还是有意见的。要是她回来以后在房子里跟她商量，她心里不舒服，连在一边的程颖颖说不定心里也不舒服。还是在楼下等她回来，在外面就把事情商量好再说吧。

我去楼下的快餐店给程颖颖打了一份快餐，又买了几个鸡腿，程颖颖肯定几天没吃肉了吧。然后我就拣一张靠门的桌子，坐在那里等高华丽回来。半个小时过去了，正当我准备回去的时候，高华丽出现在我的视线里。

我走过去把高华丽叫住，把她拉到一边，再把程颖颖这段时间的经历告诉她，然后才说："华丽，现在程颖颖来我们这里，可能要跟我们住上一段时间，如果你不愿意让她住我们那里，我再去给她租个房子吧。"

高华丽说："叶子，那样很麻烦的，她住我们那里就住吧，反正我们三个人挤一挤也没事。"

"走，知道你喜欢吃鸡腿，买了好几只，回去吃吧，大家都有份。"

回去之后，程颖颖已经洗过澡，正在晾挂她洗好的衣服。闻到我手里提的食物散发出来的香味，她咽了一下口水。高华丽跟在我后面，进去房里就热情地跟她打着招呼："颖颖，你来了。"

程颖颖笑着，有些不好意思："华丽，我来打扰你了，想在这里住几天，你不要烦哦。"

"没事，尽管住着，有事情就跟我说，我能帮上忙的尽量帮。"高华丽只差没拍着胸脯说了。

"颖颖，等会儿再挂衣服吧，先吃东西。"我把手里的食物放在桌子上，招呼着。

"只有几件衣服，我很快的。"程颖颖说着把那些衣服一一晾好，再拿毛巾擦了擦手，才接过我手里给她的快餐，坐在床边吃起来。

"颖颖，慢点吃，这里还有一只鸡腿。"看着程颖颖在狼吞虎咽，我把鸡腿递了过去。高华丽啃着鸡腿说："叶子，不是还有一只鸡腿吗？怎么不吃？"

我笑了笑："颖颖这几天肯定饿坏了，这个就留给她吃吧。"

程颖颖边吃边说："叶子姐，我一只鸡腿就够了，那个给你吃吧。"

"我回来的时候已经在厂里的餐厅吃过饭了，吃得好饱，我现在正在减肥呢，这是专门给你买的。"

程颖颖吃着吃着，眼泪忽然掉下来，我跟高华丽都慌了神，不知道她好好的，怎么就哭起来。高华丽说："颖颖，你是怎么啦，是不是叶子买的鸡腿让我吃了一只，你不高兴了？"

原本哭着的程颖颖给高华丽这句话逗笑了，我跟高华丽互相看了看，不明白她怎么又哭又笑的。程颖颖边吃边掉着泪说："叶子姐、华丽，你们对我实在太好了。我在外面每天都省着钱用，天天都吃不饱，那个公司伙食是自理的，我也不敢吃得很好，我都已经快一个月没吃到肉了。"

我跟高华丽听了心里都酸酸的，可以想象，程颖颖这段日子是吃了不少苦头。高华丽说："颖颖，你先在这里安心地住，如果没有钱，我可以借你一点。"

"我身上还有一些钱，我想只要有住的地方，再去找一份工作是没问题的。"

程颖颖在我们那里住下后，每天都在早出晚归找工作。但是找一份工作并不是那么容易的事，要找一份合心合意的工作就更难了。并且在找工作的事情上，我跟程颖颖有分歧。程颖颖还是想去做销售，而我却希望她踏踏实实地找一份普工，至少不用为生计发愁，到底生存才是第一位。看到程颖颖还是坚持，便不好再给她泼冷水，心想还是等她找不到工作再说吧。

周末一早，程颖颖又出去了。我睡了一个懒觉，心想着好不容易有一个周末，还是到图书室去看看有什么新书。洗过之后到楼下小吃店吃了早餐，便懒洋洋地到图书室，把那些杂志东翻翻西翻翻。正无聊间，一个人拍了拍我的背，我回头一看，却是汤小平。

"你好啊。"我淡淡地跟他打了一下招呼，又低下头去翻那些杂志。

"叶子，今天的天气很好啊，要不我们出去走走？"汤小平见我不怎么理他，还是跟我提议着。

"我们？"我有些哭笑不得，什么时候我跟他成了"我们"了。

"对呀，今天周末，平时在工厂里待得也够多了，不如出去走走，放松一下。"汤小平认真地说。

"谢了，我今天没空，也没准备去外面。"

汤小平碰了一个软钉子，还是不死心："叶子，其实我有很重要的事情想跟你说，咱们出去说吧。"

"什么事情在这里说就行了。"我翻着杂志，故意漫不经心地说。其实心里却在暗暗好笑，他这是什么意思？为什么来约我，难道他想追求我？我瞟了他一眼，他鼻梁上架着黑框眼镜，略厚的嘴唇嗫嚅着，是个老实人吧，他来约我得鼓起多大的勇气？想到这里我心一软："如果你一定要到外面去说，那我们就出去说吧。"

"那我们就走吧。"汤小平显得很高兴，帮我把杂志放回书架。我一边跟着他往外走，一边问："我们去哪里？"

"要不我们去欢乐谷吧。"汤小平兴奋地说。

我不高兴了，答应跟他出来，怎么就变成到外面去玩了？我沉下脸："你不是说有事情要跟我说吗，那我们就找一个说话的地方吧。"

"那也行，走吧，我带你去一个地方。"

"是什么地方，不要走得太远了。"

"不是很远，是我经常去的一个地方。"

我跟着汤小平出了厂门，穿过马路，转过一条街，来到一间快餐店。我心里疑惑着，难道他想吃饭？现在才上午十点，离吃饭的时间还早着呢。跟着汤小平走进去，只见店里分楼上楼下，一色的火车座，看起来倒很干净整洁。加上音箱里放着恰当音度的乐曲，漫在空气里，既不会干扰到顾客的交谈，静下心来又刚好入耳，感觉环境还可以。

汤小平径直走到楼上，拣了一个靠窗的座位，我们坐下来。不知道为什么，单独跟他待在一起，我竟然有些拘束。

"这里是我同学开的餐厅，怎么样，环境不错吧。"

"还行。"

"这里的生意很好，中午，我们厂的那些经理总监全都跑这来吃饭。"

说话之间，一个男服务生过来了："小平，你怎么现在来了？"说着用暧昧的眼光看着我们俩。我知道他是误会了，不由得尴尬起来。

"我现在不能来吗？我来这里还规定了时间哪？"汤小平笑着说，"叶子，介绍一下，这是我的老乡阿峰。阿峰，这是我的同事，叶子。"

我对阿峰笑着点点头："您好。"

阿峰说："小姐是哪里的，认识你很荣幸。"

我笑着还没有开口，汤小平手一挥，抢着说："去去，快给我们上两杯奶茶。"

"好咧，两杯奶茶。请问叶子小姐还想要点什么？"

"不用了。"

小峰给我们上了两杯奶茶后便笑笑而去。我拿着汤匙在杯里搅着，看着玻璃窗外来来往往的人群，像忽然清醒了似的，跟汤小平来这里是干吗呀，这不是纯粹浪费时间吗？想着想着，烦躁起来，真想把手里的杯子连着汤匙扔到窗外去！

正在我不耐烦的时候，一直盯着我看的汤小平开了口："叶子，怎么不说话？"

我心里想，不是你有事要跟我说吗，怎么却成了我不说话了？我冷冷地说："等你说重要的事啊，怎么一到这里你就没下文了？"

汤小平端着杯子喝了一口奶茶，然后把杯子放下："叶子，你的经理是关胜平吧。"

我听了有些意外，不知道他要说什么："是啊，什么事？"

但是他像没听到我的话似的，自顾地说："你每天中午吃饭，是到厂里的三号餐厅吃饭，通常是一个人去，但是有时候也会跟同事一起去。"

"是啊，那又怎么了？"

"每天下班，你一定到报刊栏去，看完当天的报纸才回去，以前常去厂外面的书店，不过你已经很久不去了，现在经常去的是图书室。"

我的脸色变了："你怎么那么清楚，你跟踪我！"

"叶子你别误会，我并没有跟踪你。"

"那你怎么知道我的部门经理，怎么知道我的生活习惯？"

"这个很简单，你记不记得你告诉过我你的部门，我随便问了一下，就知道你们部门的负责人是谁。至于你的那些习惯，那就更简单了。因为我也经常去看报纸，经常去书店和图书室，留意一下就知道了。"

"那你告诉我这个，是什么意思？"

"叶子，我家湖南岳阳，31年前，我出生在那里的一个小村子里，家里有一个姐姐、一个妹妹。我在那里上完小学和中学，然后考上了长沙师范学校。我读的是师范，但是没做成教师，来广东也有七八年了，之前做过很多事情，跟老乡开过电脑维修店，开过电脑培训班，比你晚几个月进这个厂，一直做到现在。"

看到汤小平不管我问什么，他都只是自说自话，我就不再问什么，静静地听他说。

"刚进厂时我遇到你，就觉得你是一个很特别的女孩。但是我发现你对陌生人很防备，所以也不敢怎么接近你。我一直都在留意你，你参加自考，你升组长，这些我都知道。我觉得你是一个非常优秀的女孩子。"

"你过奖了，谢谢。"我听了汤小平的话既震惊又难以置信，震惊的是我一直都不知道有这么一个人，那么关注我，那么留意我；难以置信的是我一直觉得我是一个普通的女孩，凭什么会让人家这么关注我呢？听到他对我的赞扬，我还是礼貌地道了一声谢。

"不，我没有过奖。其实你优秀的地方还不止这些，你好学上进，勤快节约又有主见。最重要的是你实在，不像其他的女孩子那样爱慕虚荣。"

"算了，你少在这里给我灌迷魂汤了。我有几斤几两，我自己心里清楚。"看着汤小平一堆一堆貌似真诚的赞美，我心中不由得警惕起来，他说了那么多，到底是什么目的？

"叶子，我跟你说这些，就是想让你了解一下我。其实今天约你出来，我有一个很冒昧的请求，不知道你能不能答应我。"

"那你说。"

"这个，实在是很冒昧，我们虽然说认识了很久，但毕竟没了解过对方。"汤小平吞吞吐吐、难以启齿的样子。

"既然这样，不说也可以，不过我是白喝了你的茶。"我抿嘴一笑。

提起茶，汤小平看着我面前的空杯子："呵，你看我，只顾着跟你说话，你的茶喝光我都不记得跟你续。对了你想再喝点什么？"

"不用了，很快就中午了，我想回去了。"

"要不咱们就吃饭吧，反正这里什么都有，你想吃什么都可以点。"

"如果你没什么事了，那我就先走了吧。这个饭嘛，我想回去跟我的朋友一起吃。"

"叶子，别急着走。那我就把事情跟你说了吧。"汤小平一直盯着我的目光调到了别处，"我，我喜欢你，过一个月我请年假回去，你能跟我一起回家吗？"

46. 少成人之恶，多成人之美

汤小平的话像晴天一个霹雳，让我震惊得久久说不出话来。跟他回家？这是什么意思？凭什么我跟他回家，我又以什么样的身份跟他回家？难道他不知道一对未婚孤男寡女，一起回家见父母是什么意思吗？再说我对他还一点都不了解，谁知道他是不是人贩子，到时候把我卖到一个小山沟里，我这辈子不就完了？

汤小平看到我半晌都没说话，可能知道我被他的话雷倒了，马上又说："叶子，我知道这样说很冒昧。虽然说我观察了你三年，但是你对我并没有了解多少。这段时间，你多跟我接触沟通一下，你会慢慢了解我是一个什么样的人。并且我是真心实意地喜欢你，想跟你一起过日子，所以才这么跟你提出来的。"

慢着，看你的意思是想把我娶回去过日子了？老天，这是开什么玩笑啊。你老兄也真是的，当我是一个什么物件啊，躲在一边观察我，看到我还算符合你的条件，就跳出来让我跟你回老家，根本就不顾我的感受，你也太不知道尊重别人了吧。我心想着，严肃地问他："你今年31岁了，以前交过几个女朋友啊？"

"以前只交过一个女朋友，但是她现在嫁人了。我跟她也三年没联系了，你放心，我不会跟她再有联系的。"汤小平看到我总算开了口，马上就接了话。

"我现在明白你对我的意思了，我不明白的是，你为什么这么急着让我跟你回去见你父母，其实相处个三年两载，大家都了解了对方再回去不是很好吗？"

"我也想咱们多了解了解再回去见二老，但是这几年他们一直都在催我早点成家。刚才我也告诉你了，我已经31岁了，我家里只我一个儿子，每次我打电话回家他们就只有一个话题，就是我什么时候能够结婚。下个月是我爸爸60岁的生日，我是要回去的，我妈说回来就让我去相亲。但是我不想找家乡的那些女孩子，我想还不如在外面找一个呢。"

"所以，所以你就盯上我？"我听了有些气愤，敢情我是一个机器？

"叶子，你别误会，我除了想找一个结婚对象外，也是真心实意地喜欢你。"

"你喜欢我？怎么个喜欢法？躲在一边观察我吗？"

"你知道为什么我们每次上班下班都能碰到吗？为什么每次你去图书室去看报纸我们都能碰到吗？你以为这只是巧合吗？"

"这难道不是巧合？"

"当然不是巧合。你以为这个世界上真有那么多巧合？这都是我每次算准了你什么时候会在什么地方出现，我们才碰到的。"

"谢谢你对我的喜欢，谢谢你这些年来这么关注我，我想……"

"叶子，你先别忙着拒绝我。你回去好好考虑一下，再答复我好不好？"正在我想拒绝他的时候，汤小平打断了我的话，一双眼睛哀求地看着我。

看着他的样子，我又有些心软："那我，我得好好想一想。"

"也是，毕竟是终身大事呢，那我等你的消息。"

"你不要抱太大指望了，我只说是考虑一下，最后可能不会答应你，你要做好心理准备。"

"我知道的。不过这段时间我会让你了解一下我是一个怎样的人，我们多多接触，两个人慢慢会有感情的。"

从快餐店出来，我的心情就一直平静不下来。汤小平扔给我的问题像一颗石子，投入了平静的心湖。想一想，天哪，他都31岁了，我才刚满23岁呢。虽然说跟我同岁的谢芳已经出嫁了，但是我好像不用这么着急吧。再说他大我那么多，这是一个不小的年龄差距呢。他是真心地喜欢我的吧，不然他也不会关注我那么久。可是我不喜欢他，对他一点感觉都没有啊。

反正我是不会跟他回去的。我一边走一边心里拿定了主意。

回去我把这个事当笑话讲给高华丽和程颖颖听，她们也被汤小平的行径雷倒了。高华丽说："叶子，我看那个汤小平是找不到老婆，想老婆想疯了，就想着把你拉回去吧，你可不要上当啊。"

程颖颖说："想想看，如果跟他回家了，那肯定不久就会结婚。叶子姐，早婚是很恐怖的。你想啊，过不了一年半载，你就要做别人的老婆，甚至是孩子的妈，每天就是给孩子喂奶洗尿布，做饭洗衣服，你受得了吗？你还有大把的青春没享受到呢。"

我说："你们就不用担心了，我还没傻到那个程度。再说了，婚姻是一辈子的事情，连陈咏梅年纪那么大了，她都知道要找一个自己喜欢的，我也总得找一个自己喜欢的男人一起过一辈子吧。"

提起陈咏梅，高华丽说："陈咏梅还没结婚吗？我一直以为她嫁人了呢。"

程颖颖在一边笑着："这个事情我是知道的，听说她妈都急得快疯了。"

高华丽说："你说也真是的，一边是陈咏梅急着嫁人嫁不出去，一边是汤小平找不到老婆发疯地想拉叶子回家。这结个婚成个家就那么难吗？"

听到高华丽的话，我脑中灵光一闪，心中便有了一个主意。想了想，发现这个主意还真是绝妙，陈咏梅是急着嫁人的剩女，汤小平是急着讨老婆的剩男，他们还真是天生一对啊。如果他们能凑成一对，这不是所有的问题都解决了吗？想着想着，不由得意起来，自己就嘿嘿笑了："我真是天才，实在太崇拜自己了。"

高华丽和程颖颖看着我，都有些摸不着头脑，齐声问："你怎么是天才？"

我得意地说："我想到了一个创意，一个绝妙的创意，一个可以解决所有问题的创意。"

两个人的好奇心都被我吊起来了，程颖颖迫不及待地说："什么创意，讲来听听。"

"这个创意嘛，我自己知道，但是不告诉你们，等成了以后才跟你们说。"

高华丽说："好啊，叶子，来吊我们的胃口，快说。"

"就不说，急死你们，怎么样？"我笑着。

高华丽跟程颖颖互相望了望，一齐把我按倒在床上。我舞着四肢怪叫着，高华丽说："说不说，再不说我们就挠痒痒了。"说着嘴里发出一阵怪音，手就要伸到我的腋窝下。

我最怕挠腋窝了，连忙求饶："放了我吧大姐，我说，我马上说。"

程颖颖放开我："早说嘛，还要我们麻烦。"

我起来理了理衣服，便把自己想到的创意告诉她们。原以为她们也会拍手叫绝，想不到她们都不怎么看好。程颖颖说："叶子姐，你以为你是乔太守呢，把鸳鸯谱乱点一通，他们就真能好到一起啊？"

高华丽说："叶子，刚才你还说汤小平不懂尊重人，我看你才不尊重人呢。人家汤小平喜欢的是你，现在你硬塞给人家一个陈咏梅，人家心里怎么想？要是他们好不了，说不定弄到最后，你跟陈咏梅连朋友都做不成。"

"不做媒人三世好，你们说得也是，我看看吧。"

汤小平跟我说过，会让我多多了解他，他也果真说到做到。周一下班前给我打了一通电话，约我下班后去他那里做饭吃。饮食男女，但凡涉及男女之事，总离不开饮食。我看着不远处的陈咏梅，答应了他的约会。于是我们约定 7：15 下班后在厂里西大门碰面，不见不散。

挂了电话，我来到陈咏梅的线上找到她问："阿梅，下班后有没有空啊？"

"空倒是有，你有什么事吗？"

"我想去超市买些菜，咱们晚上去做饭吃好不好？"

"去你们那里做饭吃吗？你们不是没置办炊具吗？"

"不是我们那里，是另外一个地方，怎么样，去还是不去？"

"反正下了班也没别的事，那我就跟你一起去吧。"陈咏梅没有犹豫，爽快答应了。

下了班，我跟陈咏梅一起来到工厂的西大门，早在一边等着的汤小平看到我还带了一个人，倒没表示不高兴。反正大家都认识，我就没再相互介绍了。我们一行人便来到超市，买了一些肉菜和零食去了汤小平住的地方。

汤小平住的地方离厂子不远，一个人住着一房一厅，里面冰箱电器都齐全，条件还算不错。进了客厅，他便给我们开了电视。我跟陈咏梅拿着零食边吃边看电视，看到汤小平一个人在厨房里忙着，就小声对陈咏梅说："阿梅，要不你进去帮一帮他，人家出了钱呢，咱们总不好意思白吃他的吧。我今天是老朋友来了，不方便，你去吧。"

陈咏梅笑了笑："你啊，就知道吃现成的。行了，我进去。"

我一边吃零食，一边听着厨房里的动静，汤小平和陈咏梅一个洗菜洗碗，一个切菜炒菜，两个人分工合作，果然很默契。我心里盘算着，看来效果还行，得多创造一些这样的机会让他们在一起，这样的话成功的几率还是很大的。

"叶子，你看我炒的这个蒜泥白肉怎么样？"饭桌上，汤小平给我夹菜，我看了看他没有说话。汤小平马上就明白了，又给陈咏梅夹了一块肉："阿梅你多吃点，让你在厨房帮忙，真是辛苦你了。"

陈咏梅说："不用夹来夹去的，自己喜欢就自己夹吧。"

我一边吃一边说："汤小平，你的手艺不错啊。我吃了那么久食堂，都吃怕了。要不这样，以后我跟阿梅天天来做饭吃怎么样？我们出伙食费也可以。"

"好啊，我求之不得。不过伙食费倒不用你们出了，一点儿小钱，不算什么。"汤小平很高兴。

"阿梅，那我们说好了，以后天天到这里来做饭吃，反正食堂也没什么好吃的。"

陈咏梅看我们都兴致很高，想了想说："也行，反正下了班有的是时间，大家在一起做饭，图个高兴。"

吃了饭后，陈咏梅又自告奋勇去洗碗。我把饭桌收拾了一下，看着汤小平装做看电视的样子，其实在看我，就拿了几个苹果进了厨房去洗。我磨蹭着等陈咏梅洗完了碗，收拾好厨房才跟着她出去。

汤小平拿了一副纸牌，提议打牌。我看了看钟，时间还早，觉得玩一玩也可以，问陈咏梅的意思，她也赞成。但是对于牌类我并不怎么精，只会锄大地和跑得快，他们为了将就我，就决定打锄大地。三个人玩牌，汤小平老是输，而我跟陈咏梅轮流着赢，让我在怀疑那家伙是不是在放水。

玩了一会儿，我看看时间，已经快到十点了，就决定回去。汤小平也不留，就说："要不我送送你们俩吧。"

"不用了，我们自己回去就行了，那么近。"我谢绝了，跟着陈咏梅就要出去。

"那我们明天见。"汤小平不再坚持，把我们送到门口。

"行，明天见。"

从汤小平那里出来，陈咏梅问我："叶子，汤小平是不是在追求你啊，他对你很热情呢。"

"他不是想追求我，你没看到他对你也很热情啊。"

"那你们怎么就约好了一起做饭吃？"

我故意把话说得模棱两可："他约我去做饭是没错，但他不是为了追求我才约我的，他呀，对人是有企图的。"至于对我们两个人当中的哪个有企图，就由陈咏梅自己猜去。

陈咏梅不再说什么了。我又故意问她："阿梅，你认为汤小平这个人怎么样？"

"汤小平？他还好了。"

"跟你回家相亲见到的那些男人比起来怎么样？"

"层次要高一些吧，毕竟相貌还过得去，在我们厂里又是一个工程师，文化方面没问题。"

"那你喜欢他吗？"我直截了当地问。

估计陈咏梅毫无准备的大脑给我的问题雷倒了，好一会儿才说："人家是不错，但是肯定看不上我吧。"

看样子她对他挺有好感，只是还有点自卑。摸清了她的想法，我心里便有数了，看来他们在一起的希望很大。

那么就努力吧，给他们制造机会，给他们煽些风点些火，添些油加些醋吧。黑暗中，我阴险无声地笑了。

47. 努力啊，别做剩男剩女

从那天晚上开始，我跟陈咏梅便每天一下班就到汤小平家做饭吃。基本上每天都是陈咏梅和汤小平在厨房里忙活，而我却大摇大摆地坐在客厅里看电视。开始的时候陈咏梅还开玩笑地说我坐享其成，后来便当成了习惯。

经常，我坐在汤小平客厅的沙发上，一边吃着零食一边让汤小平或陈咏梅帮我倒水，帮我拿垃圾袋收拾。而陈咏梅则跟汤小平一起做饭收拾厨房，我相信如果汤小平有心一比较，很容易就分出两个人的优劣，我自私任性懒惰，而陈咏梅成熟大度勤快贤惠，不用说她才是做贤内助的最佳人选。

一般吃过饭以后我们会看看电视，玩玩牌什么的，看到时间差不多了就回去。半个月下来，汤小平基本没什么跟我单独相处的时间，就是偶尔坐到一起，我也对他冷冷的。反倒被我制造出不少他跟陈咏梅单独在一起的机会。慢慢地汤小平的目光便不在我身上流连，更多地表现出对陈咏梅的关注。而陈咏梅呢？我偷偷观察着，发现她在汤小平面前总会不自觉地流露出一种小女人的姿态。

看来他们之间绝对有戏！并且不用我推波助澜，他们自己都能擦出火花！毕竟他们一个是剩男一个是剩女，共同的语言还是有的，对于家里的逼婚都是感同身受的。看到他们日渐亲密，我觉得时机已经成熟，就在一天下班时对陈咏梅说："你先去汤小平那里吧，我还有一些事情没搞定。你做好饭要是还没看到我过来，就先帮我留一份出来，你们自己先吃。"

"你还有什么事情啊，干脆我等一下你，我们一起走就是了。"

"不是我们车间的事，是行政部的事，我估计还要一阵子才能走。你先帮我把饭做好，我现在已经很饿了。"

陈咏梅知道我以前在图书室加过班的，也就信了我这番话。我看着陈咏梅离开的身影，想到她跟汤小平今天晚上孤男寡女地待在一个房子里，不知道会发生什么事？我心里祈求着：上帝啊，但愿他们发生一些事吧，阿门。

陈咏梅下班以后，我在车间里翻了一点生产工艺文件看了看，磨了一下时间才出去。在车间里高度紧张地工作了一个下午，我感觉非常饿，就到食堂里随便吃了点。回去屋里，高华丽和程颖颖都在，看到我都觉得有些意外。高华丽说："叶子，你怎么没去汤小平那里了。"

我笑着说："我只是做媒人的，现在陈咏梅跟汤小平都那么熟了，我这个媒人该退场了。"

"那你觉得他们俩有可能发展成为一对吗？"

"当然能成为一对，他们的共同语言太多了，都是剩男剩女，都想着找一个对象马上结婚，肯定能够一拍即合。"

"叶子，你对他们是蛮有信心的嘛。"

"我的信心来自于他们平时的表现，这段时间，他们是越来越亲热了，只是我在他们面前碍着眼。"

"你这个红娘做成了，他们一定会好好谢谢你的。"

"谢什么呀，你没听过一句话，夫妻上了床，媒人抛过墙。"

高华丽和程颖颖都被我这句话逗笑了，我发现从我回来后程颖颖跟我打过一声招呼，就看着我跟高华丽聊天，自己却坐在一边一声不响。我有些奇怪了："颖颖，你这是怎么啦，今天没吃饭？"

高华丽说："她正在为她的工作发愁呢。"

我问她："愁什么呀？继续找呗。"

程颖颖说："叶子姐，工作不好找啊。眼看我在你这里住了都三个星期了，工作一点着落都没有，我心里急呀。"

"没事，颖颖，你再找找，我觉得你肯定能找到一份合心合意的工作。"

高华丽在一边说："找工作就像找婆家，哪有那么容易就找到的。"

我说："有人说，真正的好工作，其实就是进对行业，找对公司，跟对主管，不过要是这三条都齐全的话，还真是不容易的事。"

程颖颖说："我就是觉得很烦，老是面试、复试，不是自己条件够不上给人刷了，就是自己看不上那份工作。"

我笑笑说："这就是典型的剩女心态嘛。"

程颖颖不解："什么剩女心态？"

"你知道剩女为什么被剩下吗？她们并不是没人要。你想啊，这世界上的女人多得很，什么矮的丑的都嫁了，怎么她们就嫁不出去？"

高华丽说："叶子，看来你对这个很有研究嘛，你说说看，为什么她们嫁不出去。"

我不好意思地笑了："我这是前些天在报纸上看到的分析，现炒现卖，你们别笑我。"

程颖颖催道："那你就说嘛。"

"原因有很多，最主要的还是高不成低不就，特别是像我们这样的工厂，出现很多打工剩女。一方面那些女孩子出来见识到了城市里的物质繁华，已经不想回农村找对象；另一方面城市里的男人未必会看得上各方面条件都普通的打工妹们。所以像陈咏梅那样的人是很多的。"

高华丽担忧地说："这样说起来，我们都有可能变成剩女啊。我也不想回老家找对象，怎么办呢？"

"是啊，怎么办呢？那报纸上没说，看来啊，以后我们都会变成剩女的。"

程颖颖说："你的意思是说我现在也是高不成低不就，所以才找不到工作？"

"对了，要不你把自己的标准放低一点，先图生存，再谈发展。"

"那我看看吧。"

第二天陈咏梅一看到我，就装做生气的样子："叶子，昨天放我们鸽子了，说好过来的又不来。"

"我实在很忙，昨天忙到了十点多才下班，对不起啊，我以为可以早点下班的。"

陈咏梅听我这么一说，就相信了。我想从她的脸上看出点什么，却看到她还是平静的样子，不由得就有些失望。想起以前我在她面前做的铺垫，我想还是能套一些话吧。于是试探着说："阿梅，昨天我没去，汤小平他对你说什么没有？"

"你问这个干什么？"陈咏梅的鼻尖有汗冒出来。我一看，心道：有问题了。陈咏梅有一个特点，就是一紧张鼻尖马上冒汗，现在她在紧张什么呢？

"没事，我就是问一下，我记得以前跟你说过，汤小平对人是有企图的，不知道他的企图实现没有。"

"去，叶子，干你的活去，你也太八卦了吧。"陈咏梅避重就轻地说。

我心里暗暗纳罕，向来陈咏梅在我面前都是没什么秘密的，这次怎么就吞吞吐吐不想说了？

汤小平在下午的时候跟我揭开了其中的秘密。中午他一个电话打过来找我："叶子，今天能不能下一个早班？"

所谓的下早班就是不加班，按正常的五点下班。我想了想说："应该可以的，有事吗？"

"我有些事情想跟你说，我们五点下班后在厂里的花园处见面好不好？"

"不能在电话里说吗？"

汤小平顿了顿："电话里不方便说。"末了又特别叮嘱我，"你一个人来就行了，不要带别人来。"

"好，没问题，我们下班见。"

厂里的花园是一个比较安静的地方，非常适合情侣约会。五点多，我从车间出来的时候花园里几乎没有人，显得更是安静。

"汤小平，什么事啊，怎么不在电话里说，非要在这里说？"一到花园就看到汤小平已经在那里等着我了，我也不客气，直接问他。

汤小平看到我，有几分严肃又有几分客气地说："我约你来，是想谈一谈我们的事。"

"哦，你说吧。"

"叶子，我觉得，我觉得我们俩并不怎么合适。"汤小平低着头说。

"是啊，从一开头我就觉得我们俩不合适啊。"

"你真是这么想的吗？"汤小平抬起头欣喜地说。

我开着玩笑说："你一开始觉得我适合你，是因为你没发现更适合你的阿梅，对吧？"

"你怎么知道？"

"我当然知道。昨天我没去你那里，你跟她有没有私订终身啊？"我继续开玩笑。

汤小平有些脸红，说："她同意了跟我一起回家见我的父母。"

"这么快！"这下我大吃一惊。

"叶子，我们都年纪那么大了，跟你不一样。可能你还想着那些风花雪月，但是我们就是想找一个伴，柴米油盐过日子。"

"那你们有没有决定什么时候结婚？"

"应该很快了，反正我跟阿梅今年的主要任务就是把自己的终身大事解决掉。"

"你们还蛮新潮的嘛，闪电般，就要结婚了。"

　　"什么新潮不新潮的，只是我们双方都觉得满意，不想折腾了。"说到这里汤小平还是忍不住夸着陈咏梅，"阿梅这个人是实在人，年龄大了，想法比较成熟，知道心疼人。"

　　看到他提起陈咏梅时喜不自禁的样子，我笑着说："恭喜你们，希望你们以后白头到老，最好今年就能抱上一个胖娃娃。"

　　"谢谢你。"

　　"怎么谢？我这个媒人的功劳可是不小呢。"

　　"是啊，你这个媒人功劳可不小呢，要不是你，我都认识不了阿梅。这样吧，我们请你吃一顿，怎么样？"

　　"啊？只是吃一顿哪？"

　　"我们请你吃一顿，地方由你定怎么样？"

　　我想了想："我想还是到你家去吃吧，你做的菜挺好吃的，以后吃不到了，现在吃最后一顿。"

　　"想吃饭那还不简单，到我那里去，随时欢迎你。"

　　"这可不行，你跟阿梅两个恩恩爱爱的，我在中间碍眼。"

　　"明天就是周末了，这样吧，明天晚上下班后跟阿梅一起来，我做几个像样的菜。"

　　"好啊，就这样说定了。不过我还有一个问题。"

　　"什么问题？"

　　"其实吧，昨天我是故意没去你那里的，就是想让你们能单独相处。"

　　"你昨天故意让我们单独相处的？"

　　"是啊，我看这些日子来，你跟阿梅两个挺相配挺对得上眼的，就给你们制造机会啊。"

　　"原来是这样。"

　　我继续给汤小平爆料："其实从一开始，我把阿梅往你那里带，就是希望你们俩能发展呐。"

　　汤小平看着我："叶子，你还真会做媒人。"

　　"我不明白的是，你跟阿梅昨天都已经商量好了回家见父母，怎么早上我问阿梅，她一点口风都不给我露？"

　　汤小平不好意思地说："这是我告诉阿梅，叫她不能让你知道的，起码在今天她不能告诉你。"

"为什么呀？"

"我知道你跟阿梅两个是很好的朋友，我原本是想追你的，结果我跟阿梅好了，我担心你心里有想法，要是你们闹翻了，那就是我的罪过了。"

我恍然大悟，看来他还是很细心的："你考虑得很周到，但是我对你们的事是乐见其成的。"

再见到陈咏梅的时候，我连笑带挖苦："阿梅你也真行啊，见色忘友，枉我一心一意想撮合你跟汤小平。结果两人一好上了，就连我都瞒着了。"

"叶子，别这样嘛，是小平让我暂时瞒住你的。"

"嗯，小平？还叫得挺亲热的嘛。他让你瞒着我你就瞒着我啊，你怎么就听他的话了？"

"是我不对，不应该瞒着你，你就别生气嘛。"

"谁生气了，你们好上了，我求之不得。你也这么大了，总得要找一个好归宿。"

"小平呢，是个老实人，他说主要是怕你有想法。昨天晚上他已经告诉我，是你一直有意把我们俩凑一块，真是谢谢你。"

"不用谢，就是今天晚上你们把晚饭准备得丰盛一点，那就行了。"

"这个你不用担心，小平今天没上班，专门在家准备晚饭，你等着吃就行了。"

陈咏梅和汤小平的谢媒宴准备得果然丰富。下班后我们一到屋里坐下来，汤小平就端上一个热汤："叶子，这个是红枣乌鸡汤，里面加了当归和黄芪，补血补气，美容养颜，我煲了一个下午呢。"

"嗯，闻起来就很香，阿梅，你真有福气，看来以后你有口福了。"

陈咏梅笑笑，去厨房里拿了碗筷盛了两碗汤，把其中一碗递给我："喝吧，喝了再吃饭。"

我看还有一个空碗："汤小平不喝吗？"

"傻瓜，这个汤是专门煲给女人喝的。"

我有些脸红，就低头喝汤。汤里当归的气味很浓，我并不太喜欢，但是想到可以美容养颜，又是汤小平辛辛苦苦煲了一个下午的，就一小口一小口把汤喝光了。

我这边跟陈咏梅喝着汤，那边汤小平把菜一样一样端上来。白灼虾、清蒸鲈鱼、苦瓜炒牛肉、蒜泥空心菜，看来汤小平为这顿饭可是下了本钱。

陈咏梅说："叶子，我们商量好了，结婚不办酒席，给大家发一些糖就算了，这顿饭是专门给你做的，别的都不说了，我们俩的心意都在这里了。"

48. 不留后路，也许就是出路

陈咏梅找了一个男朋友，闪电般决定结婚并见男方父母的消息传出去以后，车间里一时传得沸沸扬扬。员工们都觉得有些不可思议，这真是名副其实的"深圳速度"啊。

自从吃过汤小平的"谢媒宴"之后，我就不再插到他们中间当电灯泡了，开始准备自学考试。陈咏梅倒没有多大变化，平静地上班下班，别人的议论好像也没怎么放在心上。

但是这次参加自考有种孤军奋战的感觉，想起往年这个时候跟周海、程颖颖一起互相支持互相鼓劲，心里多少有点失落。现在周海的毕业证书已经拿到，而程颖颖现在忙着找工作，看样子是没精力看书考试了。想起程颖颖，我心里又有一些烦躁，她已经在我们这里住了一个月了，工作还是没有着落。高华丽已经跟我嘀咕了几次，怎么她的工作就那么难找呢？

我理解高华丽，本来就不大的床，两个人睡着刚好，三个人挤下已经勉强了，原本心里想着自己委屈一下，等她找到工作就解脱了，谁想她的工作一找就是一个月，日子久了当然难受。我也理解程颖颖，工作不仅仅是为了生存，更重要的是要找一个自己喜欢又有前途的工作。可是做一个好人真的很难，一方面得安抚高华丽的情绪，另一方面还得不时给程颖颖鼓鼓劲。唉，烦。

就在我为程颖颖工作的事头疼的时候，一天下班回去却看到程颖颖在收拾她的行李。我吃了一惊，难道是高华丽对她说了什么难听话，她自尊心受不了要离开？赶忙上前把她手里的衣服拿下："颖颖，你这是干什么，想去哪里？"

程颖颖笑着跳起来忽然给了我一个拥抱："叶子姐，我好高兴啊，我找到工作了。"

"真的？"我惊叫起来，这真一个好消息！

"真的！"程颖颖放开我，把衣服从我手里拿过去，"你以为我要去哪里呀，这么紧张。"

"我还以为你在这里住了太久，自己不好意思了，想去别的地方呢。"

"叶子姐，我要是还有别的地方可以去，也不至于在这里跟你们挤一个月了。"她拉着我在床上坐下来，"今天我在这里住最后一个晚上，明天就要乘火车去杭州上班了。"

"去杭州？你找的是什么工作啊？"

"我找的还是销售。是国内一家很有名的公司呢。"

"那个公司待遇怎么样？包吃住吗？有底薪吗？"一听到是销售，我心里紧张起来，"颖颖，你自己要当心啊，一个人跑到杭州，万一碰到什么事，你连一个去的地方都没有。"

"叶子姐，你放心吧，公司是包吃包住的，每个月有八百块的底薪，少是少了点，一个月的生活费是没问题的。"

"我觉得这个工作还真不是很理想，不如不要去了吧，太远了，你再找找看。"

"叶子姐，我决定了，我就要做这份工作。远是远了点，但是你想想，可以看到有名的杭州呢。那是我一直想去的城市，你想啊，在一个自己喜欢的城市里做着一份自己喜欢的工作，这是一件多么好的事情！"程颖颖滔滔不绝跟我说着自己想去的理由。

"你真的想去杭州？"

"真的想去。我知道你不放心我，我也知道我去了杭州再也没有退路，可是为了自己喜欢的工作，我愿意再赌一把，再冒一次险。"

"既然你打定了主意，我也就不拦着你了，反正自己要当心一点儿。"

"我知道了。叶子姐，谢谢你这么照顾我。我在这里住了这么多天，给你跟华丽添麻烦了。"

"颖颖，这些你就不要提了。记着，到了杭州你要给我打电话。"

"我会给你打电话的，你放心好了。"

"你的火车票订好了吗？到杭州下火车后坐什么车到公司，你查过没有？"

"我下午已经订好了火车票，明天早上就可以拿到票了。"

“是几点的火车？”

“是下午五点的，反正我也没多少行李，到时候自己坐公共汽车去就行了。”

“明天下午我请个假，送你上车吧。”

“不用了，耽误了你的工作就不好了。”

“不会耽误工作，明天产线没什么重要的事情，再说了，我很少请假，主管肯定会给我这个面子的。”

“那，也行。”

“你现在身上还有多少钱，去杭州能够支撑到第一个月发工资吗？”

程颖颖低着头搓着手指：“叶子姐，我跟你说实话吧，我买了一张火车票以后，身上就只剩五十块钱了。到了杭州买点东西的话，是有点不够。”

“哦。”

“叶子姐，你能不能，能不能，借我一点钱，到时我会还你钱的。”提到借钱，程颖颖有些磕巴。也是，在深圳公认的打工生存的法则之一，就是你可以在我这里住，但是请不要向我借钱，因为我不知道明天你会在哪里。

“那你想借多少？”

“就借两百块钱吧。”

“两百块钱够吗？”

“叶子姐，杭州的公司包吃包住。我只要不买零食不买衣服，光买一些日用品的话，两百块钱是完全够的。”

我在书桌上抽出一本书，拿出夹在里面的钱给她：“这里有五百块钱，你拿着吧。不知道杭州的物价会不会比深圳贵，多拿一点钱总是不错的。“

“叶子姐，这太多了，两百块钱就够了。”程颖颖拿了其中的两百块钱，把其他的钱放回书里。

我把书里的钱拿过来：“给你你就拿上吧。再说我这钱也不是白给你的，将来你挣了钱是要还给我的。”

“好，将来我挣了钱，一定会还给你的。”程颖颖见我坚持，也就不再推托，把钱贴身放好。

“那你将来挣了大钱，我管你借个几十万，你别不愿意哦。”

“好，只要我有那么多钱，一定借给你。”

两人说话间，高华丽回来了，看到程颖颖摆出的行李箱也有些惊愕。我便把程颖颖找到工作的消息告诉她。高华丽听了挺高兴的："颖颖，你不知道，我一直都挺担心你找不到工作的，现在好了。"

"是啊，你们不知道，有一段时间我都要绝望了，我想是不是我这一辈子只能在流水线上工作了。"

"华丽，你今天怎么这么晚才回来？"我问道。

"周海升官了，他做了行政组的组长，今天请我们组里的人吃饭呢。"

我听了心里一动，周海升职了，他怎么没告诉过我。最近他打过来的电话也少了，难道他跟高华丽走到一起了吗？

"他不是刚拿本科文凭才几个月嘛，怎么就升职了？"程颖颖问。

我笑着说："人家的舅舅是部门经理呢，说不定早就想给他升职了，只是没有机会。"

高华丽说："我看周海做事还是很有能力的，他升职不仅仅只是因为舅舅是行政部的经理吧。"

"也是，周海有能力，现在又有文凭，舅舅还是个经理，不升他升谁呢。"然后我试探着说，"华丽，你现在跟周海走得挺近的嘛。"

"也没有走得很近，就是平时大家一起工作，有时中午一起去餐厅吃饭。"

我说："这样还不是走得很近啊，基本整天都待在一起了。"

程颖颖笑着来了一句："是啊，整天都待在一起。华丽，要不你干脆把他发展为男朋友得了。"

"发展为男朋友？我也想啊，但是人家看不上我怎么办？"

我开玩笑地说："周海还是不错的，华丽，你下手要趁早，不然我就要动手抢了。"

高华丽叹了一口气，情绪忽然低落下来："叶子，你想抢那你就抢吧。这些天我也是对周海明示暗示的，但是他就是给我装傻充愣。看来他对我确实没那个意思，我也不是非他不可，在一棵树上吊死。"

"你看开一些，缘分的事勉强不来，就是好上了将来也未必能走到一起去。你看杨燕跟何明凯，两个人以前那么好，现在还不是三天两头地闹分手，又有什么意思呢。倒不如当初他们就保持着一份好感，还多一个朋友。"

"叶子，你不用安慰我，你说的那些道理我都明白。经过杨宇翔的事情，我也是看开了，没什么大不了的。"

程颖颖看着我们俩把感情的事说得那么丧气，就说："你们想那么多干吗，现在的社会，男人都靠不住，只有自己多挣钱才是硬道理。"

高华丽说："那是你还小，等你过个三两年你就不会这么说了，你没看到陈咏梅嫁不出去，都急死了。"

我接口说："作为一个女人，不能跟传统对抗，有家有孩子才算一个完整的女人。"

程颖颖看辩不过我们，就说："我们争这个有什么用啊，太晚了，还是洗洗睡吧。"

第二天我请了一个下午的假，又买了一些路上吃的东西。回去，程颖颖早已收拾停当，看到我进来就说："叶子姐，等你很久了，你吃饭没有？"

我看看时间："我吃过了，颖颖，咱们得快些走，不然来不及了。"

我把吃的东西塞到程颖颖的手上："这些是给你在路上吃的，就不用放进箱子里去了。"

"谢谢叶子姐。"

"快点吧，咱们走。"说着我帮她把行李箱提出去，锁好了门，两人乘公交车到了火车站。一路上我们都没有机会说话，深圳的公交车永远都是挤满了人，我跟程颖颖被挤到两边。车上各种体臭味、汗味，让人透不过气来。我小心地保持着自己的身体不跟别人触碰，但是这个似乎很难，只能把胳膊架在胸前，以躲过车里那些男人有意无意的触碰。找着机会看看另一边的程颖颖，她也左挪右闪很难受。也许觉察到我目光的扫射，她朝我望过来，两下里目光一接触，大家都不由得苦笑着。

来到火车站，总算是解脱了，我们从公交车上下来，提着行李来到候车室。看看时间，还要一个小时才到上车时间。程颖颖提议说："叶子姐，我们到外面走走吧，我想再看一眼深圳。"

我知道程颖颖的心情，她这一去，也许不再回来。在这个城市里生活了几年，毕竟是有几分不舍。我们就去把行李寄存保管了，手挽着手走出车站。我们也不敢走远，只是在附近的街上走了走。到处是高高的大楼，到处都是滚滚的车流和人流。不远处就是著名的罗湖口岸，过了这个关口，就是另外的一个世界——香港。那是人们口口相传中一个纸醉金迷的世界，那个世界跟现在的我们只有咫尺之遥，却是我们这些小小打工妹不可逾越的鸿沟。

我们随便走走，不知不觉中站在一家服装店的门外，橱窗里衣服很漂亮，让人不由得有购买的欲望。我说："这条连衣裙真好看，不知道要多少钱。"

程颖颖说："肯定很贵的。唉，我都几个月没买过衣服了。"

我看着那件衣服，还真有些心动："我也好久没买衣服了，要买就买一件自己喜欢的吧，贵一点儿就贵一点儿。"

我今天刚好把工资卡带在身上了，就拉着程颖颖进去店里，让售货员把衣服拿下来试试。售货员打量了我们一眼："两位小姐，我们这是品牌专卖店，不是衣服批发市场，这条裙子的进货价是1200块，你们买得起吗？弄脏了怎么办？"

我听到这个价钱，倒抽了一口冷气。天哪，这只是进货价，看来我就是一个月不吃不喝，也买不起这条裙子。看着售货员小姐眼里的轻蔑，程颖颖气愤得很："你们专卖店的人也就这么一个素质啊！是啊，我买不起这条裙子，可你不也就是一个售货员吗，嚣张个屁呀！也就是一个打工的！"

那个售货员脸色变了，我把程颖颖拉着立马就走："算了，我们走吧，时间快到了。"

程颖颖不再说话。我们回去取了行李，又在候车室里坐了一会儿，候车室里的广播就通知去杭州的列车已经到了。我把程颖颖送上车，程颖颖忽然抱了一下我："叶子姐，以后我不会想念深圳，但是我会想念你，你保重。"

"颖颖，你也保重。"

"我这一去杭州，再也不来深圳了，我会在杭州好好努力，我知道我没有退路。"

程颖颖话说得很坚决，我心里也悲凉起来，这次送行大有"风萧萧兮易水寒"的意味，颖颖她是决心一去不复返了。

49. 胡萝卜的动力是无穷的

程颖颖到了杭州后马上就打来了报平安的电话，之后却没怎么打电话了。我心里惦记着她，想起她还给了我一个电子邮箱的地址，就到外面的网吧申请了一个雅虎的邮箱给她写了一封信。不久她就给我回信了，信里只有几句话：叶子姐，我在杭州一切都好，只是工作有点忙，我会给你电话的。看到她的回信，我对她现在的处境是心里有数了。毕竟她在杭州没有退路，得非常努力才有留下的希望。

　　陈咏梅不久之后请假，跟汤小平一起回了家乡。在她走之前的早会上，薛松点名让我代管陈咏梅的产线。陈咏梅的产线原本已经有六十多个人，加上我自己产线的七十多个人，底下总共就有一百三十多个人了。我还是第一次带这么多人，这些人怎么管理，这是一个很大的问题。

　　早会后，我就一直在考虑用怎样的方法才能把产线管理好。想来想去，觉得管理这么多人已经不能像以前那样，事事自己亲力亲为，而应该把各个区域进行助拉责任制管理。这一点想通了以后，第一时间便把四个助拉集中起来，开始对她们进行任务分配。

　　我把自己所管辖的区域分为四块，分别派给梁小玲、孙艳、邹娟和杨燕。然后在她们面前挂出胡萝卜："我先给你们说一下，这是一个锻炼的机会，做好了，不但绩效考核可以拿到高分，表现出色的话，明年还有晋升为组长的机会。不想做将军的士兵不是个好士兵，不想做组长的助拉不是好助拉。从现在起，我希望你们都能用组长的思维去思考问题，按组长的要求去要求自己。我也希望你们都能够把握这个机会，好好干，让那些主管、课长都见识一下你们的能力。"

　　胡萝卜就是动力，谁不想加薪？谁不想升职？谁不想得到主管课长们的认可？加上我给四个人分配工作的时候，责任划分到位，根本不能浑水摸鱼，是谁的问题就找谁问责。这样一来，四个助拉干得一个比一个起劲。产线具体的工作任务和操作指导都由她们完成了，我只负责检查和监督。换而言之，我现在已经在做一个主管的工作了。一周下来，工作进行得很顺利。但是我不敢有丝毫大意，每天认真审核完产线的生产状况表，无误后才交上去。

　　有一天审核完生产状况表，正要叫助拉把表交到办公室去，却发现关胜平站在我后面。我怔了一下："关生，还没下班吗？"

　　"快了，你把你们的生产状况表给我看看。"

　　我不知道发生了什么事情，一般情况下，生产经理是不会到产线来看生产状况表的，除非这条产线发生了特殊的事情。我迟疑了一下，把手上的报表递过去："都在这里了，我刚刚审核过了。"

　　关胜平拿着表认真地看着，不时问我其中不良品产生的原因。我一一给他解释着，自己的产线，当然一清二楚。关胜平看完，把报表还给我："不错，可以交过去了。"

我便把报表给助拉孙艳，让她去交到办公室。转头看到关胜平在产线上左瞧瞧，右瞧瞧，还是没有走。我就站在边上跟着，以防他发现问题又找不见我。关胜平看了看，扭头对我说："叶子，你现在有空吗？"

"有啊。"

"那你跟我来。"说着关胜平往他的办公桌方向走去。我觉得有些奇怪，他找我有什么事情？按道理来说，我是组长他是经理，我们之间隔着两个级别，他有事情也不会找到我头上啊？

我惴惴不安地跟在他后面来到他的办公室里。关胜平自己坐下来以后指着一边的椅子对我说："你去拉一张椅子过来吧。"

我想起上次，也是在这个地方跟关胜平谈话的，但是他却没让我坐的意思，从头站到尾，这次怎么就优待了呢？拉过椅子，我坐下来看着关胜平，等着他开口。

关胜平笑着说："叶子，别那么紧张地看我，放松一下，我找你没别的事，就想跟你聊聊。"

难得看到关胜平的笑容，我心里放松了一些："你刚才好严肃，我还以为是我做错了什么事呢。"

关胜平说："我很严肃吗？"

"是啊，我们组长都有点怕跟你讲话。"

关胜平笑着说："我没那么可怕吧。叶子，这段时间你管了一百三十多个人了，怎么样，辛苦吗？"

"还好了，我倒觉得给我人越多，我越轻松。"

"怎么说？"

"我只要找几个有能力的人帮我把产线看起来，自己检查一下就行了。"说着我把目前我的管理方法跟关胜平讲了一下。

"不错，不错。"关胜平一边听一边点头，"看来你有做主管的潜质。"

我听了受宠若惊，关胜平这样说是什么意思？我笑着说："这个都是主管平时的培养，加上我们团队一起努力，才有这个成绩。"是的，作为一个组长，出了成绩是主管领导有方，出了问题就是自己办事不力。

"对了，你谈一下对车间里主管的印象吧。"

"这个，我好像没有资格评价他们吧？"

"我只是问一下你对他们的看法，又不是在公开场合说。"关胜平和蔼地说。

我想了想，谨慎地说："我觉得车间里的主管各有长处吧。吕主管资历比较老，对公司的各种规章制度比较熟悉；宋主管吧，比较善于激励员工；薛课见多识广，知识丰富，看问题往往比较深刻。"

"你就光看到他们的优点啊，难道他们就没有缺点了吗？"

"我认为缺点每一个人都有，但是作为一个管理者，除了知道别人的缺点，你更要看到别人的优点，这样才能知人善用。"不知不觉，我把关胜平问的问题当成了一次考试。

"那你认为你的长处在哪里？"关胜平不动声色地问我。

"我认为，我最大的长处就是善于学习。"我不明白他是什么意思，字斟句酌地说。

关胜平又笑了笑："好了，叶子，别太严肃，我只是随便跟你聊聊天。"

我心里想，聊天是聊天，但我可不敢"随便"。我说："聊天是聊天，但是跟你聊天，我可以学到一些东西呢。"

"很多东西得靠自己摸索，我自己就是这样过来的。不过我看你是一块做管理的料，好好努力，将来做主管做课长都不是什么难事。"

聊了一会儿，看到时间已经不早了，就告辞出来。我一边走一边暗暗觉得好笑。我用几个看不见的胡萝卜把四个助拉激励一番，提高了她们的工作动力。想不到，我们的经理关胜平今天又给了我一个同样的胡萝卜，我不由得感叹，看来胡萝卜的动力是无穷的。

陈咏梅两周之后返回了车间，她一回来，就给我们每个人发糖。我们这才知道在这短短的两周里，她跟汤小平已经见过双方的父母，并且已经领了结婚证。想起她跟汤小平从确定关系到结婚，总共才不到两个月，这可真是闪电速度了。

陈咏梅回来后，工作上总是不太起劲，有一种应付了事的意思。以前她对组长绩效评估总是很在意的，现在好像给什么级别都无所谓的样子。但是这种无所谓并不是心灰意懒，而是一种满足之后的不在乎。

而自从我跟关胜平聊过一次后，他总会不时找我过去聊天。聊天的内容不确定，有时他会问我车间里员工及组长们工作的看法和想法，有时他会跟我聊一些厂里厂外发生的事情，有时他又会给我推荐一些管理上的书籍。开始我总不明白关胜平为什么找我聊天，把这件事情告诉陈咏梅，陈咏梅也想不明白。

直到有一天，薛松找我谈话，我才知道这是为什么。薛松提示我跟关胜平聊天的时候说话注意一点，不要把车间里的一些情况随便跟他讲。我莫名其妙："车间里发生了什么事，关生自己都心里有数。他找我聊天，只是问问我的看法，没说什么呀。"

薛松说："那就好，我只是提醒你一下，跟领导说话要有分寸。"

"薛课，你说为什么关生老是找我聊天啊，老是问我这个问我那个，我的意见好像没那么重要吧？"

"关生是很看重你的，他不止一次跟我说过要好好培养你。我想他找你谈话，一方面是想掌握车间里的动态，另一方面也是在考察你吧。"

"原来是这样啊。"

"叶子，难得有这样的机会，只要你好好干，做到我这个位置都是可能的。"

"薛课，我跟你还差得远呢。你的知识广博，见识独到，我这辈子都赶不上。"我实事求是。

实事求是的话说得薛松很高兴："你还那么年轻，只要肯用心，没什么事是做不到的。"

我看差不多了，就说："谢谢薛课。如果没事，我先回去了。"

"好，先回去吧。"

薛松的提醒，我才知道我已经被关胜平确定为重点培养的对象，做事不由得谨慎起来。在单位里，我开始少说多做，尽量保持低调，以防被人抓到尾巴。但是这个培养过程有多长，那是谁也不知道的事，我忍不住苦笑，这个胡萝卜是够大的，只是什么时候才能够得着，那只有天知道了。

陈咏梅结婚之后，肚子就像丢进蒸笼里的馒头，急速膨胀起来。随着她肚子的增大，她的事情越来越多地落在了我的头上。我当然义不容辞，一方面她是带我的老组长，另一方面她还是我的好朋友。到了后来她上班，每天来了基本就是喝喝水聊聊天，在产线上检查检查，其他的事都让我包了。

我按着以前的管理方式，把四个助拉进行区域责任制管理。梁小玲、孙艳和邹娟都没什么问题，依然干得很卖力，但是杨燕所管理的区域却屡屡出现问题。现在我提起杨燕就头疼，她跟何明凯有矛盾闹分手也不是一天两天了，不知道为什么又没分掉。刚开始还好，不会把情绪带到工作上来，但是长期下来神仙也做不到把工作和生活绝对分开。往往在上班时老走神，做事也不认真，分派给她的工作不是应付了事，就是根本忘记了。所以她管理的地方，问题总是最多。

我必须要跟她谈一谈了，不然这么下去她会把自己的前途断送的。于是我找到杨燕，直截了当地说："这段时间，你的工作存在着很多问题。杨燕，我希望你集中精力把工作搞好，不然这次晋升的机会你就没了。"

杨燕低着头没有说话，半晌才抬头看着我："我知道，我会的。"

我看到她的眼圈是红的，知道她心里肯定很委屈也很难过，本想再说点什么，都变成了一声叹息："今天我们一起下班回去吧。"我想着，这个事情还是回去再谈好一点，毕竟楼上楼下，以朋友的身份说起话来也让她更好接受一点。

下班的时候，我等在一边，看着杨燕走出来，便过去拉着她的手一起走。拉手的时候，仿佛又回到了刚进厂的那段时光。那时所有的事情都还没有发生，她还是那个机灵活泼的小姑娘，而我还是那个落魄失意的女孩。但是我却清楚意识到过去的时光将不会再有，不知不觉中，她已经被爱情打击得伤痕累累，而我的心也被粗糙的现实磨砺得坚硬起来。

时间可以改变一切，沧海桑田，莫不如是。

手拉着手，杨燕一路都没说什么。走到楼下，杨燕才提议说："到我那里去吧，我老乡从家里来，给我带了一些特产。"

"好啊，有东西吃，不吃白不吃，当然去！"

我们一起上了楼，杨燕把门打开，两个人都呆住了，屋里的衣柜和箱子是开着的，衣服鞋子垃圾丢得满地都是，像被洗劫过一样！

杨燕愣了一下，我马上反应过来："快去看看你的身份证和工资卡在不在。"

杨燕过去在箱子里翻了翻，拿出来："都还在！"

"那就好，看看何明凯的身份证和工资卡还在不在。"

这次杨燕翻了又翻："找不到！"

"这是怎么回事，锁是好的，屋里乱成这个样子，只有何明凯的身份证和工资卡丢了，难道是——"我脑子里灵光一闪，"你看看何明凯的东西还在不在！"

杨燕把地上的衣服一件一件捡起来，脸色越来越难看，捡完了咬着唇不做声。我一看就知道自己猜对了，屋里之所以乱成这样，正是何明凯的杰作！

50. 爱到尽头

杨燕半晌没吭声，忽然站起来一样一样检查屋里的东西。还没检查完，她就崩溃了："他的东西全拿走了！一件都没有留！他的衣服毛巾牙刷杯子，全拿走了！还有他买的闹钟和被子，都不在！"

我一直没留意床上，听杨燕一说，果然发现被子不在了。看来何明凯拿他的东西是拿得够齐全的，连被子都没给杨燕留下！现在那么晚了，哪来得及去买！

"杨燕，别担心，今晚先到我那里去挤一下，明天我们再去买一条好一点的被子。"我温言安慰着她。

"那样的话就麻烦你了，我先把这里收拾一下吧。"杨燕的声音有些发抖，但是她没有哭，咬着嘴唇。

"杨燕，你想哭就哭出来吧，哭出来好一点。"看到杨燕极力压抑着自己，我有些心疼，我知道她又一次被何明凯伤得体无完肤。

杨燕倔强地摇摇头，所有的眼泪都被她吞进了肚子。

我帮她把屋里的东西收拾整齐，就把她领到楼上我的屋里。高华丽看到杨燕的样子，不明白发生了什么事。我便把何明凯的行为告诉了她，引来她的一阵声讨。

但是杨燕始终显得很平静。我想起于晶晶的事例，知道女人在感情上受到创伤的时候什么事情都能做出来，不由暗自提高警惕，生怕她现在的平静只是暴风雨的前奏。我对高华丽使了一个眼色，她便收了口，不再说什么。

杨燕很平静地洗漱之后，跟我们挤在一张床上，不久就睡着了。我跟杨燕睡一头，睡下之后仍然不放心，把手伸过去一摸，手里湿漉漉的一片。我急忙起床开灯，一看杨燕泪流满面，把枕头都给打湿了。

第二天一早，我们起床上班，发现杨燕眼睛红肿，整个人非常憔悴。我就让她在家里休息，不要上班了。她现在这么一个状态，就算让她去上班我也担心她在工作上会出问题。

上班后的第一件事，就是到电脑系统里查到杨宇翔的电话。这个时候也许杨燕最需要的就是亲人的关怀了。

"谁呀？"电话里传来杨宇翔懒洋洋的声音。

"我是叶子。"

"什么事？"

"你能不能下班后去看一下杨燕，她遇到了一些事情，现在很不好。"

"她怎么啦，到底发生了什么事？"没想到电话那头的杨宇翔着急起来了。

我长叹一声，把事情大略跟他讲了一下，可能是杨宇翔也意识到了事情的严重性，沉默了一会儿才说："那我现在就去找她，马上去找她。"

"你知道她住哪里吧？"

"不知道，她住哪里不肯告诉我。"

"那我带你去吧，十分钟之后，我们在厂西大门见。"

见到杨宇翔时，他的脸色十分不好。也是，任谁听说自己的妹妹碰到这种事情脸色都不会好。路上，杨宇翔忽然对我说："你知道吗，我是一个失败的哥哥，很失败。当初燕子把何明凯带过来，我就知道会有今天的结果。我劝也劝了，骂也骂了，但是燕子反而跟那小子越走越近，同居了。"

我侧脸看着杨宇翔，想不到这个花心男也会自责。杨宇翔继续说："燕子当初是跟我一起来深圳的，我叔还特别叮嘱我，让我要把燕子看好，别出什么事情。唉，我对不起我叔。"

"杨燕，她现在已经很难过了，一会儿见到她，你千万不要骂她了。"

"叶子，谢谢你。我不骂她，但是何明凯这小子，他别想好过，他要付出代价的！"杨宇翔阴森森地说。

我看着杨宇翔严峻的表情，没来由地一个激灵，他想干什么？

但是杨宇翔却不再说话了。由于杨燕住在我楼下，我先领着他来到杨燕的房门口，敲了敲门："杨燕，快开门，是我。"

门开了，杨燕苍白的脸出现在我们面前。当看到我身边的杨宇翔时，她的眼睛就直了，嘴里嗫嚅着："哥——"眼泪就掉了下来。杨宇翔走上前轻轻揽住她："燕子，哥在这里，再没人敢欺负你了。"杨燕"哇"的一声就哭了出来："哥你怎么不早点把我打醒，当初我不听你的话你就应该打我……"

我眼里含着泪，轻轻替他们关上门。

晚上下班，我先去杨燕那里。开门的是高华丽，她手里还拿着几个大蒜。

我进去一瞧，却见杨燕正挽起袖子准备炒菜。我一乐："赶得早不如赶得巧，看来我就是有口福啊。"

杨燕说："你去把碗筷洗一下，我们现在是吃最后的晚餐。"

"什么最后的晚餐，以后就再也没晚餐吃了？"

高华丽说："杨燕过两天退房，要搬回厂里住。"

我问："你真的要搬回宿舍去啊？"

杨燕说："是啊，我哥让我搬回宿舍，一个人在外面住，房租很贵的。"

看来杨燕跟何明凯这次算是彻底玩完了，想来何明凯也真不是个东西，临到最后还要狠狠地在杨燕的伤口上撒把盐。换成我，我会恨他一辈子。

我说："也好，住宿舍人是多了点，但是安全又省事。"

杨燕边炒菜边说："我住到厂里，这些炊具就用不着了，你们拿去用吧。"

"你是多少钱买的？"

"现在就别提钱不钱的，你们拿去用就是了。反正这东西也值不了几个钱。"

我看看床上，已经放了一床新的被子，就问她："你的闹钟买了没有？"

"买了，我哥一起给我买的。再说我明天就要上班呢，没闹钟迟到了怎么办。"

杨燕回去上班，再也不提何明凯的事，仿佛从来没有认识过这人。几天之后，她搬回到厂里的员工宿舍，工作上一天比一天用心。

两周之后，一个轰动全厂的新闻传来，行政部贴出了一张大大的通告：成品仓组长何明凯在下班途中被不明歹徒劫持殴打，被逼着将打电话骗家里的五万块钱寄到某个指定账户。何明凯脱身之后报警，警方查到账户的钱已经全部被一个戴鸭舌帽的男子取走。厂方提醒各位员工上下班注意安全，最好结伴而行。

通告一贴出来，大家都议论纷纷，都说现在的歹徒够猖狂，在厂周边竟然都敢做出这种事情。而杨燕却一脸的平静，仿佛这一切都与她无关。直到几年以后有一次跟她聊天，她才告诉我，这事情是杨宇翔找人做的，除去一万块钱的酬金，还有四万块钱都在她手里。

我难以置信地看着她，想不到这件事情竟然是杨宇翔找人做的。

提起这件事情，杨燕还是不能释怀："我哥说不能白白便宜了他，不管怎么样都要给我讨一个公道！"

"也是，不管怎么说都是他对不起你，把你伤得那么惨！"

"过去的我已经不敢去想，一想起来，我就恨何明凯，更恨自己。"想不到几年都过去了，杨燕还在恨着他。

爱到了尽头，最后只剩下了恨，无穷的恨。

"四万块钱还是太少了点，也不想想你这些年都是怎么过的！"我愤愤地说。是的，自那以后，杨燕把所有的精力都投入到工作上去了，对于感情却再不敢碰。也许何明凯给她的伤害，终其一生，都将是阴影！

杨燕的事情告一段落后，自考又在眼前，我每天除了上班下班，就是看书睡觉。每天在车间里工作十几个小时，回去后看书的时间总不够，又只能一再压缩睡觉的时间。好在一切努力和付出都是值得的，报了两门，两门都考个七十多分。

自考之后，我总算有点空闲，虽说陈咏梅怀孕挺了个大肚子，所有的事情都落到我的头上，但是有杨燕她们帮我，工作也并不很忙。一天，周海给我打来电话，这是他做了行政部组长快半年后第一次给我打电话，以致刚接到电话的时候我还反应不过来。

"叶子，你真是贵人多忘事，怎么就把我给忘了，连我的声音也听不出来了。"

"周海，我以为是你把我给忘了呢，这么久不给我打电话。"

"我不给你打电话，是想看看你会不会给我打电话啊。结果那么久你都不打，只好我打了。"

"嗯，找我有事吗？"

"我有些东西想给你看看。"

"什么东西？"

"你过来就知道了。"周海神神秘秘地说。

"到底是什么吗？"我有些不耐烦。

"是赵响的一些东西，怎么样，想不想来看看。"

"赵响？"乍一听到这个名字，我有些发愣，"很久没有他的消息了，是什么东西？"

"是照片。"

挂了电话之后在产线上督导着员工，好像刚刚做过一场梦似的，周海有赵响的消息，还有他的照片？他现在过得还好吗？是不是已经为人夫为人父了？他的家庭一定非常幸福美满吧。

　　下班后到行政部大办公室，周海已经挪位置了，以前的位置上写着一个陌生的名字。我这才想起他已经升职，办公桌肯定也换了吧。

　　"你还是跟原来一样，每天都那么晚下班吗？"

　　"差不多吧。现在是升了职，但是事情更多，责任更大，也挺忙的。"

　　无意中，我看到桌上的香烟盒，问他："你怎么抽烟了，我记得你以前是不抽烟的。"

　　周海笑了笑："只是应酬一下，也不是经常抽。"

　　"那你自己注意一点儿，抽烟毕竟对身体不好。"

　　"我会注意的。对了，赵响发了一些照片过来，我想让你也看看。还记得那年我们一起过年吗？时间过得真快，赵响都已经结婚成家了。"说着周海在电脑桌面上的文件夹里打开了一组照片。

　　"赵响结婚了？"尽管在之前，我早就有了心理准备，但是听到这个消息，心里还是忍不住地问。

　　"是啊，结婚了。"周海轻轻地说。

　　电脑里的照片是一组婚纱照，男的英俊女的貌美，仔细一看，那个男人果真是赵响。我目不转睛地看着照片里的赵响，凝视了很久，才轻轻地说："这个照片拍得很好，新娘子很漂亮，赵响胖了一些，看来他过得很幸福。"不知道为什么，我的声音里没有酸味，只觉得他的新娘跟他那么相配，这就已经很好很好了。

　　"赵响是国庆节结的婚，我知道你当时很快就要自考，怕影响到你的考试，所以就没告诉你。"

　　"怕影响我考试？"

　　"是啊，怕影响你考试。其实，你的心事我都知道。"

　　"你知道，你怎么知道的？"

　　"那一年我们一起过年一起包饺子，当时我就发现了，你看赵响的时候，眼睛是发亮的。"

　　"是吗？那已经是很久的事了。"再提起这些事，心里不由得一阵酸楚。

　　"但是我记得，我还记得你听到赵响有女朋友的时候，极力掩饰自己情绪的样子。后来每当我跟你谈起赵响，你眼里总是闪着光芒，就算他已经走了，你还是一样。我还以为，你跟他一直有联系呢。"

"那些事情都已经过去。"我低声说着，但是周海的话，却勾起了我的回忆，往事一幕幕涌上心头。他教我管理的基本知识，他把自己电子邮箱的密码和电脑的密码告诉我，他指点我如何管理产线……都这么些年了，一路跌跌撞撞地走过来，我早已不是那个懵懵懂懂的女孩，而如今他却已为人夫了！

51. 站在上司的角度想问题吧

往事并不如烟，尽管我说过去的事情总会过去，但是看着照片里的赵响，我依然心潮难平。我以为自己早已学会掩饰自己的情绪，我以为自己已经很坚强，却不知道什么时候眼角有泪滑落，我急忙擦掉。

"叶子，你怎么哭了，是我说错什么了？"周海看着我有些慌乱。

我对周海挤出一个笑容："你没说错什么，我只是……"只是什么，却说不出一个所以然来。是的，很多事情都没办法说清。就像我这些年来想着赵响，一直都以为自己会很开心地看着他成家立业，但当真正看到他做了别人的新郎，却又是别有一番滋味在心头。再想想这些年，我一直在等待着一个自己喜欢的人出现，直到现在我才明白，我之所以对周海的明示暗示假装不懂，对汤小平的公然示爱不感兴趣，原因就是在不知不觉中，我已经把赵响当成了一个标准，一个男朋友的标准。一瞬间，我心里掠过了许多事情，以前自己不明白的心事，刹那间都清明如水。

"叶子，你要赵响的照片吗？我给你复制一份吧。"周海热心地给我说。

"不用了。"赵响的样子已经永远长在了我心里，我不需要看着他的照片来加强对他的回忆。

"赵响都已经结婚了，你是不是也应该有新的生活了？"

"他结不结婚，其实跟我无关。"是的，从一开始我就没有奢望过得到赵响的青睐。

周海看着我的眼睛低声而认真地说："叶子，你能不能，给我一个机会，让我做你的男朋友，好吗？"

两个人坐得那么近，连彼此的呼吸都清晰可闻。我也已经23岁了，应该接受一个男人做我的男朋友了吧。可是我的爱情，它光临了吗？我喜欢赵响的时候，见到他，我会心跳加速，我会脸红，我会不敢看他的眼睛。但是很遗憾，当周海说出让他做我男朋友的时候，我的心是平静的，我镇定地看着他，没有任何激动的反应！最关键的是，他跟我理想中的爱人相差得太远。

我把头扭到一边："这个，我要想一想。"想一想，其实是一种委婉的拒绝。

"为什么还要想？我会尽我的能力，让你过得幸福一些。不用想了，叶子。"周海两手用力抓住我的两只胳膊，急切地说。他的脸是红的，他的眼睛是亮的，他看我的时候目光是炽热的，我能清晰地感觉到他的热情。

我把周海的手拿开，柔声说："周海，这种事情不是儿戏，我怎么能不想呢？"

周海颓然说："那你要想到什么时候？"

"我也不知道，可能要等到我发现开始喜欢你的时候吧。"

"你的意思，是你现在不喜欢我。"周海就像被人当头泼下一盆凉水。

"我喜欢你，就像喜欢我所有的朋友一样。"

"叶子，你不喜欢我，是因为现在还在想赵响，对吗？"

"是的，我不想骗你。我一直都不能忘记他，有一阵子我以为把他忘了，其实根本没忘。"

"他已经结婚了。"

"是啊，我想了很多次，他会结婚，会成为别人孩子的爸爸，但是这个跟我想他没关系。"

"我不懂你的意思。"

"我的意思就是，我理想中的爱人，应该像赵响那样。外貌可以不像，但是人品性格要像。"

"我想我永远都做不到像他那样的性格吧。"周海沮丧地说。

"所以，我跟你终究是没缘分。我谢谢你这些年来对我的关照，但是我们真的只能做普通朋友。"我硬下心肠对周海说，当断不断，反受其乱。

"你再考虑一下，不行吗？"

"对不起，我只能说对不起。"我歉疚地说。

周海站起来，双手抄在裤兜里低声说："唉，叶子，你不用说对不起，这个事情勉强不来。"

"如果没别的事情，那我先回去了。"我也站起米说。

从行政部办公室出来，穿过更衣室，出了厂房主楼就是餐厅前的小广场。广场里，那些漂亮的六角灯依然一盏盏亮着，想起刚进厂的时候总喜欢看这里的灯，现在却早已没了那份心情。广场的另一边就是报刊栏，我的脚步习惯性地朝那里迈过去。一边看着报纸，一边又不由得想起周海，也许从今往后，我们之间连朋友都做不成了。

可是我还是要等待符合自己理想的爱人，等待属于自己的那份爱情。茫茫人海，这个人在哪里，我不知道。或许我这一生都不会遇到他，又或许明天他就将出现在我面前。

高华丽仍然会不时跟我谈起周海，我只是听着，不再发表意见。心想着，可能过一段时间，周海把我淡忘的时候，他就会慢慢地发现高华丽的好吧。但是几天之后，高华丽给我带来了一个意外的消息：周海将申请调到武汉的分厂去。

"他的申请书交上去没有？"我急忙问。

"今天已经交上去了。"

"哦。"我不再说什么了。

但是这件事情却一直压在我心里，周海申请调到武汉分厂，不会是因为我吧。我心里想着，却没有去找他，也许他去武汉有更好的发展空间也不一定。

两周之后我接到周海打来的电话："叶子，我过两天就要走了，你能不能出来跟我吃顿饭？"

我听了愣了一下才说："好，我一定到。"

我们是在附近的潮州菜馆吃的饭，席间周海要了一些啤酒，我们边吃边喝，倒是没什么话。吃了饭，周海说："我送你回去吧，最后一次送你。"

我默应了，走在街上，来来往往到处都是人，情侣们手挽着手，貌似都很幸福的样子。我看着身边的这个男子，突然就有想把他留下来的冲动："周海……"

"嗯，叶子，你说。"

可是话到嘴边，我却说："你怎么突然就想调到武汉去？"

"也不是突然，前一段时间，武汉的分厂规模扩张了，这边行政要调人过去。所有调过去的人，职位都会升一级。也就是说如果我去武汉，我就是主管了。"

"是这样啊，恭喜你，周大主管，祝你步步高升。"

"其实之前我一直在犹豫，后来你拒绝了我，我才下定决心要调过去的。"

"听说武汉的女孩子都挺漂亮，到了那边不要光知道工作。"

边说边走，不知不觉已经到了楼下，我们停下来，周海说："我给你一个电话吧，这是我家里的电话。"

"什么家里的电话？"

"就是我在湖北老家的电话，如果你想我了，又没有我的联系方式，你就打这个电话吧。"

说着，周海从口袋里拿出了一本小小的通讯录，撕下其中的一张给我。我接过来说："你撕给我了，那你呢？"

"家里的电话，我早就记熟了，有没有都一样。"

我把那个电话号码攥在手里："那我上去了。"

"你等一下。"

我回过头："还有什么事吗？"

周海忽然靠近我，路灯下，他的身影笼罩着我："叶子，我可以抱一下你吗？"

我一愣，抬起头看他的脸。他比我高出半个头，昏黄的路灯下，他的脸棱角分明，比起上次见到他的时候，明显瘦了许多。我笑了笑，把手臂张开，周海便把我揽入怀里。他低着头，贪婪地呼吸着我身上的气味，我感到有液体从耳边流了下来，流到脖子里，凉凉的。我知道，那是周海的眼泪。

我闭着眼睛，听着周海"咚咚"的心跳，感觉有人在我们身边停下来，一会儿才打开门进去楼里。但是我们都没有动，良久之后，周海松开了我："再见。"

我点点头开了门走进楼道里，透过每一层楼道的窗户，仍然能看到他站在那里一动不动看着楼上。再见，我的朋友，我轻声说，感谢你陪我走过了许多暗淡的青春岁月，请原谅我无以为报。一面走，一面有泪水掉下，我越走越高，直到后来楼道的窗户里再看不到那个伫立的身影。我走到房门口，开了门走进去，看到高华丽已经回来，便对她笑了笑算是打过招呼。

手里一直攥着一张纸，那是周海给我的他家里的电话号码，我随手把它夹进书里。我知道，我是不会拨通这个号码的。我把书放回书堆里，抬头却看到高华丽看着我，目光复杂。

"叶子，今天周海请你吃饭了？"

"是啊，你怎么知道？"

"他给你打电话的时候，我在一边听到了。"

"哦。"

"他没有跟你说什么吗？"高华丽期待地看着我。

"没说什么啊。"

"那刚才你们在楼下是干什么？"

"你看到了？"

"看到了。"

"只是单纯地抱一下，没什么。"

高华丽半信半疑，我也不想跟她解释那么多，毕竟我跟周海，从头到尾都光明磊落。

11 月的深圳天气还很暖和，逛街穿一件单衣也不觉得冷。走在街上，总觉得身边少了个人。少了谁呢？我想着身边的这些朋友，周海去了武汉，程颖颖去了杭州，陈咏梅又请产假回去生孩子了，陆陆续续，很多朋友都走了。

只有一起进厂的杨燕和高华丽还在，她们跟我一样，还在这个厂里坚守着，也许有一天，我们也将散去。

来来往往，我们都只是深圳的过客。

朋友们都散了后，日子变得简单起来。我心无旁骛，每天上班下班，看书自考。专注的时候，自考也变得特别容易，时间也过得特别的快。很快，2008 年的春节来了，接着又到了一年开工的时间。但是年后一开工，主管宋仕强却突然跳槽了，部门里来不及调主管过来，暂时由薛松带着我们的产线。我心里有些惶恐，如果再调一个类似吕小珍的主管，我的日子就难过了，还不知道会不会影响到自考呢。

好在这个时候陈咏梅的产假已经休完，虽然说做了妈妈后对工作有些漫不经心，但是她也是一个久经考验的老组长了，车间里的风风浪浪，她总会有自己的一套应对方法。只要她在，不管遇到什么事情总算有一个可以商量的人。

例行的早会，薛松照常在上面讲了一些老生常谈的问题，接下来却宣布了一个对我来说极具爆炸性的消息："目前我们车间非常缺管理人员，我跟关生商量好了，决定让叶子代理主管，接手之前宋仕强所管理的产线。"

薛松这话一出，我竟然有些不知所措。这么重要的决定，为什么之前没有跟我透露过半点口风？薛松在上面继续说："叶子的能力，大家有目共睹，我跟关生都相信她能挑起这个担子，我也希望大家多多支持一下叶子的工作。"

早会开完了，我跟梦游似的从会议室里出来，我已经是代理主管了吗？刚要进车间，薛松把我叫住了："叶子，你过来一下。"

我只好又跟着薛松进了会议室。薛松坐下，指着椅子对我说："坐吧。"

我坐下来："薛课，有事吗？"

"我找你来，一个是想问问，你对以后的工作怎么规划，另一个，是想跟你谈一谈，怎样做一个主管。叶子，你对以后的工作有没有做过规划？"

我心里想，你刚刚才宣布让我做代理主管，我怎么来得及去做："我没做过。"

"叶子，你这就是准备工作不足了，你要有企图心，你明白吗？当你做着组长的时候，你就应该想一想如果让你来做主管，你会怎么做。"

我不好意思地笑了笑，薛松继续说："现在宋仕强走了，给你留下一个摊子，现在你手下只有四个助拉，一个正式的组长都没有，你要做好应对。"

"这个我倒觉得问题不大，那四个助拉经过我的培训，都已经可以独当一面了，并且每个人都还带着一个人。我看可以这样，让她们四个都出来做组长，这样对她们也是一种激励。"

"那四个人叫什么名字？我只记得有一个叫杨燕。这样吧，下午我正好有空，安排一下，我跟她们一个个都谈一谈，考核考核，没问题就直接换成黄帽子。"

我把四个人的名字报给薛松，他认真地在本子上记录下来，一边记录，一边问我对这四个人的看法。末了薛松又对我说："叶子，等一下回去，你就到接待文员那里领一个红帽子。你现在是代理主管，也就是说，拿着组长的工资，在做主管做的工作。除了工资，主管的那些待遇都会给到你。另外，关生已经给部门文员说过了，让她在大办公室给你安排一个格子间，电脑也帮你申请了，应该过几天就会下来。"

"谢谢薛课对我的关照。"

"不用谢。你现在虽然是代理主管，但也是一个主管了，有些话我不能不跟你讲一下。"

"请说。"

"做主管跟做组长最大的不同，就是没有人要求你怎样做事，也没有人告诉你应该怎么去做。很多事情你都必须考虑周到，否则就容易出纰漏。你要清楚，越往上，越做到高层，越没有人告诉你哪些事情应该怎样去做，所有的人都在看着你怎么做，等着你告诉他们怎么做。所以你要做好工作规划，要建立自己的信息网，通过这个网，你能知道你应该知道的信息。"

我静静听着，生怕错过一个字，因为我知道现在薛松说的一定是自己的经验之谈，有钱都买不到的经验之谈。薛松继续说："我们公司很大，人际关系也很复杂。小公司做事，大公司做人。你在回复邮件的时候，千万要谨慎一点，语气尽量平和。要是言辞尖刻的话，抄送到高层那里去，很容易就给人造成不良印象，在你不知不觉中就把自己的前途断送了。好了，我就跟你说这么多，你先回去吧。"

52. 妒忌是世界上最防不胜防的事情

回到车间更衣室，我到接待文员处把黄色的组长帽换成红色的主管帽。刚把帽子换过来，就碰到陈咏梅和王丽苹一起出来喝水。看到我头上的红帽子，陈咏梅故意酸酸地说："大主管，以后我们就靠你罩着了，以后多多关照啊。"

"阿梅，你挖苦我也不用这样啊。你也知道我这个所谓的主管只是暂时代理一下，要多寒碜有多寒碜，底下连一个正式的组长都没有。"

"代理的主管也是主管啊，代理代理，几个月之后就是正式的主管了。"王丽苹腔调怪怪的，听起来也是酸酸的。

"唉，反正叶子的运气就是好啊，我们这些老家伙，也就只能在组长的位置上老死了。"陈咏梅接着道。

"阿梅别这样说啦，以后还得请你们这些老组长多多关照呢。"我知道老组长们对于我做代理主管心里有抵触，毕竟在她们眼里我的资历还浅。加上我们都是级别相等的同事，平时相处谁也不比谁更高一些，而以后我将有对她们发号施令的权力，心里想起来，肯定是不舒服的，所以在她们面前，我必须低姿态些。

"开个玩笑啦，什么关照不关照的。"陈咏梅对我展颜一笑。

看到阿梅的笑容，我放下心来，我知道她起码是对我友善的，而我还是会用对待好朋友的姿态来对待她。

进去车间，我让杨燕把她们四个助拉召集起来，预备开一个简单的会。不一会儿，助拉们都过来了，看到我头上戴的红帽子，她们的眼中都流露出一种艳羡的目光。杨燕跟我熟悉一些，开玩笑地说："叶主管，以后多多关照啊，什么时候也让我们升职啊。"

我笑着说："我现在只是代理，只有义务没有权利。"

孙艳说："那就在课长他们面前给我们美言几句也好啊。"

"行了，正式开会。"说着我把脸一板，正色说，"从今天开始，我就接手宋仕强以前管理的产线。目前我手上没有一个正式的组长，我已经向薛课长建议，把你们四个全部转为正式组长。今天下午，薛课会跟你们一个个进行面谈，看你们适不适合做生产管理，我希望你们有一个心理准备。"我把这个消息一公布，她们一个个面露喜色。

"另外，只要通过薛课面谈的助拉，回来都换上组长的帽子，先做一阵代理组长，等参加了全厂统一的组长培训以后，才能转为正式组长。"看着她们一个个用心听着，我继续说，"这期间，我们这个团队一百三十多个人全部在看着我们怎么做，所以你们都必须做出一个表率，把各项工作做好，明白吗？"

"明白了。"四个人齐声说。

我满意地点点头："从明天开始，我不再给员工开早会，你们把人员分开，各自给各自管的人开早会。今天下班，我会在员工下班会上宣布这个消息，我早一点来，看一看你们开会的效果。你们有什么问题，现在可以提出来。"

"没问题，我们一定尽量做到最好。"

会议之后我按薛松所说，开始做工作规划，把各项工作列出来，按轻重缓急做了一个时间表。正在电脑前面忙碌着，吕小珍走过来了："叶子，这台电脑平时是我在用的，现在我要用了，你去用别的电脑吧。"

"好吧，我保存一下。"说着，我把文件保存到一个共享的文件夹里，把电脑让给吕小珍。但是我到旁边的电脑，却怎么也打不开，我只好向吕小珍求助："小珍，这台电脑的开机密码是多少？"

吕小珍翻翻白眼："我怎么知道，这台电脑宋仕强经常在用。"

又试了几个通用的密码，还是打不开，我急得满头大汗，却不知道问谁去。

着急之间，关胜平走过来："叶子，怎么啦？"

"我要用电脑，但是这台电脑打不开，没有人知道密码。"

"你要是急的话，过去用我那台电脑吧，开机密码是我中文名字的小写拼音。"

"谢谢关生。"

"另外，碰到这种情况，你可以直接打电话到电脑部，让他们派一个人下来就可以搞定了。"

我的脸红了，汗又流了下来，心里暗暗骂自己：怎么遇到一点儿事情就沉不住气啊。

"小珍，一会儿你给电脑部打一个电话，让他们下来把机子打开。"

一边坐着的吕小珍却说："我知道这台电脑的密码，不用打电话给电脑部了。"

我呆了呆："你知道？"

关胜平说："刚才你怎么不告诉叶子呢？"

"她没问我，我不知道她要开机。"吕小珍平静地说。

关胜平对我说："叶子，你要虚心一点，多向老主管请教，很多事情就可以解决了。"

明明是她知道密码问她却不告诉我，现在却成了我不愿意问她导致不能开机。换作以前，我早跟她理论了，但是我知道现在还不是理论的时候，只能自己吞下这个哑巴亏。我笑笑说："以后我会注意的，请吕主管帮帮忙，把这台电脑的密码告诉我吧。"

吕小珍得意地说："没问题，这台机的密码是宋仕强名字的拼音。"

"我刚刚输了这个拼音，但是打不开呀。"

"按大写锁定键，再试试。"

我依言按了大写锁定，果然打开了："原来这台机的密码是大写的。"

关胜平看到没什么事情，便走开了。我侧头去看吕小珍，她冲着我，笑得无比灿烂。我心里一凛，看来以后的日子不怎么好过呢。

下午我正在车间里忙着，部门文员李纯打来电话，告诉我已经帮我腾出了格子间，公司里局域网的邮箱也申请到了，地址是我的中文名字小写的拼音，密码是六个零，但是电脑还需要过几天才能批下来。

接到文员的消息，我有些兴奋，马上到车间里的电脑上点开了局域网，找到邮箱输入文员所说的地址和密码，果然把邮箱打开了。我改了密码，想了想，又写了一封简短的邮件：亲爱的各位同事，这是我的邮箱地址，请大家多多关照，多多指点。叶子。然后把邮件发给薛松、吕小珍，又抄送了一份给关胜平。

做完了这些，我把邮箱页面关掉，再打开，仿佛是想印证一下这个邮箱的真实性。下午下班我来到办公室，李纯看到我进来对我笑了笑："叶子，你的办公桌在那边，我带你过去吧。"

我礼貌地对她说："谢谢。"

办公室很大，中间被分隔成无数的小小格子间，那是普通职员办公的地方。周边大一些的格子间，是课长们的地方，最里边的小房间，是经理总监们的地盘。而那些副总、常务副总，他们有专门的办公室，听谢芳说，里面洗手间、茶水间一应俱全。李纯带着我，走到无数格子中间的一个停下来说："这个就是你的办公桌，现在电脑还没有申请下来，只有桌子跟椅子，这是办公桌的钥匙。"说着，她给我递过一把钥匙。

"麻烦你了，谢谢啊。"我接过钥匙，再一次对她道谢，礼多人不怪嘛。

李纯笑笑走了。我到处看了看，发现格子间当头贴着"叶子"这个名字。我把手放在上面摸了摸，想不到在这个工厂打拼了四年后，我终于能够把自己的名字留在这个办公室里。这里有我的一个位置，有桌子，有椅子，不久还将会有一台电脑。许多的人，像陈咏梅、王丽苹，她们在厂里做了十几年，在办公室还没有多少人知道她们的名字。想到这一点，我就觉得自己所有努力和付出都是值得的，都是有回报的。

不是所有努力和付出都会有回报，但是所有的回报都有努力和付出。

我用钥匙打开抽屉，把自己随身带着的软抄本放进去。关上抽屉，怀着喜悦的心情，我就想回车间。这时后面有人叫我："叶子，你过来一下。"

我转头一看，却是薛松，于是跟着他来到周边的课长格子里。薛松让我坐定，对我说："叶子，你那几个助拉，下午我一个个都跟她们面谈了一下，

毕业出狼窝，工作入虎穴

还不错。"

"是吗？"听到薛松的肯定，我心里比夸我自己还要高兴，四个助拉都是我一手带出来的人，肯定她们，也就是肯定自己。

"是啊，尤其是杨燕，看起来挺机灵。不过那个孙艳，好像资历太浅了，才进厂两年吧。"

"薛课，孙艳的资历已经不浅了，我做组长的时候就进厂一年多呢。"

"也是，既然你对她评价那么高，就让她做着吧。我已经让接待文员准备了四个组长帽，你回去就让她们都把帽子换过来吧。"

回到车间，我把这个好消息告诉四个助拉，她们果然非常高兴。尤其是邹娟，她特地走过来跟我说："叶子，对不起。"接着又说，"也谢谢你。"

我好奇道："什么对不起谢谢的？"

邹娟不好意思地跟我说："以前我不懂事，跟你吵架，还骂过你，后来我也在背后说过你的坏话，这是我不对。现在我明白了，你是一个大度的人，这次我能升上去，得谢谢你。"

"你能升职，是靠你自己的努力，不用谢我。"

"但是如果你在薛松面前说我一句不好，我就没有升上去的可能了。"

"阿娟，你曾经做过我的师傅，我做助拉，是你手把手教我。现在我也要做一次你的师傅，经过这件事情，你要明白，平时你就应该注意，出言要谨慎一点，得罪一个朋友堵死一条路很容易，但是结交一个朋友是很难的。"

"我知道了，谢谢你告诉我这些。"

但是我们的喜悦并没有持续多久，几天之后，脸上的阳光灿烂就变成乌云满布。

事情的起因是薛松在早会上的一次发言："自从宋仕强走了之后，车间的秩序就变得乱了，关生这几天经常跟我提起这个问题，我希望你们多多注意一下。"

我脸上一红，其实我知道，之所以秩序乱纪律差，还是在于我代理主管之后，下面四个新升上来的组长对产线的控制能力不行。薛松也知道这个问题，他让我代理主管的时候其实应该已经想到了，我下面没有一个得力的组长，暂时的混乱是难免的。所以他在会议上强调一下，无非也是提醒我应该注意什么而已。

这个时候有一个人站起来了："薛课，我认为这件事情可以这样来解决，每天上午开过早会以后，我们主管带着组长到产线去检查，有什么问题马上记录下来，然后再针对这些问题一个个来解决。"这个人，不用说就是吕小珍了。

薛松点点头："好，我看小珍这个办法还是可以的，开完会后大家就去对车间进行检查吧。"

事情就这么定下来了。开完会后，我跟吕小珍带着车间的组长到产线上开始检查，每个人手里都拿着一个本子，看到问题就记下来。从第一条线一直检查到最后一条产线，检查完以后吕小珍把每个人记录下来的问题集中到她手上："我要做一份问题汇总。"

吕小珍的问题汇总一做出来，她就写了一封邮件，里面的内容是车间目前存在的问题，总共有二十几条，她还很细心地把每个问题的责任组长跟责任主管都写清楚。邮件的接收者是关胜平、薛松、叶子，抄送一份给总监方思云。

我原以为检查的事情只是走个过场，以前我做组长的时候，也曾经跟着主管们对车间进行过很多次的检查，一般都是检查之后拿到早会上强调一下，之后都是不了了之。所以当我打开邮箱，看到这封邮件的时候，我就蒙了。再看看邮件里边责任主管一栏，几乎有三分之二是我的名字。并且这封邮件，还抄送给了方思云。

我不由得苦笑，把吕小珍的那份问题汇总复制了一份，再对里面的问题进行了分类，纪律类的，品质类的，操作类的，打印了五份出来，我跟杨燕她们四个人手一份。然后在车间里，我们团队开了一个现场会议：

"目前你们每一条产线都有问题，我知道你们要开会，要陪同各种人员做检查，产线的控制其实更要依靠你们助拉的执行。现在你们的助拉都是在产线上刚提起的员工，难免会经验不足导致问题发生。你们不要把手里的问题看成一份负担，而是要看成是一个机会，一个解决问题的机会。你们带着这些问题回到产线去，仔细做一次原因分析，再提出有效的解决对策，把问题都解决掉。"

我的脸色非常凝重，说到这里，又问了一下没什么经验的孙艳："你能不能做到？"

孙艳说："我回去产线就会写一份问题原因分析和对策的报告给你，下午你可以来检查，看我有没有做到。"

"好，我相信你的执行力是没问题的。其他的组长也跟孙艳一样，交一份报告上来吧，下午我拿着手里这份问题来检查，如果产线还是存在这些问题，你们自己看着办。"

下午去检查，果然纪律好了很多，上午邮件里写的那些问题基本上没有了。看到收到了效果，我觉得非常满意。也许别人把你的问题指出来，未尝不是一件好事。

第二天的早会，吕小珍又揪住邮件里的问题不放，非得让我做一个解释。我便把昨天的整改行动和效果对大家进行了简短汇报。薛松听了满意地说："叶子行动是够快的，我希望大家都能像叶子一样，有问题就马上纠正。"

吕小珍说："薛课，每天一次的检查还是要继续吧，今天才是第二天呢。"

薛松说："当然要继续检查，并且要每天坚持下去，可以看看大家的整改效果嘛。"

薛松一发话，吕小珍果然每天都集合组长进行检查。问题总是有的，谁的产线不存在问题？一个盒子没放好也是问题，一份文件没挂也是一个问题。每天检查完了以后，吕小珍都会对问题进行汇总，然后发送给车间所有的管理人员，抄送一份给方思云。

连着四天，每次邮件一发出来，都是我的问题最多。我心里既郁闷又纳闷，郁闷的是每次问题一出来我都已经对问题进行了整改，怎么还是层出不穷？纳闷的是，为什么总是我的问题最多，别人的问题就这么少？每天一封邮件，不知道关胜平和方思云是怎么看我的呢。

53. 电子邮件的学问

就在我为吕小珍每天一封邮件头疼的时候，关胜平找我来了。他看似随意地在我管理的产线上转了转，我跟在他身后走着，他忽然回过头来："叶子，这阵子，你们产线的纪律好了很多啊。"

"其实我们这里还有很多不足的地方，不过我在慢慢改进。"

关胜平走到一个人少的拐角处停下来："你把吕小珍的邮件回复一下吧。"

"我也想回复，可是每天她都发了那么多问题，我都不知道怎么回复。"

这几天，我算看出来了，吕小珍无非就是揪住我的问题不放，在总监经理面前让我难堪而已。

"她每天这么一个邮件发出来，知道的人都知道你已经努力地去改善，但是不知道的人，像方思云总监，她是很少进车间的，你不回复，她就会当你没有动作。"

"那我等一会儿就去给她回复一下吧。"

"这个邮件，你一定要谨慎一点回。"

关胜平的话很含蓄，但是我隐隐掂出了他话里的分量。关胜平走后，我就一直在思索着怎样回吕小珍的邮件。想了想，写了一份草稿，但是左看右看却又觉得缺了点什么，一点都不满意。于是便把这份草稿压着，起身回到办公室。

格子间里的电话此落彼起，所有的人都一副忙忙碌碌的样子。我坐在办公桌上心神不宁。正东张西望间，一个熟悉的身影闪了进来，我眼前一亮："谢芳，你怎么来了？"

"我跟你们部门的文员交接一些事情，刚进来就看到你坐在这里，过来看看你呗。"

我打量了一下她："结婚了就是不一样啊，又漂亮了。"

"死叶子，又拿我开心了。你更了不起了，几天不见就升官了，都坐到这里来了。"

"行了，别挖苦我了，我哪能跟你比啊，一进厂就坐办公室，现在又钓了个金龟婿。"

"什么金龟婿！"谢芳撇撇嘴说，"都烦死了，结婚一年多，一天到晚就是让我辞职别干了。"

"那么好啊，我倒是想辞职不干了，可是没那个命啊。工作上的事情，我都烦死了。"

"对了，你在烦什么呀？你看你，一张苦瓜脸，至于吗？"

我叹了一口气，就把事情跟谢芳讲了。谢芳笑道："我还以为是什么大事，这点小问题，小意思。"

"你是站着说话不腰疼，换了你，你也没辙！"谢芳的海口，夸得也太大了些。

"这点小事，包在我身上就行了，回头我给你转一封我写的邮件，是回复投诉的，你照着写，保你们部门的那些人无话可说。"

"真的？哎呀这真是太好了！"我高兴地说。怎么说谢芳也是在副总办公室混了几年的人了，什么大场面没见过？她写出来的东西，肯定比我这个没见识过职场风浪的菜鸟强百倍。

"不过，"谢芳的口气一转，低声说，"下周我就要辞职了，真不想走。"

"不想走，为什么要辞职？"我狐疑地问。

"还不是我老公，从结婚后就吵着让我辞职，我实在拗不过他，还是辞职算了。"

想不到谢芳结了婚后，居然就成了一个贤妻。我想起那一年，在谢芳的宿舍，她跟我说着做女强人的雄心壮志，真没想到这么快就成为过眼烟云。看来女人最重要的事业，就是找一个好男人。

谢芳回去以后，很快给我转了一封邮件，我仔细揣摩了一下，果然看出了一些门道。于是我就提笔写道：吕主管您好！这些天您检查出来的问题都是一些重要的问题，我和我的组长们都非常重视，并且已经对这些问题作了原因分析，拿出了改善对策。通过我们的努力，我们已经把其中90%的问题都解决掉了，还有10%的问题超出了我们的能力，目前无法解决。如果您有什么好的主意可以改善这些问题，请提出来。谢谢您对我工作的支持！

然后在正文后面附上一张表，表上把吕小珍这几天发出来的问题都列上去了。再分为已解决的和未解决的，未解决的问题原因在哪里。

把草稿交到关胜平手里，他这才满意地点点头："叶子，你学得蛮快的嘛，不错，这么一会儿的工夫，就已经学会踢皮球了。"

我看着他不解地说："我哪儿有踢皮球了，我怎么不知道？"

关胜平指着一行字："'如果您有什么好的主意可以改善这些问题，请提出来'，这不是踢皮球，又是什么？这个皮球还踢得挺高明的，人家有好的主意帮你把问题解决掉当然是好，可是要没有什么好的主意，她下次就不能发这些问题出来了。因为她自己也解决不掉嘛。"

我不好意思地笑着说："我只是随便写写的，自己都没想到还有这些作用呢。"

关胜平拿着我的草稿对我说："你这个邮件好在哪里呢？一是肯定对方指出的问题的重要性；二是摆出你重视的姿态；三是突出你们做了什么样的努力，取得怎样的成果；四是把无法解决的问题踢回给人家，让人家再也不敢以此说事；五是感谢对方，尊重对方，在外人看来回邮件的人非常有礼貌有教养。"

听了关胜平的话，我不由得对谢芳佩服得五体投地，想不到小小的一封邮件里也有那么多学问，在副总办公室混的人，就是厉害。我笑笑说："经理过奖了。"

"好了，你回去就把这个邮件发送出去吧。"

我拿了草稿，对关胜平道了一声谢，就回去把邮件回复了。正如关胜平所料，邮件回复后吕小珍再也没有发类似的邮件出来，我总算是松了一口气。

有了这件事情的经验，之后面对工程部的、品管部的工程师们给我的刁难，我都能够应付自如。尤其是那些我职责范围外的事情，总会习惯性的一句：如果您有什么好的主意，请提出来，谢谢您对我工作的支持。

但是主管的工作并不只是学会踢皮球就能应付的事，很多事情如果没有规划好并执行下去，都将导致严重的后果。比如做生产计划的时候，当外部计划突然增多或减少都应该做到相应的准备，不然就有可能导致交货的延期。生产管理六个主要任务是安全、交期、成本、品质、效率、士气，必须样样兼顾。刚开始做主管，我完全没有经验，工作不时也会出现失误。直属上司薛松知道我是一个新手，倒没怎么责怪我。但我还是丝毫不敢掉以轻心，任何事情总是多看多问多记录，下次碰到类似的问题就自己搞定了。

下面的几个组长都是新人，很多事情也在慢慢摸索，但也经常错误百出，一点都不让人省心。比如今天进来车间，例行去巡查产线，来到梁小玲的产线，就看到一个戴着外来人员标识帽的高瘦男人正坐在性能测试的工位旁，目不转睛地看着员工在测试产品，而那工位上员工手里的产品一眼看上去就不是产线正常的产品。

我掉头问跟在后面的梁小玲："这里现在是做什么？"

梁小玲说："现在做的是这个工程师拿来的产品，帮他测试一下。"

"他是哪个部门的，做这个测试目的是什么？"

"他说他是研发部的，想借我们的机器用一下，目的是什么，我，我也不知道。"梁小玲有些吞吐。

可能是那个男人听到我跟梁小玲的对话，站起来到了我们面前，然后对我伸出了手："你好，你是这里的主管吧，我是研发部的，姓马，新来不久，请多多关照。"

眼前这个人，瘦得像一只猴子，眼睛里流露出一种初来乍到的腼腆。我伸出手跟他握了握，然后对他说："我记得你们研发部的实验室有这个性能测试机吧，为什么要到我们这里做？"

"没什么，我想做一下两台机器的相关比对验证。"

"同志，你知道这里做验证的流程吗？"我严肃地说。

"流程？"

"对，流程。"看到那个瘦子一脸茫然的样子，我便对他解释着，"凡是涉及生产部的验证，相应的主导工程师都必须提前发一个邮件过来，然后你们再拿一个验证工艺图过来，上面必须有双方经理的签名才允许上产线操作。怎么，没人告诉过你这个吗？"

我之所以说得这么详细，也是想借机让梁小玲明白，在产线不是随随便便就允许外部门的人来做验证的。果然梁小玲听了马上便说："主管，这次我不知道，下次注意吧。"而那个瘦子听了一头都是汗："对不起啊，这个我真不知道。要不我去补一份邮件和流程图过来吧。"

我看到已经收到效果，也不想过分为难他，便对他淡淡一笑："这次算了，下次记得就行了。"

那瘦子听了松了一口气："对了，你还没有告诉我你的名字呢。"

"我叫叶子。"说完了对他点点头，便自顾巡产线去了。

梁小玲一直在后面跟着，我知道她心里正在为刚才的事情内疚。我停下回头："小玲，这次的事情就算了，下次长点记性就行了。"

"我知道了。"

"我跟你一样，也是新上来的，但是不能因为自己是新人就可以有出错的借口。"说到这里，我不由得想起刚才那个瘦子，他也是新来的吧，不知道前面还有多少坑等着他呢。

但是瘦子有瘦子的方法，他适应环境的能力是旁人所不及的。很快他便熟悉了工厂里的各种办事流程，又很快和产线上的人员打成了一片。因为他姓马，又长得瘦，大家便送了一个外号："马猴子"。

我跟我的组长们一起成长着，工作慢慢走上正轨。自考是不能放弃的，努力了那么久，还剩两门了，总得考完。好在做主管虽然辛苦，但比起做组长来，已经是轻松很多了。甚至车间没事的时候还可以拿着自考教材到办公室看，办公室里禁止看小说，随时有保安在巡查，但是你在学习，在做笔记却不会有人管，这就给我很大的便利。

　　只要把教材吃透，考试就很容易过了，十月份我去考了最后的两门，然后就是十一月中旬的论文答辩。答辩开始的时候，我对着几个导师，还是有点紧张，凭着自己几年给员工开会督导的工作经验，慢慢也就镇定下来。谢天谢地，一切都顺利通过了。十二月份到深圳市教育局下面的自考办拿到了毕业申请书，我终于可以申请毕业了。

　　申请过自考毕业的人都知道，里面还必须写一份思想鉴定，再加盖一个公司的大印，教育局才能给你毕业证。我把毕业申请郑重地递到薛松手里，让他给我写一份思想鉴定。薛松写了一堆什么遵纪守法、爱党爱国、尊老爱幼之类的话。我看了忍不住想笑，怎么我就成了中学时代的一个"四有"新人了。

　　薛松的鉴定写好，我又送去请关胜平签名。关胜平拿着我的毕业申请书看了看说："这么快就毕业了？"

　　"这不算快了，我都考了三年半了。"是啊，考了三年半了，我不禁又想起刚刚参加自考的时候，在产线上背资料给赵响抓到后提心吊胆的事。现在总算可以毕业了。

　　"三年半能考一个本科，已经很快了。"关胜平说着给我签上了名。

　　毕业申请交到部门文员手里，一层层交上去，一周之后才盖到公司的印章。我把申请书交回教育局自考办公室，工作人员告诉我，两个月后证书才能下来。

　　两个月后我拿到了毕业证书。牺牲了三年多的休息时间，换来了一张薄薄的证书，拿在手里就有一种沉甸甸的感觉。

　　证书拿回来之后，我又写了一份申请递到人事部，这次，我是申请更改学历。接下来的事情就顺理成章了，关胜平在我更改学历之后让我转了正，我不再是代理主管，而是厂里正式的主管了。拿到转正动态书，我并没有太大的喜悦。从做上代理主管那一刻起，我就渴望着做一个名正言顺的主管。渴望了太久，当梦想成真时竟有些失落。但有一件事情是高兴的，我的工资调了，底薪加到了3200元，加上房补、餐费、职位津贴，就是不加班也有四千左右了，这是一个我原来想都不敢想的数字。

　　程颖颖从遥远的杭州给我打来电话，她的业绩做得很好，她告诉我，现在经理对她非常欣赏，预备提她做小组长呢。我问她还有没有自考，程颖颖不好意思地说："叶子姐，工作太忙了，我到了这里也想去考，可是时间真的不够用。"

"颖颖，不管怎么样，业余时间看点书总是错不了的，你在杭州也要努力啊。"

"知道了，我会努力的。"程颖颖顿了顿，"叶子姐，那你呢？现在毕业证已经拿到了，你要不要换一份工作啊？"

"看看吧，现在还没有打算。"说实在的，我也有几分茫然。

"也是，我看呐，你还是先好好休息一下吧。"

挂了电话，一个人便无所事事地走到外面的大街上，周围到处都是牵手的情侣，一丝落寞忽上心头。这个时候，如果能有一个人陪在身边，那是多么好的一件事情。我有几分羡慕地看着四周的女孩子们，尽管每天都在流水线上劳作着，她们还是能够在劳作之余享受着青春恋爱的美好。

红颜易老，刹那芳华。女人一生最幸福的事情，当然是在自己最美的时候，遇到一个最爱的人。

54. 你从远方来，我恰好也在这儿

日子在平淡中流逝。

每天仍旧是一成不变地上班下班，但是偶尔厂里也会组织我们到外面去活动活动，有时爬山，有时游泳，有时野餐，调剂一下精神。比如去年的中秋节，我们就去了大梅沙海滨公园游泳。大巴车满满地载了两车人，大部分是一些未婚的青年男女，认识的不认识的都能打成一片。

来到海边，大伙儿穿了泳衣呼啸着奔进了海水里。我却看着蔚蓝的大海一阵发憷，从小生长在西北的我并不会游泳。这时一个声音在耳边响起来："怎么不下去游一游？"

我回头一看，却是那个外号叫马猴子的工程师，正裸着上身看着我笑，那雪白的两肋，一根根的骨头清晰可见。我有些不好意思，说："我不会游泳。"

"没关系，你去换游泳衣，我教你，很简单的。"

"好，你可一定说话算话。"我深情地看着白沙细浪，如果能投入大海的怀抱，那多好啊。

"快去吧，我在这里等你。"

换了泳衣出来，马猴子拉着我的手就跑："走，他们都泡了很久了，我们也过去吧。"

欢呼着冲入大海，马猴子坏笑着推了我一把，我便摔入了海中，海水呛进了嘴巴，咸咸的，我不由得惊叫起来。很快我又被拉了起来。"别怕，我在这里呢。"

我定睛一看，却是马猴子，他正拉着我的手，眼睛似笑非笑，肌肤相触，一种异样的感觉在我心里产生了。我急忙甩了甩手，说："不是要教我游泳吗，那我们现在就开始吧。"

可惜我在游泳方面确实没有什么天赋，马猴子给我示范了半天，我仍没有学会。马猴子不断地摇着头："哎呀你笨死了，笨死了，怎么你看起来那么聪明，就是教不会呢。"

到最后，我自己不但没有了信心，甚至连耐心也没有了："不学了，我上去烤点东西吃！"

马猴子跟着上来："教了半天，我也累了，一起去烤东西吃吧。"

说是一起烤东西吃，其实是我在烤，马猴子在吃。这不，一个鸡翅刚烤好，他便毫不客气地拿了过去，还嚷着："这个给我吧，就当是我教你游泳的辛苦费吧。"他一边吃，一边数落着我学游泳时的笨样子，让我怀疑那家伙是不是在报当初刚进厂做菜鸟时的一箭之仇。

"小气鬼！"我心里暗骂着。

从没有想过我跟马猴子之间会有瓜葛，直到有一天，跟陈咏梅一起吃午饭。

"叶子，我今天遇到了一件好笑的事情，跟你有关的，你猜猜是什么事？"在厂里的餐厅，陈咏梅忽然神神秘秘地对我说。

"我哪能猜到，你就直接告诉我得了。"

"今天有个人，找我打听你的事情。"陈咏梅笑着说。

"打听我？我有什么好打听的。"我听了一下子敏感起来。

"打听你老家在哪里啊，是属什么的啊，有没有男朋友啊，嗯，跟我谈了很久。"

"那——他是谁？那些信息，你告诉他了吗？"

"他就是经常到产线，那个姓马的，外号叫马猴子的工程师啊。他专门跟我打听这些事情的，我看他还是可以的，就只告诉他你还没有男朋友，其他的自己找你问问就知道了。"

"马猴子？"我在脑子里不由得浮起了一个高高瘦瘦的形象。自从那次去海边玩了回来后，感觉我们就经常在车间碰到。

"不错，就是他。人品相貌都还过得去，叶子你可以考虑一下，产线上不少女孩子都在暗恋他呢。"

"人家只是找你打听一下，偏你就那么多想法，你要是感兴趣，就让给你吧。"

"叶子，听我一句劝，早点谈一个男朋友吧，女孩子老得快，过几年你想找也不容易了。"陈咏梅一边吃饭，一边慢条斯理地说。

我想了想："阿梅，谈朋友的事我也不是没有想过，但是现在我们出门在外边，谁也不清楚谁的底细，女孩子上当受骗的也不少。就我知道的，有些男的明明在家里已经娶妻生子了，还是在外面骗了一个又一个女孩子。"

"你说的，那是极个别的吧？"

"像你老公那样的人少，给你碰上，那是你的运气。还有些男的，以前的历史不清不楚的，犯过事杀过人，谁都不知道。前天的报纸还说了，跟自己结婚五年的老公居然是在逃的杀人犯。"

"杀人犯?!那他们是怎么结婚的？"

"那个男的弄了一套假证件，就蒙过去了啊。"看着陈咏梅张口结舌的样子，我又说，"所以我们在外面谈婚论嫁，是有很大风险的。比不得以前在家里相亲，知根知底。"

"说得也是。"陈咏梅深以为然。

马猴子绝对是一个行动派，中午陈咏梅才刚刚对我透露了他在打听我的事情，当时我还不以为然。但是下午下班，我接到他吃饭的邀请的时候，怔了怔，下意识就拒绝了。当时我并没有意识到生命中最重要的人已经出现，而他的出现不但改变了我的命运，更对我本身产生了深远的影响。

幸好马猴子不是一个轻易放弃的人，被我拒绝了之后就像没这回事似的，仍旧带着一个笑脸天天来车间报到。不久，车间里所有的人都知道了他的企图，只要我们一接触，总能看到别人暧昧的目光。

我对马猴子是有些抵触的，总觉得我们是两个世界的人。我出来社会后，饱尝辛酸，而他是重点大学本科毕业，是同龄人中的幸运儿。虽然严格来说他也是一个打工者，却并没有经历过作为一个底层打工者的苦难。

　　我们的世界不会交集。

　　转机出现在一个秋日的周末。

　　那天我不上班，坐着公交到宝安图书馆看了整整一天书。看着天色已近黄昏，便拎着书去挤公交。刚刚在书中的世界里神游了一天，乍然回到现实，仍旧是恍惚的。正是傍晚时分，大街上非常热闹，到处都是神色匆忙的行人。但是这热闹是别人的热闹，在别人的热闹中越发显得自己孤单，一丝落寞便不由浮上心头。深圳的公交站上永远都是挤满了人，连站台上都挤得满满的。好一会儿公交车才来了，随着蜂拥而上的人群，我也挤上车，四处一看，车里还有最后一个位置没人。一个跨步过去，我坐了下来，然后长舒了一口气，这就意味着我那可怜的双腿可以不用那么辛苦了。

　　"叶子，是你？真是巧！"一个声音在身旁响起来，我吓了一跳，急忙看过去，却是那只大马猴。

　　"是啊，你怎么在这里？"

　　"我今天下午到宝安书城看了一下，没想到这么巧在这里遇到你。"马猴子看着我，目光里有几分惊喜。

　　"嗯，真巧。"我觉得有些难以置信。

　　"你知道吗？今天我真高兴，能在这里遇到你，你要知道在深圳这个地方，能够相遇是一件不容易的事。"马猴子望着我，竭力想用平静的语调来掩饰自己的激动。

　　是啊，深圳地方那么大，公交车那么多，出了厂门，人就像鱼儿扔进了大海，而我们却在同一辆车上相遇了；是的，相遇。茫茫人海之中，能够"相遇"是一件多么不容易的事！有的人一生只相遇了一次，却终生难忘；而有的人一辈子都生活在一起，都从来没有"相遇"过。那一刻我相信冥冥之中一定有一种力量，促使着我们的相遇。

　　在合适的时候相遇了合适的人，是一生的幸福。想到这句话，我忽然脸红了，便掩饰着扭头去看着窗外。

　　正是暮色四合的时候，城市马路上的路灯亮起来了，坐在车上看着外面五光十色的城市，就有一种今夕何夕的感觉。

马猴子也默默地看着车窗外，却忽然问道："你平时周末就到这里来看书吗？"

"我？我平时没有多少娱乐活动，就是看看书。"

"嗯，我知道，你是一个喜欢安静的人。"

"那你呢？下了班之后做什么？"

"也没什么，就是看看报纸看看书，再就是跟同学做饭吃。"

"你同学也在这里啊？"

"我们一起来深圳的，一起进了这个公司，现在还一起租房子。"

"同学在一起真好，我的那些同学都很久没见了呢。"

车子一路摇晃着，路灯和着各色的霓虹灯隔着车窗照进来，马猴子的脸也随着灯光忽明忽暗。我忽然就发现，其实这个时候身边坐着一个不怎么难看的异性，也是一件好事。正打量着，他就侧头朝我望过来，目光碰了一个正着。我不由得有几分慌乱，掩饰地笑了笑。

马猴子倒是大大方方的："你笑起来其实很好看，但是我在车间里很少看到你笑，老是板着脸。"

"我的工作是管理，下面好几个组长，一百多个员工，我要是老笑着，哪镇得住别人。"

"你呀，绷得太紧了，年纪轻轻的，板着一张脸装老成，其实还是一个孩子。那些真正厉害的人笑着也能把人管得服服帖帖的。"

"你才是孩子呢，你毕业出来才多久，我可是打工好几年了。"声音里明显不服气。

"好了，不跟你争这个，快下车了，我们一起去吃饭吧。"

"随便吃一口吧，我肚子也饿了。"

虽然我说随便吃点，但是马猴子有自己的主见。他把我领进厂区附近的陕西面馆。我心里很清楚，这是他为了照顾我的口味特地到这里来的。我坐下来笑着说："这里面挺贵的，比外面的小面馆贵了一倍呢。"

"但是环境好啊，装修挺好的，这里大师傅做的手工面，口感很好，外面吃不到的，物有所值嘛。"

"你经常到这里吃吗？不过西北风味的菜也挺多的，米饭面条随便选。"

"那你想吃米饭还是想吃面条？"

"还是面条吧，我很久没吃了，有些馋呢。"

"面条的味道，就是家的味道。对了，小时候你是吃面条长大的吧？"

"也吃米饭的，不过面条吃得多一些，妈妈做的面条，很好吃。"

两个人边聊边等着面条上桌，拉着家常，仿佛是一对认识多年的朋友。热气腾腾的岐山臊子面端上来，我对马猴子笑了笑，便低头呼呼吃起来。马猴子含笑看着我："叶子，我原以为你会装一下淑女，一小口一小口吃呢。"

"面条就是要大口吃着才过瘾啊，我才不愿意为了装淑女就一条一条夹着吃呢。"

吃完了面，马猴子起身去结账，我看着他的背影，很踏实。当女人愿意花一个男人的钱，在某种程度上来说，代表着对这个男人的认可。

从面馆里出来，两个人随意在路上走着，马猴子很随意地问："叶子，你出来打工多久了？"

"已经五年了吧。"一谈起这个话题，我眼前便不由得浮现出那年进厂时的情形，那装着重重行李的蛇皮袋，那一脸土气的小姑娘。

"五年了，一个单身女孩子，离家那么远，那你一定吃了很多苦，受过很多委屈吧？"

我一怔，马猴子这一句话如春风一般，吹化了我已经冰凉而坚硬的心。一种莫名的心绪悄然升起，离家那么远，我是那么的孤独，那么渴望得到关爱，哪怕得到的关爱只是一点点，都足以让我感动。因为出来那么久，还从没有人这么问过我。往事不由得一幕幕在脑中掠过，那些受过的伤，那些流过的泪，一点一滴，都是那么清楚。但是抬头，看到的却是眼前男子温暖的目光，我忽然就释然了，淡淡地笑着："还行，再怎么样，都过去了。"

"那你有没有想过，找一个人依靠一下？说不定还真有人愿意让你依靠呢。"

"那还得看我愿意不愿意依靠。"

"你挺犟的。"顿了顿又说，"不过我就是喜欢。"

我装做没听到。马猴子看了看我说："叶子，说真的，今天跟你在一起，我真的高兴。我从没想过我们能够在公交车上遇到。以前，我也喜欢过别的女孩子，但是种种机缘，都没有走到一起去。我想这也许是为了今天我们能够有机会遇到吧。"

我的心开始狂跳起来，他跟我说这些，是什么意思？

马猴子看到我没反应，有些急了，大着胆说："叶子，我不知道我的意思你懂了没有，我也不是一个善于表达的人，我想问一下，我们，有没有可能在一起？"

"猴子，你的意思我都明白，但是我还不怎么了解你，我们先做朋友吧。"我心咚咚跳着，脸上烧得厉害，但还是尽量用一种心平气和的语气说着。

"好，我知道了。"马猴子显得非常高兴，只要我没有拒绝，那就表示还有机会。

回到屋里，高华丽故意打量着我："叶子，怎么我看你今天跟往常不一样啊？"

"什么不一样？"我没反应过来。

"有爱情的滋润，当然不一样了。"高华丽取笑道。

"什么爱情，八字还没一撇呢。"

"我看那个男孩子挺好的，叶子，你得把握机会哦。"

"正在考虑中，顺便考察一下他。"我在床上坐下来，坦然地说，也不想瞒她。

"考虑什么呀，说不定你一犹豫，就给别的女人抢走了呢。你又不是不知道，我们这个厂啊，女多男少，僧多粥少，狼多肉少。"

"别人要抢，那就抢呗。是我的抢也抢不走，不是我的我去抢了也没用。"我笃定地说。

那天之后，马猴子到车间就更勤快了。每天下班，他总会守在厂房大楼的门口等我出来一起去厂里的餐厅吃饭。然后做着一件所有人都在做的事情——聊天。聊天的内容不定，个人经历，逸闻趣事，想到什么说什么。两人在一起，感觉说什么都好，说什么都能得到呼应。每天都说很多很多的话，说了之后又发现自己说的全是废话。

"废话！情侣之间不说废话，那说什么？谈恋爱，恋爱就是谈出来的。"马猴子理直气壮地说。

"我们什么时候变成情侣了？"我愕然。

"你觉得我们不是情侣吗？"马猴子坏笑着靠过来，"嗯，还欠点什么呢？情书？还是一个吻？"

"去你的，滚远点！"

慢慢地我发现马猴子其实有很多优点，比如说人缘好，做事沉稳，思维周密，这一点跟赵响很相似。

赵响……

有些事情我没有说，却并不代表我已经忘记。

与马猴子越来越频繁接触的时候，晚上梦到赵响的次数也就越来越多。梦里的赵响总是不说话，看了我一眼就匆匆忙忙从我身边走过，我怎么喊他都听不见，怎么追都追不上。我跟在他的后面，在繁华的街道走过，在清冷的马路走过，在寂静的田野走过，却只能眼睁睁地看着他越走越远，留给我一个背影，而这个背影最终也没入了黑暗。

流泪中醒来，我还能清晰记得梦中路灯下，一路狂奔追着赵响，自己越拉越长孤寂的影子。

让往事都随风去吧。赵响，我们从未开始，也就谈不上什么结束。我知道你的心里从来就没有我的位置，对于你来说，我只是一个匆匆过客。没有你的日子里，我坚强地让自己活得更好些。以后，我会一如既往的勇敢，坚强。只是我会慢慢地把你遗忘，遗忘在时光的深处。

幸福已经来敲门了，那么请允许我打开那扇门吧。

55. 管理层大变动

放下心里的包袱，我开始认真地对待马猴子的那份感情。像每一对恋爱中的人一样，我们经历了相互的试探和树荫下的牵手拥抱，当然也有意见不合的吵架。吵架之后，总会很烦很烦，但是不到一会儿，两人又和好了。吵架再怎么烦恼，也抵不上和好时的那份甜蜜。

恋爱的时候，时间总是过得很快。一转眼间，秋天过去了，冬天过去了，2009年的春节说到便到。厂里行政部春节放假的通知一出来，马猴子便不断鼓动我到他们家去过春节："丑媳妇总是要见公婆的，你长得也不算丑啊，去见见公婆吧。我打赌他们见到你会很高兴的。"

"不去！"我斩钉截铁地说。

"为什么？去一下也没关系的，反正以后也是要去的。"

"不去就是不去，你不要勉强我，不然我们就分手！"

"好了，不去就不去了。"马猴子忽然把我拉过去，看着我的眼睛郑重地说，"叶子，不管我说了什么话，你不要老是说分手好不好？你知不知道，那两个字的杀伤力太大了。"

在他的眼睛里，我看到了马猴子的认真，便低下头："好，我以后再也不会说分手了。"

"嗯。"马猴子搂着我，轻轻地说，"我们永远不分手，好吗？"

"好，永远不分手。"

马猴子回去了，一起带走的还有我对他的牵挂。尽管如此，在深圳过年的我并不怎么难过，因为每天我都能收到他给我发的短信。

恋爱的感觉真好。被人时刻牵挂的感觉真好。

春节假期快结束的时候，马猴子回到公司。虽然经过了小小的别离，但是两人却感觉更亲密了些。

节后开工不用说很忙碌，好在一切工作都很熟悉，因此，我依然应付自如。节后多少都有一些人事变动，有人离职，有新人进来，工厂就是这样，来来往往，人员流动很大。

意想不到的是关胜平，作为一个资深的生产部门经理，他居然也辞职了，听说是要出去创业。在年后特别召开的会议上，当我们听到他亲口宣布的消息，都有一些不相信自己的耳朵。

关胜平站在会议桌的主席位上，脸上挂着习惯性的微笑："大家不要惊讶，每个人都有辞职的时候，当然我也一样。我只是希望大家不管我辞不辞职，都能像往常一样，做好自己的本职工作。"

关胜平辞职，薛松就赶忙张罗着给他送别。我能理解薛松此时的心情，当初他还是主管的时候，是关胜平一手把他提起来做课长的，并且一步一步把他培养起来直至现在独当一面，成为关胜平最得力的左右手。现在关胜平要走了，不用说他心里很难舍。世上从来不缺少千里马，缺的是伯乐，能够遇到一个欣赏你的上司，实在是很幸运的事。

送别宴定在湖南大碗菜馆，包间里座无虚席，白晚班的组长主管们全部出席了。席间，关胜平站起来对我们躬了一躬，然后举起了酒杯："我很幸运地跟大家一起共事了四年。这四年有很多事都让我难忘，我在你们身上也学到了很多东西。为大家一起四年的情分，我们一起干杯！"

我们也站起来举起酒杯，碰了碰便一饮而尽。落座之后，坐在关胜平旁边的薛松把两个杯子满满地斟上，然后站起来对关胜平说："关生，谢谢你这些年来对我的关照，能够在你底下做事，是我的荣幸。说实在话，我真是舍不得你走啊。"

关胜平也赶紧站起来："薛老弟，不用那么客气，你有今天，是你的努力。"

"不不不，关生，我这不是客气……"

"我明白，我明白。来，别的都不说了，干了吧。"

两人饮过之后，大家一个接一个给关胜平敬酒。关胜平是来者不拒，微笑着对每一个敬酒的人说着一些勉励的话。这些话，让我们在感激之余，又平添了几分伤感。

对关胜平，我始终是怀着几分尊敬的，正是他的力荐，我才提升为主管的。而后的工作中，对我又曾几次提点。看着他一杯一杯地喝着别人的敬酒，我便倒了一杯橙汁过去："关生，酒喝多了不好，我就敬你一杯果汁吧。我祝愿你今后健康如意。"

关胜平喝了太多的酒，脸是红的，眼睛也是红的："叶子啊，大家都要珍重。来，我也祝你事事如意。"

酒宴在关胜平和薛松的大醉中结束，这么多年来，我是第一次看到他们醉酒。大醉之中，薛松喃喃地说："走了走了，都走了，可能马上就轮到我走了。"

坐在不远处的我听到这句话，莫名地也有几分伤感。而没想到的是，薛松这句不经意说出的话却最终一语成谶。

关胜平斜靠着椅子说："没有不散的筵席啊，来来去去，谁都是客，都留不住啊。"

送别宴会的第二天早上，关胜平出现在车间管理人员的例会上，一起出现的还有两张陌生的面孔。关胜平的出现，让我们颇感意外。作为一个部门经理，他一向都很少参加车间例会的，除非是有重要事情公布的时候。那么今天，他会给我们公布什么重要事情呢？我想起了之前车间成立的基金会，自从基金会成立以来，并没有发挥出预期的功能，现在关胜平要走了，总会对大家有个交代吧。

"大家都已经知道，我已经递交了辞职书，很快就要离职。部门高层也已经做好了安排，从其他部门调了管理人员过来。下面我要向大家介绍两位新同人，杜友兵和康文龙。"关胜平也不啰嗦，一发言便是开门见山，直奔主题。

这时站起了两个人，黑瘦的小个子先对我们鞠了一躬："各位同人好，我叫杜友兵。"跟着戴眼镜的高个子也对我们鞠了一躬："大家好，我是康文龙，请大家以后多多关照。"

关胜平点点头，示意他们坐下："这位杜友兵同人来自成型部门，过来跟我进行工作交接，以后，他就是你们的领导。另一位康文龙同人是来自机械加工部门的主管，他也将在我们车间担任主管的职位，希望大家以后合作愉快。"

我们这才明白，两张陌生的面孔原来一个是接手关胜平工作的经理，一个是将与我们共事的同事。我微微有些失望，又有些着急，眼看着关胜平就要离职了，他什么时候会把基金的事情向我们作交代？我们前前后后一共捐了好几万，他总不会吞没了吧。

"这两位同人虽然也是公司的老干部，但是在座各位都没有跟他们打过交道。为了让两位同人更快地融入我们的团队，我看这样吧，大家一个个自我介绍一下，让他们也认识我们。"在关胜平停顿的间隙，薛松插进来说道。

关胜平点头认可："那就从你开始吧。"

于是薛松就站起来说："各位同人好，我是薛松，进公司已经五年了，是组装车间课长，负责车间各项生产事务的安排。"

照着薛松这个自我介绍的样板，我们依次做了介绍。杜友兵和康文龙拿着本子刷刷地写着，也是为以后的工作做准备。

关胜平与杜友兵的交接工作有条不紊地进行着，由于还摸不透新任经理的脾气，我们做事都不敢有丝毫的大意，除了怕被抓到把柄外，更多的人是想好好表现一番，给新来的经理落个好印象。

杜友兵每天都进车间，忙忙碌碌地看产品，看纪律，看管理人员安排生产，并且一边看一边在本子上记着什么。但是对于我们的表现，他却从来不发表任何看法。这下我们都有些惴惴不安了，新来的经理，葫芦里到底卖的是什么药？

新来的主管康文龙由薛松亲自带着，很快地便熟悉了组装车间的各项生产事务，从他轻车熟路管理的样子，不难看出他对工作的用心。

关胜平把工作交接完毕，很快便从我们的视线中消失了。而当初关胜平曾费尽心力募捐到的那笔救助基金，却随着他的辞职最后不知所终。在以后碰到有员工遇到生活困难，我跟吕小珍提出申请时，接任的经理杜友兵却干脆说："这事我不知道，反正我们交接的时候是没有这笔钱的。"

杜友兵接任经理后，表面看起来我们的工作还是跟以往没什么不同。但是在车间里，大家还是开始感受到了跟以往不同的气氛。

首先的一个改变就是操作员工的早会。某天，组长陈咏梅正站在车间流水线的空地上，对着底下几十个员工侃侃而谈开着例行的早会，不经意一扭头，却发现旁边不知道什么时候站了一个瘦小个子的男人。这个男人，正是新来的经理杜友兵！

陈咏梅心里一惊，张着嘴巴愣在那里，脑中一片空白，下面要说什么，全都忘了。杜友兵看着陈咏梅吃惊的样子，便摆摆手："你刚才讲得很好，继续讲下去吧，我只是听一下，没关系的。"

陈咏梅定了定神，重新组织语言往下讲，还是很紧张。虽然杜友兵说没关系，但是人家毕竟是一个经理呢，说错话可就完了。

机械化地把早会的内容讲完，员工们散去了，杜友兵却并没有走："怎么在现场没看到主管呢？"

"主管啊？他们在办公室吧。"陈咏梅大气不敢喘，小心翼翼地说。

其实按照惯例，每天早上车间操作员工开早会的时候，通常都是组长在现场主持的，主管课长们则是先进入办公室看对班汇总的生产状况表，找出其中的问题记录下来。这些生产问题，有些是要找品质或工程部门解决的，有些是要开会讨论解决的，都很重要。而生产经理一般是进入自己的小房间里，喝喝水，看看邮件，安排一天的工作。

但是这个新官上任的经理却在员工早会的时间出现在车间现场，这便让组长和员工们都为之紧张起来。

"哦，在办公室啊。"杜友兵听了陈咏梅的话也没说什么。这时他忽然走到一个员工面前："有没有人告诉过你，在车间里不允许把手套脱下来？"

那员工红着脸说："对不起，我马上改正。"

陈咏梅跟在后面，一脸的汗："王园园，刚才开会才强调过的事，你怎么马上就犯了？"

杜友兵却在追问："你的工号是多少，叫什么名字？"

那员工小声报上自己的工号姓名："F498772，王园园。"

杜友兵仔细在自己的本子上记下，没说什么便走了。

车间管理人员例会，薛松给我们讲了一下应该注意的问题，并且把一些临时性的事务作了安排后，每天坚持坐在一边旁听的杜友兵站了起来。薛松微微有些诧异："杜生有事要讲？"

"嗯。"杜友兵点点头，走到主席位置上，"这几天我每天进车间看员工开早会，有很多的发现。大体上来讲，都还不错，但是……"杜友兵顿了顿，"但是还是有很多问题是值得注意的。比如说，早会的时候，主管们没有到场；比如说，组长对员工的管理不严格；比如说，员工的纪律散漫……"

杜友兵侃侃而谈，把自己在车间看到的问题全部抖了个遍。最后对我们提出了几个要求：主管在车间早会的时候必须到场，组长应该以军训的标准要求员工开会时的站姿和队形，所有的员工应该加强管理，特别是要严格监控上洗手间的时间，不能超过公司规定十五分钟的标准。

对杜友兵提出的几个要求，我有些不以为然。主管在车间员工开会的时候到场，哪还有时间核对检查头一天的生产状况表和生产问题？组长以军训的标准要求员工开会时的站姿，根本没有这个必要吧。监控上洗手间的时间虽然说公司有这个规定，但这个规定用来要求办公室的人员还差不多，无尘室的员工要做到就很困难了。原因是无尘室员工出无尘室、脱无尘衣脱手套、出风淋室，一系列的程序走下来五分钟就过去了，跑去上洗手间回来，还得再穿无尘衣、戴手套、过风淋室，十五分钟的时间根本不够。关胜平在的时候都非常清楚这些问题，也没怎么要求我们，怎么现在全改了？

吕小珍大着胆子举手发问了："杜生，如果车间员工开会的时候我们到场，根本没有时间核对检查头天的生产状况表和生产问题，那怎么办？"

"怎么办？你们主管不会提前一个小时来上班啊？八点钟正常上班，你们七点钟进办公室，大把时间处理问题。"杜友兵有些不悦。

"可是……"吕小珍话到嘴边，看着杜友兵严峻的神态，又把话缩了回去。

"嗯，大家还有问题吗？"

"经理，员工上洗手间的时间短了一点，可不可以宽限几分钟？你知道，我们无尘室进出很费时间的。"杨燕也看出了杜友兵的不悦，却仍然怯怯地问。

杜友兵看了看杨燕，语气却是温和的："你叫杨燕对吧？我知道进出无尘室很费时间，但是既然公司这么规定，我们就一定要严格去执行，明白吗？"

杨燕红着脸，小声说："明白了。"

连着两个人碰过钉子后，便没人再问什么了。所有的人，都在杜友兵的讲话中听出了他对车间现行的管理极为不满，当然没人敢再去触那个霉头。

56. 战战兢兢，如履薄冰

明眼人都能看出，自从关胜平走后，薛松的日子就不好过了。

世界上的人很多，但我们真正需要认真应付的也就那么几个。同样的，世界上的人很多，真正能让你日子不好过的也就那么几个。而在像我们这样性质的世界工厂里，真正决定你工作价值、存在价值或者让你过得好不好的只有一个人，就是你的直属上司。一句话，你的命运取决于别人。

薛松显然还没有适应杜友兵的那种强势管理，散会之后，我跟吕小珍再次询问薛松是否提前一小时上班的时候，薛松很随意地说："可能杜生也是一时生气才这么说的吧，没事，明天正常来上班就行了。"

我跟吕小珍微微松了一口气，提前一个小时上班就意味着早晨最香甜的那一个小时睡眠被剥夺了。幸好薛松开明，否则还真是让人难受呢，何况就是提前来上班，公司也不会给我们算加班费。

第二天，我按正常上班时间刷了卡，像往常一样不紧不慢地走入办公室，喝了点水后便开始看头天的生产状况表。正看着，桌上的内线电话响了："你好，请问找哪位？"

"是叶子吗？我是薛松，快到车间来吧。"电话里，薛松的声音有些急促。

"是薛课啊，好的，我马上过来。"我并没有多问，连忙说道。

"你过来的时候，把吕小珍也一起叫过来吧。"薛松又补了一句。

"知道了。"我应了一声，看了看不远处吕小珍的位置，她也正忙着呢。

挂了电话，我拿了笔跟本子便过去叫吕小珍，两人一边走一边猜测着薛松叫我们是什么事情。

"我想不会是我们经理又去车间了吧，这下可惨了。"我头上有些虚汗，看着吕小珍说。自从我正式升为主管后，跟吕小珍的关系总算慢慢地有所好转，有时候也会结伴去车间，去开会。

"如果是这件事情，那倒没什么，反正我们昨天已经问过薛松，是他让我们正常上班的。要是经理生气的话，那也是生薛松的气，不关我们事吧。"吕小珍无所谓地说。

"但愿吧。"

"我现在最怕的就是我底下那帮猪，如果她们出了问题给杜生看到，那我可就惨了。"吕小珍担心地说。

怀着各种猜测，我们进了车间。车间里操作员工的早会还没有散去，我们却没有在员工早会处看见薛松，便一直向前走着。前面拐个弯，就是主管们的现场办公区了。刚走过拐弯处，我们就听到了一声咆哮："你以为你是老几啊?!把我说出去的话当放屁啊?!"

我和吕小珍一怔，这是杜友兵的声音，对视了一眼，都有几分迟疑：要不要过去?

该来的总会来，躲是躲不掉的。想到这里，我朝前面指了指，两人便一前一后来到主管现场办公区。

办公区里已经站着三个人，身形矮小的杜友兵正对着高大威猛的薛松咆哮着训斥，仿佛前面站着的不是下属，而是自己不懂事的孙子。杜友兵是神态抖擞，口沫横飞，薛松却微微低着头，表情有几分尴尬。我想换成任何一个课长当着下属的面，被上司当成孙子那样训斥都是会尴尬的，何况薛松做课长以来，我们还没有看到他挨训呢。此时他一定十分怀念威严之中又不失温和的昔日上司关胜平吧。而另一个站在一边的是康文龙，他却显得神色平静，面无表情。

"你们都来了。"看到我跟吕小珍走过来，杜友兵停下了对薛松的训斥。

"嗯，来了。"吕小珍回答说。

"昨天我都已经跟你们说过，主管提前一个小时来上班，为什么还要再问薛松？难道我说的话就不算话，薛松说的话才算话？"杜友兵的语气缓和了些，但依然咄咄逼人。

"我们只是觉得早上提前一个小时来上班太早了些，起不来。"吕小珍小声说。

"人家康文龙就是提前一个小时来上班的，他能起得来，为什么你们起不来？"

我以为康文龙只是比我们早一点来而已，却想不到是早了一个小时！他完全是按照杜友兵的要求来做的。想到这里，我有些泄气，看来自己对工作还是不够上心。

"对不起，我们会调整自己的作息时间，明天一定提前来。"我小声说。

"好了，今天的事情我就不再追究了，以后你们自觉一点，不用我盯着就行了。"杜友兵的声音缓和下来。

于是，不管我们情不情愿，上班的时间不可避免地从八点提前到七点，并且是没有加班费的义务加班！我跟吕小珍都有一些沮丧，被剥夺了早晨最宝贵休息时间的事实对我们来说无异于一场噩梦。

但是很快我们就发现这仅仅只是开始而已，接下来我们的工作增加了无数的内容，以前不归我们管的事情，诸如环境卫生等，一项一项加到了我们的头上。而薛松就更惨了，稍有差错便面临杜友兵的训斥。而杜友兵训人是不分地点场合的，不管四周有多少人，不管薛松的面子在自己下属的面前挂不挂得住。

更让人难受的是，就在我们不得不提前一小时上班后不久，我们的下班时间也被迫延迟了。而事情的起因，罪魁祸首竟然是我在最新一期的厂报上发表的稿子：《如何打造学习型的团队》。这是一篇应厂报主编要求写的稿子，里面的内容无非是我看了一些管理书籍以后，结合目前车间的现状写的一些小意见。写的时候并没有经过深思熟虑，写完了递过去也没太当一回事。没想到的是报纸刊印出来，杜友兵马上如获至宝，在会议上特别强调："叶子的这个稿子写得很好，看得出来她不但具备独立思考的能力，而且对管理也是用过心思的。我看目前我们的团队最欠缺的就是对管理人员，特别是组长的综合素质的培养。我看这样吧，以后我们每周二、周四下班以后就组织大家参加读书会。叶子，你拟一个读书会的章程出来，下班前交到我手里。"

听到杜友兵的话，我心里一声哀号，完了完了，以后下了班还要参加什么狗屁读书会，这不是上班的时间更加长了吗？简直是要命啊！我犹豫着，还是鼓起勇气说："杜生，这个读书会，我认为我们没那个条件实行，还是算了吧。"

"怎么没条件？有什么问题？"杜友兵不耐烦地问。

"主要是读书会的主持人的问题。我们这些人本身的素质都不怎么样，如果要主持读书会，我认为最好能够请到公司培训部的讲师来主持。但是据我所知，那些人根本不会在下班后义务给我们主持，除非我们能够在公司规定的加班时间来进行。"

"我觉得给组长们主持一个读书会，用不着这么大张旗鼓吧。你们主管轮流做主持人就行了。"杜友兵轻松地说。

"但是大家上了一天班，已经很累了，再参加读书会，我怕她们很难集中精力再学东西了，没有效果，读书会就流于形式了。"我依然坚持着说。

"我认为提高组长综合素质，最重要的就是给她们创造一个学习的环境和交流的平台，让她们通过互相的学习和交流能够知道一些新的知识和观念，所以下班之后的读书会是很有必要的。"杜友兵盯着我，寸步不让地说。

"那好吧。下班前我会把读书会的章程交到你手上的。"在杜友兵目光的紧逼下，我还是妥协了。

于是每逢周二周四，我们的下班时间就从原来的七点二十改为八点五十！这多出来的一个半小时，不用说就是用来参加读书会的时间了。

"唉，累呀！"陈咏梅对着我叹气。我知道，延长下班时间这件事对于已经结婚成家的她来说影响是很大的。

"唉，我也累呀！但是没办法呀。"我也跟着叹气。

事情远远没完，杜友兵在管理上总有一些异想天开的点子，总能给我们带来不断的"惊喜"。

"叶子，车间主管级以上的管理干部马上到更衣室集合。"一天，午休还未结束，正趴在办公桌上休息的我还未清醒，便接到了薛松的指令。

我伸了一下懒腰，头还是昏昏沉沉的，但是没办法，只能去集合。我跟着吕小珍、康文龙一起，无精打采地向车间更衣室走去，大家都有些怨气："薛松也真是的，连一个午休也不让人消停，净在那里瞎折腾！"

"也不知道那个'万花筒'现在想出了什么新花样来折腾我们，唉，我都烦死了。"明显没有睡醒的吕小珍也叹着气。

"杜生也真是太过分了，哪有逼着我们提前一个钟头来上班的，厂规是不允许的！"想不到一直不怎么吭声的康文龙这次也恼火了，居然指名道姓指责起杜友兵。

"就是就是！"吕小珍的样子，是大有知己之感，"以前关生在的时候，哪有这么多事情！最过分的就是提前上班的事，如果我们捅到人事行政部去，捅到方思云那里去，他肯定不敢这么嚣张！"

"从《劳动法》的角度讲，让我们来上班又不给加班费，那是违法的！"

我也忍不住添了一把油。

"很多事情，我们明知不对，但是还是没有办法啊，人家是老大，想怎么样就怎么样，你能拿他怎么样？"康文龙无奈地说。

"也是，人家让你升职，你就能升职，人家说你可以涨工资，你就能涨工资，人家说你做得不好，就可以建议公司把你开除掉。"我也泄气地说。

"唉，这种老大，烦都烦死了！"

来到车间更衣室，杜友兵和薛松已经在那里等着我们了。看到我们一起进来，薛松看了看表，说："午休时间已经结束了，员工也进车间开工了，杜生的意思，趁着现在洗手间里没人，我们去巡查一下卫生吧。"

巡查洗手间的卫生？我心里不免嘀咕，洗手间一直都是行政部清洁工在维护卫生，不会是让我们把清洁工的工作也开始监管起来吧？

带着这种疑惑，我们一行人来到车间旁边的男女洗手间里。由于午休刚过，员工们都已经进了车间，洗手间里空空的，果然一个人都没有。

"薛松，你看你的员工是什么素质，纸巾扔得到处都是！"杜友兵一边走一边看一边说。

"这个我给组长强调一下吧，让那些组长在早会的时候宣导宣导。"

"你看这里的拖鞋，乱七八糟的，怎么用过了不放回鞋柜里去！"

"鞋柜都放满了吧，应该向行政部申请再加一个柜子。"

"你既然知道，为什么不早点申请？"杜友兵把眼睛一瞪。

"咦，这是什么？"康文龙从洗手的水槽里捡起了一个东西。我们连忙凑过去，吕小珍一把拿在手里："这不是我们车间里生产的产品吗？怎么跑到这里来了？"

杜友兵阴沉着脸："产品跑到洗手间里来了，这真是个笑话！"

"杜生，我看这样吧，这次检查之后我们专门召开一个组长会议，把看到的问题一项一项列出来，集中解决掉，怎么样？"薛松看着他，小心翼翼地说。

杜友兵点点头，倒也没再说什么难听的话。我看着他越来越黑的脸色，心里暗暗祈祷：别再出现问题了，千万别再出现问题了，再有问题，他肯定会爆发的，我们都要倒霉了。

但是我的祷告还没完，就听到杜友兵阴冷的声音："这指套，怎么会出现在这里？"顺着他的目光，我在便池里看到了几个未使用过的新指套。

"这个嘛……"这下薛松是无言以对了。

"你，去把它捡起来！"杜友兵压抑着自己的怒火，对薛松发出一道命令。

"什么？捡起来？"听到这句话，我们都不相信自己的耳朵。掉到便池里的指套本来就已经污染过了，那多脏啊，就算捡起来也没什么用。薛松也是同样不信，重复问着杜友兵。

"对，捡起来！"杜友兵的话不容置疑。

"那，我，我去找一个手套过来捡吧。"看到薛松的尴尬，我急忙开口。

"不许去！"杜友兵猛然回头，对我大喝道，"不许戴着手套捡！"然后指着薛松说："你，立刻捡起来！"

薛松便不再说话，蹲在便池旁挽起了袖子，伸出一双洁白修长的手，把便池里的指套一只一只捡起来。然后他来到洗手池把指套清洗了一遍，再仔细在干手器下把水吹干。

在他一系列的动作中，我看到了一个男人的委屈和隐忍。薛松，一个据说是名牌大学的毕业生，在变态的职场中也得忍气吞声，甚至没有尊严。

没有人再说话。当薛松把干净的指套递过去给杜友兵之后，就一言不发地走出了洗手间。康文龙跟着薛松也走了出去，我跟吕小珍互相望了望，不知道还要不要再巡查下去，却见杜友兵也沉着脸出去了。

那天午后的洗手间巡查，最后便是这样草草地收了场。而薛松，在走出洗手间之后便消失了一下午。

第二天，他的辞职报告就递到了部门文员的桌面。

57. 网恋已经过时了吧？

工作越来越忙，加上跟马猴子谈恋爱，我回到住处的时间就越来越晚。没想到的是同屋的高华丽也没闲到哪里去，每天回来的时间也越来越晚。开始的时候我毫不在意，以为只是偶然现象，但是时间长了，不由得便有些疑惑：华丽这是怎么了，不会是瞒着我在谈恋爱吧？

在高华丽又一次晚归后，我终于忍不住盘问她："华丽，从实招来，你这段时间是不是拍拖了？"

"哪有啊，我要是拍拖了，肯定不会瞒着你。"

"那你为什么每天那么晚才回来呢？"我不相信。

"那个呀，呵呵……"

"到底是做什么嘛？吞吞吐吐的，难道你在做坏事？还是跟别人合谋抢银行？"

"抢银行？我哪有那个胆子。我呀，不是做坏事的料。"

"那是做什么？我跟你，那是谁跟谁啊，难道连我都不能说吗？"

"不是，嗯，叶子，我，我在网吧跟人聊天。"高华丽又含糊了半天，才算说明白了。

"在网吧跟人聊天？跟什么人聊天？"自从有了一种叫"QQ"的聊天软件后，我跟高华丽曾经都一下子就迷上了网络聊天。在QQ的同城聊天室，我们跟许多寂寞的年轻人一样，在周末的晚上通宵聊着。一根网线，十指键盘，我们在消磨着苍白的青春。但是聊过几次之后，发觉寂寞依然是寂寞，青春却迅速苍老着——几个周末的通宵下来，眼角开始有隐现的皱纹。看来女人最好的美容，就是睡觉，并且是按时睡觉。跟高华丽总结出这一条以后，我们便很少去网吧了，就算去，也不会通宵上网了。可为什么现在高华丽又突然迷上了聊天？

"跟朋友聊啊。"

"是男朋友还是女朋友啊？"我一下子敏感起来。

"叶子，你看过这本书没有？"高华丽从她的枕边拿出了一本书，我定睛一看，却是《第一次亲密接触》。

"看过啊，早看过了。"我撇着嘴，又忍不住微笑，"你不要告诉我，你是看了这本书之后，也想着来段网恋，浪漫一把。小姐，那些都是吃饱没事做的小男孩小女孩玩的游戏，你早过了那个年纪，就不要做梦了。"

"看你说得那么刻薄，我好不容易才找到一个途径，要抓紧把自己的终身大事解决掉，你一点不支持就算了，还打击我。"高华丽看到我的反应，失望极了。

"什么？你再说一遍，你还来真的啊？"真没想到高华丽无聊之下，竟然去搞网恋了。

"叶子，你现在每天都跟男朋友卿卿我我，如胶似漆的，就不许我网恋？

你的观念太落后了，网恋也是恋爱的一种啊。我看报纸都在说，现在年轻人通过网络结了婚的也不少啊。"

看来我跟马猴子谈恋爱，对于感情长期处于真空状态的高华丽来说绝对是一种刺激。而在我们厂，由于流水线作业的生产方式决定了女多男少这个局面，想认识一个适龄未婚的男青年，那几率是很小的。我们周围没有合适的男青年，但是网络上却有啊，只要你说自己是女的，就是芙蓉姐姐也能引来大把粉丝。想到这里，我就觉得自己刚才的反应真是大惊小怪，过头了。

"嗯，你现在在网上交了几个男朋友啊？"我装做关心地问。

"不多，就五个。"高华丽谦虚地说。

"五个？五个还不多啊！"我几乎要叫起来。

"五个很多吗？我听说有些人交朋友，一交就是一百来个。"

"一百来个，天哪，那聊天的时候就是八只手也忙不过来啊。"

"所以嘛，我只交了五个。这五个人我基本上都跟他们聊熟了，都是河南的，我的老乡，都在深圳做事，以后见面也容易。剩下的就是一个一个考察他们谁更合适一点了。"

"考察，怎么个考察法？"

"见面啊，网友聊到最后不都得见面？你想想，两个在网上聊得很火的陌生人见面，那是一件多刺激、多浪漫的事啊。说不定以后我也可以写一本《第一次亲密接触》这种书呢。"高华丽提起网友见面，便是无限向往。

"万一见了面，五个都不合适呢？"

"不会的，怎么会呢，我们在网上聊的感觉都还可以呢。"高华丽信心百倍地说，想了想不妥，又说，"那再找人聊，继续考察。"

"精神可嘉。好，为了让你不成为剩女，不成为社会负担，我，全力支持你！"

于是高华丽很快就开始了跟网友见面的漫漫征途。

第一个跟她见面的网友，网名叫"孤星泪"，很沧桑很寂寞很悲情的名字。据高华丽说，这是一个文学青年，一出口就是老子、庄子、托尔斯泰、马克·吐温，非常非常有学问，对社会对人生有着悲天悯人的胸怀。他说他很孤独却并不寂寞，孤独是一种境界，请不要用寂寞这样的字眼来侮辱他。

高华丽一聊就被他侃得晕菜了，她没读多少书，潜意识里最崇拜的就是这种有学问的男人了。所以她跟"孤星泪"聊天的时候，便带着一种崇拜的心情。女人都需要一个偶像来崇拜一下，一直以来高华丽的世界都缺少一个让她崇拜的人。现在这个人出现了，带着一身的学问。高华丽太激动了，她把这个让她产生崇拜之心的"孤星泪"列为第一个见面的网友。

高华丽不知道的是，后来的网络论坛里管这种故作姿态、装神弄鬼、卖弄学问、附庸风雅的行为叫"装B"。

高华丽以"云端上的猫"这个网名与"孤星泪"聊了一个多月后，"孤星泪"终于提出要见面了。见面之前，高华丽先狠狠地把自己收拾了一通。首先她把自己那清汤挂面的一头长发烫成了大卷，接着又去南城百货淘了一件浅蓝色的连衣裙。原因是"孤星泪"曾经跟她说过，他最喜欢的颜色是蓝色，带着一种忧郁的蓝，他最喜欢女孩子的形象，是穿裙子的女孩，那才有味道。再接着，高华丽又去美容院里修了眉，做了美甲。在见面前的一周，她每天都做面膜，按时睡觉，希望能以最佳的状态跟"孤星泪"见面。

当高华丽穿着睡衣、敷着白色的面膜在房间里晃来晃去时，我终于忍不住了："华丽，算了吧，希望越大失望越大，平常地对待就行了。"

"不行，万一人家像徐志摩那样风度翩翩的，见了我，失望了怎么办？"

我倒！难怪她要武装到指甲，敢情她已经把那个"孤星泪"想象成了电视剧《人间四月天》里黄磊主演的那个徐志摩了！嘿嘿，网络中恐龙横行青蛙出没，还真以为会遇到温润如玉的佳公子啊？看到高华丽一脸认真的样子，我又实在不忍心打击她了。

见面那天，高华丽化了淡妆，穿着那身浅蓝色的连衣裙，挽着一个小坤包，看起来让人眼前一亮，那真是要多风骚有多风骚。但是她还是不放心，临了又让我检查了一下。

"行了，很漂亮了，去吧去吧。"我看都没看就把她推出门。

高华丽跟"孤星泪"见面选在一个周末的下午，而地点，选在宝安中心城区的麦当劳。为什么是麦当劳？原因很简单，《第一次亲密接触》里，痞子蔡与轻舞飞扬第一次见面的地点不就是麦当劳吗？可见麦当劳是一个适合网友初次见面约会的地方。

"你在哪？"提前来到麦当劳并躲在一角观看进出顾客的高华丽眼看时间已到，却仍然不见"孤星泪"的出现，忍不住发了一个短信。在这之前她早就买了手机。

"我在麦当劳。""孤星泪"的短信回过来。

"我怎么没看到你？"高华丽又回了一个短信。短信刚回了过去，就听到自己的手机响起来了。她一看，是"孤星泪"打来的，正想接，却看到一个男人拿着手机在她面前晃着："不用接了，我在这里。"

高华丽打量着眼前的男人，不足一米七的个子，理着小平头，身上是廉价的白色文化衫，穿着一双拖鞋就算了，最不能容忍的是他居然留了一撇小胡子。高华丽盯着那上唇的一撮小胡子，很不愉快地想起一系列抗日战争影视中，嘴巴里叫嚣着"八格牙鲁"的小日本！这可跟她想象中的《人间四月天》里的徐志摩那风度翩翩的样子相差太远了，她掩饰不住失望："你就是'孤星泪'？"

"对呀，你是'云端上的猫'吧？"那"小日本"也打量了一下高华丽，却是眼前一亮。高华丽眉清目秀打扮人时的样子，在满是恐龙的网络世界中简直可以称为美女了。

高华丽点点头，就看到"小日本"眉开眼笑地在她对面坐了下来："吃点什么？我请客。"

高华丽一听马上便说："我自己来吧，我们还是 AA 制吧。"

"小日本"看到美女不肯让自己请客，便有些失望，但是想起聊天的时候高华丽对他明显的仰慕之情，他的头又抬得高高的："嗯，那就 AA 吧。"

两人各自点了一些东西，"小日本"一边搅着可乐杯子里的冰块一边死死地盯着高华丽看着，把她的脸都看红了。高华丽却是一边啃着烤鸡翅一边想，要是"小日本"再这么看下去，自己不知道会不会也像鸡翅那样，被烤得外焦里脆？

"你在外资厂做行政部的文员啊？""小日本"还是盯着她看，只是已经开始说话了。

"嗯。"高华丽尽管失望，却仍然虚应着。

"那应该很轻松吧，不像我们，每天待在家里写程序，累死了。"小日本又接着说。

"还好。"高华丽依然惜字如金，她实在不知道应该说什么了。

在高华丽艰难度过的每一秒钟里，"小日本"却谈兴甚高，从他个人的坎坷经历谈到美伊战争后复杂的国际形势，从先有鸡还是先有蛋复杂的哲学谈到了 DNA 克隆技术对伦理的影响。高华丽听着那些新鲜时髦的词，一个个从他长着一撇小胡子的嘴巴里蹦出来，只觉得形同嚼蜡，再也没有如沐春风的感觉了。终于，可乐喝完了，鸡翅吃完了，高华丽拿着纸巾擦了擦手，看看差不多了，便想告辞走了。这时"小日本"忽然握住了高华丽的双手："做我的女朋友，好不好？"

高华丽吃了一惊，急忙挣脱了："这事我得考虑考虑！"

"不需要考虑了，我孤独了27年，终于遇到了这么一个红颜知己。我相信，你就是我的知音。""小日本"深情地说着，牙缝里还闪着刚刚吃过的鸡腿肉。

高华丽一听，差点没有把刚才吃进肚子里的东西全吐出来："我得走了，我的朋友还在等我呢，以后聊吧，再见。"说完便以刘翔110米跨栏的速度奔出了麦当劳。

"哎，妹妹……""小日本"拿着自己的身份证，想跟高华丽交换一下真实姓名，抬头一看，位子却空了。

高华丽出了麦当劳，生怕那个"小日本"再跟上来，又狂奔到街边。一向很少打的的她这时扬手便拦住了一辆的士，绝尘而去。

"青蛙，绝对的青蛙！"回到屋里，高华丽等了我许久，终于盼到我下班回来。一看我进屋，便迫不及待地跟我说起见面的情形，"很矮，又矬又瘦，天哪，太恶心了！他居然还穿着拖鞋！出来见女网友都那副样子，我看他平时一定邋遢得要死！长得那副样子就算了，还出来吓人！最让人难受的是，他还留了一撇小胡子！看上去就跟日本鬼子似的！我只要抬头一看到他，就想起抗战时那些为国牺牲的革命先烈！"

高华丽正口沫横飞地说着，手机响了起来，她拿起来一看，便惊恐地扔到一边："完了，是那家伙打来的，怎么办？"仿佛她手里抓的不是手机，而是一个炸弹。

"什么怎么办，自己惹来的麻烦，自己处理去！"我强忍着笑。

"叶子求求你，帮我接个电话吧，就说我不在。"高华丽哀求着。

"谁让你打扮得这么风骚去见网友的？"我白了她一眼，"好吧，就帮你一次。"说着便拿起了电话："你好，是哪位？"

"你好，你是'云端上的猫'吗？"

"不是，我是她朋友。她出去买东西了，你找她有事吗？"

"没什么事，就是看她平安回去没有。"

"谢谢你啊，她很好，没事。"

"那我一会儿再打过去吧。"

放下电话，我抬头看着高华丽："怎么办，等一下他还要打电话过来呢，你不会再让我接吧？"

高华丽想了想，拿过手机便按下了关机键："我让他打，打死他！"

"那你总不能一辈子都关机吧。"

"算了，我明天去换一个号！"高华丽咬着牙说。

"那你以后还见不见网友了？"我又故意逗她。

"不见了，以后再也不见网友了！"高华丽气哼哼地说。

58. 小心"潜伏"在办公室的人

薛松的辞职书递上去以后，车间的管理工作大部分就落到了杜友兵身上。好在杜友兵天生是一个精力无穷的工作狂，事事亲力亲为，让我们在工作中不敢丝毫大意，生怕做错了什么。

但是这样的日子实在是累，极端的环境让我们都变成了两面派，面对杜友兵的时候一个个都抖擞着精神，遇到任何问题都不是问题；杜友兵一走，马上又成了一只只瘟鸡，并且这些瘟鸡还不停地在抱怨。

"唉，这日子怎么过啊！"车间现场办公区，吕小珍坐在电脑前面无精打采地点着鼠标。

"就是啊，太累了。"我伸了一个懒腰。

"康文龙，你在忙什么啊，杜生没给你派任务了吧？"吕小珍忽然把目光投向了正端坐在电脑前面忙碌的康文龙。

"没什么，我在汇总一下这个月我们的生产良率。"康文龙口中说着，手上可没停下来，还在飞速地处理数据。

"你怎么不累啊，我现在是一看到这些报表就头晕。"我不由得对康文龙充沛的精力大为佩服。

"为什么头晕？"康文龙有几分不解。

"没睡好，能不头晕嘛！"吕小珍笑着说。

"不管怎么样，我们都得保证有足够的休息时间，不然会死得很难看的。"

康文龙说。

"我们现在只剩下休息时间了，说实话，我连逛街的时间都没了。"

"叶子你还说呢，我都已经不记得上次是什么时候逛的商场了，现在下班后太累了。"

康文龙也长叹一声："我也好久没见我的女朋友了，现在最多就是每天发发短信。唉，真不知道这样下去我们会不会分手。"

"唉！"三个人不约而同又长叹了一声。

"现在杜生的很多做法都是很有问题的，现在底下那帮组长也在抱怨呢。"康文龙轻轻点着鼠标，有些气愤的样子。

"薛课现在也被他逼走了，以后再来一个跟他一模一样的课长，我们更惨了。"

"那我们又有什么办法呢？坐着等死吧。"我悲观地说。

"康文龙，你昨天不是说你以前那个部门的经理也很变态，后来大家联名到总监那里去投诉，结果把他赶走了吗？其实我们也可以这样啊。"吕小珍提议。

"这个方法很冒险的，万一事情泄露了，我们都不会有好果子吃的。"康文龙犹豫着。

"什么办法？说说看！"听到吕小珍和康文龙这么一说，我急忙问。

"就是我们联合车间里的组长，给部门总监方思云写投诉信，引起部门高层重视。说不定这样一来，走的是杜友兵，而不是薛松呢。"

"哪有这么容易啊？那些部门高层才不会管这些事情呢。"听了吕小珍的话，我觉得有些异想天开。

"这事情在公司也不是没有先例，昨天康文龙跟我闲聊的时候还说起，他们部门就是通过这种方法把变态经理赶走的。"吕小珍说。

"是真的吗？"我盯着康文龙问。康文龙看着电脑屏幕："是真的。"

"可是这事操作起来，还是非常困难的。"

吕小珍说："不就是写封信，再找底下那帮组长签个名嘛，那有什么难的？"

"写信容易，签名也容易。难就难在投诉信交给相关人员之前，我们的保密能不能做好。你想想，车间里十几个组长，人多嘴杂，保不定哪个人就把这个事情捅到杜友兵那里去了。"我把声音尽可能地压低，以防隔墙有耳。

康文龙看了看我，目光复杂："叶子考虑事情，还是很周全的。"

"捅到杜友兵那里去了又怎么样，反正他迟早不都得知道？"吕小珍不服气地说。

"如果他知道了我们的计划，事先给相关的人员打过预防针了，我们的投诉信交了也是白交。到时候不但没有把他弄走，还激怒了他，那以后的日子，我们可是吃不了兜着走喽。"我耐心而又小声地对吕小珍说。

"但是杜友兵在我们车间，现在是每个人对他都有怨气，我想那些组长应该不会把事情透露出去吧，我看这是没问题的。"吕小珍也小声地反驳道。

"那你看着办吧。"我实在是拿她没办法。

"那好，叶子，你的文笔不错，负责撰写投诉信。我负责联络组长签名，完了之后康文龙跟我一起把投诉信交到方思云总监手里吧。"吕小珍大胆地对我们的工作做出了分配。

"这事我可干不了，我不知道怎么写这种信。"我马上回绝了。

"写信的事，其实我也能干。这样吧，我把写信也代理了，叶子你帮忙看看稿子改一改就行了。"吕小珍看到我回绝，马上改口。

"帮改一下没问题，只是……"我不好拒绝，犹豫着说。

"只是什么？"

"只是签名的时候你一定得做好保密工作，否则后果很严重。"我盯着吕小珍，郑重地说。

"这事你放心，我找王丽苹和陈咏梅去做联络签名的事，她们都是老资格的组长，办事老到，应该没问题的。"吕小珍说。

吕小珍说干就干，三下两下就草拟了一份稿子出来。我看了看，改了一下病句和用词，她就拿去打印了出来。然后就是签名。吕小珍自己先龙飞凤舞地在纸张的最末端签上了大名，这才交到我手里："签好了，你签吧。"

我看了忍不住佩服她的小聪明，她把名字签在最末端的角上，想再签到她的后面是不可能的，只能在她的前面签上了自己的名字。

吕小珍看我签过了，又把那张纸递到康文龙面前。康文龙迟疑了一下，接了过来也在上面签了自己的名字。吕小珍等他签完，拿着那张纸便匆匆走了。我知道，她一定是找王丽苹和陈咏梅办事去了。

一个多小时后，吕小珍面有喜色地跑回来："叶子，康文龙，成了，所有的组长都已经签过名了。"

"真的？"我把吕小珍手里的纸拿过来仔细检查了一下，果然所有组长都在上面签名了。

"康文龙，走吧，我们一起去找方思云。"

"我这数据很快就处理完了，你先出去，我马上过来。"康文龙指了指电脑。

"好吧，那你快点哦。"说完吕小珍便一阵风似的出去了。

说实话，对于这次联名投诉杜友兵的事，我并不怎么看好，指望一封投诉信就能让杜友兵走人那显然是不可能的。之所以没有站出来反对吕小珍，也是想通过这封信敲打敲打杜友兵，让他收敛一下自己的行为。反正法不责众，大家都在上面签了名，他也不敢拿我们怎么样吧。

没想到的是，过了不大一会的工夫，吕小珍和康文龙便垂头丧气地回来了。我急忙问："怎么样，那信交上去了吗？"

"交上去了。"吕小珍有气无力地说。

"那方总监怎么说？"

"怎么说？她说她会看看呗。"

"她会看看啊，那就好。"

"好个屁呀！我们去方思云办公室的时候，杜友兵正在那里跟她谈得高兴呢！"吕小珍终于忍不住了，暴了一句粗口。

"惨了，杜友兵肯定是事先得到消息，到方思云那里打预防针去了！"

"我也是这么想的，你说，是哪个王八蛋走的风声！"吕小珍黑着脸说。

那天我们三个坐在一起，猜来猜去猜了半天都没有猜出告密者是谁。现在每个人都有手机，而所有参加签名的人都知道杜友兵的手机号。有心告密的人，只要走到没人的地方偷偷拨一个电话过去就行了，这根本查不出是谁告的。

"叶子吗？请到我办公室来一趟。"第二天，杜友兵给我打来了一个电话。接到电话的我有些忐忑不安，杜友兵在这个关节上让我去他的办公室，到底是什么意思？

"来了，坐下吧。"当杜友兵看到我走进办公室，很客气地站起来对我说。

"谢谢。"我坐下来，便微笑着看着他，静等着他的下文。

"叶子，最近工作还顺利吧？"隔着一张办公桌，杜友兵和蔼的神色让人捉摸不透。

"还好。"我谨慎地说。

"我知道，我的管理方式跟前任经理关胜平不一样，可能下面的组长们甚至包括主管都不怎么适应。其实说到底，我也是为了这个车间好，希望各项考核成绩能够在之前的基础上再提升一些。"杜友兵摆出一副长谈的样子。

"这个我明白。"

"可能是我在管理的过程中很少顾及你们的感受，导致你们对我有些误解。其实我也是有血有肉有感情的人，并不是像你们想象的是个冷血工作狂。"

"呵呵……"我边点头边傻笑。

"现在薛松辞职了，我的工作压力也大得很，我希望你们三个主管当中，有一个人能够站出来给我分一些担子。"

我心中一跳：这是什么意思？他是想在我们三个主管当中提一个课长吗？念头一闪而逝，便说："其实我们三个，都很努力地做自己的本职工作了。"

"我想要的，不是做本职工作的主管，而是我的左右手，就是车间的课长，懂了吗？但是你们当中，具体是哪个，得看自己的表现。"杜友兵看到我在装傻，干脆挑明了说。

"哦，表现？"一瞬间，我被杜友兵抛下的这个巨大的胡萝卜砸得有些眩晕：难道他想提升我做课长？按理说，三个主管当中我的资历最浅，是轮不到我的呀。

杜友兵不动声色地看着我，又强调了一句："是的，表现。"然后把一张纸递到我手上，"这是我到这个部门后收到大家给的一份礼物，你能给我说说谁是策划者吗？"

我接过来一看，下巴差点掉到地上，杜友兵递给我的分明是我们昨天联名的投诉信，怎么会落到杜友兵手里？再定睛一看，原来是复印件。

杜友兵看我吃惊的样子，微笑着说："这东西很眼熟，是不是？说实在话，我看这篇稿子文笔流畅，用词精准，在我们车间，只有少数人才有这样的文才吧？"

糟了，杜友兵怀疑这信是我写的！说不定还会怀疑是我一手策划的呢。我的头上渗出了细密的汗珠："这封信，我是看过，在上面签过名。但是，那不是我写的，我只是帮忙修改了一下。"

"那是谁写的？是谁提议到方总监那里投诉我的？谁鼓动那些组长签的名？"杜友兵连珠炮发，穷追不舍。

"当时我不在场，不怎么清楚。"半晌，我才憋出了一句。

"你再想一想吧。这是你表现的一个机会，最后的一个机会。一个聪明的人，会懂得抓机会。"杜友兵悠悠地说。

看样子，杜友兵很懂得把握一个人的心理，既有威逼又有利诱。那么，我到底要不要说？

如果不说，以后的日子肯定更是难过，杜友兵干瘦的样子，肚子里肯定撑不下一艘船。但如果说出来，课长的职位也未必会落到我头上，车间里所有的人如果知道真相，肯定都瞧不起我。

"怎么办？"我呆坐着，艰难地做着选择。

"算了。你回去吧，把吕小珍叫进来吧。"杜友兵见我久久没有开口，失去了耐性。我如遇大赦，马上站起来说："好的。"然后逃也似的走出了办公室。

吕小珍进了杜友兵的办公室很久才出来，她的样子似乎也不怎么开心。

晚上跟马猴子一起在餐厅吃饭，我拿着筷子挑着菜，却一点胃口都没有。正吃得高兴的马猴子看见我的样子，诧异地问："怎么啦，不高兴？"

我发愁地说："唉，很烦，烦死了。"

"谁惹你不高兴了？说来听听。"

我便把投诉信的事情一五一十地讲给马猴子听，顺便把心中的疑问也说了出来。马猴子听了表情严肃起来："叶子，你说这件事情是吕小珍提出来的？"看到我点点头，他又问，"那她为什么会提出来呢？"

我想了想："那是因为听到康文龙说起有过这种成功的案例，她才那么起劲的。"

"是了，那康文龙又为什么会主动跟她说这种案例呢？"

"不为什么，闲着聊天啊。"

"你不觉得，这件事情很诡异吗？康文龙跟吕小珍闲着聊天，为什么好端端地说起这个？你不觉得这是一种心理暗示吗？"

"你是说，这件事是康文龙告的密？不会啊，他告了密，有什么好处？"

"好处？你不是说薛松要离职了吗？如果通过这个机会，能获得杜友兵的信任和支持出任你们车间的课长，那不是天大的好处？"

"不会吧，康文龙，他是一个新来的主管，怎么说升课长也轮不到他吧。"我不相信。

"升课长，跟是不是新来的没有关系。如果你不相信我，那就等着瞧。反正如果他升了课长，那他就是最大的受益者，那这事肯定是他干的。"马猴子言之凿凿地说。

59. 胜王败寇

尽管我压根也不相信马猴子对这件事所做的分析，可事情还是按他的预料往下发展着。几天之后的例会，杜友兵便宣布薛松的工作将由康文龙接手，交接完毕后康文龙将全面代理车间的日常管理工作。

这就等于说杜友兵把康文龙一下子捧到了代理课长的位置，这个位置是多少主管梦寐以求的。吕小珍辛苦地在公司服务了十几年，可是课长的职位对她来说还是那么遥远。康文龙尽管也是一个资深主管了，但是他正式在我们车间任职还不到一个月，凭什么就平步青云做到代理课长？我想起了马猴子的话，难道他真的是告密者？

比起我复杂的心绪，吕小珍听到这个消息之后反应可就简单多了："凭什么？他才来多久？只怕连底下的组长都还认不全呢？"会议之后，吕小珍一边走一边发着牢骚。

"我们这里，胜者为王。既然他能得到杜生的信任，做了课长，那也是他的本事。"

"什么本事，狗屁本事！就他？"吕小珍轻蔑地说。

"过几天薛松走了，他就是我们正式的上司了，你敢跟他这样说话吗？"

吕小珍看看左右："算了，不说了。反正他已经升了，我们再怎么说，有什么用呢。"

我笑了笑，看来吕小珍还真是一个外强中干的人。但是康文龙呢？过几天他就是我们的顶头上司了，但是我对他还真的不怎么了解。不过，看他在没有丝毫优势的情况下却能不露声色地坐上了课长的位置，怎么说也不是一个简单的角色。

晚上，我跟马猴子坐在厂里的花园里，不觉又谈起了工作。

"怎么样，我说的没错吧，最后做到课长的还真是康文龙。"听我谈起工作，马猴子便小小地得意了一下。

"是，你就是诸葛亮，能预见未来，行了吧。"我没好气地说。

"那倒是当不起，只不过你们对办公室政治知道得太少。我们那里比这更阴的都有。"

"你们研发部也有这些变态的事？"

"变态无处不在，其实我也挺烦的。"马猴子有些无奈地说。

"哦。你说那个康文龙，只来了不到一个月，他能搞定车间里的人吗？"

"他能。通过这次的事，可以看出康文龙的智商情商都非常高，我敢说，你跟吕小珍两个加起来都玩不过他。"

"康文龙很聪明吗？"我怎么不觉得啊。

"他何止是聪明，他还非常有谋略，有政治手腕呢。"

"什么谋略？"

"谋略，就是把一件事情做成功的方法。比如他想做课长，他就能分析形势并且对你们加以利用，去把这个目标达成。"

我像听天书一般听着马猴子的话。对于我来说，谋略，成功，形势，利用，这些通通只是出现在历史或军事小说里的词，而现在，却居然出现在现实世界里。什么时候，我的工作开始变得这么复杂？

"算了，别想了，以后小心一些就行了。"马猴子揽着我的肩，轻声说。

"我是想，环境太复杂了，以后做事肯定很难。"

"没什么大不了的，如果工作不开心，你就辞职呗。"

"辞职？去哪里？"我茫然地说。

"你可以去别的公司啊，深圳像我们这样的厂，到处都是，你完全可以找一个同等职位的工作啊。"

"那，我走了，你呢？"不知不觉，我已经开始在乎我们的感情了。

"我？"马猴子微笑地看着我，"放心吧，只要你在哪里，我就在哪里。"

"好。我相信。"我低声说。隔了一会儿，我又说："薛松过几天就要走了，但是车间里没人提要给他送行。我想，请他吃顿饭吧。他是一个好上司，一直都对我挺照顾的。"

"可以啊，不过最好不要那么大张旗鼓，私下请吧。"

"我明白。唉，现在的人，怎么一个个都那么现实呢，薛松辞职，好像没人当回事。"

"大家都是出门在外，找一个饭碗不容易，保一个饭碗也不容易，这也是可以理解的。"

第二天晚上，距厂外不远的一家川菜馆里，薛松，我，马猴子围桌而坐。薛松笑着打量着马猴子："叶子，你看人就是有眼光，你们站一起，当真是郎才女貌。"

我有几分害羞地笑着，马猴子却拿了杯子给薛松斟上了啤酒："叶子这几年，还真感谢你的照顾。这里，我替她谢谢你。"

"不客气，那些事儿，都是我应该做的。"

"薛课，我心里一直是感激你的。我还记得那一年，我刚升组长，是你帮我跟田娜调了员工，我还记得我参加自学考试，吕小珍不让我去，是你给我批的假，还有那一年，我生病了，是你借钱给我看病，还有我升主管，一直是你带我……"那些往事，一件件浮上来，我不禁有些动情，眼睛已经湿了。

"叶子，你看你，都说了，那是我应该做的，对于我来说，那都是一些小事，算不了什么。"薛松打断了我的话。

"可能对你来说，那是小事，可是我一直记着。"

马猴子在一边笑着说："叶子这人就是这样，别人对她好，她都记得。"

"叶子是挺重感情的，你们请我吃这顿饭，我就知道了。"薛松说。

"对了，薛课，你辞职之后有什么打算？还会在深圳吗？"我问道。

"应该还是会在深圳的。前几天关生给我打电话，说他那里正缺人，只是创业阶段，会很辛苦，问我愿不愿意过去。如果不出意外，我跟他一起干吧。"

"跟着关生一起创业好啊，等他的公司发展壮大了，你就是元老了。"然后我开玩笑地说，"你去问问关生，还要不要我，不如我也跟你们一起去吧。"

"创业辛苦不用说，说不定连工资都拿不到呢。你呀，还是在车间里先待着吧。"

"可是那个车间，我实在是不想待下去了。你说我们一天这样累死累活，还得小心地看别人的脸色，这日子什么时候才到头啊。"

"生活就是这样，很多时候我们得忍耐。"薛松温和地说。

"那你，为什么不选择继续忍耐下去呢？"

薛松苦笑了一下，马猴子在桌下踢了踢我："每个人都有自己的选择嘛，这有什么。"

"叶子，说真的，如果你还想在厂里继续待下去，除了学会忍耐之外，你还必须万事小心。因为你不知道什么时候，就会踩到别人设的陷阱里去了。"薛松似有所指。

我想起几天前的联名投诉事件，不由得深以为然："谢谢你的提醒，我会小心的。"

几天之后，薛松便办完了离职手续，消失在深圳熙熙攘攘的人海中。康文龙正式接管了我们车间的管理事务，成了我的顶头上司。

在我的印象中，康文龙言语不多，做事也是一副唯唯诺诺的样子，原本以为他做了课长后，顶多只是杜友兵的跟屁虫，老大说什么就是什么而已，根本不是做管理的料子。却没想到他面对我们的时候，居然也是口若悬河，辩才滔滔。

"今天是我第一天正式接管车间的管理工作，我希望在座的各位在以后的工作中能够无条件地支持我所做出的决定，能够不打折扣地坚决执行我指派的工作任务。尽量不要找借口，我的管理理念是：没有任何借口！你的执行力就是工作的一切！……"

看到台上的康文龙滔滔不绝地给我们灌输他所谓的管理理念，我不禁心里嘀咕，这是什么跟什么嘛，其实他的话归根到底只表达了一个意思：现在我是老大，你们要听我的，不然我会让你们死得很难堪，又或者说，顺我者昌，逆我者亡。

我心里不禁冷笑着，能把充满威胁的话讲得如此冠冕堂皇，看来康文龙的才能果然不错啊。

台上，康文龙仍在继续着他的长篇大论："从下周开始，我们要建立卫生间组长轮值责任制和主管巡查制，也就是组长轮流负责监督我们车间所属的几个卫生间的卫生状况，而主管每天在下午开班后对卫生间进行巡查。明天我会把组长轮值表排出来……"

这时，王丽苹举起了手，康文龙停下来问："什么事？"

"一个问题，现在卫生间不是行政部的人在负责吗？为什么要我们监督卫生状况？"

我忍不住偷偷笑了，这个问题，也只有一贯直接外向的王丽苹才能问得出口，问得还真是有水平啊。

康文龙平静地说："请记住，我不喜欢在我讲话的时候被人打断，以后你有疑问，等我讲完了再问。"一句话把王丽苹说得满脸通红，康文龙继续说，"不过我可以回答你这个问题，原因是杜生认为可以杜绝员工在卫生间里乱扔产品。他们以前那个部门就发生过这样的事件，员工把十几个成品丢到卫生间的垃圾桶里，结果给行政部清洁人员发现了，导致他们部门总监经理都被重罚。所以卫生间的监管是很有必要的，就算我现在不实行这个制度，以后杜生自己也会提出来的。怎么样，还有问题吗？"

于是我们每天中午又多了一项工作内容：巡查卫生间。巡查完了，还得做好巡查记录。

"叶子，快，快过去，好像杜生进车间了，不知道杨燕干了什么，让他抓到了。"一天，我正坐在车间电脑前回复着工程部的邮件，陈咏梅跑过来对我说。

"什么？他什么时候进来的，他抓杨燕做什么？"我大惊失色。

"不知道啊，快过去看看吧。"

来到杨燕的产线，果然看到杜友兵和杨燕站在一起，杨燕低着头，而杜友兵神态严肃："你说你上班时间很空闲吗？坐在产线上发短信！你是怎么给你下面的员工做榜样的？如果人人都像你这样，车间还要不要生产?!"

站在边上听了一阵，才弄明白原来是杨燕最近新买了手机，在产线上发短信给杜友兵抓住了。杨燕站在边上，被杜友兵训得面无血色，而我的脸也白了。

"杜生，这个组长我来处理吧。"我一面说，一面暗示杨燕，"你还有理了，也不认错？"

杨燕一向机灵，那会儿估计是给杜友兵吓住了，听我这么一说便缓过神来，马上说："杜生，对不起，是我错了，我再也不会在车间里拿手机出来了。对不起，请您原谅。"

杜友兵的脸色稍为缓了缓："不是我原谅不原谅的问题，实在是你太不像话了，哪个做组长的像你这么没有自觉性的？"

"就是，作为一个管理人员，首先你要以身作则，这样才能管理好你下面的员工。以后我不希望再看到你有这样的行为，明白吗？"顺着杜友兵的话，我也训着杨燕，只有这样才能保住她，让她受到最小的处罚。

"你也是，作为一个主管，平时就应该教育好你下面的组长，而不是出了问题后跑到这里来放马后炮！"杜友兵横了我一眼。

"是的，这事我有责任，是我平时对下面的组长要求不够，请杜生放心，以后我保证不会发生这样的事了。"

"唔，这件事情，我会交给康文龙处理，你，做事去吧。"杜友兵指了指杨燕说。杨燕如遇大赦，一溜烟走了。

杨燕最终为她一时的贪玩付出了代价。一天后，康文龙的处理结果出来了，杨燕被记了一个大过。

杨燕被记大过后，事情远远没完，康文龙被这件事情一刺激，又出台了一项新规定：以后车间的管理人员，包括主管和组长，每天上班必须每半个小时用本子记录自己所做的工作，以备查问。

"课长，你让我们每半个小时记录自己的工作，但是我们没有本子啊，能不能跟厂里申请一下呢？"底下的组长又在提问了。

"没有本子就自己到外面去买。不要老是想着占用公司的资源，懂吗？"

"可我们是为了工作啊，又不是想拿公司的本子回家。"

"那我试着申请一下吧，不过能不能申请到，我也没底。"康文龙改了口，"但是不管能不能申请到，我们都要做好自己的工作记录，必须执行。"

组长们心里一个个都在咒骂着康文龙。在这之前，杜友兵已经是我们见过最变态的经理了，想不到薛松一走，又出现了一个更变态的课长。

60. 有时候我们做过的最勇敢的事，就是放弃

最近吕小珍的日子过得挺美的。

康文龙每次碰到问题，让我们主管谈意见和解决方法的时候，多半采纳的都是吕小珍的意见；而需要我们一起完成某项工作的时候，一般也以吕小珍为主，我做副手。这样一来，吕小珍在我面前可得意了，总是把一些原本是她做的工作派给我，俨然成了我的副上司。

吕小珍是典型的给点阳光就灿烂的人，而她这一阵子的得意，是建立在我倒霉的基础上的。她的世界阳光灿烂，而我的世界却是一片乌云，两下里

一对比，得意的就更得意，难过的就更难过了。

"我觉得康文龙的心里肯定知道你们对他都不服气，只是他新官上任，一时也拿你们没办法。现在他采取的对策，就是对你们两个主管，拉一个，打一个，让你们自己互相掐，这样他才能树立自己的权威，加强对你们的控制。"有了上次马猴子对康文龙出任课长的"神算"，现在他已经成为我的军师了，每每遇到状况，我总让他出主意。

"那你的意思，不管吕小珍怎么欺负我，我都不能反击也不能告状了，否则就正中康文龙的下怀？"

"是的。"

"但是那个吕小珍也太过分了，总是以老大的身份自居，对我指手画脚的。"

"不要紧，我想过一阵子就好了，不用你怎么样，康文龙自然会收拾她的。他不会让吕小珍一直这样下去的，你们的力量，必须平衡。"

"哎呀，我觉得复杂死了。以前关胜平、薛松在的时候我们关系多单纯啊，根本没有这些乱七八糟的事，我现在不但身体累，心更累。"

"说实话，我们办公室里，关系比你们车间更复杂，我也经常觉得很累。有时候，我都不想进公司上班呢。可是很多时候，我们必须学会忍耐。"

想不到马猴子的环境比我更糟，看来还是那句话说得对：有人的地方就有江湖。

那就只能先忍着了。

又是例会，康文龙讲了一下常规事务后，忽然提起："上周我要求车间所有的管理人员都必须每半个小时记录自己的工作，一直都没有时间检查，不知道大家做得怎么样了。你们把本子交上来，让我看看。"

听到这里我不禁有些心虚，因为工作很忙，有两天我根本没时间记录，不过我看了吕小珍和其他组长的本子，她们就记得更少。不知道交上本子去，康文龙会有什么反应？大家一起挨骂是免不了的了。

果然。本子交上去以后，康文龙一本一本地看着，越看脸色越黑。忽然他拿起一个本子便劈头朝我扔下来，毫无准备的我根本没来得及反应，便给本子砸中了脸。本子掉了下来，虽然并不怎么痛，但我还是觉得脸上火辣辣的，因为所有人的目光"刷"地集中到了我身上。

康文龙的声音随着本子的落地声响起，明显带着怒气："现在大家是越来越不把我的话当作一回事了！你，叶子！你作为一个主管，居然也带头不去执行我规定的工作任务！你是越来越放肆了！"

我被康文龙的那个本子砸得完全呆掉了，脑袋里一片空白。我完全没有想到，在我们这样的大公司，一个课长职位的人居然敢在众目睽睽之下把本子砸到我脸上！我完全没有想到，我为这个公司服务了五年，从一个流水线作业员升到了主管之后，还会遭受这样的侮辱！我完全没有想到，上司和下属的关系竟然能够演变到随意辱骂的地步！当年我做组长的时候，吕小珍再过分却也不敢在公开场合用这种方式对待我。众目睽睽之下，受到侮辱之后的我将如何去面对我的下属?!

我悲愤异常！真的想马上冲出会议室，不再看四周众人的目光，不再看康文龙的黑脸。这个时候，我才深刻地体会到薛松被逼着裸手在便池里捡指套时的心情。是的，悲愤，只有悲愤！

但是我不能在大家面前失态，只有咬着嘴，石化般坐在位置上。我空洞地望着前面，命令自己：不许哭，不许掉眼泪！康文龙再说什么，我听不见了，其他的人说什么，我也听不见了，只觉得时间过得很慢。很久很久，散会了，大家一个个走出了办公室，但是我没动。

有人把地上的本子捡起来，有人拉住了我的手："叶子，没事吧，走吧。"

我回头一看，是陈咏梅和杨燕，心里一酸，眼眶里打转了很久的眼泪终于滚落下来。

"没事了，我们走吧，一会儿就下班了。"陈咏梅拉着我的手，轻轻说。

"叶子，没事的，你看我记了大过也不是照样嘻嘻哈哈的，没什么大不了的。"杨燕笑着把本子交到我手上。

我平静下来："嗯，谢谢你们。刚才我是很难受，现在好多了。"

"那就好。走吧，我们一起出去，一会儿去吃饭吧。"

但是有些事情并不是那么容易就从心里抹去。吃饭的时候，我基本没有胃口，下午在车间里总是恍恍惚惚，做事完全提不起精神。

每天，不管我下班多晚，马猴子总会守在大楼的出口等我。然后便一起去吃晚饭，一起去在花园里散散步。不可否认，劳累了一天，跟他在一起的时候总是特别开心。而今天，在车间熬了一天以后，走出厂房大楼看到一如往常在等候我的马猴子，我更是有一种踏实的感觉。不管什么时候，总有一个人会在那里守候着你，这是一种幸福。

"叶子,你看起来有些憔悴,怎么了,遇到什么事了吗?"

"没事,我很好。我们今天去外面吃面条吧,我不想到饭堂里吃东西了。"

吃面条的时候,经不住马猴子的一再追问,我把今天在会议室的事情告诉了他。马猴子听了放下了筷子:"你辞职吧,别再做了。没事,我会养你的。"

我听了一阵感动:"可是我想,以后我们要买房子,需要很多的钱,你养了我,就没钱买房子了。"

"叶子,可是我舍不得委屈你。就算你要工作,也未必要在那种变态的地方工作啊。"

"没事,我想,人总会有很多不如意的地方,不可能十全十美的。这个时候,熬一熬就过去了。"

"我担心的是,这次康文龙这样对你,以后还会出现这种情况。"

"怎么说?"我疑惑地问。

"你想你大小也是一个主管了,他现在敢用这种方式对你,说不定就是杜友兵默许的呢。"

我默然,想了想才说:"你说得也对,上次联合签名的事,杜友兵找我谈话的时候就在怀疑我是策划者。他只要对康文龙稍稍暗示,康文龙那马屁精肯定不会让我好过的。"

"如果真是那样,你还是快点辞职吧。"

"我辞职了,你一定得养我哦。"我撒娇似的看着马猴子。

"不但养你,我还会养我们的孩子。以后你在家里带着孩子,我去上班挣钱。到了周末,我们就带着孩子去海边玩,好不好?"

"好。"我已经完全被马猴子所描绘的情景陶醉了。

"但是我们还没有孩子呢。"马猴子凑到我耳边低声说,"我在想着什么时候我们赶快造一个。"

我的脸红了,在他的头上敲了一记:"去你的死猴子,没正经!"

尽管我跟马猴子对目前的形势做了最坏的打算,但当真正回到车间,我还是下不了辞职的决心。我熟悉这里,人生的第一份工作,就是从这里开始的。我在这里笑过,哭过,爱过,失恋过。不知不觉中,我已经把这里当成第二个家,一个能够遮风挡雨,给我依靠的家。

从没有想过要离开,但是那天马猴子的一番话,却让我对这里开始重新审视了，也许外面的世界真的会不一样吧。

我写好了辞职书，却没有交上去。再等等吧，如果还凑合着能过，那就不辞职了。

"叶子，怎么回事，这周你们的重工单怎么这么多。我印象中已经签了五张了吧，一天一张，你们怎么搞的?!"当我把重工单交到康文龙手里让他签名的时候，康文龙非常不耐烦。

"这几天的重工单确实是挺多的，那帮 QC 天天在稽查。"我站在一边赔着笑。

"就算是天天稽查，也不至于每天都接一张单啊。以前薛松在的时候不也是天天稽查吗，怎么他一走单就多起来了？"康文龙不依不饶。

"其实也不是薛松一走单就多，这个单有时候少一点，有时候多一点，也是正常的事。"我快爆发了，但只能赔着笑。

"放你妈的屁！这也算正常？接重工单是正常的，不接单才是不正常的，对吧？"康文龙逼视着我，真想不到他外表看起来这么斯文，这会儿却对一个女孩骂脏话。

"哼哼。"听到他骂的脏话，我快气晕了，反而笑起来，当然这个笑是冷笑。我已经忍了太多，忍了太久，沉默了太久，现在终于被逼得爆发了，"那还不是你康大课长领导有方，以致我们车间里坏品不良比率节节升高。如果不是你康大课长那么好的领导艺术、领导水平，我们还接不到这些单呢。"

"你什么意思?!"康文龙重重地拍着桌子，只差没有跳起来。

"什么意思？你听不懂吗？"看着康文龙暴跳如雷的样子，我反而平静了下来，"康课长，你是一个很聪明的人，自从你走马上任，想了很多新的管理方法。可这些管理方法对于生产良率的提高和产量的提高不但没有作用，反而有很大的影响。所以这段时间重工单多，是很正常的。如果你不改变方法，我想过一段时间，你会接到更多的重工单。"

"你的意思是说，这一阵子重工单多，是我管理不善造成的？"康文龙也平静了下来，但是声音里仍有压抑不住的愤慨。

"是的，请你不要再弄那些多余的工作派给组长了，让她们多点精力来管理产线，关注产品本身，提高产量和质量，这才是生产管理的根本。"我诚恳而直率地说。

康文龙听了久久没有做声，好一会儿才说："你说的，也有一定的道理。

让我再想想吧。"

"嗯，这些事你自己去想吧。这是我的辞职书，请你在上面签个名吧。"我平静地说着，把随身带的辞职书丢给了他。

"什么？你要走？"看样子，康文龙不相信刚才还在跟他慷慨陈词的我会辞职。

"是的，我要辞职。"

"叶子，不要意气用事。现在车间里正缺像你这样有管理经验的主管，为什么要辞职呢？"康文龙一副推心置腹的样子。

"课长，我不是意气用事。这件事情我考虑很久了，其实说实在话，我也舍不得这里，但是没办法，现实就是这样残酷，我是一定要走的。"

"你为什么要辞职，是因为你没升课长，我升了课长吗？"康文龙这会儿的讲话，已经带着朋友的意味了。

"不是做不做课长的问题，而是我适应不了你跟杜生的管理方式。适者生存，既然我适应不了，就按自然法则淘汰掉吧。"

"如果我们以后转变管理方法，你会不会留下来？"

"不会。"我干脆地说。

"为什么？"

"有些事物，一旦破坏就永远不能复原。有些选择，一旦做出就永远不能回头。就是这样。"

"好吧。我尊重你的选择。"康文龙沉默了很久，终于开口。

交了辞职书后，我第一时间给堂姐叶兰打了一个电话。想起已经在武汉成家的堂姐，我心里有几许愧疚，上次给她打电话，算起来已经是几个月前的事了。

"姐，你现在过得还好吧？"

"你还记得你姐啊，这么久了也不给我打个电话。"堂姐故意嗔怪。

"我太忙了。"我心虚道。

"忙着谈恋爱吧？"堂姐笑了起来，"算了，你姐都结婚了，过来人，有什么不知道。"

我不好意思地笑着："姐夫对你还好吧？"

"我们都是老夫老妻了，我得问你，那猴子对你怎么样才是。"

"他对我挺好的。"顿了顿，我又说，"我辞职了。"

"你辞职了？不是做得好好的吗？怎么辞了？"堂姐有些惊讶。

"说来话长啊。"我叹了一口气，便把这段时间以来发生的种种事情告诉了堂姐。堂姐耐心地听我说完，便说："叶子，辞了就辞了吧。以你现在的资历，出去在其他公司找一个同等职位和薪水的工作不是什么难事。"

"姐，我只是有点儿难过。我在这里五年了。"说着，我便有些伤感。

"是啊，五年了。"堂姐说着也难过起来，"我记得你刚到深圳的时候，你还是一个什么都不懂的小姑娘。叶子，你长大了。"

"嗯，长大了。"一声的叹息，一阵的怅然。

61. 毕业五年，明天会更好

交了辞职书，一切便简单起来。杜友兵和康文龙都不再多管我，让我感到意外的是，康文龙居然还为我办了一场送别宴。

怀着复杂的心情，我跟康文龙说过一些客套话后，陈咏梅、杨燕、梁小玲、孙艳、邹娟她们便一个个过来敬酒。我也不拒绝，一杯一杯喝着，说实在话，跟她们共事了那么久，还真是舍不得离开她们。

"主管，我没想到你会辞职，我最舍不得你走了。"邹娟坐在我旁边对我说。

我看了看她，笑着说："没事，你会有一个更好的主管来带你的。来，为你曾经带过我，我们干杯！"

陈咏梅把我的杯子拿走了："叶子，算了吧，别喝了，你的脸都白了。"

"嗯，知道了。"

尽管陈咏梅不断在旁边提醒着我，那天我还是喝醉了，并且这是我人生的第一次醉酒。当杨燕扶着我回去时，我总觉得自己走起来轻飘飘的。我傻呵呵地笑着，挣脱了杨燕的手，干脆在马路边上一边唱歌一边转起圈来。杨燕没办法，只好又打电话叫来了高华丽，两个人费了好大一番工夫才把我弄回了屋子。

"华丽，杨燕，我要走了，以后你们一定要记得给我打电话哦。"躺在床上，我把这句话跟高华丽和杨燕说了一遍又一遍。

"知道了，以后会给你打的。"高华丽和杨燕一遍一遍地应着，我便安心了，迷迷糊糊睡了过去。

康文龙给我办过送别宴不久，陈咏梅又请我去她家吃饭了，并且叮嘱我把马猴子一起带上。我跟马猴子便带了一些水果，过去一看，屋子里已经坐了好几个人：杨燕，高华丽，还有久不见面的谢芳。

"你怎么来了？怎么胖了那么多？"看到谢芳，我有几分惊讶。

"我怎么就不能来？叶子，你别一见面就揭我的短嘛。"谢芳见到我，高兴极了。

陈咏梅在一边笑吟吟地说："谢芳刚坐完月子不久呢，肯定比以前胖一些，很正常的。"

"啊？你生孩子了？我怎么不知道啊，是男的还是女的？"我更是惊讶。

"跟阿梅的那个一样。"谢芳提起儿子，就有几分得意，"长得很白很胖，喏，我手机里有他的照片。"说着就把手机递我。

我翻了一下："好可爱哟！"

"叶子，这是你男朋友吧，你们也赶快生一个啊。"谢芳坏笑着说。

陈咏梅的儿子已经一岁多了，正是学说话的时候，长得虎头虎脑，一副精乖伶俐的样子，这会儿高华丽和杨燕正坐在一边逗着他玩。马猴子在一边看得津津有味，想不到那小家伙却跑过来，一点都不怕生地说："叔叔，抱抱，抱抱。"

我们都笑了起来，马猴子有几分尴尬，只好把小家伙抱了起来。陈咏梅的婆婆这时过来说："到时间喝奶了，孩子给我吧。"

"阿梅，快点过来帮帮忙。"汤小平站在厨房门口喊着。他的身上挂着一条大围裙，如果再加上一顶帽子，活脱脱就是饭店里的厨师了。

"来了。"陈咏梅说着便马上过去。不大一会儿的工夫，她便把一个个菜端上了饭桌："大家快过来，先喝点汤吧。"

大家围在一起，吃着汤小平做的家常菜，感觉就像一家人似的。陈咏梅细心地给所有的人都斟上了啤酒，然后举起杯子说："今天我请大家来吃饭，一来是叶子辞职，给她送行，二来是我们很久没聚了，趁着这个机会，大家聚一聚。来，我们预祝叶子以后事业顺利，爱情美满，干杯！"

大家都站起来，碰了碰杯后都一饮而尽。重新落座之后，谢芳伤感地说："叶子辞职了，以后我们这样聚在一起的机会就少了。"

"放心吧，我不会忘了大家，以后会回来看你们的。"我笑着，端着杯子也站了起来，"今天很感谢阿梅这顿饭，我来了深圳五年，没挣到什么钱，但是很幸运交到了这么多朋友。有人说朋友就是一笔财富，我现在最大的财富就是我们大家的友情。我，谢谢大家，在这里敬大家一杯！"说完我便把酒喝了。

所有的人都喝了一杯。杨燕笑着说："有时候我想想都觉得奇怪，我们生长的环境都不太一样，怎么都在这里遇上了，还成为朋友了呢？"

高华丽说："我记得当时进厂，我老乡打算让我到福田那边去，这要是去了，肯定不会认识大家。不知道去了那里，又会遇到谁，跟谁成为朋友呢？"

杨燕和高华丽的话让我沉默了，人生的际遇就是这么奇妙，你根本不知道下一秒你会遇到谁，跟他们会有着怎样的故事。也许这一切，冥冥之中自有定数吧。

"对了，叶子，辞职以后你打算做什么？"一直没做声的汤小平问。

"还不知道。不过我想，先回家吧。我从出来到现在，已经五年没回家了。"

"那你回家了，还会不会再回深圳？"陈咏梅问道。

"不知道，现在还不清楚。"

"那你要是不回来，马猴子一个人怎么办？"谢芳忽然问。

我叹了一声："那些事，我先不考虑，顺其自然吧。"

提到离别，提到未来，我满心都不是滋味，其实我心里隐隐有许多担忧，我担心能不能再找到一份满意的工作，我更担心跟马猴子的这份感情会不会没有着落。

"猴子，我看这次叶子回家，干脆你跟她一起回去算了。"汤小平在出主意。

"像叶子说的，顺其自然吧。我对我们的事，绝对有信心的。"马猴子笑了笑。

我把吃饭的人一个个看过去，有几分遗憾地说："要是程颖颖在就好了，多她一个就热闹了很多。"

谢芳问："程颖颖？就是那年我们一起过年包饺子的那个女孩吧？她现在怎么样了？"

"她现在在杭州做销售，挺好的，就是一个人，还没男朋友呢。"

谢芳说:"程颖颖走的时候,我根本不知道。不知不觉,真的走了很多人。"

陈咏梅说:"我们打工的,都是这样,大家一个个来,一个个走,有时候人走了,一辈子就再也见不上了。"

陈咏梅的话让我们都伤感起来,谁知道我们明天会不会也要离去?又有谁知道我们一旦别离,还能不能再见?我们都只是无根的浮萍,聚与散,仿佛都在刹那之间。

那顿晚饭,就在大家的一片离愁中结束。但是那一顿饭,也让我铭记一辈子。

接下来,我在厂里的工作只剩下交接了。很快地便把工作一项一项交接完,然后就是到行政部去办离职手续。

没有想到的是,在行政部给我办离职手续的,正是在行政部做文员的高华丽。五年前,我们一起走进了这个电子厂,然后做了五年的同居密友,最后却是这个最亲密的朋友给我办的离职手续。

想起这些,我便不由得有些感慨。其实对于我的离职,最难过的就要算高华丽了,我们一起进厂,一起在外面租房子,又在一起住了四年多。出门在外,离家万里,有一个这样亲密的朋友,何其难得!而这样的情感也许以后再也不会有了,因为我们都已经走过了那段单纯的岁月。

高华丽把我的厂证收了,把我穿的工衣收了,再把我办公用的各种用具一一登记好,然后给我开具了取社保的证明。终于,所有的手续都办完了,我拿着离职证明和社保证明,缓步走出了行政部的办公大楼。

"等等。"高华丽从后面追了上来。

"怎么啦?"我回头茫然问道。

"叶子,我记得,我们是一起走进这个工厂的,现在,我们一起走出去吧。我送送你。"高华丽说着拉起了我的手。

我们手拉手向厂门口走着,就像认识这些年来我们曾无数次手拉手在厂里进进出出一样。一瞬间,许多往事在我面前掠过。那些青涩而懵懂的岁月,我们在深圳这个热闹繁华而又人情冰冷的世界里曾经彼此温暖着对方。弹指一挥间,曾经一起度过的时光流年,曾经一起面临的挫折和成长,都已经在生命之中打上了烙印。

友情来的时候悄然无声,远远不及爱情光临时惊心动魄,却也足以刻骨铭心。

华丽，一个始终那么安静的女友，现在静静地把我送出了厂门。她一向都是一个不善表达的人，总是带着一股小女孩的迷糊与笨拙，五年的打工生涯，并没有把她打造成一个精明干练的职业女性。对于我的离去，从头到尾她都没有表示过什么。但是我知道，从我决定要走的那一刻起，她心里就一直非常难受。而她表达感情的方式，就是送我走厂里最后的一段路。这一段路，她跟我一样，希望能够很长很长。我的眼睛慢慢地湿润了，在我的心里，友情也许没有爱情那么重要，却也是生命之中不可切割的一部分。

泪眼朦胧中，我看到两个正排队进厂的小姑娘，一脸的汗水掩盖不住稚气，都在吃力地提着大大的蛇皮袋，缓缓向我们走来。我清楚地看到，那正是五年前的我们，泪水不由得潸然而下。

最后的一段路很快就走到了尽头，我们已经来到了工厂的大门口。我跟高华丽不约而同地松开手，我擦了擦眼睛，微笑着对她点点头便出了大门。

走了几步，我回头看高华丽，她还站在那里一动不动地看着我。我朝她挥挥手，她这才慢慢地背过身，她的右手抹向眼睛，她一定是在流泪。我看着她的背影渐渐地消失在大门内两排大楼的交界处，说不出的感觉让我内心颤抖。

别了，不管伤心还是快乐，失意还是得意，过去的时光既然不再回来，这个工厂里五年的生活既然已经结束，那么，就坚强地重新开始吧。

祝你们一切安好，我的朋友。

每一段生活的结束，都是另一段生活的开始。

就犹如我们刚刚灰心地经历了夕阳沉没，而地球另一端生活的人们却满怀欣喜地迎来了无限希望的朝阳……